アン・クリーヴス

シェトランド諸島の地方検察官ローナは，鎧張りの船《ヨール》にのせられ外海へ出ようとしていた他殺死体の第一発見者となる。被害者は地元出身の若い新聞記者で，島にある石油ターミナルがらみの取材を兼ねて帰省したらしい。新任の女性警部リーヴズがサンディ刑事たちとはじめた捜査に，病気休暇中のペレス警部もくわわるものの，本調子にはほど遠い。複雑な人間関係とエネルギー産業問題がかかわる難事件の解決には，ペレスの観察眼と推理力が不可欠なのだが――。〈シェトランド四重奏《カルテット》〉を経て，クリーヴスが到達した現代英国本格ミステリの新たな高み。

登場人物

ジミー・ペレス……………………………シェトランド署の警部
ジェリー・マーカム………………………ロンドンの新聞記者
ピーター・マーカム………………………ジェリーの父、ホテル経営者
マリア・マーカム…………………………ジェリーの母
アンディ・ベルショー……………………石油ターミナルの広報担当者
ジェニファー（ジェン）・ベルショー……アンディの妻
ジョー・シンクレア………………………サロム湾の港長
イーヴィー・ワット………………………ジェリーの元恋人
ジェシー・ワット…………………………イーヴィーの父
フランシス・ワット………………………イーヴィーの母
ジョン・ヘンダーソン……………………イーヴィーの婚約者、水先案内人
マーク・ウォルシュ………………………ジョンの隣人、B&B経営者
スー・ウォルシュ…………………………マークの妻

アナベル・グレイ……………ジェリーの恋人
リチャード・グレイ…………アナベルの父、法廷弁護士
ウィロー・リーヴズ…………インヴァネス署の警部
サンディ・ウィルソン………シェトランド署の刑事
モラグ…………………………}シェトランド署の巡査
デイヴィ・クーパー…………}
ヴィッキー・ヒューイット…北スコットランド警察の犯行現場検査官
ローナ・レイン………………地方検察官
フラン・ハンター……………ペレスの婚約者、故人
キャシー・ハンター…………フランの娘

水の葬送

アン・クリーヴス
玉木　亨　訳

創元推理文庫

ベン・クラークとイスラ・レイナーに

いつものように、パン・マクミラン社の素晴らしいチームとわたしのエージェントであるサラ・メングック、およびその同僚の方々に感謝いたします。ドクター・ジェイムズ・グリーヴが本人役で登場する気になってくださったことを、わたしは嬉しく思っています。ドクターは彼の専門分野におけるわたしの知識が浅いことをご存じなので、いろいろと大目に見てくださるでしょう。シェトランドにいる友人たちには、今回も大いに助けていただきました。とりわけ、シェトランド諸島評議会のモーリス・ヘンダーソン、ジム・ディクソン、イングリッド・ユーンスンのお三方には深く感謝いたします。フェア島のイアン・ベストとリーサ・シンクレアからは、鎧張り《ヨール》の船の建造にかんする貴重な助言をいただきました。過ちがあれば、それはすべてわたしが犯したものです。

水の葬送

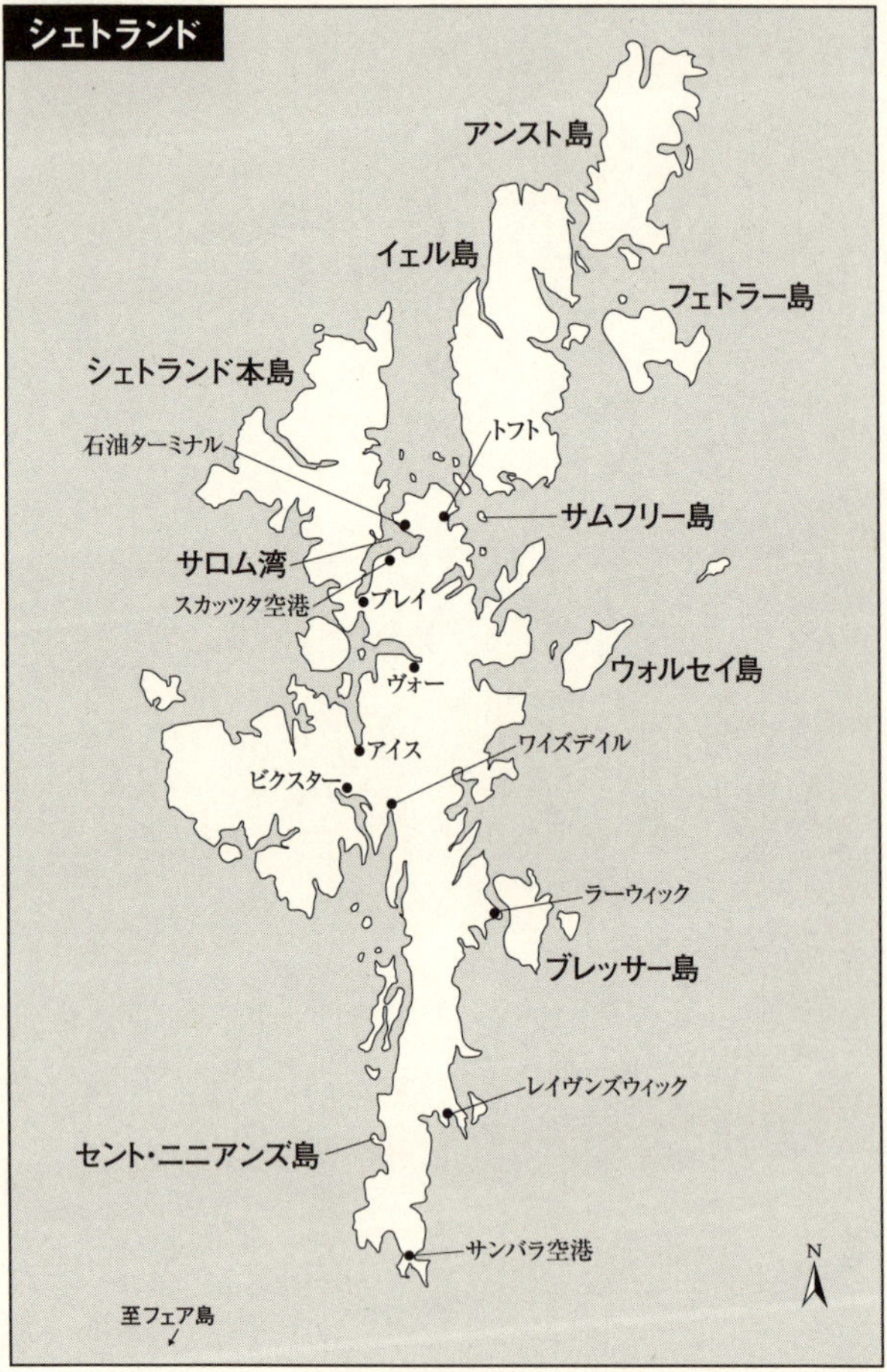

シェトランド
アンスト島
イェル島
フェトラー島
シェトランド本島
石油ターミナル
トフト
サムフリー島
サロム湾
スカッツタ空港
ブレイ
ヴォー
ウォルセイ島
アイス
ワイズデイル
ビクスター
ラーウィック
ブレッサー島
レイヴンズウィック
セント・ニニアンズ島
サンバラ空港
N
至フェア島

1

ジミー・ペレスはひと息いれようと足を止め、海をながめた。風のない穏やかな日で、海面は上層雲から漏れてくる光で金属のように灰色に輝いていた。水平線上に霧のかたまりがあった。ペレスは祖父から譲り受けた丈の長い防水コートを着ており、そのポケットには卵大の丸くてすべすべした小石がいくつかはいっていた。その重みで、両肩が下にひっぱられるのを感じる。小石は彼がレイヴンズウィックの浜辺で拾ってきたもので、もっとも丸みを帯びていて骨のように白い石だけを厳選してあった。すこし沖合に、十字架のような形をしたはなれ岩が斜めに横たわっていた。海は凪いでおり、岩の周囲にはほとんど白波が立っていなかった。

ペレスはふたたび歩きはじめ、頭のなかで歩数をかぞえていった。フランが亡くなって以来、ほぼ毎日のようにくり返してきた行為——彼女の家のそばの浜辺で小石を拾い集め、それを彼女がシェトランドで気にいっていたこの場所へもってくる。それは苦行であると同時に、巡礼の旅でもあった。そしてまた、いかれた執着でも。ペレスは親指で小石をなで、その感触に奇妙な慰めをおぼえた。

丘にいる雌羊たちは、まだ足もとのおぼつかない子羊を連れていた。これくらい北までくると出産時期が遅くなるため、子羊は四月になるまで生まれてこないのだ。あたらしい生命の誕生。霧のかたまりがちかづいてきていたが、それでも遠くの岬のてっぺんにある石塚はまだ見えていた。ペレスがレイヴンズウィックで集めた小石でこしらえた石塚。彼が愛した女性のための記念碑だ。その死はいまだに彼の心に重くのしかかり、気分をめいらせていた。

ペレスは歩きながら、ふたりの関係の変遷に——情熱の季節の移り変わりに——思いを馳せた。それもまた、ここへくるたびにおこなっていることだった。彼がフランと出会ったのは冬で、地面は雪に覆われ、凍てつく空では腹をすかせた大鴉たちが舞っていた。彼がフランと愛をかわしたのは夏で、崖は海鳥たちでごった返し、彼女の家の下にある牧草地では野生の草花が咲き乱れていた。そして、春のはじめに彼はフランから求婚された。そこで足を止め、しばしたたずむ。そのときのことを思い返すと、頭がくらくらした。空がかたむきながら回転しているように感じられ、どこからが海でどこからが空なのかわからなくなった。彼女の挑みかかるような笑み。「それで、ジミー? どう思う?」そして、秋に彼女は亡くなった。フェア島の彼の実家を激しく揺さぶっていた嵐のなかで。波しぶきを空高くまきあげ、島を外の世界から遮断していた嵐のなかで。

おまえは頭がいかれてるんだ、とペレスは思った。もう二度と正気に戻ることはないだろう。

石塚のところからは、シェトランド本島《ノース・メインランド》の北側を一望できた。フランがこの景色を愛していたのは、本人いわく、そこにシェトランドが集約されているからだった。うら寂しさと美しさ。海からもたらされる富と硬くて不毛な土地。過去と未来。起伏する土地のあいまから遠くサロム湾の石油ターミナルが見えていたが、この奇妙な銀色がかった光のなかでは、それはまるで魔法の国の失われた都市といった趣があった。陸地と水、そして水面に映る陸地だけからなる世界だ。その南には、いまは風がなくて静止している巨大な風力タービンがずらりとならんでいた。視線を下へむけると、三軒の小さな家と桟橋からなるヴィダフスの集落と、木立でほぼ隠れてしまっているヴァトナガースの小農場博物館があった。ペレスが車をとめてきた場所だ。

　フランが死んでから、きょうでちょうど半年。もうここへくるのはよそう、とペレスは思った。つぎにくるのは、フランの娘キャシーがいろいろなことを理解できるくらい大きくなったときだ。もしくは、彼女を連れてくることに自分が耐えられるようになったとき。それまで、この石塚が残っているといいのだが……。

　ペレスは丘を下って、霧のなかへとはいっていった。霧は水のように低いところに溜まっており、それに完全に包みこまれると、溺れているような気分になった。彼がきたときには空っぽだった駐車場は、いまや満杯になっていた。大きな建物のひとつから音楽が聞こえており、窓に明かりがついていた。薄暗がりのなかに浮かぶ四角い月だ。ペレスは音楽のほうへひき寄せられながら、幼いころに聞いた昔話を思いだしていた。こびと族《トロウ》がフィドルの演奏で人間たちをたぶらかし、百年分の命を盗んでいったというお話だ。いまの自分は、きっとその昔話の登場人物みたいに見えているにちがいなかった。長くのびた黒い髪。ひげだらけの顔。丈の長い黒いコート。窓をのぞきこむと、お年寄りたちが踊っているのが見えた。それは彼の知っている曲で、一瞬、自分も踊りに参加しようかという考えが頭をよぎった。壁ぎわにすわっている老女の手をとり、部屋じゅうをぐるぐるまわって、彼女に若返った気分を味わってもらうのだ。

だが、ペレスは背中をむけた。かつてのジミー・ペレスなら、そうしていたかもしれない。とくに、フランがそばにいたならば。だが、もはや彼は以前のジミー・ペレスではなかった。

2

ジェリー・マーカムは、外海から陸地に深く切れこんできている細長い湾を見渡した。彼の背後にはひらけた泥炭の丘があり、長い冬のあとで茶色く変色したヘザーが生えていた。一方、前方には石油ターミナルがあった。トロール船ほどの大きさのタグボートが四隻、〈ロード・ラノッホ〉号というタンカーの前後左右について、巨大な船をうしろむきに埠頭へと誘導していく。万一の場合はすぐに逃げだせるよう、タンカーは必ず海にむかって係留することとなっているためだ。穏やかな水面のむこうには、工業地帯がひろがっていた。石油タンク。オフィスビル。ターミナルに電力を供給すると同時に、シェトランドの送電網にもつながっている巨大な発電所。余ったガスを燃焼させている炎。この一帯は、てっぺんに蛇腹形鉄条網のついた高いフェンスで囲まれていた。9・11以来、シェトランドでも警備が厳しくなっており、かつてはラミネート加工された通行証さえあれば敷地にはいれたのが、いまでは請負業者は全員が身元を調査され、安全講習会を受けなくてはならなかった。トラックはそのつど調べられ、認証票をあたえられた。門があいているときでさえ、そこにはさらに侵入を防ぐためのコンクリート製の障害物が設置されていた。

ジェリーは写真を一枚撮った。

イースタン航空の飛行機が頭上を通過し、スカッツタ空港にむけて高度を下げていった。この小さな飛行場は第二次世界大戦中に英国空軍の基地として使用されていたもので、いまではサンバラ空港よりも交通量が多くなっていた。とはいえ、定期便は就航しておらず、ここで旅行客や大学から帰省した子供たちの姿を目にすることはなかった。スカッツタ空港の発着便は、すべて石油がらみなのだ。ジェリー・マーカムが見守るなか、男たちが滑走路にあらわれた。みなひきしまった身体つきで、ラグビーチームとか陸軍小隊のメンバーといってもおかしくない、いかにもそれらしい仲間意識をただよわせていた。男どうしの絆――どういうわけか、ジェリーにはずっと縁がなかったものだ。話し声は聞こえなかったものの、かれらがおたがいに軽口をたたいているのがわかった。もうすぐヘリコプターで油田の掘削装置へとはこばれ、つぎの交替勤務につくのだろう。

かつては年間で八百隻以上のタンカーが原油をサロム湾から南へはこんでいたが、それが現在では二百隻にまで減っていた。しかも、いま目のまえで曳航されている〈ロード・ラノッホ〉

号に積まれているのは、シェトランドの西にある大西洋のシェハリオン油田で採れた中質原油だった。北海油田は、すでに枯渇しかけていた。そして、ジェリー・マーカムはそのことをよく承知していた。下調べをしてきただけでなく、彼自身がシェトランドの出身だったからだ。彼はこの島で、石油の恩恵を受けて育ってきた。設備の充実した学校。スポーツセンター。音楽教室。広びろとした舗装道路。海底から石油を採掘するのはますます困難で費用のかかる事業となっていたが、それでもターミナルはまだ活気があるように見えた。きょうのところは、衰退の気配などみじんも感じられなかった。一瞬、ジェリーは考えた。もしもシェトランドがあんなふうでなかったら……。自分があんなふうでなかったら……。あれほど甘やかされていなければ……。そもそも石油が見つかっていなければ……。これで石油が完全になくなったら、シェトランドの未来はどうなるのだろう？

　ジェリー・マーカムは位置を変え、すこしべつの角度からもう一枚写真を撮った。境界フェンスの反対側では道路建設が進められており、コンクリート・ブロックの上にはスチール缶のようなコンテナ住宅が姿をあらわしつつあった。いまあるターミナルのとなりにあたらしいターミナルが建設中で、その用地を確保するために丘が削りとられ、そこから掘り出された泥炭のかたまりが巨大な長方形の壁のむこうに積みあげられていた。天然ガスが発見されたのは、ちょうど石油がなくなりかけたときのことだった。そしてシェトランドは、このあらたなエネルギー資源をもろ手をあげて歓迎した。ガスは仕事を意味していた。工場設備の基礎を作るためにサロムの採石場から石が掘り出され、すでに地元のトラックによってはこびこまれていた。

ホテルや民宿やB&Bは、本土からきた労働者で満員になっていた。家の値段はふたたび上昇に転じていた。ガスはお金を意味していた。

ジェリー・マーカムは歩いて丘を下り、泥炭の土手を飛びこえて、小道の突きあたりに駐車しておいた自分の車のところへ戻った。小道のすぐわきにある飛行場でも工事が進行中で、あたらしい管制塔の骨組みが見えていた。乗客を降ろした飛行機がはやくもつぎの客を乗せようとしており、車でそばを通過するとき、ジェリーはタラップのまえで列をなしている男たちの視線を感じた。シェトランドでアルファ・ロメオのような車を目にする機会は、めったにないのだ。男たちの驚きと羨望を察知して、ジェリーは喜びをおぼえると同時に、そんな自分をアナベルはどう思うだろうかと考えた。

ジェリーは南へむかって、サロム湾沿いに車を走らせた。ターミナルから半マイルも離れると、サロム湾で石油が陸揚げされていることを示すものは、水面の真ん中に浮かぶ黄色い浮標だけとなった。石油が流出した場合、この浮標にオイルフェンスがとりつけられ、細長い湾の先端にある繊細な塩湿地を汚染から守ることになっていた。だが、すでに石油タンクや埠頭、港湾局の建物や空港、それにあたらしいガス・ターミナルは、起伏のある丘のむこうに隠れてしまっていた。いまジェリーの視界にあるのは羊とカモメと大鴉だけで、それにシャクシギの鳴き声がつけくわわっていた。

サロム湾の端にあるブレイの集落までくると、ジェリーは幹線道路との合流にそなえて車の速度をいくらか落とした。ブレイでは、石油産業の影がもうすこし色濃く感じられた。複数の通りに労働者向けの公営住宅がたちならんでいたからだ。それらは味も素っ気もない建物で、絵本のような可愛らしさを期待してきた観光客にはすこぶる不評だった。だが、シェトランドはそういうところではなかった。苛酷で荒々しい面を見せることはあっても、可愛らしさとは無縁の土地だ。

ブレイを抜けると、車は霧のかたまりに突っこんだ。この日は朝から曇り空で風がなく、灰色の霧雨が皮膚に沁みこんで、芯まで身体を凍えさせていた。それが突然、道路のカーブでさえほとんどわからないような状態になった。正面からヘッドライトがゆっくりとちかづいてきて、霧に包まれた道路の反対側を漂流するように通過していった。エンジン音はまったく聞こえなかった。自分の車のなか以外、なにも存在していないように感じられた。なにも見えず、なにも聞こえない。そのとき、ふいにべつのヘッドライトがあらわれた。今度のは左側からで、猛スピードでほぼ一直線に突っこんできていた。ジェリーは急ブレーキをかけ、衝突を避けようとしてハンドルを切った。霧のなかを走行していたにもかかわらず、彼はスピードを出しすぎていた。舗装道路でタイヤの軋む音がして、車が制御できずに回転した。だが、霧はその音までも包みこみ、骨抜きにしていた。夢のなかのような横滑りだった。悪夢のなかというべきか。ジェリーは、しばらく震えながらすわっていた。

それから、怒りがショックにとってかわった。ジェリーは深呼吸をして冷静さを失うまいとしたが、上手くいかなかった。どこかのクソ野郎に、もうすこしで衝突されるところだったのだ。彼は命を落としていたかもしれないし、車が大破していた可能性だって——いまは、そちらのほうが重要になっていた――あった。彼を道路から飛びださせた車のヘッドライトは、すでに消されていた。だが、この無謀な車が走り去る音はしていなかった。ジェリーは車から降りた。首の血管が怒りで激しく脈打っているのがわかった。誰かを殴りつけたかった。こんなふうに感じるのは数カ月ぶりで、その怒りは麻薬常用者の体内にはいりこんだドラッグのように、おなじみの心地よさをもたらしてくれていた。興奮にうっとりとする。シェトランドに着いてから、彼はずっと礼儀正しく、物わかりよくふるまってきた。いらだちを抑えてきた。いま、それをぶちまけてもかまわない相手があらわれたので、彼はそうした。

「いったいどういうつもりだ、この大馬鹿野郎が！」

返事はなかった。

車は黒っぽい影にしか見えなかった。それくらい、霧が濃かった。彼は車のほうへ歩いていった。ドアをあけて、このむかつく運転手を無理やり外へひきずりだしてやるつもりだった。

背後で動きがあり、彼はふり返った。音を耳にしたというより、感じたのだ。

ふたたび動きがあった。空気だ。空気の動くしゅっという音。鋭い痛み。それから、なにもわからなくなった。

3

ローナ・レインは紅茶をいれた。カフェイン抜きのアールグレイ。地元アイスの公営商店は、彼女のために特別にそれを仕入れるようになっていた。彼女の家はもともと校長宿舎で、その灰色でがっしりとした建物は独身女性の住まいにしては大きすぎる、と人びとは考えていた。実際、人びとは彼女にかんして、ありとあらゆることで考えをめぐらせていた。ときおり、それがうわさ話となって本人の耳にも届き、彼女を面白がらせると同時に、いらだたせもした。いわく、ローナ・レインは六週間ごとにエディンバラまで飛び、髪の毛をセットしてもらっている。ローナ・レインには婚外子がいて、その男児を養子にだした。ローナ・レインには秘密の恋人がいて、その男は毎晩のように日が落ちてから船でアイスのマリーナに乗りつけ、朝早くふたたび船で帰っていく。彼女は、そうしたうわさ話を肯定も否定もしないことにしていた。

シェトランドに移り住んでからの半年間、彼女はこの家の改修に精をだした。そして、いまや家は完璧に彼女の満足のいく仕上がりになっていた。家具や調度は作りつけで、屋内は巨大な船の内部のようだった。すべてがあるべき場所におさまっている船長室だ。ラーウィックにある彼女の地方検察官のオフィスも、やはりおなじくらい整然としていた。散らかったりごちゃごちゃしたりしていると、彼女は気分が悪くなるのだ。

ローナ・レインは紅茶をもって居間へいき、土手を下った先にある湾を見おろした。きょうはほぼ一日じゅう濃い霧がたちこめていたが、ラーウィックから車で帰宅するころにはそれも消え、いまやあたりは春の澄んだ光に包まれていた。見渡すかぎりのなだらかな緑の丘と水。毎晩、仕事のあとでくり返されている儀式があった。車で町から戻り、紅茶をいれると、それからしばらくは景色をながめてすごす。冬だと、そのころにはすっかり日が暮れているが、それでもその習慣は変わらなかった。平らな荷船が外海のほうにある鮭の檻へとむかうのが見えた。水面にある線はムール貝のついた縄で、黒玉ビーズのような浮きが点々と連なっていた。すべてが、あるべきところにあった。そのとき、もっとマリーナ寄りの水面に鎧張《ヨール》りの船が浮かんでいるのが目にとまった。その船は今シーズンの競漕大会で使用するもので、本来ならば草地の土手の上にあるはずだった。冬のあいだ保管されていた場所から、つい先週ひっぱりだされてきたのだ。風はなく、そのせいで船が水中に落ちたとは考えにくかった。おそらく、地元の子供たちが復活祭の休暇でひまをもてあまし、近所の女性たちを困らせてやったら楽しいと考えて、船を海へと押しだしたのだろう。

ローナ・レインは、アイスのベテラン女性ボートチームに所属していた。彼女が地元に溶けこもうとする姿勢を見せたのは、このときだけだった。地方検察官たるもの、周囲とはすこし距離をおくべきである、というのが持論だったからである。こういう人口の少ない土地で仕事と私生活をわけておくのは容易ではないが、彼女はもともと親しい友人の必要性を感じたことがなかった。とはいえ、女性ボートチームに参加するのは楽しかった。練習のある晩は、必ずそのあとで誰かの家でワインがあけられた。競漕大会ともなれば、人びとが総出で応援に駆けつけた。彼女はチームのなかで自分がいちばん鍛えていて競争心が強いだろうと考えていたが、それは間違いだとわかった——毎回、ビクスターで小農場をしている女性に打ち負かされていたのだ。ローナは身体を動かすのが好きで(エディンバラでのジム通いがなつかしかった)、去年はシーズンが進むにつれて体力がつくのを感じていた。そういうわけで、仕事から帰ったばかりで紅茶を楽しんでいたにもかかわらず、あの潮に流されていく鎧張りの船をどうにかするのは自分の役目だ、と彼女は考えた。そして、仕事用の服から着替えると、マリーナへとおりていった。

マリーナはひっそりとしていた。夕食の時間帯で、テレビではメロドラマ番組が放映されていたし、子供たちは寝るまえにお風呂にいれられているところだった。渉禽《しょうきん》類の鳥たちが浜辺で海藻をつついていた。マリーナには彼女のヨット〈マリー・ルイーズ〉号が係留されており、それには小型ボートがつながれていた。このヨットは彼女の人生の喜びであり、誇りでもあった。スピードと航続距離を兼ねそなえた大型船だが、彼女はそれをひとりで難なく操舵することができた。小型ボートをひき寄せて乗りこみ、漂流している鎧張りの船のあとをおって漕いでいく。こうして一日の終わりにすこし水の上にいるだけで、ローナは大きな満足感をおぼえた。そもそも、彼女がシェトランドへ移ってきたのは、ヨットのためだった。水の上にいるべくして生まれてきた人間。別れた恋人にも、「きみの血管には血液じゃなくて海水が流れているんだ」といわれたことがあった。

彼女はすぐに鎧張りの船においついた。その舳先にある輪に縄をとおして、岸までひいて戻るつもりだった。今夜はこのままもうすこし水の上で楽しんでもいいかもしれなかった。湾内は、あと一時間くらいは明るいだろう。ヨット向きの風は吹いていなかったものの、たとえエンジンを使って走らせたのだとしても、この景色に退屈させられることはなかった。シェトランドは、海から見てはじめて、その全体像をつかむことができるのだ。そのとき、彼女は鎧張りの船のなかをちらりとのぞきこんだ。座席を横切るようにして、男が寝そべっていた。ブロンドの髪と白い肌のせいで、黒い瞳が不自然なまでに黒ぐろとして見えた。男がすでに息絶えていることは、すぐにわかった。それから、頭についた深い傷と頬の乾いた血に気づいて、ローナ・レインはこれが自然死ではないことを悟った。

4

その電話がかかってきたとき、サンディ・ウィルソンはまだオフィスにいた。相手が地方検察官のローナ・レインだとわかった瞬間、彼はまず自分のへまを疑った。どこかで手順を間違えたにちがいない。サンディは、自分が地方検察官からあまり高く評価されていないことを知っていた。そして、それは驚きではなかった。彼自身、あまり自分を高く評価していなかったからだ。彼の上司ジミー・ペレスはまだ病気休暇中で、いまは週二日のペースですこしずつ仕事に復帰しているところだった。実際に自分が責任者になっている場合もあるのだと考えると、サンディはぞっとした。

「ウィルソン刑事」シェトランドでは誰もがおたがいをファーストネームで呼びあうが、地方検察官は例外だった。彼女の話にはしっかりと耳をかたむける必要があるとわかっていたものの、それでも気がつくと、サンディは注意がおろそかになっていた。ストレスにさらされると、不安でそうなるのだ。おかげで、ウォルセイ島の学校にかよっていた子供のころから、よく厄介な立場に立たされていた。オフィスの窓から港のほうを見おろす。ちょうどブレッサー島にむかうフェリーが出港して、海峡を横切っていくところだった。埠頭では、カモメたちがごみをめぐって争っていた。

「ですから、こちらへきてもらわないと。大至急。わかりますね？」ローナ・レインの声はとげとげしかった。おそらく、もっとてきぱきとした反応を期待していたのだろう。彼女のサンディに対する評価は、ひとりの男としても警察官としても、もともとあまり高くなかった。

「もちろんです」

「ただし、そちらを出るまえに、忘れずにインヴァネスに連絡しておいてください。あちらから捜査班を送りこんでもらう必要があるでしょうから。重大犯罪捜査班と鑑識を」

「かれらはあすの朝までこられませんよ」サンディはいった。こういう話のほうが得意だった。実務のことなら、心得ていたからだ。「インヴァネスからの最終便は、すでに飛び立ってます」

「そうはいっても、かれらの助けは必要ですよ、ウィルソン刑事。鎧張《ヨール》りの船は、アイスのマリーナにつないであります。わたしのヨットが留めてある場所に。死体は動かさないほうがいいのでしょうね。予報によると、あすの天気は良いそうだから、きちんと覆いをかけておけば、問題ないはずです。マリーナは犯罪現場として、立ち入り禁止にすべきでしょう。それでも、目隠しがいりますね。野次馬に対処するために。それに、あしたは土曜日だから、人が大勢くるはずです」

「週末に船を使えないようにしたら、みんな喜びませんよ」サンディは腕をかきながらいった。いまは、釣りをするのに一年で最高の時期だった。長くて暗い冬が終わったことを、ようやく実感できるのだ。

「わたしは、みんなを喜ばせるためにいるわけではありませんよ！」銃火のように鋭い返事がかえってきた。

「その男に見覚えは？」サンディはたずねた。「被害者ってことですけど」

電話線のむこうで沈黙がながれた。地方検察官がじっくり考えているのがわかった。人は死ぬと、生きていたときとはちがって見えるものだ。したがって、死者がよく知らない人の場合、その身元を確認するのは、そう簡単なことではなかった。だが、返事がかえってきたとき、地方検察官の声はきっぱりとしていた。「いいえ、ありませんでした。それもあって、あなたにきてもらいたいのです。被害者がシェトランドの人間ならば、あなたには誰だかわかるでしょうから」

言葉が途切れ、サンディはうしろの水音を耳にすることができた。地方検察官はまだマリーナにいて、自分の携帯電話で話をしているにちがいなかった。電波が届いたのは、運が良かった。島のあのあたりは、携帯電話のブラックホールといってもいい地域なのだ。「そちらへ何人かやって、現場を確保させます」サンディはいった。「それと、インヴァネスに連絡しておきます。自分もできるだけはやくいきます」

「頼みましたよ」

地方検察官が会話を終えようとしているのがわかったので、サンディは叫ぶような大声で相手の注意をひきとめた。「ミス・レイン！」

「なんです、ウィルソン刑事」

「ジミーに知らせますか？ ペレス警部に？」電話の用件があきらかになった瞬間から、彼はずっとそのことで頭を悩ませていた。婚約者を亡くして以来、ジミー・ペレスは本来の彼ではなかった。むっつりとして、いきなり怒りだすことがしばしばあった。警察の同僚たちはみな彼に同情しており、それを大目に見ていた。仕事に復帰するのがはやすぎたのだ、といっていた。彼は落ちこんでいるのだ。だが、そのまま半年がすぎ、かれらの我慢も限界にたっしつつあった。サンディは警察の食堂で、こんな声を耳にしていた。ペレスは警察を辞めて、ダンカン・ハンターの娘の世話に専念したほうがいいのではないか。シェトランドの警察では、昇進人事は人が亡くなってポストに空きができたときくらいしかおこなわれない。となれば、いまペレスがすべきは、いさぎよく後進に道を譲って、ほかのものがその職務をまっとうできるようにすることではないのか。

返事がなかなかかえってこなかったので、サンディは電話が切れてしまったのかと思った。そのとき、ローナ・レインの声が聞こえてきた。「どうかしら、サンディ。その判断は、あなたにまかせるわ。あなたのほうが、わたしよりもジミーをよく知っているから」その声には、思いやりにちかいものが感じられた。

判断を下すのはあとまわしにして、サンディはまずインヴァネスに電話をかけた。インヴァネスの責任者はあたらしくきた男で、イングランド人だった。そのため、サンディは相手のアクセントを聞きとるために、すごく集中しなくてはならなかった。「警部をひとりと捜査班を派遣しよう」インヴァネスの責任者はいった。「ロイ・テイラー警部がリヴァプールへ戻ったのは、知ってるよな?」

「聞きました」いまや、すべてが変わってしまっていた。ジミー・ペレスは別人だったし、ロイ・テイラーは南へと異動した。サンディはもともと変化が好きではなかった。彼が育ったのはウォルセイ島という小さな島で、警察業務の訓練で本土へいったのでさえ、彼にとっては大冒険だった。

「テイラー警部の後任は女性だ」新任の警視はロンドン出身で、そのしゃべり方はサンディにギャング映画を連想させた。「ヘブリディーズ諸島のノース・ウイスト島で育った。きみらのお仲間といってもいいだろう」

そんなことありませんよ、とサンディはいいたかった。ウイスト島の連中は、われわれとはまったくちがいます。かれらはゲール語をしゃべるし、あそこの小農場は砂と海藻だらけだ。地形もちがえば、文化もちがう。ヘブリディーズ諸島では、日曜日に酒を飲めない。ヘブリディーズ人とシェトランド人に共通点があると考えることができるのは、イングランド人だけです。サンディは北スコットランド警察の訓練課程でベンベキュラ島に二日間滞在したことがあり、ヘブリディーズ諸島のことならすっかりわかった気になっていた。だが、なにもいわなかった。女性の下につくことにかんしては、べつになんとも思わなかった。

「名前はリーヴズだ」警視がつづけた。「ウィロー・リーヴズ。彼女と部下たちを飛行場で拾ってもらえるかな？」あまりヘブリディーズ人っぽくない名前だ、とサンディは考えていた。ヘブリディーズ諸島の人間は、みんな〝マクドナルド〟という姓ではないのか？　サンディの返事がないので、警視はもう一度くり返さなくてはならなかった。「朝の便で着いたら、かれらを拾ってもらえるかな？　宿を用意して、いろいろ教えてやってもらいたい。ジミー・ペレスは、まだ復帰していないんだろう？」

「非常勤という形で戻ってきています」サンディはいった。「まだ医者にはかかっていますけど」

「彼はこの件を担当したがるだろうか？」警視の声は確信がなさそうに聞こえた。

「状況を知りたがるでしょう」サンディはいった。「自分の管轄内でこうしたことが起きているときに蚊帳《かや》の外に置かれていたら、面白くないはずです」たったいま思いついたことだったが、いざ口にしてみると、そうにちがいないとわかった。

「それじゃ、きみに頼めるかな、サンディ？　彼に事件のことを伝えておいてくれ。人づてに彼の耳にはいって、わざとのけ者にされたとは思われたくない。ちかごろの彼は、ぴりぴりして怒りっぽくなることがあるからな」

サンディは電話を切ると、ふたつの選択肢のあいだで途方に暮れた。地方検察官からは、いますぐアイスへくるように求められていた。北へむかって、車でゆうに半時間はかかるところだ。一方でインヴァネスの警視は、ジミー・ペレスと話をしろという。そしてペレスは、ラーウィックの南にあるレイヴンズウィックに住んでいた。サンディは、誰かに指示されるほうが好きだった。いまの彼の最大の願いは、ジミー・ペレスがもとの有能で鋭い男に戻って、自分にあれこれと指図してくれることだった。

サンディはつぎにかけた電話で、制服警官をアイスにふたり派遣して犯罪現場を確保させるための手配をした。「インヴァネスから捜査班が到着するまで、見張りを立たせておく必要もあるだろう」死体の発見者が地方検察官であることを告げたとき、彼は同僚たちの冷淡な反応に気づいた。ローナ・レインは人気のある女性ではないのだ。シェトランドで彼女に好意をもつ人物、彼女を友だちと考えていそうな人物を、サンディはひとりも思いつけなかった。彼が警察署を出て自分の車へむかうころには、すでに日が翳りはじめていた。そろそろキャシーがベッドにはいる時刻だから、ペレスは家にいるだろう。キャシー。ペレスの愛した女性が非公式な遺書でペレスに託していった娘。ペレスがシェトランドから――そして、フランの死の記憶から――逃げださずにいるのは、ひとえにキャシーがいるからにすぎない、とサンディは考えていた。

その家は礼拝堂を改装した建物で、屋根が低くてこぢんまりとしており、レイヴン岬から桟橋のそばの家々まで見渡すことができた。ペレスの車が家のまえにとまっており、サンディが戸口に着くまえに、ドアがあいた。コーヒーのマグカップを手にして戸口に立つジミー・ペレスは、フランが亡くなってから一睡もしていないように見えた。身体はやせ細り、ひげは伸び放題。だが、彼はもともとこぎれいにしている男ではなかった。外見をあまり気にしない男だ。

「キャシーはもう寝たんですか？」サンディは、幼い少女が聞いているところで死体や殺人の話をしたくなかった。

「あの子は父親のところにお泊まりだ」ペレスがいった。

キャシーの父親ダンカン・ハンターはシェトランドの放蕩者で、ブレイの入江にある先祖伝来の巨大なお屋敷で暮らしていた。ダンカン・ハンター。フランの元夫で、ジミー・ペレスの元親友だ。

ペレスがつづけた。「この週末が終われば、また学校がはじまる。これから数カ月間は、あの子はあまり父親とすごせないだろう。ダンカンがどんな男か、知ってるだろ。金儲けを企んで、しょっちゅう本土にいっている。やつがこっちにいるときは、できるだけふたりをいっしょにすごさせるようにしようと考えたんだ。キャシーは父親を知るべきだ」

「そして、あなたはすこしひとりになれる」サンディは、このままここで立ち話がつづくのだろうかと考えていた。家に招きいれられ、酒かビールを勧められることはないのか？　ペレスはもともとそれほど酒飲みではなかったが、それでもフランが生きていたころは、いつでも冷蔵庫にビールを用意していた。

「彼女がいなくて寂しいよ」ペレスがいった。「ものすごく」それがキャシーのことなのかフランのことなのか、サンディにはよくわからなかった。足をもぞもぞと動かして、海のほうをながめる。「なんの用だ？」ペレスがいった。「あまり人をもてなす気分じゃないんだ。ちかごろでは、いっしょにいて楽しい相手でもないし」

その声には、自己憐憫がすこしまじっているような気がした。もしかすると、いまのペレスには仕事をするのがいちばんなのかもしれなかった。「きょうは、様子うかがいで立ち寄ったんじゃありません」サンディはいった。ずいぶんときつい口調になっていたので、自分でも驚いた。

ペレスは彼をじっとみつめていた。サンディは同僚のなかで、いつでもペレスのいちばんの支持者だった。そしてペレスは、いつでもサンディを擁護してきた。それがいまでは、サンディがペレスを擁護する側になっていた。「それじゃ、はいるといい」

家のなかは、フランが生きていたときとほとんど変わっていなかった。壁には、キャシーの描いた絵とならんで、フランの絵が何枚も飾られていた。暖炉の上には、三人で撮った大きな写真。写真のなかの女性は頭をのけぞらせて笑っており、サンディは目頭が熱くなるのを感じた。フラン・ハンターは、いつでも彼に親切だった。

「紅茶は？」ペレスがたずねてきた。「うちにはアルコールを置いてないんだ。自分を信用できなくて」

「紅茶でかまいません」サンディは、ペレスがマグカップを用意して冷蔵庫から牛乳をとりだすのをながめていた。「殺人事件です」という。「地方検察官がアイスのマリーナで死体を発見しました。競漕用の鎧張りの船のなかにあったんです。彼女が年配の女性たちとボートを漕いでるのは、知ってますよね」サンディは反応がかえってくるのを待った。かつてのペレスなら、いまの発言に対して眉をあげ、地方検察官や彼女が水上ですごす時間について軽口をたたいていただろう。

だが、きょうのペレスは紅茶のマグカップを注意深くテーブルに置くと、サンディのほうをむいた。

「いまは病気休暇中なんだ」という。「その手の仕事は無理だ」

「それじゃ、これ以上お邪魔していても仕方ありませんね」サンディは椅子から立ちあがって、戸口へとむかった。「〝鉄の処女《アイアン・メイデン》〟から、アイスへくるようにいわれてるんです。おれなら被害者の身元がわかるかもしれない、ってことで。彼女を待たせたらどうなるか、知ってるでしょ。ただ、あなたにも知らせておくべきだと思って。報告しておくのが……」サンディは適切な言葉を見つけようとしてもがいた。「……筋だと」

ここでもペレスは、驚いたような表情を浮かべていた。ふだんサンディは、ペレスに対して──それをいうなら、誰に対しても──はっきりとものをいったりしないのだ。だが、最近ではなにかというとすぐに感情を爆発させているペレスが、いまは怒りもいらだちも見せてはいなかった。

「すまない」そういって、ペレスはかぶりをふった。頭をすっきりとさせようとしているのか？　それとも、一種の絶望をあらわしているのか？　それから、しばらくしてこうつづけた。

「わざわざ知らせにきてくれて、感謝している」

サンディは、戸口の上がり段のところでぐずぐずしていた。レイヴン岬の灯台にはすでに明かりがともっており、頭の上を光の筋が通過していった。ペレスがぎりぎりになって思い直し、アイスへ同行するといいだすのではないかと、サンディは期待していた。これは、いかにもペレスが興味をもちそうな事件だった。彼はその好奇心を原動力にして、これまで数かずの事件を解決へと導いてきたのだ。そして実際、ペレスは一瞬、その気になりかけているように見えた。

「インヴァネスからは誰がくるんだ？」ペレスがたずねた。

「女性です」サンディは気分が明るくなるのを感じて、勢いこんでつづけた。「変わった名前の。でも、彼女が到着するのは翌朝だから、こっちで事件を解決する時間はまだあります」

「それじゃ、上手くいくといいな」そういうと、ペレスは家のなかにひっこんで、ドアを閉めた。なかで明かりがついたので、サンディは窓越しにペレスの姿を目にすることができた。キッチンのテーブルのまえで肩をまるめ、紅茶のマグカップの上でうなだれているペレスは、まるで老人のように見えた。しばし生者の世界に戻ったものの、その感覚が気にいらなかった、とでもいうような感じだった。その感覚があまりにもつらすぎた、とでもいうような。

5

サンディがアイスに着くころには、あたりはすっかり暗くなっていた。思ったよりも時間がかかったのは、ビクスターからアイスへむかう狭い道路で、独身さよなら女子会のバスのうしろにつかまってしまったからだった。バスはのろのろ運転で進み、途中で一度停車して、気分の悪くなった娘を道端に降ろした。娘の足首は二人三脚のように友人の足首につながれており、ふたりは降りてくるのにえらく手間どった。ほかのときなら、サンディは面白がっていただろう。シェトランドの独身さよなら女子会は、いつだって大いに楽しめるのだ。だが、今夜はいらだちをおぼえて、バスが道路わきに寄って追い越しをかけられるようになるまで、警笛を鳴らしつづけた。

アイスのマリーナの入口には巡査がいて、サンディの車だと認識すると、手をふってとおしてくれた。地方検察官はもう自宅に戻っているかと思いきや、まだ現場にいた。ブルージーンズに膝丈のアノラックという恰好で、つねに完璧に整えられている髪の毛は毛編みの帽子の下だった。マリーナには明かりがついており、黒くてねっとりとした水面以外、あらゆるものが白っぽく色あせて見えた。サンディが車から降りると同時に、地方検察官がちかづいてきた。

「ようやくあらわれましたね、ウィルソン刑事」その声は嫌味たっぷりで、先ほど電話でみせた思いやりは影も形もなかった。

「ジミー・ペレスに会いにいってたんです」サンディはいった。「そうするのが筋だと思って」このあらたに発見した言い回しが誇らしくて、彼はそうつづけた。

　地方検察官がためらった。「では、彼は同行したがらなかったのですね？」

「ええ。その気になれない、といってました」サンディも一瞬、言葉をきった。「残念です。まさに、これこそいまの彼に必要なものかもしれないのに。気をまぎらわせ、家の外に連れだしてくれるものです」地方検察官がこたえなかったので、サンディは先をつづけた。「インヴァネスと話をしました。あすの朝いちばんの飛行機で捜査班を寄越すそうなので、空港まで迎えにいって、まっすぐここへ連れてきます。宿の手配は、いまモラグがやっています。くるのは、あたらしい警部です」それが変わった名前をもつ女性だとつけくわえようとして、サンディは思い直した。地方検察官がそれを無意味な情報とみなすことが、わかっていたからだ。女性どうし、おたがいどういう印象をもつのだろう？　主導権争いがはじまるかもしれないと考えて、サンディは暗がりのなかでにやりとした。それで地方検察官の舌鋒の矛先がほかへむかうことになるのなら、こんなありがたいことはない。

「こちらです」地方検察官は先に立って桟橋を進んでいき、係留場所のひとつへとむかった。桟橋の端には野次馬対策の目隠しが設置されており、鎧張り《ヨール》の船の死体には防水シートがかけられていた。制服巡査のデイヴィ・クーパーが防水シートの端をつまんでもちあげ、サンディに見えるように懐中電灯の光をあてた。

「どことなく見覚えのある顔なんだ」デイヴィ・クーパーがいった。「けど、名前がわからない。ブリーフケースをあけてみたが、身分証は見つからなかった。ポケットを調べるのはやめておいた。あすの朝になって鑑識がくるまで待ったほうがいいだろ」

サンディは死体を見おろした。三十代はじめの男性で、サンディの二日分の給料が吹っ飛びそうなジーンズをはいていた。「ジェリー・マーカムだ」サンディはいった。死んでいる彼を見るのはショックだったが、悲しみはなかった。彼はサンディの遠い親戚にあたるものの、親しくなるほどの共通点がなかったのだ。「両親が〈レイヴンズウィック・ホテル〉を経営している。ジェリーは『シェトランド・タイムズ』で記者をやってから、本土へいって成功した。こっちに戻ってきてるとは、知らなかったな」

「なるほど、マーカムか」デイヴィ・クーパーがいった。「そういわれてみれば、お袋さんと似てるな」

だが、サンディはデイヴィの話を聞いていなかった。地方検察官のほうを見ていた。その顔はマリーナのぎらつく光のなかで、急にさらに蒼白になったように見えた。「彼を知っていたんですか？」

「いいえ」地方検察官はいった。「もちろん、名前は知っていますよ。けれども、会ったことは一度もありません」死体から顔をそむける。「だいぶ冷えてきましたし、わたしはまだ食事をすませていません。用があれば、自宅にいますから」地方検察官は立ち去りかけたが、明かりの外へ出る直前でふり返った。「これから家族に知らせるんですよね？」

サンディはうなずいた。

「このニュースが外に漏れれば、すぐさまマスコミが押し寄せてくるでしょう」地方検察官がいった。「かれらはいつだって、仲間の身に起きた事件に興味をもちますから。被害者の身元は、できるだけ長く伏せておきたいですね。ですから、ウィルソン刑事、ご両親のホテルを訪ねる際には、あまり目立たないようにしてください」

「ご自分でピーターとマリアに伝えますか?」これからまたレイヴンズウィックまで戻るのは、かんべんしてもらいたかった。それに、あのホテルはシェトランドでいちばんお洒落なところで、彼はいくたびに場違いな気分を味わっていた。おそらく地方検察官は、あそこのレストランの常連客だろう。

「それはわたしの役目ではありませんよ、ウィルソン刑事」地方検察官はすでに歩きだしており、そういい終わるころには、その姿は闇にのみこまれていた。

車でレイヴンズウィックへ戻る道すがら、サンディは頭のなかでジェリー・マーカムにかんする自分の知識をおさらいした。ジェリーのほうがすこし年上だったが、サンディがアンダーソン高校にはいったとき、彼はまだ学校にいた。人気者のひとりで、校内誌の編集長。学校劇では主役をつとめていた。大学進学でシェトランドを離れ、戻ってきて『シェトランド・タイムズ』の記者となり、それに飽きてうんざりすると、ふたたび本土へ渡った。現在は、ロンドンの大手新聞の記者。真面目な記事が中心の新聞で、スポーツ欄がうしろのほうにちょこっとしかないやつだ。ジェリーがそこに就職したとき、サンディの母親はその話ばかりしていた。そして、彼の署名記事を見つけるたびに切り取って、帰宅したサンディの鼻先でふりまわしてみせた。

ジェリーの両親はピーターとマリアといい、母親のマリアはノースメイヴィン出身のシェトランド人。一方、父親のピーターは、よそ者――シェトランド人がいうところの〝本土人〟――だった。

〈レイヴンズウィック・ホテル〉をはじめるまえ、ピーター・マーカムはどんな仕事についていたのだったか？　はっきりとは覚えていなかったが、たしか石油が関係していた。そのとき、サンディは軍とのつながりを思いだした。ピーターはアンスト島の空軍基地に配属されていて、そこでマリアと出会ったのだ。除隊時、彼はスカッツタ空港と油田の掘削装置を結ぶヘリコプターの操縦士をしていた。〈レイヴンズウィック・ホテル〉は、もともとは十八世紀に建てられた水辺の大きくてがっしりとした大地主のお屋敷で、マーカム夫妻が買いとったころには、すっかり荒廃していた。それがいまでは全面的に改修され、シェトランドで唯一の邸宅ホテルを名乗っていた。ジミー・ペレスとフランは婚約のお祝いと称して、サンディをそこでの食事に招待してくれたことがあった。バーでの食事だったが、それでもサンディは値段を見て、目の玉が飛びでそうになった。とはいえ、料理は美味しく、ほんとうにいいところを見せたい女性があらわれたなら、彼はここでいっしょに昼食をとろうと考えていた。昼食ならばセット・メニューがあって、それほど値が張らないからだ。

気がつくと、サンディはジミー・ペレスの家のあるレイヴンズウィックの集落のはずれまできていた。ペレスの家にはまだ明かりがついていたが、カーテンは閉じられていた。最近のペレスは、明かりをつけたまま寝ているのかもしれなかった。暗いと、子供のように悪夢を見るのかも。それとも、眠らずにすわったまま、暖炉の火をみつめているのだろうか？

ホテルの入口では篝火《かがりび》が焚かれており、泥炭の匂いが駐車場までただよってきていた。受付にいたのはスチュアート・ブローディで、サンディは彼とも学校でいっしょだった。バーは地元の住民でいっぱいで、みんな食後のコーヒーやウイスキーを楽しんでいた。受付は全体が濃い色の木でできており、蜜蠟の匂いがした。

「ピーターとマリアはいるかな？」大声をださなくても相手に聞こえるように、サンディはぴかぴかの受付デスクの上に身をのりだしていった。

「いましがた、住居部分へあがっていったところだ」スチュアート・ブローディは生真面目な男だった。すこし退屈なくらいで、好奇心をまったくもちあわせていなかった。「おれで済む用事かな？　ふたりをわずらわせたくないんだ」

「どういけばいいのか教えてくれたら、ひとりで勝手にいくよ」サンディはいった。「ふたりには知らせないでくれ」サンディは立派な階段で二階へいき、そこから先はもっと小さな階段をのぼっていった。〈プライベート〉と記されたドアのまえに立つ。二度ノックすると、しばらくしてドアのむこうで足音がして、ドアがひらいた。

ピーター・マーカムは仕事用のスーツのままだったが、すでにネクタイをはずしており、手にはグラスをもっていた。髪の毛が灰色になりつつあるものの、身体つきはまだひきしまっており、年寄り臭さはなかった。

「なにかご用でしょうか?」邪魔されてすこしいらついているように見えたが、物腰は丁寧だった。宿泊客が苦情や頼みごとをもちこんでくることが、よくあるのかもしれなかった。そして、かれらが支払っている宿泊料のことを考えれば、そう簡単に怒るわけにはいかないのだろう。

サンディが自己紹介をすると、相手はわきに寄った。「どういうことですかね、刑事さん? うちの宿泊客がなにかやらかしたとか?」ピーター・マーカムはサンディが誰だかわかっていなかった。彼の妻には遠い親戚が何十人といるので、無理もなかった。

サンディは彼のあとについて、広びろとした居間へいった。もともとは屋根裏の召使部屋のある一角だったのかもしれないが、それがいまでは仕切りがとりはらわれ、白い壁の大きな空間になっていた。光沢のある木の床はホテルの部分とおなじで、薪ストーブのそばに縞柄の青い敷物が置かれていた。これだと冬はすこし寒いだろう、とサンディは思った。彼は絨毯のほうが好きだった。ストーブわきの棚には流木から作られた実物大のシロカツオドリの彫刻があり、気がつくとサンディはそれをみつめていた。まるでいまにも飛び立ちそうに見えたが、彫刻家がどうやってそれをなしとげたのかは謎だった。

マリア・マーカムは、低い肘掛け椅子にだらけた姿勢ですわっていた。すでに地味な部屋着に着替えており――サンディの母親が着ていてもおかしくないような、ふんわりとした着心地のよさそうなものだ――その目はテレビの画面に釘付けになっていたが、番組に興味があるというよりも、リラックスするためにつけてあるような感じだった。すぐわきのテーブルには、飲み物がのっていた。彼女はすぐにサンディのことを思いだした。いかにもシェトランドらしく、ふたりは遠い姻戚関係にあった。義理の甥と叔母のような間柄だ。そのため、サンディは子供のころから結婚式や葬式といった場面で彼女と顔をあわせていた。彼女はいつでもひとりで参列していて、夫や息子がいっしょにくることはなかった。そして、夫とふたりでホテル経営にのりだしてからは、一族の集まりで彼女の姿を見かけることは完全になくなっていた。

マリア・マーカムは立ちあがると、部屋着のまえをかきあわせた。こんなくだけた恰好をしているところを見られて、すこし決まりが悪そうだった。「サンディ！　よくきてくれたわね！」彼が警官としてここにいるのかもしれないとは、考えてもいないようだった。まえよりも太った、という印象をサンディは受けた。あごのあたりが、すこしふっくらしていた。「なにを飲む？　いっしょに一杯やるでしょ？　階下にきてたの？　すごく忙しかったから、気がつかなかったわ。あたらしいガス・ターミナルの建設を監督する人たちで、ホテルは満員なの。ありがたいことだけれど、これがつづくようなら、もっとホテルのスタッフを増やさないと。それに、霧のせいでエディンバラ行きの飛行機が欠航したから、足止めを食らって延泊している宿泊客が何人かいるの」

「きょうは、ジェリーのことできたんだ」サンディはいった。

「あの子は、まだ帰ってきていないわ」マリア・マーカムはこたえた。「仕事よ。そろそろ戻るころなんだけど。すこし待ってみたら？　あの子も、久しぶりにあなたと会って話をしたがるはずよ」

だが彼女の夫は、これがたんなる社交上の訪問ではないことを察したようだった。妻のうしろに立って、その肩に手をのせる。「なにがあったんだ？」ピーター・マーカムはたずねた。

「なにか事故でも？」

「ジェリーは亡くなりました」サンディはこれまでにも何度か悲報を伝えてきたが、すこしも楽になることはなかった。あまりにも残酷な知らせなので、彼自身がもう一度ジェリーを殺しているような感じがした。だが、それをやさしく伝える方法などなかった。希望をもたせずにはっきりと告げるのが、いちばんだった。

マーカム夫妻はサンディをじっとみつめた。まるで、ふたりとも凍りついてしまったかのようだった。「なにをいってるの？」マリア・マーカムがようやく口をひらいた。「あの子はいまこっちにいるわ。もうすぐ帰ってくるはずよ」

「いや」自分がもっと言葉に長けていれば、とサンディは思った。もっと人あしらいが上手ければ。「彼の死体がアイスで見つかったんだ。この目で確認した」

「あの車のせいか？」ピーター・マーカムがいった。「ジェリーはやたらと飛ばしていた」

「いえ」いまの発言が意味するところを理解しようと、サンディは必死で頭を働かせていた。もちろん、ジェリーは車をシェトランドにもってきていたのだろう。それがいまどこにあるのかを突きとめる必要があった。すでに捜索をはじめているべきだったのに……。ペレスなら、とっくの昔に気づいていただろう。「いえ」サンディはふたたびいった。「自動車事故ではありません」

「それじゃ、なにがあったんだ?」

サンディはマリア・マーカムのほうを見た。その頰には涙が伝い落ちていたが、彼女は依然として身じろぎひとつせず、なにも声をはっしていなかった。

「われわれは、彼が殺されたのだと考えています」サンディはいった。「彼の死体はアイスのマリーナで発見され、頭には傷を負っていました。あすになってインヴァネスから捜査班が到着すれば、もっとくわしいことがわかるでしょう」

そのとき、音がいっきにあふれだしてきた。マリア・マーカムが大声で泣き叫んでいた。サンディは想像力のあるほうではなかったが、そこには陣痛の苦しみに似たものがあるような気がした。まるで、ふたたび息子を産み落としているかのようだった。泣き叫んで、その苦痛をのりきるのだ。ピーター・マーカムは妻のまえに立ち、彼女が静かになるまできつく抱きしめていた。

「ジェリーはひとり息子だった」ピーター・マーカムが妻の頭越しにサンディのほうを見ながらいった。「あの子を産んだあと、マリアはもう子供をもてなかった」

夫妻がふたりきりで悲しみにひたれるように、サンディはこの場を立ち去りたかった。この広くて清潔な空間にすわって、彼の記憶のなかでは強くてよく笑っていた女性が取り乱すところを見ていたくなかった。だが、朝になればノース・ウイスト島出身のあたらしい警部が飛行機でやってきて、彼がなにをさぐりだしたのかを知りたがるだろう。彼女が捜査をひき継ぐまえにサンディが質問をする機会は、いましかなかった。

「ジェリーが運転していた車の種類は？」サンディはたずねた。

「アルファ・ロメオだ」ピーター・マーカムが妻を胸に抱きしめたままいった。むずかる赤ん坊をなだめるように、すこし身体を揺らしていた。「小型のスポーツカーで、色はもちろん赤だ。滑稽だよ。もういい大人なのに。あの子はその車を、はじめてロンドンに出ていったときに買ったんだ」

「マリアの先ほどの話では、ジェリーは仕事でこちらへきていたとか」ロンドンの高級紙で働く記者がシェトランドになんの用があるのか、サンディには想像がつかなかった。シェトランドで起きていることでロンドンの興味をひくようなことといったら、なにがあるだろう？

「ジェリーは取材だといっていた」ピーター・マーカムが小声でいった。マリア・マーカムはいまや動かなくなっており、サンディは彼女が気絶したのではないかと思った。泣き疲れてしまったのだ。ピーターが彼女の髪をなでながらいった。「上司にかけあって、取材する価値があると説得したのだとか。それには地元にコネのある自分が最適任者だと。それで、経費はすべて会社もちで帰省することになったんだ。スクープ記事をものにしようと意気込んで」

「取材の内容については？」突然、外から大きな笑い声が聞こえてきた。食事をしにきていた地元の住民たちが、それぞれの家や車へむかおうとしていた。

ピーター・マーカムは肩をすくめてみせた。「サロム湾のターミナルにまだコネはあるか、と訊かれたよ。あそこへの取材許可を得ることはできるかと。ターミナルに記事になるようなことはなにもないだろうに、とわたしは思った。結局のところ、石油はなくなりかけている。あの施設は、もはやニュースにはならない。だが、あの子のために広報担当者と会えるように手配してやった」

「つまり、ジェリーはきょうターミナルにいた？」

「ああ」ピーター・マーカムがいった。「そのとおりだ。あの子は夕食までに戻ってくることになっていた。だが、その時間になってもあらわれなかったので、きっと昔の友人にばったり出くわしたのだと思った。ここがどんなところか、知ってるだろう。あの子の携帯にかけてみたが、返事はなかった。電波の届かないところにいるのだと思っただけで、あの子の身になにか起きているとは考えもしなかった。ときどき、ロンドンにいるあの子のことを心配したものだ。だが、ここにいるときは、そんなことはなかった。ここでは誰もが安全だ、と思いこんでいた」

サンディが立ちあがったとき、ピーター・マーカムはまだしゃべっていた。サンディを帰らせたくなさそうな感じだった。その顔は、気をしっかりもとうとする努力でぴんと張りつめていた。マリアとふたりきりになったら、その糸が切れてしまうのだろう。

サンディは、ふたたび北へむかって車を走らせた。ジミー・ペレスの家の窓にはまだ明かりがついていた。彼は車をとめ、助言を求めたかった。まず、なにからはじめたらいいんです？

捜査の手順を教えてください。だが、そのまま通りすぎて警察署に着くと、コンピュータでジェリー・マーカムの車の自動車登録番号を調べた。それから、マリーナで見張りについているデイヴィ・クーパーに電話して、その車が駐車場にあるかどうかを確認してもらった。サンディ自身は見た記憶がなかったし、そんなはでな車があれば気づいていたはずだった。モラグが残していったメモには、インヴァネスからくる捜査班のためにラーウィックの宿を手配済み、と書かれていた。

サンディが自分のフラットに戻ったのは、明け方ちかくだった。音量を絞った状態でテレビをつける。下の階には若い家族連れが住んでおり、かれらを起こしたくなかった。それから、彼は缶ビールをグラスを使わずに飲むと、目覚まし時計をかけてベッドにはいった。すぐに眠りに落ちた。心配事があるときでも、サンディ・ウィルソンが眠れないということはなかった。ジミー・ペレスはよく、それもひとつの才能だといっていた。自分にそなわった数少ない才能のひとつだ、とサンディは思った。

6

ウィロー・リーヴズが殺人事件の捜査で指揮をとるのは、今回がはじめてだった。上司のオフィスに呼ばれて、この件をまかせるといわれたのだ。「シェトランドで捜査をする際には、特別な理解が必要となる。かれらは世界のはてで暮らしていて、自分たちは世間一般の規則の枠外にいると考えているんだ。いかれた連中だよ」その言外の意味は、彼女もまたいかれた連中のひとりであり――ただし、彼女の場合は〝北のはて〟ではなく、〝西のはて〟の出身だったが――彼女ならば事件を簡単に解決できるだろう、ということだった。つまり、プレッシャーはまったくないわけだ。もしも上司が彼女の育った環境や家族のことをくわしく知っていたなら、本気で彼女のことを頭がいかれていると考えていただろう。だが、彼女は仕事場でそういう話をしなかった。ほかのものには関係ないではないか？

一行は朝いちばんの飛行機で、インヴァネスからサンバラに到着した。そのときの彼女の第一印象は、〝なにもかもがものすごく大きくて立派〟だった。本物の空港みたいにレンタカーの営業所と待合室とカフェがそろっていたし、日の光を浴びてどこもかしこもぴかぴかだ。犯行現場検査官のヴィッキー・ヒューイットはまえにもシェトランドで捜査に参加したことがあり、出迎えにきていた刑事に対して古い友人のようにあいさつをした。「それで、どうなの？」ヴィッキー・ヒューイットはいった。「ジミー・ペレスの様子は？」

刑事は肩をすくめ、ウィローには聞きとりにくいアクセントでぼそぼそといった。「あまり本調子とはいえないな。まだまだだ」

ジミー・ペレスの一件は、誰もが知っていた。彼の婚約者がフェア島で起きた殺人事件の捜査にまきこまれ、頭のいかれた人物によって刺し殺されたこと。ジミー・ペレスが自分を責めていること。それは、北スコットランド警察のありとあらゆる署内食堂で何カ月も話題になっていた。そして、ジミー・ペレスに責任があると考えているのは、本人だけではなかった。自分の恋人を捜査にかかわらせるなんて、いったいペレスはなにを考えていたんだ？　ウィローは一切意見を口にしなかった。ノース・ウイスト島のヒッピー共同体《コミューン》で育った経験から、往々にしていちばんいいのは口をとじておくことだ——すくなくとも、くわしい事情がわかるまでは——と学んでいたからだ。

　まっすぐな舗装道路を北へむかって車を走らせているあいだ、地元の刑事は旅行ガイドのように目につくものを指さしながら説明していった。だが、ウィローは事件がらみの質問を山ほど抱えていた。まえの晩にシェトランドからの初期報告書に目をとおし、ジェリー・マーカムのことをできるだけ調べておいたのだ。ブリーフケースには、ジェリー・マーカムの書いた記事の切り抜きファイルがはいっていた。「被害者について聞かせてちょうだい」ついに我慢ができなくなって、ウィローはいった。

　サンディ・ウィルソンは話を途中でさえぎられたのを気にしていないようだった。「被害者の父親は本土の出身です」という。「でも、母親はシェトランド人で、ジェリーはここで生まれ育ちました」

「彼を知っていたの？」

「ええ、まあ。けど、彼がロンドンに移ってからは、一度も会ってませんでした」

「それじゃ、彼に殺意を抱いた人物の動機について、心当たりはないわけね？　うわさは、どう？　敵がいたとか、恨まれていたとか？」小さくて緊密な共同体では恨みが何世代にもわたってつづくことがあるのを、彼女は知っていた。

「ジェリーはしばらく『シェトランド・タイムズ』で記者をしてました」サンディ・ウィルソンがいった。「ロンドンの新聞社で働くようになるまえです。だから、いつでも人気があったわけじゃありません。自分の恥を人目にさらされて嬉しい人は、いませんからね。しかも、それをみんなに読まれるんです。もしかするとジェリーは、ここでの活動を大手新聞に移るまえの腕慣らしと考えていたのかもしれません。いつでも、はでな事件に目を光らせていた。でも、それは十年前の話です。それが原因で彼がきのう殺されることになったとは、思えません」

突然、車は道路をそれて待避所にとまった。サンディが土手の先のほうにむかってうなずいてみせる。浜辺のすぐそばに灰色の石造りの巨大な建物があり、そのまわりを高い石塀が取り囲んでいた。

「〈レイヴンズウィック・ホテル〉です」サンディがいった。「ジェリーの両親が所有してます。ピーターとマリアのマーカム夫妻です」

「地元での夫妻の評判は？」ああいうホテルを維持していくには大金がかかるはずだ、とウィローは考えた。ウイスト島には、あれほど大きくて洗練されているホテルは一軒もない。

「好かれてます。地元の人間にとっては、ホテルは仕事を意味しますから。値段はちょっと高めですけど、いつでも繁盛しているみたいです。観光客とかビジネス客向けですけど、地元の人間も特別なお祝いがあったりすると、あそこのバーやレストランで食事をします」そこからサンディは、マーカム家の歴史について語りつづけた。うながされれば二世代前までさかのぼりそうな勢いだったが、ウィローは気にしなかった。こうした人たちの出自を知るのは、楽しかった。彼女自身は、〝出自〟と呼べるほどのものをもちあわせていなかった。サンディの話を聞きながら、彼女はリュックサックから手帳をだしておけばよかったと後悔していた。そうすれば、すべてを書きとめておけたのに。

ラーウィックはどうやら大きな町らしく、信号機にスーパーマーケット、それに町はずれには工場があった。「ホテルに荷物を置いてきますか？」サンディがいった。「それとも、まっすぐアイスへいって、犯罪現場を見ますか？」

「アイスへ」ヴィッキー・ヒューイットが後部座席から大声でいった。「かわいそうに、被害者はひと晩じゅうあそこにいたのよ。これ以上待たせるのは、あんまりじゃない？　ジェイムズはもう調べたのかしら？」

ジェイムズ・グリーヴ。アバディーンで活動している病理医だ。ウィローは一度も彼と会ったことがなく、すこし仲間はずれの気分を味わった。転校してきたばかりの少女のようなものだ。まわりの子にどれだけ親切にされようと、まだ完全にはどのグループにも属していない少女。

「先に着いてるはずだ」サンディがいった。「アバディーンからの飛行便は最初に到着するし、迎えの車をやっておいたから」車はすでに町をあとにしようとしており、そのまま北へむかって、巨大な風力タービンがいくつもたちならぶ丘のそばを通過した。丘の上は吹きさらしらしく、木は一本もなく、針葉樹の人工林さえ見当たらなかった。「そっちの出迎えはモラグに頼んだんだ」

アイスは、幹線道路からすこし離れたところに位置していた。そのことを、ウィローはまえの晩に自宅の陸地測量図で確認済みだった。アイスまでの道路は一車線で、すれちがうための待避所がところどころにあった。むきだしの丘と泥炭の湿地のあいだを進むあいだ、どこへ目をむけても水が見えた。海。海水の入江。小さな潟。すれちがう車があると、運転手はおたがいに手をふるかうなずくかした。こうした土地では、よそ者は否応なしに目につくのでは？だが、この島を訪れる観光客は多く、そのなかには幹線道路をはずれて探索してまわるものもけっこういるのかもしれなかった。

アイスの集落にむかう道は下り坂で、遠くからでもそこで捜査が進行中なのが見てとれた。やけにたくさんの車。風のなかでよじれている警察の青と白のテープ。大きな手漕ぎボートになみなみならぬ関心を寄せている人びと。ボートは、病理医が死体を発見時の状況のままでくわしく調べられるように巻き揚げ機で桟橋にもちあげられており、ウィローが見ていると、そのまわりに白いテントが組み立てられていった。もちろん、そばには野次馬がいた。こうした小さな共同体でも、死体を見るのが面白いとかわくわくすると考える連中がいるのだ。いまのところ現場には、老人がふたりと子供たちが数名集まってきていた。

「この週末のあいだ、学校を使えるようにしてあります」突然、サンディがいった。「学校にはインターネットと電話がありますし、食堂では大勢が食事をできます。それに、トイレもある」サンディが言葉をきった。相手が自分の承認を待っていることに、ウィローはふいに気がついた。彼がそんなものを必要とするとは、思ってもみなかった。なんのかんのいっても、ここは彼の管区なのだ。

「完璧だわ！」ウィローはいった。「よく思いついたわね」それを聞いたサンディの肩からは力が抜け、顔には満面の笑みが浮かんだ。

校庭にとめた車から桟橋にむかって歩いていくと、人影がちかづいてきた。長靴姿の制服警官でも病理医でもなく、立ち入り禁止のテープのすぐ外に立っていた中年女性だった。彼女はウィローの存在に気がつくと、手を差しだしてきた。「ローナ・レインです」という。「地方検察官の」エディンバラのアクセント――それも、冷ややかで歯切れのよい上流階級のものだ。カシミアのセーターに、ツイードのジャケット。灰色のウールのパンツ。実用的だが野暮ったく見えない靴。「あなたがリーヴズ警部ですね。捜査の指揮をとることになっている」ローナ・レインの声にはかすかに驚きがあり、それがウィローをいらだたせた。責任者らしく見えない、としょっちゅう人から思われているのだ。その点で相手の期待に添えなくても、それは彼女のせいではなかった。「こちらにいるあいだは、わたしに報告をしてください」ローナ・レインがつづけた。

「わかっています」ウィローは握手を返しながら、どうして権力をもつ女性たちは主導権争いをせずにはいられないのだろうかと考えていた。「あなたが死体を発見されたんですよね。競漕用の鎧張《ヨール》りの船で」

「ウィルソン刑事に説明したとおりです」ローナ・レインがうなずいた。海風が吹いているにもかかわらず、彼女の髪はぴくりとも動かなかった。よほどヘアカットがいいのか、大量のヘアスプレーを使用しているのかだ。

「そして、あなたはここで暮らしている？」

「もともとは校長宿舎だった建物で」ローナ・レインは、かれらのうしろの土手にあるがっしりとした家のほうにうなずいてみせた。「子供たちがいたずらでボートを海に流したのだろう、とわたしは考えました。そこで、それを回収しにいったのです」口もとに小さな笑みが浮かんだものの、その目は油断なく警戒していた。

「お話をうかがえて、とても助かりました」ウィローは声に誠意をこめていった。大学時代は演劇部にいたので、それくらいはお手のものだった。「ここでの作業が終わったら、またすこしお時間をいただくかもしれません。このあとお出かけでなければですけど。週末の予定を邪魔したくありませんし、作業にどれくらい時間がかかるかもわかりませんので」ウィローは白いテントのほうに一瞥をくれ、はやく仕事にかかりたいという意向をあきらかにした。

沈黙がながれた。

「かまいませんよ」ローナ・レインがいった。「それでは家にいるようにしましょう」

犯行現場用の紙スーツを身につけ、靴の上に長靴をはいているときになって、ようやくウィローは、地方検察官が自分も同行させてもらえると期待していたのだということに気がついた。だが、本人はわかっていないようだが、ローナ・レインは死体の発見者ということで、微妙な立場に置かれていた。法律上は彼女が捜査の監督者だが、同時に目撃者でもあり、さらには容疑者となる可能性さえあるのだ。

病理医のジェイムズ・グリーヴが、死体のそばを離れて歩いてきた。立ち入り禁止のテープのかなり外まできたところで、犯行現場用のスーツを脱ぐ。彼は小柄な男で、洒落た身なりをしており、光沢のある黒い靴をはいていた。笑みを浮かべて、ヴィッキー・ヒューイットの頰に軽くキスをする。

ウィローは自己紹介をした。相手よりも背が高かったので、気まずさをおぼえていた。それと、自分のほうがずっと若いことにも。そのどちらにも、もういいかげん慣れていてもよさそうなものなのだが。

「ミス・ヒューイット、こんなふうにして会うのは、もうやめにしないと」

「警部」病理医は慇懃《いんぎん》に小さく会釈をした。「わたしは文明社会に戻らせてもらうよ。とりあえずはアバディーンに。まあ、すべては相対的なものだから。きみはここを離れられないだろうから、検死解剖に立ち会うのは無理だな。あす、電話をくれ。昼すぎにでも。死体は今夜のフェリーで本土へ移送するように手配しておいたから、そのころまでにはなにかわかっているはずだ」

「死因は?」ウィローはたずねた。

病理医は、授業中に悪のりをした生意気な女生徒を相手にしているような感じで眉をあげてみせた。それから、笑みを浮かべた。「どうやら被害者は、伝統にのっとって鈍器で強く殴られたようだ。もっとも、死体をひと目見れば、すぐにわかることだが」そういうと、病理医はふたたび会釈をして去っていった。

ヴィッキー・ヒューイットは、すでに白いテントのなかにはいって写真を撮っていた。鎧張りの船は、ウィローが想像していたよりも大きかった。全長二十フィートくらい。漕ぎ手がふたりずつならんで三組すわれるようになっている。ジェリー・マーカムはあおむけで、木の座席をいくつかまたぐ恰好で横たわっていた。居心地が悪そうに見えた。頭と足の双方が座席の先まではみだしており、頭を大きくのけぞらせている。見るからに高そうな靴。ウィローは両親をいらつかせるために陸軍将校と一度つきあったことがあるが、その彼もいつでも高級な靴をはいていた。死体の堅苦しくてぎごちない姿勢も、彼のことを思いださせた。もっとも、名前までは記憶に甦ってこなかったが。

　死体の両腕は胸の上で折りたたまれており、やはりどこか格式ばっていた。ジェリー・マーカムがこの場で殴られて倒れたのでないことは、あきらかだった。足もとに、薄手の黒いブリーフケースがあった。電子手帳なら収まるかもしれないが、ふつうのノートパソコンは無理という大きさだ。ブリーフケースになにか手がかりがはいっていたのなら、犯人はそれごと持ち去っていただろう、という考えがウィローの頭に浮かんだ。犯人の男、もしくは女は、ブリーフケースの中身を気にかけていなかった。それが自分の正体に結びつくことはないと知っていたからだ。ブリーフケースが目につく形で残されていたことを考えると、犯人が中身を警察に見せたがっている可能性さえあった。ウィローはあとで検討するため、その考えを頭の隅にしまっておいた。

　ボートに横たわる男の姿は、かつての恋人以外にもウィローにさまざまな連想をもたらしていた。まっすぐにのびた身体と胸の上で交差する腕をもつ、中世の墓に彫られた騎士の像。長艇《ロングボート》に横たえられ、火をともされて戦士として海に葬られるのを待つバイキング。そのとき、ウィローはサンディ・ウィルソンにじっとみつめられていることに気がついた。しばらくまえから、そうやって注意をひこうとしていたのかもしれなかった。

「いいですか？　奥さん《マーム》」おずおずとした声でサンディがいった。

「あら、声をかけるときには〝ウィロー〟でいいわよ。さえない名前だけど、そう名づけられたんだから仕方がないわよね」

笑みが返ってきた。「ヴィッキーは、ここに午後いっぱいとどまるそうです。警部はどうしますか？」

ウィローは考えた。「ジェリー・マーカムは、きのうの午後に父親の手配で石油ターミナルを訪れていたのよね？」

「サロム湾のターミナルです。ええ。警備員のひとりが彼をなかにいれました。広報担当者と面会の約束があったんです」

「それじゃ、そこへいきましょう。でも、まずはそちらの地方検察官と話をしておかないと」

サンディが顔をしかめたので、ローナ・レインがシェトランドでいちばんの人気者ではないことが推測できた。

「ほらほら、ウィルソン刑事。きっと彼女は美味しいコーヒーをいれてくれるわ。それがすんだら、そこいらへんのパブで昼食にしましょう。わたしのおごりよ」

大きな笑みが返ってきたので、ウィローは自分がサンディ・ウィルソンを味方につけたことを知った。

7

ローナ・レインは自宅の窓辺に立ち、サンディ・ウィルソンとあたらしくきた警部が土手をのぼってくるのをながめていた。そこは、漂流する鎧張《ヨール》りの船にはじめて気づいたときに立っていたのと、ちょうどおなじ場所だった。

無視すればよかった。ジェリー・マーカムの死体を目にして以来、その考えがずっと彼女の心をむしばんでいた。あのまま外海まで潮に流されるままにしておけばよかった。なにもせず、なにもいわずに。

ローナ・レインは自分を落ちつかせた。そんなふうに考えるなんて、馬鹿げている。頭を切り換えようと、サンディのとなりにいる若い女性のほうに注意をむける。ひょろりとして背が高く、髪は長くてぼさぼさだ。化粧はしていない。ズボンは裾が長く、うしろの部分のへりが靴とこすれてほつれている。だぼっとした淡黄褐色の木綿のセーターは、チャリティ・ショップで買った古着だろうか。その上に着ているバーグハウスの青いジャケットはファスナーがあいたままで、だらしなくはためいていた。外見にまったく無頓着なところが、ローナの気にさわった。女性がみずから選択した分野で成功をおさめようと思ったら、そのための努力を惜しんではならない。そのことを、この若い女性はわかっていないのだろうか？　おそらく、リーヴズ警部がいまの地位についたのは、北スコットランド警察が暗黙の了解事項となっている男女の割り当てに配慮する必要を感じたからだろう。そう考えると、ローナは満足感をおぼえた。ウィロー・リーヴズは、しょせん彼女の敵ではないのだ。ふたりが家の玄関にたどり着くまえに、一瞬、その姿が視界から消えた。ローナは息を深く吸いこむと、呼び鈴が鳴るのを待った。

家のなかはきれいにかたづいており、そのためリーヴズ警部はいっそうだらしなく――そして、なぜか不器用そうに――見えた。なにか壊すといけないから動かないで、とローナは命じたくなった。手に負えない子供が家のなかにいるのとおなじだ。警部がぶらぶらと居間にはいってきて足を止めると、部屋が信じられないくらい小さくなったように感じられた。

「コーヒーは？」なにはともあれ、失礼な態度をとるわけにはいかなかった。

「ええ、お願いします」警部がむきなおって、笑みを浮かべた。またしてもローナは、相手がすごく若く見えると思った。とても大人には見えない。

キッチンでコーヒーメーカーにコーヒーの粉をいれているあいだ、ローナは居間にいるふたりの行動が気になって仕方がなかった。あの小娘なら、ひきだしや机の蓋をあけて、こっそりのぞいてまわりかねない。もちろん、見るべきものなど、なにもなかった。見られて困るものなど、なにも。それでも、ローナは落ちつかない気分になった。あまりにも仕事が私生活にはいりこんできていた。

トレイをもって居間にはいっていったとき、ふたりは彼女が大切にしている椅子にすわっていた。スウェーデンからの輸入品で、その湾曲した薄い色の木材とやわらかい革がすごく気にいっている椅子だ。若い警部がしゃべっていた。

「どうして被害者が鎧張りの船に横たえられていたのかが謎なんです。彼はあの船で殺害されたわけではありません。それはあきらかです。でも、そのことはもうお気づきですよね。犯行現場はまだ見つかっていません。彼の車も。車が発見されれば、もっといろいろなことがわかるのかも。では、なぜ犯人はわざわざ死体を船に置いたのか？　そして、どうしてそれはここだったのか？　わかりません」

言葉と考えが、なんの脈略もなしに口からこぼれだしてきていた。見た目とおなじくらい、頭のなかも雑然としてだらしがないのだ。ローナは返事をするまえに、すこし間をおいた。この若い警部は、なんの下心もなしに、ただ地方検察官の意見を求めているだけなのだろうか？　それとも、その裏には、もっと邪悪な意図が隠されているのか？　自分はローナが認めている以上のことを知っていると、暗にほのめかしているのか？

「わたしは警察の捜査に一切干渉しないようにしています」ようやく、ローナはいった。「わたしの立場は、あくまでも監督者です。そのことは、わかっていますよね」

「けれども、あなたはこのアイスにお住まいです」リーヴズ警部は、ふたたびあのあけっぴろげで幼く見える笑みを浮かべてみせた。「ボートチームのほかの女性たちを、よくご存じです。そのなかに、ジェリー・マーカムとつながりのありそうな人はいませんか？」

「アイスには、メンバーの年齢や性別でわかれたボートチームが六つあります。そのすべてについては、わかりかねますね」

「ボートは共用なんですか?」

「ええ」ローナはいった。「ボートは共用です」確認作業で警部にかかる手間のことを考えると——何本も電話をかけ、大勢から話を聞かなくてはならないだろう——ローナは子供っぽい喜びをおぼえた。

「でも、ご自分のチームについては、こたえていただけますよね?」

しつこい女性だ、とローナは思った。食らいついたら離さない。「うちのチームのメンバーでジェリー・マーカムを知っていた人がいるとは、思えませんね。わたしが所属しているのはベテランの女性チームで、みんな四十歳を超えています。被害者と学校でいっしょになるには、年上すぎるでしょう? もちろん、メンバーの名前と連絡先のリストはお渡しします。いま用意しましょう。それと、アイスのほかのチームの連絡先も」

驚いたことに、リーヴズ警部は自分も席を立つと、寝室を改装した二階の小さな書斎までついてきた。ローナは、躾《しつけ》のできていない馬鹿でかい子犬につきまとわれているような気分になった。ローナがコンピュータのスイッチをいれるあいだ、警部はドア口に立ち、戸枠にもたれかかっていた。その不潔なジャケットが塗装面に残していくかもしれない汚れのことを、ローナは考えずにはいられなかった。

「よく自宅で仕事をなさるんですか?」警部の質問は害がなさそうに聞こえたが、ここでもローナはよく考えてから返事をした。

「もちろん、ラーウィックにはオフィスがありますけれど、やり残したことを、しばしば夜ここでかたづけます」

「それで、どうしてシェトランドへくることに？　エディンバラで成功した弁護士として活躍するのとは、大違いですよね」

ローナはプリンタに紙があることを確認してから、顔をあげた。「海が好きなんです」という。「昔から、ずっと。エディンバラの成功した弁護士では、水の上にいる時間をあまりとれませんし、シェトランドはヨットを走らせるのに最高の場所です。それに、職業上の見地からいっても、さまざまな分野で経験を積むのは決してマイナスにはならない」どうしてこの若い警部にこんなことを話しているのだろう、とローナは不思議に思った。どちらもほんとうのことだったが、彼女はめったにシェトランドに移ってきた理由を人に話さなかった。おそらくこの女性にも、ジミー・ペレスとおなじように、人の口をひらかせる力がそなわっているのだろう。

プリンタがかたかたと音をたて、ボートチームのメンバーの名前と連絡先を吐きだした。

「見ればわかると思いますが、チームにはレースに必要な六名よりも多いメンバーがいます」ローナはいった。「みんな忙しいので、どの競漕大会にも全員が顔をそろえるわけにはいかないのです」

リーヴズ警部はリストを受けとると、ちらりと目をとおしてから、ジャケットのポケットにしまった。

「あのボートが最後に水に浮かべられたのは、いつですか?」

「先週、今季にはいってはじめてチームで集まりました。ボートは冬のあいだ、浜辺の小屋にしまわれていました。その埃をはらってワニスを塗り、それから天気が良かったので、外へはこびだしたのです。そして、肩ならしで軽くトレーニングをしました」自分があの晩大いに楽しんでいたのを、ローナは思いだした。夏時間になったばかりで、あたりは八時まで明るかった。冬の暗い日々のあいだ、自分がどれほど彼女たちとの時間を恋しく思っていたのかを、ローナは気づかされていた。

「けれども、ボートはそのあとで小屋に戻されなかった?」リーヴズ警部が彼女の思考に割りこんできた。

「ええ。トレーニングのたびに外へ出すのは面倒なので、いつも水辺にちかい土手の草地のところに置いておくのです。防水シートをかけて。あそこなら、安全ですから」

「そして、アイスの住民は全員がそれを知っている」リーヴズ警部がひとりごとのようにいった。

「シェトランドのほぼ全員ですよ」ローナはいった。「ヨット遊びのためにアイスへきたことのある人なら、誰でも知っているでしょう。あるいは、気持ちのいい夏の晩にこちらのほうへドライブにきた人なら。それと、競漕大会を見にきた人も」

「なるほど」リーヴズ警部は戸枠にもたれていた身体をまっすぐに起こして、地方検察官がとおれるようにした。「死体がボートに置かれていたのが、どうしても腑に落ちないんです。どうして犯人は、わざわざそんなことをしたんでしょう？　目撃される危険を冒してまで？　それが実行されたのは、昼間だったはずです。けれども、サンディの部下たちが地元の人たちに聞きこみをしたところ、誰もなにも見ていませんでした。というか、みんなそう主張しています。怪しい車もなし。ボートのそばをうろついていた人もなし。まるで、ジェリー・マーカムは奇跡のように宙からいきなり出現したみたいです」

それに対してローナはなんといっていいのかわからなかったが、自分が返事を求められているのを感じた。「きのうの午後は、とても濃い霧がでていました」という。「目撃者は、まずいないでしょう」彼女は先に立って階段をおりていった。

「仕事から帰ってくるときに、なにもおかしなことには気づかなかったんですね？」

ローナはふたたび、なんてしつこい女性だろうと思った。その存在が疎ましくなりはじめていた。両脇にたらした手を握りしめると、手のひらに爪が食いこむのがわかった。

「そういうことがあれば、すでに話していたのではないかしら」ローナはいった。「殺人犯が死体を競漕用の鎧張りの船に積みこんでいた——ええ、それを目撃していたなら、きっと話していたはずですよ。あなたから訊かれるまえに」

「すみません」だが、リーヴズ警部はちっともすまなそうな顔をしていなかった。これからも罪を重ねるつもりでいる罪びとが口にする、お決まりの謝罪の文句だ。警部がふたたび笑みを浮かべた。「でも、すごく気になっているんです。どうやったら、そんなことが可能なのか」

「きっと、完全に理にかなった説明があるはずですよ」ローナは階段をおりきったところで足を止めた。もうこの訪問はおしまいだと、相手にはっきりと伝えたかった。

するとようやく若い警部はその意図に気づいたらしく、サンディに声をかけて、そろそろお暇《いとま》しようといった。サンディが椅子から立ちあがってやってくると、三人はしばらく玄関広間でぎごちなく立っていた。リーヴズ警部が手を差しだした。「ありがとうございます」という。「大変参考になりました。ほんとうに」それから、ドアをあけて、サンディといっしょに外へ出た。ローナはその場に立ち、かれらが庭のむこうまでいくのを確認してから、ドアを閉めた。

彼女は震えていた。こんなの馬鹿げている。なにを心配する必要があるというの？　居間へいき、サンディがすわっていた椅子のクッションをまっすぐに直す。出かけたほうがよさそうだった。ラーウィックへいって、クリキミン・スポーツセンターで身体を動かすのもいいかもしれない。金切り声をあげる子供たちがあまりいなければ、プールでひと泳ぎするとか。だが、彼女は動けなかった。意欲やエネルギーに欠けた人間をいつも馬鹿にしているくせに、いまは自分が無気力状態におちいっていた。腰をおろしたら、すぐにでも眠ってしまいそうだった。キッチンは家の裏手にあり、まえの所有者が風除けのためにあちこちにナナカマドを植えたので、道路からはまったく見えなかった。ここにいるほうが安全な気がした。そもそもこの旧校長宿舎を買う決め手となったのはマリーナをのぞめる景色だったが、いまはそれが彼女を金魚鉢のなかの金魚のような気分にさせていた。警察官や野次馬たちから、家のなかが丸見えなのだ。暗くなってカーテンを閉めてもおかしくないころになるまで、裏のキッチンか仕事部屋にいるほうがいい。

彼女は食器棚をあけ、ハイランドパークの瓶とタンブラーをとりだした。自分のために注ぐと、ひと口すすってウイスキーの温もりを感じる。それから、グラスをもって二階の仕事部屋へいき、コンピュータのまえにすわった。しばらく、そのままそうしていた。電話をかけるまで、これ以上ウイスキーを飲まないようにしなくては。頭をはっきりさせておく必要があるのだ。彼女は電話を手にとり、暗記している番号にかけた。電話口にでた相手の声には、好奇心と自信が感じられた。怒っているときでも、それを表にはあらわさない男だ。

「もしもし?」

よもや彼女から電話があるとは、彼は思っていないはずだった。

「ローナ・レインよ」いまでは彼女はすっかり落ちついていた。ふだんとまったく変わらないといってもいいくらいだった。「残念ながら、またしてもジェリー・マーカムがわたしたちを悩ませに戻ってきたわ」

8

サンディとウィローは、ヴォーにあるパブで昼食をとった。ヴォーはアイスとおなじく水辺の集落で、やはり小さなマリーナをもっていた。ヨットやモータークルーザーの所有者向けのこうしたお洒落な施設がどこからあらわれてきたのか、サンディは不思議でならなかった。彼の子供時代には、こんなにたくさんはなかった。ウィローはスープとバノックと呼ばれるパンを注文し、サンディはその食べっぷりに嬉しくなった。カロリー計算を気にしてばかりいる女性は、彼の好みではなかった。パブにはサンディの知りあいがふたりいて、まえの晩の独身さよなら女子会の話をしていた。よくある独身さよなら女子会で、全員が仮装して、貸し切りのミニバスでシェトランド本島の北側にあるパブをまわっていたという。ただし、今回は二人三脚によるはしご酒で、同時に慈善活動のための募金集めがおこなわれていた。

「ジェン・ベルショーの恰好を見たか？　あの体形であんなに肌を見せちゃ、まずいだろ」ふたたび子供っぽいくすくす笑いが起こった。

サンディは、その会話にくわわりかけた。まえの晩にふたりの女性が足首を結わえたままバスから降りてきたときの様子を、語って聞かせようとしたのだ。だが、それはプロらしくない行動だと気づいて、思いとどまった。彼はビールを注文したかったが、ウィローが水を飲んでいたので、オレンジジュースで我慢した。かれらは窓ぎわの席にすわって、カウンターでおしゃべりをしているふたり連れとは距離をおいた。

「おたくの地方検察官は、いつでもあんなふうに堅苦しいのかしら？」

一瞬、サンディはローナ・レインを擁護しなくてはという気分になった。彼女は本土人かもしれないが、いまはシェトランドの住民なのだ。それに、フェア島の一件があったあとのジミー・ペレスに対して、ずっとよくしてきた。だが、そのとき、彼女から浴びせられてきた皮肉や辛辣な言葉が脳裏に甦ってきた。「ローナ・レインは気むずかしい女性なんです」サンディはいった。「手順にこだわる」

「でも、正直な人なのね？」ウィローが彼を見た。前髪が長すぎて、目にかかっていた。「その点にかんして、疑いを抱いたことはない？」

「ええ、もちろん！」ウィローがそういった疑問をもつこと自体、サンディにはショックだった。「正直なだけじゃなくて、すごく有能です。ほら、ときおり手違いが起きて、事件が台無しになることがあるでしょう――わざととか不正行為のせいとかじゃなくて、どこかに手抜きがあったり、詰めが甘かったりして。でも、鉄の処女《アイアン・メイデン》にかぎっては、そんなことは絶対にありません」

「彼女はそう呼ばれているの？」ウィローがにやりと笑った。「鉄の処女って？」

「ジミーがそう呼んでたんです。ときどき」

「ただ、彼女はひどく落ちつかないように見えたから」ウィローがいった。「もしも彼女が参考人だったら――一般の参考人だったら――なにか隠しているにちがいないと疑っていたところよ」

「彼女はひとりでいるのが好きなんです」自分が地方検察官を弁護しているので、サンディはまたしても妙な気分を味わっていた。「友だちもいません。すくなくとも、シェトランドには。仕事の現場では、いつでも自信たっぷりに見えます。それは、政治家や議員とおしゃべりしているときでも変わりません。もしかすると、自分の家に他人がいるのが苦手なのかもしれない」

「そうね」ウィローはいった。「たんに、それだけのことかもしれない」だが、その声は確信がなさそうで、サンディは相手がなにを考えているのだろうかと訝った。

ヴォーでは携帯電話の電波が届かなかったが、ラーウィックから北へむかう幹線道路に出ると、とたんにサンディの携帯電話につぎつぎと着信があった。電話を何本も受け損なっていたというしるしだ。彼は運転中だったので、メッセージを聞くために車を小道に乗りいれてとめた。小道と幹線道路の合流地点には、藁を詰めた枕カバーとぼろきれを詰めた服でこしらえた人形が二体飾られていた。頭の部分に、これから花婿と花嫁になる男女の実物大の顔写真が留められている。サンディは男のほうの顔に見覚えがあるような気がしたが、女のほうは誰だかわからなかった。これは結婚式のまえの習慣で、人形はすこし不気味に見えた。そのうち結婚することになっても、サンディはウォルセイ島にある両親の小農場の入口に自分の案山子《かかし》を置かせないつもりだった。

「ジェリー・マーカムの車が見つかりました」サンディはいった。「デイヴィ・クーパーから電話がはいってたんです」

「どこで見つかったの？」

「ヴァトナガースにある博物館のそばで」相手がきょとんとしているのがわかった。「博物館といっても、もともとは小農場の農家です」サンディは説明した。「昔の状態のままで保存してあるので、観光客はそこへいって、過去の暮らしぶりを見学することができます。ボランティアたちが昔風の服装をして、そこで暮らしているふりをしてるんです」ここで言葉をきる。彼にいわせれば、じつにおかしな展示方法だった。「そこには古い農具もあります。泥炭用の切削工具《カッター》とか、泥炭をはこぶための籠《キシー》とか。学校で、一度連れていかれたことがあります。そのときは、手作業で耕す実習をやらされました」

「それで、それは正確にはどこにあるのかしら？」

サンディは相手がいらついているのを見てとった。彼の学校時代の話には興味がないのだ。

「ここから、そう遠くないところです」

車で現地へむかうあいだ、ウィロー・リーヴズはなにひとつ見逃すまいと、あちこちに視線をめぐらせていた。車は幹線道路を離れ、シカモアの木立で守られた谷をとおったあとで、ひらけた土地に出た。西のほうに海が見えていた。沖合には巨大な彫刻のようなはなれ岩がいくつもあり、ウィローはそちらに気をとられていたために、前方にあらわれた小農場の農家——泥炭と藁で屋根を葺いた平屋の建物——に気づくのがすこし遅れた。納屋と牛小屋とトウモロコシの乾燥所もそろっており、どの建物もごつごつとした灰色の石でできていた。サンディが最後にここを訪れたのは十一歳のときで、よく晴れた夏の日のことだった。それから現在までのほとんどを彼はシェトランドですごしていたが、そのあいだもずっと、この博物館は観光客向けのもので、自分には関係がないと考えていた。博物館のちかくまでくると、彼は車のスピードを落として、建物の裏にある駐車場へとはいっていった。

そこには、すでにデイヴィ・クーパーがきていた。彼の説明によると、その日の朝、ラジオ・シェトランドのニュースでアルファ・ロメオにかんする情報提供を呼びかけたところ、博物館を担当している郵便配達人から目撃情報が寄せられたのだという。車は博物館の入口からもっとも遠い区画にとめられており、柵のあいだに張られたテープによって、誰もちかづけないようになっていた。

デイヴィのとったその処置を目にすると、ウィローは笑みを浮かべた。「大正解よ」という。「なにしろ、ここは殺人の犯行現場かもしれないんだから。ミズ・ヒューイットは、もうこちらへむかっているのかしら?」

デイヴィがうなずいた。「それと、博物館の鍵を管理している人物も。一年のこの時期は、あまり開館してないんです」

三人が駐車場で待っていると、べつの車があらわれた。『シェトランド・タイムズ』の編集長レグ・ギルバートの運転するフォルクスワーゲンのおんぼろキャンピングカーだ。サンディはローナ・レインから目立たないように行動しろといわれていたが、こうなると、被害者の身元を伏せておくのはもはや不可能だった。レグがどうやってこの場所のことを知ったのかは、謎だった。おそらく、郵便配達人が話をした相手は警察だけではなかったのだろう。レグがなによりも好きなのは、本土にいるかつての同僚たちに流せるような大ニュースだった。彼は、あたらしく迎えた年若い妻とすごす時間を増やすために、イングランドの地方紙を早期退職していた。ところが、その妻がサルサの教師と駆け落ちしてしまい、傷心を癒すべくシェトランドに移ってきた。それまでシェトランドには一度もきたことがなく、たまたまいちばん最初に目にした求人広告が、ここの新聞社の編集長の職だったのだ。こういったことは、秘密でもなんでもなかった。レグは仕事が終わると毎晩〈グランド・ホテル〉のバーにみこしを据えて、耳をかたむけてくれるものにならば誰彼かまわず、その話を聞かせていたからだ。シェトランドはあの浮気女からいちばん遠く離れていられるところだ、というのが彼の口癖だった。

「あれはジェリー・マーカムの車じゃないのかな？」レグ・ギルバートは細面で、サンディはいつでもネズミを連想した。薄くなりかけた髪。もじゃもじゃの眉毛。長くて赤い酒飲みの鼻。

レグの質問はサンディにむけられたものだったが、かわりにウィローがこたえた。

「マーカムさんを知っているのかしら？」

「知っていただよ、きみ《マイ・ディア》。やつはいま袋のなかで、フェリーへはこばれていくところだ。朝になったらジミー・グリーヴが身体を切り開けるようにね。葬儀屋のアニー・グーディとおしゃべりをして、確認してもらったところだ。だから、この報道界の寵児について語るときは、やはり過去形にすべきじゃないかと思うんだが、どうかな？」

「彼と最後に会ったのは？」ウィローが相手の挑発にのる気配はなかった。

「木曜日の夜さ。〈レイヴンズウィック・ホテル〉のレストランで夕食をおごるといわれた。まあ、はたで聞くほど気前のいい話じゃないがね。だって、あそこのオーナーはやつの両親で、やつに代金を支払う気がないのはあきらかだったから。とはいえ、そういうお誘いをことわるつもりはなかった」そういうと、レグ・ギルバートはキャンピングカーにもたれかかった。うわさによると、彼はシェトランドにきた当時ひどい金欠で、その夏のあいだ、キャンピングカーを家がわりにしていたという。町の港の駐車場にとめた車のなかで暮らしていたのだ。キャンピングカーの後部の窓には汚れたネットカーテンがかかっており、サンディは内部を見ることができなかった。

「それで、その席ではどんな話を？」ウィローの声は冷ややかなままだった。

「やつはでかい記事を書こうとしていて、すこし口が堅かった。おれがまだロンドンの新聞社とつながりがあるのを知ってて、独自に追跡取材をされるのを心配してたんだな。はっきりそういわれたわけじゃないが、やつの考えてることならわかった。まあ、あながち杞憂でもなかったが。チャンスさえあれば、おれはすぐにでも自分で取材にとりかかっていただろう」

このときまで、明るく輝く太陽のもと、西風に吹かれた雲がつぎつぎと水面に影を落としながら通過していた。それが突然、あたり一面が灰色となり、サンディは最初の雨粒を感じた。

「そうはいっても、夕食をごちそうしたからには——たとえ、それが両親によって支払われるにせよ——ジェリー・マーカムはあなたからなにか情報をひきだそうとしたはずよね」ウィローがいった。

「ご明察だよ」レグはふたたび〝きみ《マイ・ディア》〟とつけくわえようとして、考え直した。「この業界じゃ、ただ飯なんてものは存在しないからな。まさに、おれもなにが目的かと考えていた」

「それで？」ウィローの忍耐心も尽きかけていた。

だが、レグはまったく動じずにつづけた。「おれは地元の人間だ」という。「コネがある。いろいろとそちらを助けることができるんだけどな」

「つまり?」

「つまり、その助けの見返りとして、こちらが確実に記事をものにできるようにしてもらいたいのさ。いまこの瞬間にもアバディーンで飛行機に乗りこもうとしている大きなサメどもよりも先に」

さすがにこれにはウィローも怒りを爆発させるだろう、とサンディは思った。ジミー・ペレスでさえ、レグに身の程をわきまえさせ、司法妨害について一席ぶつような場面だ。だが、ウィローは小さく笑っただけだった。「わたしは駆けひきはしないの、ギルバートさん。それに、ここ取引も。話がそれだけなら、仕事があるので、どこかよそへ移動してもらえないかしら。ここは犯行現場かもしれないので」

「話の中身を教えないとはいってないぞ」レグの声には、哀れっぽい響きがあった。いつでも風邪をひいているような鼻声なのだ。「警察にはよろこんで協力させてもらうよ」この男は好奇心のかたまりだ、とサンディは思った。うわさ話が好きで報道の世界にはいったので、いまここでジェリー・マーカムとの会合についてなにもしゃべらずに追いはらわれるのは、拷問にも等しいのだろう。

「それじゃ、知っていることを車のなかでウィルソン刑事に話してちょうだい」ウィローは侮蔑たっぷりにつづけた。「万が一、『シェトランド・タイムズ』の協力が必要となった場合には、こちらから連絡させてもらうわ」サンディは思わず笑みを浮かべた。

レグとサンディは、車の前部座席にすわった。雨は本降りになってきていたが、ウィロー・

リーヴズは気にならないらしく、ぼさぼさの髪にフードをかぶせ、ジャケットのファスナーをあげただけだった。やがて土砂降りになると、彼女はデイヴィ・クーパーといっしょに彼の車に乗りこんだ。サンディは妬ましさをおぼえた。彼女が自分のかわりにデイヴィと意見を交換しているのが、面白くなかった。

「それで、ジェリー・マーカムはあんたからなにを手にいれようとしてたんだ？」サンディはたずねた。

レグ・ギルバートは鼻をすすった。「背景情報だよ」という。「やつがここで記者をしてたのは、かなりまえの話だ。それに、当時はただの見習いみたいなもんだった。やつには地元の記者の情勢分析が必要だったのさ」

「もっと具体的に！　さもなきゃ、警部にいわれたとおり、さっさと退散してもらってかまわないんだぞ」

「それじゃ、彼女は警部なんだ？」レグは感心しているように見えた。「身なりを整えたら、けっこういけそうじゃないか。身体は悪くない」

「木曜日の晩にジェリーと〈レイヴンズウィック・ホテル〉で食事をしながら、なんの話をしてたんだ？」サンディは話をそらされまいと、声を厳しく保った。

「むこうの狙いがなんだったのかは、よくわからない」レグはいった。「やつは手の内をあかそうとはしなかった。はじめは、うわさ話ばかりだった。仲間のこととか。やつも丸くなったもんだ、と思ったよ。そのうちに、グリーン産業に興味をもっていることを漏らしはじめた

——できたばかりの大規模な風力発電基地とか、海峡であらたに予定されている潮汐《ちょうせき》エネルギー計画とか。おまえが地球を救おうだなんて柄でもない、といってやったよ。すると、やつはにやりと笑ってこういった——〝未来はそこにあるのさ、レジー。そして、おれたちはみんな変わらなくちゃならない〟。そういった開発計画にかんして面白そうな話はなにも耳にはいってきちゃいない、とおれはいった。やつは潮汐エネルギー計画の件で騒ぎたててるはた迷惑な反対派について質問してきたが、おれはそんなの記事にはならないとこたえた。地元の議会は、いつだってあたらしい産業を誘致することに熱心だからな」

「けど、あんたはもっと情報をひきだそうとしたんだろ」サンディはいった。雨粒の叩きつける窓越しに、パトカーが到着し、その助手席からヴィッキー・ヒューイットが降り立つのが見えた。「やつがなにを耳にしたのか、さぐりだそうとしたはずだ。目のまえにそんなニュースが転がってたら、なんとしたって一枚嚙みたいだろうから」

「もちろん、もっと聞きだしたかったさ」レグ・ギルバートは鼻をすすった。「やつがここでなにをしているのか、知りたかった。おれの縄張り《シマ》でなにを嗅ぎまわっているのか」

ウィロー・リーヴズもそれを知りたがるだろう、とサンディは思った。ほとんど得るもののない事情聴取だったので、自分がなんだか警部の期待を裏切ってしまったように感じていた。

9

日曜日の夜になってキャシーが帰ってくるのを、ジミー・ペレスは指折り数えて待っていていた。時の歩みの遅さを意識しながら、文字どおり指折り数えて。家のなかのがらんとした感じが嫌でたまらず、なにをしていても集中できなかった。キャシーが家にいると、いろいろとやることがあって、気がまぎれた。ひどくいらつかされて叫びだしたくなる日もあったが、とりあえずは自己憐憫に――つねに心の片隅にあって、彼を支配しようと待ちかまえている感情に――屈せずにすんだ。まえの晩は明け方になるまで眠れなかったが、それでも土曜日の朝がくると、六時に目がさめた。ラジオ・シェトランドでは競漕用の鎧張り《ヨール》の船で死体が発見されたというニュースをやっていたが、奇妙なことに、被害者の身元についてはひと言もふれていなかった。観光シーズンはまだはじまったばかりで、外からきている旅行客はそう多くないし、被害者が地元の人間ならば、間違いなくサンディたちがすぐに誰だか突きとめているはずだった。もしかすると、まだ近親者への告知がすんでおらず、それで身元が伏せられているのかもしれなかった。きのうは、やはりサンディといっしょにアイスへいくべきだったのだろうか……。それだって、気がまぎれていただろう。だが、ちかごろでは、なにをするにもすごく努力が要るようになっていた。医者はそれを鬱のせいだといっていたが、ペレスはむしろ無気力を疑っていた。

昼ごろに、レグ・ギルバートから電話がかかってきた。ペレスはすでにベッドを整え、きのうの晩の鍋を洗っていたが、それ以外はほとんどなにもしていなかった。電話の呼び出し音にぎょっとして、しばらく電話機をみつめてから、受話器をとった。

「もしもし」これは一歩前進といえた。フランが死んだあとの数カ月間は、いつも電話を鳴りっぱなしにしていたのだから。

「それで、マーカム殺しについてのそちらの見立ては、ジミー?」男が名乗りもせずにいきなり訊いてきたが、その鼻にかかったイングランド中部地方のアクセントを聞けば、すぐに相手はレグ・ギルバートだとわかった。

「この週末は勤務じゃないんだ。力にはなれないな」うなるような感じで言葉が出てきた。受話器を置こうとしたところで、好奇心が頭をもたげた。マーカム夫妻とは、まんざら知らない仲ではない。だが、いまの知らせを聞いても、なんの感情も湧いてこなかった。彼の心を動かすものは、もはやほとんどないのだ。それでも、ただ情報を仕入れるためだけに質問した。

「夫妻のどちらが殺されたんだ?」

「どちらでもない」レグがいった。「殺されたのは、息子のジェリーさ。覚えているかな。ほら、ロンドンにいって、高級紙のひとつで上手いこと仕事にありついたやつだよ」レグが馬鹿にするような口調でいった。彼はつねづね、報道界を支えているのは地方紙の記者であって、ロンドンのちゃらちゃらした連中ではない、といっていた。「インヴァネスから捜査班がきている」

「そりゃ、そうだろう」ペレスはそっけなくいった。「殺人事件の捜査では、それが決まりだ」捜査にともなう高揚感が、彼の脳裏に甦ってきた。やみくもに駆けずりまわるサンディ。警察が間違いを犯さないかと遠くから見守る地方検察官。参考人との会話。じょじょに解けていく謎。一瞬、いま自分がアイスにいないのが——ほかのものたちといっしょに魔法瓶から紅茶を飲み、チョコレート・ビスケットをわけあっていないのが——残念に思えた。だが、その感情はすぐに消えた。そうするだけの気力がなかったし、かかわりあいになりたくなかった。

「捜査の責任者に据えられたのは、女だ」レグがいった。

「それじゃ、いちばんいいのは彼女と話をすることだ」ペレスはなつかしさに屈するのを拒んだ。そんなふうに感じたりしたら、まるで殺人がお楽しみのようではないか。フェア島で起きた出来事のあとでは、そういう考え方は病気に思えた。「さっきもいったとおり、この週末は勤務じゃないんだ」

「女が捜査の指揮をとるのを、あの地方検察官はどう思うかな」まるでペレスがなにもいわなかったかのように、レグがつづけた。「われらがローナ・レインは、いつだって女王蜂を気取っているからな」

地方検察官がどう思うかなど知ったことか、とペレスはいいかけたが、そうするかわりに黙って受話器を置いた。

ペレスはキッチンの窓から〈レイヴンズウィック・ホテル〉のほうを見おろした。南からの突風で、窓ガラスに斜めに雨が吹きつけていた。ペレスは自分が空腹なことに気がついた。あまりにもご無沙汰していた感覚だったので——最近は、無理に食べるようにしなくてはならなかった——はじめは、それがなんなのかわからなかった。〈レイヴンズウィック・ホテル〉のバーでだされる自家製スープなら、はずれることはないだろう。あそこではパンをいつでも自分のところで焼いているし、それをシェトランドのバターといっしょにだしてくれる。外から島にはいってくるどのバターよりも美味しいバターだ。口のなかに唾が湧いてきた。ホテルまでは歩いていくことにした。雨はすぐにやむだろうし、もしかすると、バーにいるあいだにビールを一、二杯やりたくなるかもしれない。

彼が靴をはいてコートを着るころには、雨はもうやんでいた。太陽が雲の隙間から顔をのぞかせ、劇場の照明のように水面を照らしていた。外に出てドアを閉めると、ペレスは徒歩で土手を下りはじめた。

受付デスクの奥にいたのは、スチュアート・ブローディだった。「ピーターとマリアは、誰ともしゃべりたくないといってる」ブローディはいった。「けど、あんたならかまわないだろう。息子の件できたんだろうから。あんたがホテルにいるって、夫妻に伝えようか？」

ペレスは首を横にふった。

「ここへは昼飯を食いにきたんだ」という。「けど、そっちに時間があるようなら、すこしおしゃべりしないか。休憩は？」

「あと三十分ではじまる」ブローディは、ロビーにある大時計にちらりと目をやった。「ずっと忙しくてさ。本土の記者から、予約の電話がひっきりなしにかかってきてるんだ。どうやらジェリーは、あっちじゃ大物だったらしい。それでなくても、てんてこまいだったのに」

「それじゃ、ピーターとマリアは捜査のあいだもホテルをあけておくつもりなんだ」ペレスには想像もつかなかった。マーカム夫妻は、自分たちの足もとで人びとが飲んで笑って息子の死についてあれこれ憶測をめぐらせているのを知りながら、上階の住居部分で暮らすことになるのだ。

ブローディは肩をすくめてみせた。「閉めろとはいわれてないから、こっちは自分の仕事をするまでさ」

バーは閑散としていた。ロンドンの記者たちはまだ到着しておらず、地元の住民たちは気をきかせて、そっと距離をおいているのだろう。穿鑿《せんさく》がましいと思われたくないのだ。それ以外の人たちは、制服姿のままコーヒーを飲んでいる水先案内人のふたりをのぞいて、みんな仕事に出ていた。ペレスはニラネギとジャガイモのスープ、それにアンスト島で醸造されているホワイト・ワイフをパイントで注文した。ビールは想像していた以上に美味しく感じられ、彼はそれをまるで高価なワインのようにちびちびとすすった。ブローディ本人がスープをはこんできた。彼がはいってくるのと入れ違いに水先案内人たちが席を立ったので、店内はペレスとブローディだけになった。

「いまなら、アニーに代わってもらえる」ブローディがいった。「それとも、ひとりでゆっくり食事をとりたいかい?」

ペレスはそのほうがよかったが、そう口にするのは気がひけた。そこで、うなずいて相手に席を勧めると、パンにバターを塗ってから、それをスープにひたした。「ビールをおごらせてもらえるかな?」

「いや、やめとくよ」ブローディがいった。「午後も仕事なんだ」

「ジェリー・マーカムは、いつ帰ってきたんだ?」

「木曜日の朝さ。フェリーを降りて、まっすぐここへきた。あのはでな車で勢いよく乗りつけて。ピーターとマリアは食堂におりてきて、やつといっしょに朝食をとった。放蕩息子のご帰還さ。下にも置かぬ、もてなしぶりだった。レストランは大忙しだったから、シェフはあまり喜んじゃいなかったな。けど、ジェリーはいつものやつらしくなかった。どういうわけか、口数が少なかった。身体の調子でも悪いのかと思ったよ」

「それじゃ、彼は放蕩息子だったのか?」今度は小さな丸パンをスープにひたしながら、ペレスはいった。驚いたことに、質問がすらすらと口をついて出てきていた。

ブローディは、ふたたび意味ありげに肩をすくめてみせた。じつに表情豊かな肩だった。

「シェトランドを出たころ、やつはちょっと厄介なことになってた」という。「ホテルで働いてた客室係のメイドを孕《はら》ませたんだ。いまじゃそれで絞首刑になることはないが、相手はそりゃもう無垢な娘でさ。フェトラー島の信仰心の篤い家で育った。ジェリーが結婚してくれるとまでは彼女も思っちゃいなかっただろうけど、もっと多くの援助を期待してたんじゃないかな。

彼女の両親も」

「その娘の名前は?」この話は、ペレスには初耳だった。もっとも、それが起きたころ、彼はまだラーウィックに住んでいた。フランなら、地元で起きたこの件を知っていたかもしれない。それを彼に話していた可能性さえあった。彼がレイヴンズウィックの彼女の家に訪ねていくと、よく地元のうわさ話をあれこれ聞かせてくれたからだ。だが、当時の彼は、ほかのことに夢中だった。

「イーヴィー・ワットだ。大学へ進むまえの夏に、ここで働いてた」

「フランシスの娘か?」フランシス・ワットは、シェトランドではよく知られた人物だった。『シェトランド・タイムズ』に、島の伝統にかんするコラムを毎週連載しているからだ。シェトランドで石油の到来を遺憾に思ったのは、おそらく彼だけだろう。

「ああ」

「彼女は赤ん坊を産んだのか?」

「そのつもりだったと思うよ。けど、結局は流産した。まあ、それがいちばんよかったのかもしれないな、だろ?」

女性が赤ん坊を失ったとき、部外者は——とりわけ、男性は——なにがいちばんよかったのかをいえる立場にはない、とペレスは思った。彼の別れた妻サラも、やはり流産していた。そして、それ以降、ふたりの関係がもとに戻ることはなかった。彼女はいま、スコットランド低地地方の一般医と再婚して数人の子供をもうけ、イングランドとスコットランドの境界地方にある古い農家で暮らしていた。

「イーヴィーは、いまもここで働いてるのかな?」ペレスはたずねた。

ブローディが顔をしかめた。「まさか。ここは、彼女がいちばんいたくない場所だろう。いつジェリーが両親との再会をはたすために、本土から帰ってくるのかわからないんだから」

「だが、もう学生ではない?」ペレスはビールのおかわりを頼もうかと思ったが、すぐに考え直して、コーヒーを飲むことにした。あとで、ラーウィックへいくことになるかもしれないからだ。サンディが警察署に戻っていれば、このガールフレンドの情報を伝えるために。「何年もまえに卒業しているはずだ。いまは、なにを?」

「さあね」ブローディは落ちつかなそうに見えた。昔からあるにきびの痕が、会話が進むにつれて赤みを増してきていた。この男もイーヴィー・ワットに気があったのだろうか、とペレスは思った。「バイキングの火祭り《アップ・ヘリー・アー》のとき、集会場のひとつで彼女を見かけたんだ。けど、彼女は大勢の友だちといっしょだったから、声はかけなかった。そのとき、こっちに戻ってきたのかな、と思った。フェトラー島じゃなくて、シェトランドに。そんな感じがした」

「それ以来、彼女とは連絡をとっていない?」ペレスはたずねた。

ブローディは首を横にふった。「あっちは高嶺の花だから」という。「可愛くて、頭が良くて。無理に背伸びして撃沈されても、しょうがないだろ?」

「ときには、思いきって体当たりするだけの価値があるものだ」だが、ほんとうにそうなのかどうか、ペレスには確信がなかった。彼自身があたらしい女性とつきあうことは、もう二度とないだろう。

ペレスはホテルを去る段になって、やはりピーターとマリアに声をかけていくことにした。ビールで、思いがけず度胸がついていたのかもしれない。彼はマーカム夫妻の住居部分に、これまで二度足を踏みいれたことがあった。レストランで食事をしたあとで、コーヒーかお酒をどうかと招かれたのだ。どちらもフランといっしょのときで、ペレスの受けた印象では、ピーター・マーカムは彼女に惹かれていた。いや、それ以上だ。このホテルの所有者はフランに魅了されていた。ピーターのふるまいは完全に礼儀正しく、さらりとしていて感じが良かったが、フランにちかづくときには息ができないように見えたし、自分の妻がしゃべっているあいだも、その視線はふらふらとフランのほうへさまよっていた。ペレスはそのことで、フランをからかった。「きみにはファンがいるな」すると、彼女は笑って切り返した。「彼はとっても魅力のある男性よ、ジミー・ペレス。それに、あなたよりもずっとお金持ちだわ。ぼやぼやしてる場合じゃないわよ!」このときの会話を思いだすことで、ペレスは一瞬、愛した女性をすぐそばに感じることができた。そして、そのことに感謝の念にちかいものを感じた。

いまからあがっていくことをマーカム夫妻に伝えるよう、ペレスはブローディに頼んだ。「お悔やみをいいたいだけだ」それに対してブローディは、ペレスが最初からそうするつもりでいたのはお見通しだとでもいうような感じで、うなずいてみせた。

階段のてっぺんのドアはペレスのためにあけはなしてあり、そのむこうにピーターとマリアの姿があった。そこは最上階の部屋で、海岸のずっと先まで——レイヴン岬のむこうのムーサ島まで——見渡すことができた。ペレスはしばし、この景色に目を奪われていた。ここへは、日が暮れてからしか足を踏みいれたことがなかったのだ。

ピーター・マーカムが立ちあがった。「なにかわかったことでも、ジミー？」

「いや、この捜査に自分は参加していないんだ」ペレスはいった。「公式には。ただ、お悔みをいいたくて」マリア・マーカムがじっと動かないことに、ペレスは気がついた。彼が部屋にはいってきたときにちらりとふり返ったものの、いまは微動だもせずにすわっている。ひと晩ですっかり老けてしまったように見えた。化粧をしていないせいかもしれない。ふだん、その目は黒くふちどられていた。フランは一度、マリアを絵に描きたいと口にしたことがあった。「彼女を見ていると、フラメンコのダンサーを連想するの。経験豊かで情熱的な女性。そんな感じがしない？」そして、このときもふたりは声をあわせて笑った。ジミーとマリアのご先祖さまは、どちらもスペインのおなじ地方からきたのかもしれない、と冗談をいって。言い伝えによると、ペレスの祖先は、フェア島の沖合で遭難したスペインの無敵艦隊の船〈エル・グラン・グリフォン〉号の生存者だったという。ほかに生存者がいたとしても、おかしくはなかった。ほかに船員と地元の娘のあいだで恋が芽生えていたのだとしても。

「かけてくれ」ピーターはそういうと、部屋を横切ってペレスの退路を断った。話し相手を必要としていて、そう簡単に訪問客を帰したくないのだろう。「コーヒーをいれよう。いっしょに飲んでいくだろ、ジミー？」

ペレスはうなずき、ごちそうになるといった。窓に背をむけてすわり、あの広大な景色に気を散らされないようにした。

「いくつか質問をしてもかまわないかな？」これはマリア・マーカムにむけてはっした言葉だったが、ピーター・マーカムの耳にも届いていた。彼は居間に隣接する小さなキッチンにいて、あいだのドアは大きくあいたままだった。

マリア・マーカムが顔をあげた。「どうぞ」という。「なんでも訊いてちょうだい」もはやなにがどうなろうとかまわない、といった口調だった。ペレスには、その気持ちがよくわかった。

「ジェリーに恨みを抱いてそうな人物に心当たりは？」

「もちろん、ないわ。どうして誰かがあの子を恨みを抱くというの？」

「それじゃ、捨てられたガールフレンドとかはいなかった？」ペレスは軽い口調のままつづけた。

「彼はイーヴィーのことをいってるんだ」マリアが返事をするまえに、ピーターがキッチンから大きな声でいった。「そうだろ、ジミー？」

「聞くところによると、彼女は妊娠し、彼女の家族はそれをあまり喜ばなかったとか」

「野蛮な連中よ」突然、マリアの声がやけに大きくなった。「ここへ押しかけてきて、大騒ぎを演じたの。父親なんて、狂犬病の獣みたいに口から泡を吹いていた。まるで、すべてがジェリーひとりの責任であるかのように。あの娘にはなんの関係もないかのように。でも、イーヴィーは昔からずっと父親の秘蔵っ子だったから」

「もう何年もまえの話だ」ピーター・マーカムが、コーヒーをのせたトレイをもってあらわれた。それを低いテーブルの上に置く。「イーヴィーは大学へ進み、ジェリーはロンドンで就職した。あちらの両親も冷静さを取り戻した。つい先週、ラーウィックでフランシス・ワットと顔をあわせたが、礼儀正しいといってもいいような態度だった」

「イーヴィーは赤ん坊を失った」ペレスはいった。

「ああ、そのことなら知っている」ピーターはコーヒーを注ぐために、テーブルの上でまえかがみになった。そのため、彼がおじいちゃんになり損ねたことをどう感じているのかは、よくわからなかった。「ただし、イーヴィーの口から直接聞いたわけではないが。ほかの人たちをつうじてだ。シェトランドでは、よくあることだろ。いつだって、うわさが流れる」

「それじゃ、彼女は流産のことをジェリーに伝えなかったんだ?」夫妻が息子をつうじてそのことを知ったのではないというのが、ペレスには奇妙に感じられた。

「そのころには、ふたりはもうほとんど連絡をとりあっていなかったんだろう。ほら、イーヴィーはジェリーにすっかり夢中になっていた。彼女はまだ若く、物事が希望どおりにならなかったとき、ひどく傷ついた」

「あの娘は馬鹿だったのよ」マリアがいった。「長くつきあう相手として、ジェリーがもっと機知に富んだ女性を求めるようになることくらい、わかりそうなものなのに。生まれたときから、ずっとフェトラー島にいた娘よ。ジェリーがそんな女のどこに惹かれるというの?」

「まあまあ」ピーターが妻の手の甲をなでた。彼女の気を静めて、イーヴィーへの悪口をやめさせようとしているのかもしれなかった。「あの娘は可愛らしかった。間違いなく、魅力があった。だが、ジェリーの死に彼女が関係しているとは思えないな。彼女はまえに進んだんだ。もうすぐ結婚する、とフランシスがいっていた。旦那となるのは、彼女よりも年上の船乗りだ。サロム湾で、水先案内人をやっている。フランシスによると、善人だとか」

「ジェリーもまえに進んだわ」マリアがいった。「ロンドンで素晴らしい成功をおさめていた。あの子は編集長から、これまで組んだなかで最高の記者だといわれていたのよ、ジミー」

それは事実なのだろうか？「きのう、ジェリーはどこへ？」ペレスはたずねた。

「きみの部下にも話したよ。石油ターミナルだ。大きな記事の取材のために」

「それで、イーヴィーの婚約者の名前はわかるかな？」ジェリー・マーカムが取材に訪れた石油ターミナルは、イーヴィーの婚約者が働くサロム湾にある。おそらくは偶然だろうが、確認する必要があった。

「ヘンダーソンだ」ピーター・マーカムがいった。「ジョン・ヘンダーソン」

ペレスはこんなときに邪魔したことを詫び、コーヒーには手をつけずに失礼した。ほかの質問は、あとまわしでもかまわなかった。そもそも、この事件は彼の担当ではないのだ。家にむかって土手を半分ほどのぼったところで、ペレスは足を止めて、海のほうに目をやった。ここは、まずまず電話のつながるところだった。さらに百ヤードほど進むと、電波はふたたび届かなくなる。ペレスはサンディに電話をかけた。ボタンを押す手が、すこし震えていた。彼はきょうの午後の捜査の予定をたずねてから、サンディとインヴァネスからきた警部のターミナル訪問に同行してもかまわないかとたずねた。事情聴取を参観するためだけに。もしも迷惑でなければ。

10

ジミー・ペレスがサロム湾の石油ターミナルに同行したがっていることをサンディから聞かされたとき、ウィローは複雑な感情を抱いた。ペレスが捜査にくわわれるくらい調子が良いというのは、喜ぶべきことだった。彼はウィローよりも長く警察にいるし、その地元にかんする知識は捜査の助けになるはずだ。サンディは意欲はあるものの、自信や老練さに欠けており、事件の解決に必要な思考の飛躍は期待できなかった。とはいえ、ウィローは経験から、男性捜査官が意思決定権を独占しがちで、そうなると自分が憤慨し、やがてはとげとげしくなったりむきになったりするのを知っていた。月経前のがみがみ女のできあがりだ。しかも、これは自分がはじめて指揮をまかされた捜査であり、その晴れ舞台をあまりほかの人とわかちあいたくなかった。

にわか雨はすでに完全にやんでいたが、弱い風がまだ吹いていた。車はサロム湾を目指して、丘陵地帯を北東へとむかっていた。

「このジミー・ペレスって、どんな人なのかしら?」ウィローはたずねた。

一頭の羊が道路に迷いでてきて、サンディはしばらく返事をしなかった。それから、ようやくこう口にした。「善い人です」ふたたび沈黙がながれる。「優秀な刑事だ」

あまり返事になっていないような気がしたが、それ以上のことはひきだせそうにないのがわかった。ふいに、かれらの目のまえに石油ターミナルがあらわれた。車が丘をまわりこむまで、泥炭湿地のむこうに隠されていたのだ。石油タンクと発電所は周囲の景色から完全に浮きあがっていて、昔のSF映画のセットのように見えた。シェトランドを訪れた観光客が、この島々を大きく変えた石油の存在にまったく気づかないまま二週間の滞在を終えたとしても、なんの不思議もなかった。

車が正門でとまると、警備員がちかづいてきた。「なかへははいれない。この先へいくには、許可が必要だ」

「許可ならもらってる」サンディは、自分たちの身元と訪問の目的を説明しなくてはならなかった。「けさ、そちらの広報担当者と話をした」

門がひらいて、車の通行を阻止していたコンクリート製の障害物が地面に沈みこんだ。「ここで待っててくれ。いまアンディが迎えにくるから」警備員が車の窓越しに話しかけてきた。「例の殺人のこと、ラジオで聞いたよ」大柄な男だった。軍人あがりだろう、とウィローは思った。制服を着慣れている感じがした。

「きのうも、あなたが当直だったのかしら？」

ウィローがサンディの頭越しに質問してきたので、警備員は面食らっているように見えた。だが、それでも返事がかえってきた。「遅番だった。二時から十時までだ」

「それじゃ、ジェリー・マーカムをここで見かけたはずよね？　きのうの午後、彼がターミナルにきたときに」

「おれがやつをなかにいれて、外へ出すときも、おれがとおした」警備員が鋭い目でウィローを見た。「この門を例の洒落た車で出ていったとき、やつは生きてたぜ」

「それは何時ごろだったのかしら？」

「四時か、四時半だ」

「それで、彼は誰に用事があったの？」ウィローは警備員の敵意を感じていたが、その理由がわからなかった。疑わしい死について警察が質問しなくてはならないことくらい、承知しているだろうに。相手につられて彼女までぴりぴりしてきていたが、ほがらかな声を保つように努めた。ここで自制心を失っても、なにもいいことはない。

「広報担当者のアンディ・ベルショーだ。ジェリー・マーカムがくることは、わかっていた。アンディから聞かされてたんでね」警備員が反対側の脚に体重を移動させた。上空で大鴉の鳴く声がした。「オフィスへいくよう、やつに指示した。そこでどんな会話がかわされたのかは、アンディに訊いてくれ」あきらかに、彼はふたりを追いはらいたがっていた。たんに警察が好きではない、というだけのことかもしれなかった。直接むきあって話をつづけられるようにウィローが車を降りかけたとき、うしろからべつの車がちかづいてきた。柵のむこうの駐車スペースにとまる。車から黒髪の男があらわれ、かれらのほうへむかってきた。

「あれがジミー・ペレスです」サンディはそういうと、警備員にむかって歩いて叫んだ。「彼も問題ない。われわれといっしょだ」それから、車を飛びだした。ウィローは、もっとゆっくりとあとにつづいた。ペレスは、まさにその名前どおりの外見をした男だった。黒い髪。黒い瞳。オリーブ色の肌。南スペインでならまわりに溶けこめるだろうが、ここではすごく目立っている。彼の学校時代は、どんなだったのだろう？　小さな共同体でまわりとちがうというのがどういうものか、ウィローはよく知っていた。ペレスは、そばで飛び跳ねているサンディを無視して、彼女に手を差しだしながらちかづいてきた。

「インヴァネスからきた警部さんですね」という。「ようこそ」それから、すごく努力しているような感じで笑みを浮かべてみせた。「同行させてもらって、かまいませんか？　じょじょに復帰することになっているので。その件は、すでにお聞きでしょう。たぶん、サンディから」

ウィローはうなずいた。

「それじゃ、いきますか？」ペレスがいった。ウィローは、自分がペレスをじっとみつめていたことに気がついた。みんな、彼女の言葉を待っていた。

ウィローは気をとり直して、ふたたびうなずいた。「ええ、もちろん」

アンディ・ベルショーは、すべてが大きな男だった——大きな手、大きな頭、大きな歯、大きな声。そして、例のイングランドからきた移住者のひとりだった。かれらがどういう生活を送っているのか、ウィローは興味をおぼえた。異国の地にいるよそ者として暮らし、本土からきたものだけでつきあっているのか？　一瞬、彼女の頭に植民地時代のアフリカのイメージがよぎった。会員制クラブとカクテルパーティと優美な妻たちからなる白人男性の世界。だが、もちろん、シェトランドがそんなところのはずはなかった。

ベルショーは歓迎してくれた。紅茶を勧めて、助手にそれをとりにいかせると、そのあいだもずっと笑みを浮かべて、大きな白い歯を見せていた。そのほがらかな声は、ジェリー・マーカムの件でお悔やみをいうときでさえ、まるで笑っているように聞こえた。「彼は優秀な記者でした」という。「若手の先頭をいくひとりだった」

ベルショーのオフィスは、いかにも急ごしらえっぽいブロック建築の建物のなかにあって、いまだに仮設の雰囲気をただよわせていた。オフィスの窓からは、むきだしの丘の斜面と羊が見えていた。ペレスは部屋の隅にひっこんで、会話にくわわっていなかった。じっと動かずにすわっており、ウィローはそれが以前からのことなのか、それとも恋人を亡くしてからのことなのか、考えずにはいられなかった。罪の意識と自己憐憫で全身が半分凍りつき、あまり動けなくなっているのか？　一種の冬眠状態におちいっているのか？

「それでは、ジェリー・マーカムをご存じだったんですね？」ウィローはたずねた。「つまり、きのう彼がここを訪れるまえから、ということですけど」

「シェトランドに住むようになって、十五年になります」ベルショーがいった。「大学を出てすぐに、短期契約できたんです。広報部門の管理責任者として。けれども、この島の魅力にとりつかれて、地元の女性と結婚した。ジェリーとは、彼が『シェトランド・タイムズ』の記者をしていたときに知りあいました」

「お友だちだった?」

「彼のほうが年下でしたが、いっしょにビールを何度か飲んだことがあります。ただし、気は抜けませんでしたが。彼はいつでも記事を追い求めていた。ジェリーには、オフレコのときがなかったんです」

「ジェリーは電話で会う約束をとりつけてから、ここへきたんですか?」ウィローはたずねた。

「それとも、あなたがひまかもしれないと考えて、いきなりあらわれた?」

「ピーターがお膳立てをしました」ベルショーがいった。「ジェリーの父親です」

「それは不思議ですね」ウィローはいった。窓の外ではふたたび突風が吹き荒れており、雲が丘を覆い隠してしまっていた。もうすぐ、また雨が降りはじめるだろう。ウイスト島同様、シェトランドの天気はころころ変わるのだ。「どうしてジェリーは自分で連絡してこなかったんでしょう?」

ベルショーは肩をすくめてみせた。「シェトランドへくる途中だったのかもしれません。フェリーの上からでは、携帯電話の電波が届きませんから」

ウィローは深追いせずに、その件を頭の片隅にしまっておいた。「彼の目的はなんだったんですか?」彼女はたずねた。「あなたと話すために、はるばるシェトランドまできた目的は?」

「ああ、そうじゃありませんよ」ベルショーが、例によって歯をたっぷりと見せてほほ笑んだ。「彼はどのみち帰省することになっていて、そのついでに天然ガスについての記事でも書こうかと思ったんです。エネルギー供給におけるシェトランドの貢献をとりあげた背景記事で、風力発電基地も取材するつもりでいました。ほかにも、本土へ電力を売却する計画とか、ここのすぐとなりにあるあたらしいガス工場とか。あと、潮汐《ちょうせき》発電のことも口にしていましたね。その試験計画の話がもちあがっているんです。もちろん、ここでの事業に較べれば、どれも小規模なものばかりですが。彼が書こうとしていたのは、再生可能エネルギーと昔からあるエネルギーを対比させる記事だったのかもしれません」

「なるほど」だが、それはジェリーが両親にむかってほのめかしていたのとはちがっていた。サンディによると、ジェリーは大きな記事の取材でシェトランドにきていたという。もちろん、それがサンディの思い違いである可能性もあった。いかにも、ありそうな話だ。ペレスが椅子のなかで身じろぎをした。質問があるのだろうか？　ウィローは彼のほうを見たが、ペレスはほとんどわからないくらい小さく首を横にふると、ふたたびあのぎごちない笑みを浮かべてみせた。

「わたしは工場を案内しました」ベルショーがいった。「ぐるっとひとまわりして、石油関係の安全対策について説明したんです。ジェリーは演習に興味をもっていました——石油の流出にそなえて、われわれは訓練をおこなっているんです」

「ここにいるあいだに、彼は誰かほかの人と言葉をかわしましたか？」ウィローはたずねた。

突然、強い雨が降ってきて、雨粒がオフィスの窓に叩きつけられた。平らな屋根にあたる雨音があまりにも大きくて、ウィローは相手の耳に届くように声を張りあげなくてはならなかった。

「それはなかったと思います。昔の知りあいを見かけて、ちょっとおしゃべりするくらいはあったかもしれませんが」ベルショーが言葉をきった。「そういえば、ジェリーは電話を一本かけていました。申しわけないが重要な用件なので、とことわってから」

「かけていた相手に心当たりは？」

ベルショーは、ふたたびあの笑みを浮かべてみせた。「まったくありません。彼はすこし離れたところへいって電話をかけていたので、会話は聞こえませんでした」

ジェリー・マーカムが利用していた携帯電話会社を突きとめて、通話記録を調べること、とウィローは頭のなかにメモをした。

ペレスがふたたび椅子のなかで身じろぎをした。そして、今度はまずウィローのほうへ許可を求める視線を送ってから、ためらいがちに質問をした。「ジェリー・マーカムがまっすぐ家に帰るつもりでいたのかどうか、わかりませんか？　ここを出たあとで、港長や水先案内人のところへ話を聞きにいったのかもしれない」

ベルショーは首を横にふった。「それについては、わかりかねますね。いまあなたがあげたような人たちはスカッツタ空港のとなりに自分たちの施設をもっていて、そこを拠点に活動していますから」間があく。「わたしの印象では、ジェリーはほかにもなにか目的があって、ここを取材しているような気がしました。結局のところ、わたしがおこなったツアーは、お決まりのものです。シェトランドで長く働いてきたジェリーなら、すでに知っていることばかりだ。もしかすると、わたしがガスや再生可能エネルギーについて、もっとくわしいのではと期待していたのかもしれません。だが、それは完全にわたしの専門外です」

外へ出ると、かれらは雨のなかを走って、それぞれの車へとむかった。「いっしょに署へ戻りませんか?」ウィローは大声でジミー・ペレスに呼びかけた。このあとの予定について、彼はなにもいっていなかった。

ペレスはすこしためらってから、うなずいた。「あとからついていきます」という。「それでは、また署のほうで」

11

警察署のまえに立ったとき、ペレスは一瞬、パニックに見舞われた。道路をはさんで反対側には、町役場があった。大きくて立派な玄関と小塔をそなえた、スコットランドの地主館風の建物だ。丘を下れば、バイキングの火祭り《アップ・ヘリー・アー》のときにガレー船に火がともされる遊び場にいきつく。ペレスがいま立っているのは、彼にとっては自分の家とおなじくらいなじみのある場所だった。ふだんなら、なにも考えずに署にはいっていくところだ。つい先週だって、なかにはいって、受付デスクにいる当直の警官とおしゃべりをし、町を見渡せるかつての自分のオフィスをのぞいてきたばかりだ。だが、いまは——サンディと、あの髪の毛がぼさぼさのひょろりとした女性刑事にみつめられているいまは——入口のドアを押しあけることなど不可能に思えた。なかの匂いと壁の光沢のあるペンキの色を思い浮かべるだけで、理不尽な恐怖に圧倒された。

フランを殺した犯人は、この建物のなかにすわって、みずからの暴力行為を一連のむなしい言葉で正当化してみせた。そのときの記憶がときおり甦って彼の心をかき乱していたが、いまもちょうどそうだった。彼を麻痺させ、動けなくさせていた、不安と怒りで、肉体までもがおかしくなっているように感じられた。自分がいま体験しているのは心臓発作だと、もうすこしで信じてしまいそうだった。

「みんなでわたしのうちへいくというのは、どうかな?」ペレスは早口でいった。「レイヴンズウィックにある家じゃなくて、まえに住んでいたラーウィックの水辺の家のほうへ。二、三日前に、空気を入れ替えたばかりなんだ。コーヒーと紅茶があるし、なんだったらビールも飲める。そこなら、邪魔がはいらずに話ができるだろう。わたしの車でいっしょにいけばいい。またここまで送ってくるから」自分がしゃべりすぎているのがわかったが、勝手知ったるわが家にいれば気分も良くなるような気がした。

「いいですね」サンディがいった。まるで、いまのがごくあたりまえの提案であるかのように。

女性刑事はなにもいわなかったが、おとなしくついてきた。

その家は間口が狭くて背の高い建物で、土台が水のなかにあった。かつては、すぐ外に船が舫《もや》われ、荷卸しがおこなわれていたのだ。室内は、水面に反射した光で満ちあふれていた。

「なんて素敵なところかしら!」先に家にはいったウィローが、なかを見まわしながらいった。彼女がドアのすぐ内側で足を止めたので、ペレスはもうすこしでぶつかりそうになった。長い髪がペレスの顔をさっとなで、彼女がその日の朝に使用したシャンプーの香りが彼の鼻孔をくすぐった。レモンの香りだ。ペレスは、ぎくりとしてあとずさった。手をのばして彼女にふれたい、その丸みを帯びた肩に手をすべらせたい、と感じたからだ。もう二度と女性にふれたくなることはないだろう、と考えていたのに。ペレスはふたたび激しい怒りをおぼえたが、今度は自分自身に対してだった。

ペレスはふたりを居間に案内して、自分はコーヒーを用意するために狭いキッチンへいった。食器棚の奥にビスケットの包みがあり、封をあけて皿にだした。キャシーの好きなチョコレートのついた全粒粉のビスケットだ。サンディのために、冷蔵庫から缶ビールをとりだす。会話する声がかすかに聞こえていたが、ペレスは耳を澄まそうとはしなかった。きょうになってちらりと芽生えたジェリー・マーカム殺しに対する興味は、とっくの昔にどこかへ消えていた。どうしてこの件にかかわろうとしたのか――〈レイヴンズウィック・ホテル〉までわざわざ歩いていって、マーカム夫妻と話をしたのか――自分でも不思議でならなかった。

ペレスがトレイをもって居間へはいっていくと、ウィローはまだ窓辺に立ち、ブレッサー海峡のほうをながめていた。ペレスからマグカップを受けとり、床の上に背筋をまっすぐのばしてすわる。サンディはビールの缶をあけ、ビスケットをひとつかみとった。

「それじゃ、これまでにわかっているのはどんなことかしら?」ウィローがそういって、ほかのふたりに目をむけた。彼女に押しつけられた奇妙な組み合わせのチームだ。はじめて手がける大きな事件だというのにあんまりだな、とペレスは思った。いつなんどき泣きだしたり周囲に当たり散らしたりするかわからない情緒不安定な男と、いまだに完全に大人になりきれていないウォルセイ島出身の若造。ペレスはふいに同情をおぼえて、もっとやる気をだそうと努力した。

「シェトランドを出たときに、ジェリー・マーカムはすこし厄介なことになっていた。そのことは、すでにそちらの耳にもはいっているのかな？」ペレスはそういうと、ジェリーとイーヴィー・ワットの関係について自分の知っていることを伝えた。

「彼女なら、見たことがあります」サンディがいった。「あまりパブにはこなかった。物静かで勉強好きなタイプです。父親は自分のコラムでしょっちゅう昔ながらの生活をもちあげていて、娘のほうも古風な感じに見えました。信心深くて」

「つまり、彼女はパーティにいくようなタイプではない？」ペレスはたずねた。サンディの好みは、パーティ好きの娘だった。

「ええ」サンディがいった。「まったく逆です」

「それなのに、彼女はジェリー・マーカムに恋したのね」ウィローが顔をあげた。「そして、すごくうぶだったので、避妊に失敗した。あるいは、それが彼女の最初からの計画だったのかもしれない。妊娠すれば、その魅力あふれる若きジャーナリストを自分に縛りつけておけると考えたのよ。ところが、彼は逃げだしてしまった」

「その直後に、彼女は流産した」ペレスはいった。「どうやら大学を卒業して、いまはシェトランドで働いているらしい。彼女から話を聞いてみるのも、いいかもしれない。彼女が容疑者である可能性はまずないが、ジェリーについて、なにか教えてくれるだろう」

「あなたに頼めるかしら、ジミー？　彼女も、よそ者を相手にするより、あなたのほうが話がしやすいだろうし」

ペレスにやってもらう仕事ができて、このヘブリディーズ諸島出身の警部はほっとしているにちがいなかった。ペレスに自信をつけさせるのにぴったりの安全で簡単な仕事だ。ペレスは腹をたててはいなかった。いまは、命令をだすよりも受けるほうが気が楽だった。自分がこのチームをひきいていたら、まったくおなじことを頼んでいただろう。「もちろん」彼はいった。翌日は日曜日だった。イーヴィーがまだ信心深いのなら、スコットランド長老教会の教会でつかまえられるかもしれない。それとも、彼女は大学で本土へいっていたあいだに、その心安らぐ習慣を失ってしまったのだろうか？

「ジェリー・マーカムの電話を調べる必要があるわ」ウィローがふたたびしゃべっていた。床の上で、すごくくつろいでいるように見えた。片方の脚をまえにのばし、反対の脚を曲げて横に倒している。「番号はマーカム夫妻に訊けばわかるだろうから、携帯電話会社からくわしい情報を手にいれられるでしょう。ジェリーの所持品のなかに、携帯電話はふくまれていなかった」

「ヴィッキー・ヒューイットに確認してみますか？」サンディがもう一枚ビスケットを手にとった。溶けたチョコレートが指につかないように、慎重に端をつまんでいた。「もうそろそろ、博物館の現場のほうから戻ってきているはずです」

「それはあしたでかまわないわ」

自分もやはりそうこたえていただろう、とペレスはふたたび思った。急いでも、仕方がない。いまは、あたらしい土地の感触をつかむことのほうが重要だった。一瞬、沈黙がたれこめた。外からは、ひき潮が砂利浜を洗う音が聞こえてきていた。

「すこし微妙な話になるけれど」ウィローがいった。「地方検察官にかんしては疑問が……」

ペレスは驚いて顔をあげた。

「疑問？」

「彼女は事件とつながりがあるような気がするの。なにかを知っている。彼女が犯人だと思っているわけじゃないわ。彼女が血まみれの死体をボートにはこんでいくところは、想像できないもの。カシミアに血がついたら、台無しだわ。でも、なにか隠していることがある」ウィローは、サンディのむこうにいるペレスを見てしゃべっていた。おなじ部屋にいる子供を無視して、大人の問題を話しあっている両親だ。「これって、馬鹿げているかしら？　考えすぎ？」

ペレスは、それには直接こたえなかった。「地方検察官は私生活をとても大事にする女性だ」慎重に言葉をえらんでいう。「そして、それがここでどう受けとめられるのかは、想像がつくだろう。ここの人間は、みんな他人のことに鼻を突っこむのが大好きだ。捜査が身近なところでおこなわれることになって、彼女がひじょうに気詰まりに感じたとしても、不思議はない」

「ほんとうに偶然だったのかしら？」ウィローが疑問を口にした。「死体をのせた鎧張り《ヨール》の船が彼女の家の目のまえで発見されたのは？　どうして犯人は、ジェリー・マーカムの死体を殺害現場にそのまま残しておかなかったの？　ボート漕ぎは、ローナ・レインが地元で参加している唯一の活動よ。彼女がチームのボートに目を光らせていることくらい、みんな知っていたはずだわ。彼女が死体を発見する可能性がかなり高いことも」

「あれは一種のメッセージだったと?」ペレスは、それをどう考えたらいいのかよくわからなかった。彼は陰謀説とか謎めいた合図とかを信じるほうではなかったが、もしも去年のフェア島の事件で突拍子もない説や考えを考慮にいれていれば、フランはまだ生きていたのではないか? もうすこし頭をやわらかくする必要があるのかもしれなかった。

「それはないわね!」ウィローがペレスににやりと笑ってみせた。「なにを馬鹿なことを、と思っていたんでしょ?」

「いや、ジェリー・マーカムと地方検察官のあいだのつながりを調べてみても害はない、と思っていたんだ。死体を発見した参考人が地方検察官でなければ、そうするだろう。彼女はエディンバラで弁護士をしていたころに、ジェリーと出会っていたのかもしれない。彼女がこちらへ移ってきたのは、ほんの数年前のことだ」

「インヴァネスにいる部下のひとりに、あたらせてみるわ」ウィローがいった。「そういったことがすごく得意な人がいるの。一日じゅうパソコンのまえにすわらせておけば満足という人よ」ウィローが立ちあがった。しなやかな動きで、いっきに身体を床からもちあげる。ばたばたしたところがなく、これほど背が高くなければダンサーか体操選手になれたのではないか、とペレスは思った。「わたしたちは署に戻って、電話を何本かかけないと。きのうの午後に博物館に人がいたかどうかを、確認する必要があるわ。車があそこにとめられたところを、目撃した人がいるかもしれない。だって、昼間だったし、あれだけ目立つ車だもの。あなたに頼めるかしら、サンディ？ これもやっぱり、地元の警察官のほうがむいている仕事だから」

サンディがうなずいた。椅子で半分寝ていたように見えた。「了解です。朝いちばんでとりかかります。車にかんする情報がもっとはいってきていないのは、意外ですね。警察があの車に関心をもっていることは、みんな知ってるのに」

「これまでの話からすると、今回の事件の特徴はそこだな」ペレスには、それが驚くべきことに思えた。これまで自分がかかわってきた捜査では、なかったことだ。「誰も、なにも見ていない。ジェリーの車がヴァトナガースにあらわれたところも、彼の死体が鎧張りの船に積みこまれたところも。まるで、犯人は透明人間みたいだ」ほかのふたりに目をやって、こちらのいいたいことが伝わっているかを確認する。「ここがどういう土地かは、知ってのとおりだ。シェトランドは広くて人のいないところだと思われているかもしれないが、道路から五マイル離れたところで泥炭を掘り出していても、誰かにそれを目撃されるんだ。この殺人犯は、じつに手際がいい。もしくは、すごく運に恵まれている」

「シェトランド本島の北側には、濃い霧がかかっていました」サンディがいった。「迷子になるような霧です。それで、目撃者がいなかった」

「それじゃ、運に恵まれていたわけだ」ペレスはいった。だが、自分がもはやそういう類の運を信じているのかどうかは、よくわからなかった。

ウィローは、警察署へは歩いて戻るといった。「そのほうが健康にもいいし、土地勘を養いたいから。自分で実際に歩いてみるまで、町のどこになにがあるのかをきちんと把握できないたちなの」

ふたりが帰っていくと、家は静まりかえったように感じられた。ペレスはマグカップをキッチンへはこんで、お湯で洗い物ができるように、やかんを火にかけた。居間の窓をあけ、外の空気をいれる。誰も住んでいないと、すぐに湿気臭くなってしまうのだ。それから、地方検察官にかんするウィローの発言を頭のなかでおさらいした。ローナ・レインがつきあいやすい相手でないことは、認めざるを得なかった。だが、その正直さは疑いようがなかった。それについては、賭けてもよかった。これは、ふたりの強い女性が縄張りをめぐっておたがい相手を牽制しているにすぎないのだろう。

車でレイヴンズウィックに戻る途中で、ペレスは風がやんでいることに気がついた。食料品を買おうと町はずれにあるスーパーマーケットに立ち寄ったとき、クリキミン湖の水面は完全に凪いでいた。ペレスはいままた腹がすいてきており、そのことにうしろめたさをおぼえた。だが、空腹感は強烈で、パンと果物と卵、それにコーヒーの粉の大きな真空パックを買いこんだ。それから、キャシーが翌日の午後に帰ってくるのを思いだして、お菓子を買うためにもう一度棚をまわった。フランが認めそうな健康的なお菓子をえらぶ。ダンカンは娘のキャシーが自分の屋敷に泊まりにくると、いつでもジャンクフードをたらふく食べさせていた。娘を四六時中世話したくはないが、いっしょにいるときは甘いものとプレゼントで、その愛情を勝ち得ていたのだ。

家に戻ると、伝言が残されていることを示す明かりが電話機で点滅していた。ピーター・マーカムからで、捜査に進展があったかどうかをたずねていた。「なにかわかったら、連絡をくれないか」

ペレスは何度か伝言を聞き直した。その声の調子と切羽詰まった様子が、どうも気になった。もちろんペレスだって、自分の息子になにが起きたのかを知りたいと思うだろう。だが、どうしてピーター・マーカムの声は、これほど怯えているように聞こえるのか？

12

サンディは自分のフラットに帰るまえに、ウィロー・リーヴズをホテルまで歩いて送っていった。外はすでに暗く、ホテルの一般客用のバーは騒がしかった。ホテルの受付へいくにはバーの入口のまえをとおらねばならず、サンディは大声で罵ったり冗談を飛ばしたりしている土曜の晩の飲み客たちの行状を詫びなくてはならない気分になった。だが、ウィローは気にしていないようだった。モラグがえらんだホテルはペレスの家からほどちかい水辺にあり、客室からは海峡にいるシャチをときおり目にすることができた。サンディはそのことをウィローに伝え、またしても自分の話がツアーの添乗員のように聞こえていることを意識した。

「それじゃ、ゆっくり休んでください」サンディはいった。彼はウィローが宿泊手続きをすませるまで、その場にとどまっていた。女性に対して礼儀正しくするように、育てられてきていたのだ。心のどこかでは、女性が重大犯罪捜査班をひきいたり地方検察官になったりすることにまだすこし違和感をおぼえていたが、べつにそれが間違いだと考えているわけではなかった。ただ慣れるのに、すこし時間がかかるだけだ。

「そうさせてもらうわ」ウィローがいった。「いつでもどこでも、ぐっすり眠れるほうだから」そういうと、彼女は重たそうな旅行かばんを肩にかけ、薄暗い階段をのぼって姿を消した。ホテルまでくるときにサンディはかばんを持とうと申しでていたが、ウィローからは、まるで頭のおかしい人でも見るような目つきが返ってきただけだった。


翌朝、サンディが警察署へいくと、そこにはすでにウィローの姿があった。髪の毛をうしろでまとめていたが、それでもまだだらしなく見えた。きのうとおなじ、くたくたのセーターを着ている。ウィローが机から顔をあげた。ペレスの使っていた狭いオフィスから拝借してきた机だ。机の上にはマグカップがのっており、なかにはハーブの香りがするものの見た目は小便そっくりの液体がはいっていた。

「ジェリー・マーカムの携帯電話会社を突きとめたわ」ウィローがいった。「ご両親から、彼の番号を教えてもらったの。なにか問題があるようだけど――その番号は、つい最近になって取得したものなのかもしれないわね――いまむこうで調べてもらっているところよ。検死解剖の結果は、まだアバディーンから届いてないわ」

「これからヴァトナガースの博物館にいってきます」サンディはいった。「自治体のウェブサイトで、けさは開館中だと確認できたので」サンディは、もともとオフィスの外で活動するほうが好きだった。ここにいると、肩越しにのぞきこまれて、仕事ぶりを審査されているような気分になった。

「わかったわ」ウィローがいった。「そっちはまかせる」彼女の注意は、すでに目のまえの画面のほうへ戻っていた。

小鳥たちがシカモアの木立に群れ集い、陽光がさんさんと降り注ぐなか、サンディは博物館にちかづいていった。博物館のまえにはワンボックスの車がとめられていたが、赤いアルファ・ロメオはすでに撤去されていた。ジェリーの車は、フェリーで本土のアバディーンへはこばれていくことになっていた。犯罪現場をあらわすテープも消えており、ここに警察の関心がむけられていたことを示すものはなにもなかった。

煙突からあがっている煙で、そこいらじゅうが泥炭くさかった。サンディがあいたままの戸口から狭い空間にはいっていくと、そこは表の間と奥の間をつなぐ部屋だった。左手にあるべつのドアは、居間につうじていた。窓が小さく、壁が厚いため、ほとんど光がはいってこなかった。サンディは目を凝らして、室内に誰かいるのか確かめようとした。しばらくすると、大柄な女性の姿が見えてきた。粗布でこしらえたようなスカートに、編んだ上着。サンディが祖母の家にあった写真で目にしたような服装だ。そのため、一瞬、その女性が本物なのかマネキンの一種なのか、判断がつかなかった。女性は調理用こんろのそばにあるシェトランドの椅子に腰かけていた。サンディは、自分が時間をさかのぼって祖母の写真のなかに迷いこんでしまったように感じた。そのとき、女性が動いて、梳いた羊毛を紡ぎ車にまきつけた。

「ようこそ」女性がいった。「奥へどうぞ」まえにどこかで――それも、ごく最近――見た顔だったが、サンディはその場所を思いだせなかった。「自由に見てまわって、質問があれば声をかけてちょうだい。テーブルの上にパンフレットがあるわ」

「観光客じゃないんだ」サンディは気分を害していった。「ジェリー・マーカムの殺人事件を捜査している。きのう、彼の車が博物館のまえに駐車してあるのが見つかった」

女性が紡ぎ車をまわす手を止め、羊毛を下に置いた。「聞いたわ。なんて恐ろしいのかしら!」

「それで、あなたは?」

「ジェニファー・ベルショー。ジェンよ」

そのとき、サンディはどこで彼女を見たのかを思いだした。金曜日の晩に独身さよなら女子会のバスに乗っていた女性のひとりだ。それに、まえの日に昼食をとろうとウィローとヴォーのパブに立ち寄ったとき、そこにいた客のあいだで彼女の名前が口にされていた。あと、もうひとつ別のところでも、その名前を耳にしていた。「アンディ・ベルショーと、なにかつながりでも?」

「ええ」女性がいった。「彼はわたしの夫よ。どうして?」

「ジェリー・マーカムは殺される直前にサロム湾へいき、あなたのご主人と会っていた」

「わたしはその人と会ったことがないわ」ジェニファー・ベルショーが冷たくいった。「記憶にあるかぎりでは、一度も。もちろん、彼の死とはなんの関係もない」

「だが、彼の車はあなたの働いているところで見つかった」

ジェニファー・ベルショーが笑った。「わたしはここで働いてるわけじゃないわ。ボランティアよ。遊び半分の。それに、けさここにいるのは、友だちが遅刻しているからよ。彼女がきたら、家族のために日曜日の昼食を用意しなくちゃならないから、失礼させてもらうわ」

「金曜日の晩、ここには誰か人がいたのかな？」サンディは、あまり期待していなかった。金曜日の晩をすごすのに、この人里離れたじめつく農家よりも楽しい場所はいくらでもあるからだ。

「ええ」ジェニファー・ベルショーがいった。「一日じゅういたわ。ここの納屋は、地元の集会に貸し出されているの。午前中は読書会で、午後遅くには六十歳以上を対象にしたティーダンスの同好会がひらかれていた」顔をあげて、サンディを見る。「わたしはフィドルを演奏するから、その場にいたの。それから、夜は集会があった。ヴィダフスであらたに予定されている潮汐《ちょうせき》エネルギー計画について議論する集会よ」

「そちらには顔をださなかった？」

「ええ」ジェニファー・ベルショーがいった。「興味がないから。それに、友だちの独身さよなら女子会があったたし。それを欠席するわけにはいかないわ」

「ご主人は？」

またしても笑い声があがった。「まさか！　うちの人はサロム湾の石油ターミナルで働いていて、再生可能エネルギーを妖術みたいに考えているの。あの人はブレイのスポーツセンターにいたわ。子供たちのサッカーチームを指導しているから」ジェニファー・ベルショーはふたたび紡ぎ車を動かしはじめた。まったく緊張している様子はなかった。

「潮汐エネルギーの集会の連絡先はわかるかな？」

「もちろんよ」ジェニファー・ベルショーがいった。「ジョー・シンクレアに話を聞けば、参加者を教えてくれるわ」彼女は紙切れに電話番号を書きとめた。

車に戻りながら、サンディは自分の事情聴取がお粗末だったと感じていた。ジェニファー・ベルショーが笑ったとき、その笑いは自分にむけられていたのだと。

シェトランドで、ジョー・シンクレアを知らないものはいなかった。彼は生まれも育ちも生粋のシェトランド人だが、船乗りになって、シンガポールを拠点とする巨大コンテナ船の船長にまでのぼりつめた。それから、故郷へ戻ってくると、この十年間はサロム湾の港長をつとめていた。いろいろなことに関係していて、有力者の友人が大勢いた。サンディが彼の自宅に電話をかけると、娘のひとりがでた。かわって電話口にあらわれたジョー・シンクレアの声は元気そうでリラックスしており、いかにも週末を家族と楽しんでいる壮年期の男性といった感じがした。

「おれはヴァトナガースにはいなかった」ジョー・シンクレアはいった。「おれが参加しているのは、推進する側の〈水の力〉ってグループのほうだ。きのうの晩の集会は、たぶん反対する側のものだろう。だから、おれに声がかかるはずはないさ」そういうと、彼は小さくふくみ笑いをした。

「反対する側？」サンディは、すでにわけがわからなくなっていた。

「でしゃばりどもの小さなグループさ。連中は、潮汐発電で生じた電力を集めるための変電所を建設すれば、ヴィダフスの環境が破壊される、と考えているんだ。ほとんどが外から移住してきた連中だが、フランシス・ワットがときおりお得意の腐敗とか陰謀の話をもちだしてきて、連中を煽りたててるよ。ほら、やつが『シェトランド・タイムズ』に書いてるコラムを読んだことがあるだろ」うしろで十代の娘たちの笑い声がしていた。

「それじゃ、金曜日の集会には誰が出席していたのかな？」

「集会を呼びかけたのは、たぶんマーク・ウォルシュって男だ。本土の多国籍企業で会計士をしていたが、早期退職して、正しい生活を送るためにこっちへきた。ヴィダフスにでっかい家を購入したから、潮汐エネルギー計画をその投資に対する脅威とみなしているのさ。奥さんは感じのいい人だが、旦那のほうは騒ぎを起こすのがなによりも好きって男だ。結局、正しい生活ってやつが、彼にはあまりあわないんじゃないかな」

ウォルシュ夫妻の住む白塗りの家は、ヴィダフスの桟橋ちかくの小道をはいって突きあたりにあった。サンディの目には、すごく豪華な家に映った。あちこちの壁に飾られた絵。いたるところにならぶ本。美しい花で彩られた庭。夫妻はサンディをキッチンへと招きいれた。訪問客があまりなく、彼がきたのを喜んでいるような感じだった。マーク・ウォルシュがコーヒーをいれるあいだ、妻のスー・ウォルシュがおしゃべりをした。ふたりは学生のころから休暇でシェトランドを訪れていて、夫が早期退職したのを機に、こちらへ移ってくることにしたのだという。そして、この家とそこからの眺めにひと目惚れした。ふたりで住むには大きすぎる家だが、夫妻はここが上品なB&Bになると考えていた。今年が開業して最初のシーズンになるが、すでに七月と八月の予約は一杯だということだった。スー・ウォルシュがほほ笑んだ。

「うちの人の引退は、口だけなの」

サンディはコーヒーを飲んだ。彼の好みからすると、すこし濃すぎた。

「おふたりは金曜日の晩にヴァトナガースにいたんですよね。集会に参加するために?」

「〈ヴィダフスを救う行動委員会〉だよ」マーク・ウォルシュがいった。「わたしたちがシェトランドに越してきたのは、この地が人の手によって損なわれていないからだ。英国に残された最後の大自然だよ。もちろん、再生可能エネルギーは素晴らしいと思うが、そのために自然環境を犠牲にするのには反対だ。あのおぞましい風力発電基地を見てみたまえ! そろそろ、こういった大規模開発には歯止めをかけるべきだ」

サンディは、それ以上の説明を求めなかった。彼自身は、シェトランドにより安いエネルギーを供給してくれるものなら、なんでも大歓迎だと考えていた。「集会から帰るとき、おふたりのどちらかが駐車場で赤いアルファ・ロメオを目にしませんでしたか？」

「いや。そんな車があれば、間違いなく気づいていただろう。集会の参加者は六人しかいなかったし、あそこを出たとき、駐車場は空っぽだった」

「それは何時でしたか？」サンディはコーヒーに砂糖を足してかきまぜた。

「はやかったよ。八時ごろかな。ジェリー・マーカムがあらわれなかったので、それ以上つづけてもあまり意味がないように思えたんだ」マーク・ウォルシュが顔をあげた。「あのときは、猛烈に腹がたったよ。もちろん、いまにして思えば、そのころ彼は死んでいたわけだが」

「ジェリー・マーカムは集会に顔をだすことになっていたんですか？」サンディは、あまり驚きを声にださないように努力した。

「もちろんだよ。だからこそ、きみはけさここへきたんじゃないのか」マーク・ウォルシュは、あいかわらずやけにゆっくりとしゃべっていた。まるで、小さな子供か外国人を相手にしているかのように。すでにこの男に対して強い反感を抱いていたサンディは、ぶん殴ってやりたくなった。「ジェリー・マーカムに、取材してはどうかと書面で打診してみたんだ。彼はシェトランド出身だからね。本人いわく、どのみち両親を訪ねるつもりでいたので、集会にも参加させてもらうということだった。いうまでもなく、彼はあらわれなかったが」

「金曜日に、ジェリー・マーカムを見かけたわ」スー・ウォルシュが口をはさんだ。「朝の十一時ごろに」夫に目をやる。「あなたが彼のことをインターネットで調べていたから、そのときの写真でわかったの」

「そんなこと、いってなかったじゃないか」マーク・ウォルシュの声は、むっとしていた。

「そうだった？　きっと、うっかり忘れてたのね」

「どこで見かけたんですか？」サンディは口論がはじまりそうな気配を察知していった。

「ボンホガ画廊のコーヒーショップよ。わたしたち、ここの客室にシェトランドの本物の工芸品を飾りたいと考えているの。画廊で学生の作品の展示会がひらかれていたから、そこで一、二点、安く手にはいるんじゃないかと思って」

サンディは、このあらたな情報について考えた。ボンホガ画廊は、島の西側のワイズデイルにある。ジェリー・マーカムは、そこでいったいなにをしていたのだろう？

「彼は誰かといっしょだったわ」スー・ウォルシュがつづけた。「コーヒーショップは空いていた。太陽がすこし顔をのぞかせたから、わたしは自分のコーヒーを外のテーブルへもっていったの。だから、ふたりがなにを話しているのかは聞こえなかった。でも、言い争っているように見えたわ。言い争いとまではいかなくても、意見の衝突があった」

「いっしょにいたのは、どんな人物でしたか？」サンディはたずねた。

「女性よ。すらりとした身体つきで、きちんとした身なりをしていた。たぶん、中年くらいね。でも、こちらに背中をむけていて、顔は見えなかった」

「地元の人ですか？」

「しゃべるところは聞かなかったから」スー・ウォルシュは立ちあがって、窓の外をみつめた。

「写真を見せたら、それがその人物かわかりそうですか？」

「無理だと思うわ。さっきもいったとおり、うしろから見ただけだから」

サンディはラーウィックに戻る途中で、ボンホガ画廊に立ち寄った。すこしまわり道になるが、車窓からの景色は素晴らしいし、そこでスープとサンドイッチにありつくこともできる。コーヒーショップは、その上でひらかれている展示会よりもにぎわっており、サンディは列にならんで待たなくてはならなかった。高い椅子にすわらされたよちよち歩きの幼児が泣き叫んでおり、きちんと考えるのがむずかしかった。女性がふたりで給仕をしていた。ふたりとも見かけたことがあるような気がしたが、どちらも若すぎて、サンディの交友関係の輪にはふくまれていなかった。そのとき、ぐずる幼児を連れた家族が出ていったので、サンディは席を確保できた。スープは濃くて美味しかった。彼が食事を終えて紅茶をポットで注文するころには、店内はだいぶ空いてきていた。

サンディはカウンターにちかづいていった。「きみたちは金曜日もここにいたのかな？」

だが、ふたりの女性はまだ学生で、ここで働いているのは週末だけだということが判明した。

「平日にいるのは、ブライアンよ」片方の女性がいった。「彼がここの切り盛りをしているの。金曜日には、ひとりですべてのパンやケーキを焼いてるわ」

サンディはうなずいた。ブライアンなら知っており、あとで話を聞くことにした。

13

セント・ニニアンズ島で開催されたシーズン最初の競漕大会に、アイスのチームはワイズデイルのチームから借りてきた鎧張りの船《ヨール》で参加していた。自分たちのボートは、鑑識の検査のために持ち去られていたからだ。ローナ・レインは、それがいまどこにあるのか——シェトランドにまだあるのかどうかさえ——よく知らなかった。アバディーンの大学にいる科学者たちが座席の部分から木をわずかに削りとるところを想像する。ジェリー・マーカムの死体が横たわっていた部分を調べるためだ。だが、彼女は今回の捜査にかんして、あまり質問をしたくなかった。すでに自分は死体の発見者としてかかわっており、ここはプロらしく距離を置くのがいちばんだと考えていた。

ボートを漕ぐには、もってこいの天気だった。あまり風がなく、水面にはうねりがない。シーズンが進めば、しだいにスピードがついてくるだろうが、きょうはリズムに乗れそうになかった。それは、何カ月もの練習をつうじて培われていく無意識の一体感なのだ。春にしては穏やかな天気で、雨の降る気配はなかった。浜辺ではすでにバーベキューがはじまっており、木炭と焦げた肉の匂いがしていた。オープンカーのトランクからはこびだされてくる缶ビール。波打ち際を走りまわる子供たち。セント・ニニアンズ島は、ありとあらゆる観光客向けの絵葉書に使われていたが、実際には島ではなく、砂洲によってシェトランド本島とつながっている地質学的にめずらしい陸繋島《りくけいとう》だった。白くてきめの細かい砂。透きとおったブルーの水。観光客にとっては、まさに天国だ。

セント・ニニアンズ島では、埋蔵されたピクト人の財宝が発見されていた。その原物はエディンバラにあるものの、複製品がラーウィックの博物館に展示されており、ときおりローナは昼食をとりに博物館を訪れた際に、ブローチや祝宴用のお椀や装飾用の武器を見にいっていた。そして、そのたびに、原物が欲しくてたまらなくなっていた。息をのむくらい強烈な欲望を感じていた。本物のお椀でワインを飲み、古《いにしえ》の銀の感触を自分の唇で確かめたかった。宝石で飾られたブローチを無地の黒いドレスにつけ、それが数百年前にも使われていたことに思いを馳せたかった。

鎧張りの船をトレーラーにのせてランドローヴァーでここまで牽引してきたのは、ビクスターで小農場をやっているリズだった。ボートはすでに水に浮かべられており、チームの面々は仮設の舟橋《しゅうきょう》に立って、それをみつめた。いつもとはちがうボートに、どう対処しようか？　そのあいだも、会話のほうは例の殺人のことでもちきりだった。「あなたが死体の発見者だなんてね！」リズがいった。「それって、どれくらいの確率で起きるもの？　偶然にしては、できすぎよね」

ローナ・レインは反論しかけた。もちろん、偶然に決まっている。それ以外に、なにが考えられるというのか？　彼女は急に恐怖を感じて、頬が熱くなった。だが、彼女が口をひらくまえに、リズがつづけた。「だって、あなたは地方検察官でしょ。殺人事件の捜査を監督するのが仕事だわ。これじゃまるで、〝ほら、ここに死体があるから、さっさと仕事にかかれ〟っていってるみたいじゃない」

その説明に、ローナはみんなといっしょになって笑った。それから、スタートに備えて、ジーンズの裾をまくりあげた。かれらが出場するのは、その日最後のレースだった。ローナは鎧張りの船に乗りこむと、手袋をはめて漕ぎはじめた。この水を切って滑るように進んでいく感覚が、彼女にはたまらなかった。漕ぐことに専念していると、意識にあるのは光の奇妙な透明感のことだけとなった。思考のはいりこむ余地はなかった。潮とタールと湿った木の匂い。レースの結果は、全出場チーム中の真ん中くらいだった。ほかのときならローナはがっかりしただろうが、きょうは順位は重要でないように感じられた。しばらく不安から逃れていられただけで、じゅうぶんだった。ほかのチームからは、気の毒がられた。無理もない結果だ、とかれらはいった。借りてきたボートに慣れなくてはならなかったのだから。アイスのベテラン女性チームがゴールを通過したとき、同情した観客から歓声があがった。

みんなでボートをトレーラーに積みこむと、ローナは自分の車で家に帰ろうとした。そのとき、観客のなかにインヴァネスからきた警部がいるのが目にとまった。警部はバーベキューの売店で野菜バーガーを手にいれており、紙コップから紅茶を飲んでいた。地元の行事を見にきた観光客、もしくは本土からきた親戚といっても、おかしくなかった。ゆったりとくつろいでいて、まわりに溶けこんでいた。

この女は危険だ、とふいにローナは思った。ここでのわたしの生活を台無しにしかねない。

ローナはチームのほかの面々から離れて、警部のほうへと歩いていった。まだ靴をはいておらず、足は鎧張りの船を水からひきあげたときの作業で砂だらけのままだった。それに、服はオールからはねた水しぶきで濡れていた。ローナは、自分のほうが弱い立場にいるように感じた。

「わたしになにか用かしら、警部？」

「お宅にうかがったんです」ウィロー・リーヴズは、バノックの切れ端をセグロカモメにむかって投げた。「ご近所の方が、あなたはここだと教えてくれたので。今シーズン最初のレースだそうですね」

「わたしがあすオフィスにいくまで待てなかったのですか？　それとも、捜査のほうで急展開があって、すぐに報告しておくべきだと考えたとか」てきぱきとしているが、とげとげしくはない声。ローナは自分の口調に満足した。

「地方検察官としてのあなたに用事があるわけではないんです」ウィロー・リーヴズは、ほつれた髪の毛を耳のうしろに押しこんだ。「もっと人のいないところで話せませんか？」

「ここでは無理ね」ローナはきっぱりといった。「こんな状態だし。身体が冷えているから、シャワーを浴びて着替えをしないと。あとで、うちのほうへきてもらえるかしら」

「その必要はありません」ウィロー・リーヴズはあっさりといった。「駐車場までごいっしょさせてもらえれば、そこでおしゃべりできます。ほんの数分ですむと思いますので」

ローナは拒むわけにもいかず、足から砂を払い落とすと、靴をはいてセーターを着た。そして、ウィロー・リーヴズのあとについて駐車場まで歩いていった。ふたりはウィローのレンタカーのなかにすわった。この女性を自分の車に乗せるのは耐えられないだろう、とローナは思った。床に牛乳をこぼすようなものだ――その染みは絶対に落ちない。浜辺では、人びとが落ちているごみを黒い袋に拾い集めて、あとかたづけをしていた。日はすでに低くかたむいており、長い影ができていた。

「ほんとうに、すごく困りますね、警部。あすは忙しいので、はやく帰りたいのです」ローナが目指したのは、きびきびとした事務的な口調だった。だが、その声には不安が潜んでおり、それを相手に悟られたのではないかという気がした。

「殺された日のジェリー・マーカムの行動が、もうすこしくわしくわかってきました」ウィローがふいに伸びをしたので、狭いレンタカーの車内がいっぱいになったように感じられた。

「それで?」ローナは純粋に興味をおぼえてたずねた。

「彼はその日の午後、サロム湾のターミナルで広報担当者と会っていました。本人いわく、あたらしいエネルギーについての取材だそうで、ターミナルで陸揚げされているガスのほかにも、波力発電や風力発電をとりあげるつもりでいたようです。〝イギリス全土の発電所としてのシェトランド〟といった切り口で」

「おかしなところはないように思えますね」ローナはいった。「そういった技術の発展には、大きな関心が寄せられています。島はエネルギー産業の人たちであふれていて、ちかごろではホテルの部屋を押さえるのが、ほとんど不可能に思えるくらいです」

ウィロー・リーヴズは、ローナがなにもいわなかったかのように先をつづけた。「おなじ日のそれよりまえ、午前十一時ごろに、ジェリー・マーカムはワイズデイルにある画廊で目撃されています」

「ボンホガ画廊ですね」ローナはいった。

ウィローが地方検察官のほうを見た。「ご存じなんですか？」

「もちろんですよ！　シェトランドで知らない人はいないでしょう。芸術に興味がなくても、美味しいコーヒーや自家製のパンやケーキを求めていくところです」

「金曜日の午前中、コーヒーやケーキが欲しくなりましたか？」

その質問はいきなりだったので、ローナは一瞬、とまどった。「まさか。わたしは仕事中でした。どうして平日の真昼間に、車でわざわざラーウィックからワイズデイルまでいくんです？」

「ジェリー・マーカムに会うためとか」

しばらく沈黙がつづいた。浜辺を見おろす駐車場は、いまではすっかりひと気がなくなっていた。砂浜の焚き火からはまだ煙があがっていたが、そばには誰もいなかった。

「申しわけないけれど、なにをいおうとしているのかしら？」エディンバラで弁護士をしていたころ、ローナは何度か法廷で自分の信用にけちをつけられたことがあった。彼女はそのときとおなじ、信じられないといった怒りの口調を使っていた。

「ジェリー・マーカムが会っていた女性の特徴は、以下のようなものでした」ウィローがいった。「中年。きちんとした身なり。すらりとした身体つき」

「その特徴は、シェトランドにいる何千という女性にあてはまるでしょうね」

「かもしれません」ウィローはいったが、その口調はあきらかに懐疑的だった。「けれども、今回の事件の関係者のなかで、そういった女性は何千とはいません」

警部がまえに身をのりだしてきたので、ローナはその真剣な顔と、はやくも目のまわりにあらわれつつある小じわを目にすることができた。どう返事をしようか検討しているあいだも、彼女はこう考えていた——ウィロー・リーヴズが保湿クリームを使ったことがないのは、一目瞭然だ。

「あなたに質問しなくてはならない理由は、おわかりですよね？」ウィローがつづけた。「いまあげたような一致点を無視すれば、わたしは捜査官として職務怠慢ということになります。捜査でえこひいきしていると見られるわけにはいかないんです」

一瞬、ローナはその物柔らかな声にだまされそうになった。結局のところ、ウィロー・リーヴズはただ手順を踏んでいるだけなのかもしれない。だが、そこでふたたび、この女は危険だという考えが頭に浮かんできた。

「金曜日の午前中、わたしはずっとオフィスにいました」ローナはいった。

「それじゃ、まわりには大勢の人がいたわけですね。きっと、その人たちが確認してくれるでしょう。さあ、これで質問はすんだので、ほかのところへ目をむけることができます」ウィローは満足したようにうなずいた。ローナは躊躇した。相手の言葉は質問ではなかったが、あきらかに返事を期待されていた。「金曜日、わたしの助手は一日休暇をとっていました」地方検察官はいった。「わたしはお昼どきに会議に出席し、午後は法廷にいましたが、十二時半まではひとりでした。わたしは車でワイズデイルまでいかなかったし、ボンホガ画廊のコーヒーショップでジェリー・マーカムと会ってはいませんが、それを証明することはできません」

ウィローがうなずき、ふたたび沈黙がたれこめた。それを破るのは、外で鳴いているカモメの声だけだった。「敵はおありですか？」

「頭を殴られて殺されたのは、わたしではありませんよ、警部。わたしを嫌う人よりも、ジェリー・マーカムの死を願っていた人をさがすべきではないかしら？」

ウィロー・リーヴズが頭をのけぞらせて笑った。その笑い声は驚くほど伝染力が強く、いつの間にかローナの口もとにも笑みが浮かんでいた。

「わたしは物事を複雑にしてしまいがちなんです」警部がいった。「昔からの癖で、欠点ですね。評価報告書で、いつも指摘されています。でも、ここはひとつおつきあいください。今回の事件には、奇妙な点があります。ジェリー・マーカムはアイスで殺されたわけではないのに、何者かが危険を冒してまで死体をそこで鎧張りの船に乗せ、海へと流した。霧の濃い日でしたが――誰もが口をそろえてそういっています――それでも無茶な行動です。シェトランドでは、霧は発生するときとおなじくらい突然消えてしまうことがある。そうなったら、村じゅうの人に見られてしまうでしょう。丘で羊の世話をしている小農場の農夫。浜辺で遊んでいる子供たち。洗濯物を干している女性。犯人があなたがたのボートに大の男を積みこもうとしているところを目撃しそうな人物は、たくさんいる。それに、たとえ霧が晴れなかったとしても、邪魔がはいる可能性はいくらでもあった。犬の散歩をさせている人とか釣りをしている人は、天気を気にしません。なのに、どうして犯人はそのような行動をとったのか？　そして、どうしてアイスだったのか？」

「わたしへのメッセージだったと考えているのかしら？」ローナは冷静な声を保った。その方面への捜査を奨励すべきだろうか？　それとも、途方もない説として一笑に付するべきか？

「ええ、たしかに——馬鹿げていますよね？　でも、先ほどもいったとおり、もうすこしおつきあいください。あなたをそこまで憎んでいる人はいますか？　あなたに不当なあつかいを受けたと考えている犯罪者とか？」

「ここはシェトランドですよ、警部。グラスゴーとはちがいます。復讐のための殺人というのは、ここではめったにありません。飲酒運転で半年間の免許停止処分を食らった人物が、不満があるからといって、わざわざ殺人を犯すとは思えませんね」ローナは自分がリラックスしてきていることに気がついた。このやりとりを楽しみはじめている、といってもいいくらいだった。

「それなら、もっと個人的なことでは？」ウィロー・リーヴズは前方をみつめており、ローナにはその質問が真剣なものなのかどうか、よくわからなかった。

「ふられた恋人とか、そういったことかしら？」冗談としてあつかうのがいちばんだ、とローナは判断した。

ウィローがゆっくりと首をまわして、ローナのほうを見た。「ええ、もしかすると。そうですね。たとえば、ストーカーがいたとか、奇妙な電話があったとか？」

「いいえ、警部、そんなことは一切ありませんでしたよ。先ほどもいったとおり、ここはシェトランドです。そういった行動が発覚しないまま見過ごされることは、まずないでしょう」

ウィローはそれに対する返事を考えているようだったが、しばらくなにもいわなかった。そして、つぎに口をひらいたときには、こういっただけだった。「これ以上はおひきとめしません」ローナはドアをあけて、車から降りた。その日の活動のあとで、すでに肩の筋肉がこわばっていた。もはや太陽の光に温もりはなく、彼女は寒気と痛みを感じた。まるで発熱するまえのようだった。ウィロー・リーヴズも車からさっと降り立ち、別れの言葉を口にした。

「お時間を割いていただいて、どうもありがとうございました」という。「では、おひきとりください」

ローナは車で走り去りながら、自分がいま放免されたように感じていた。このウイスト島からきた女性に完全に主導権を握られていたように。

14

ジミー・ペレスは教会のまえにとめた車のなかにすわって、人びとが建物のなかへ吸いこまれていくのをながめていた。ここにはかつて集落があり、いまでも家のあった痕跡を見てとることができた。崩れかけた塀。畑の輪郭。だが、いまや残っているのは教会だけで、信徒たちは車でここまでやってきていた。晩春にときおり訪れる穏やかに晴れた日で、道路のそばの海や小さな潟からは光が反射されてきていた。サロム湾のターミナルからはほんの数マイルの距離だったが、ここには石油産業の影がまったく感じられなかった。

子供のころ、ペレスはいつでも礼拝に出席させられていた。彼の父親が平信徒説教者をつとめていたからだ。一方、母親は昔から困難なときをのりきるのに強い信仰心を支えにしているように見えたが、最近ではペレスはそれに疑問をもつようになっていた。母親の場合、日曜日の朝の礼拝は――美しい歌声と思慮深いお説教は――本物の信仰心というよりも、伝統の継承とか心安らぐ習慣といった意味合いのほうが強いのではなかろうか。フランは信仰を、おとぎ話を信じるようなものだと考えていた。礼拝のはじまる間際になって、ペレスは衝動的に車から降りた。そして、羊が食《は》んだあとの草地を歩いて横切り、教会にそっともぐりこんだ。明るい陽射しのあとで、教会のなかは暗く感じられた。目が薄闇に慣れるのを待つ。最初の賛美歌はすでにはじまっており、ペレスは自分で勝手に賛美歌集と式次第を手にとった。会衆席は半分ほどしか埋まっておらず、そのほとんどが高齢者だった。どうやら日曜日の朝の礼拝は、それより下の若い世代を失いつつあるようだった。

フランが亡くなったあとで、ペレスは父親があたえようとする精神的かつ宗教的な慰めを一切ことわってきた。だがいまは、この慣れ親しんだ文言と音楽に心がときほぐされていくのを感じていた。存在しない神に対して怒りを抱くことはできない。音楽が彼を包みこみ、考えたり追憶にひたったりする機会をあたえてくれた。

牧師が告知の際に、会衆のなかにいるふたりの信徒のあいだでちかぢか結婚式がおこなわれることを発表した。「喜ばしいことに、イーヴィーとジョンは土曜日にこの場所で夫婦の契りを結びます。天候に恵まれ、かれらに末永きしあわせが訪れることを祈りましょう」

人びとの顔には祝福の笑みが浮かんでおり、まばらな拍手さえ起こった。しあわせいっぱいのカップルはまえのほうの席にすわっていて、感謝のしるしに小さく手をふってみせた。牧師がつづけた。「さらに聞いたところでは、金曜日の晩におこなわれたイーヴィーの独身さよなら女子会で、われわれのえらんだ慈善団体〈ウォーター・エイド〉への寄付金が五百ポンド集まったそうです。ふつうならば、はしご酒を奨励するものではありませんが、今回にかぎっては、きっと全員がその参加者に感謝の念を抱いていることでしょう。そして、さいわいにもイーヴィーは、けさもわれわれとともにここにいられるくらい頭がすっきりとしています」礼儀正しい笑い声がすこしあがって、最後の賛美歌へとつづいた。

その曲が終わるまえに、ペレスは教会を出た。そのままとどまっていれば、どういうことになるのか目に見えていた。人びとがちかづいてきて、彼を仲間に迎えいれようとするだろう。コーヒーや昼食をどうかと家に招いてくる。質問攻めにあう。ペレスはもともと人づきあいのいいほうではなかったが、ちかごろでは雑談でさえ耐えられなくなっていた。外に出ると、陽射しの温もりが感じられた。ペレスは一瞬、足を止めて、もうすこしでその感覚を楽しみそうになった。それから、自分の車へと戻った。教会へくるのがいい考えだったのかどうか、自信がもてなくなっていた。彼はシェトランドの電話帳でイーヴィーの番号を調べ、自宅にかけたものの応答がなかったので、彼女の家にいちばんちかいこの教会をあたってみることにしたのだった。サンディはイーヴィーを信心深いと称していたから、試してみる価値はあるだろう、と考えて。

ペレスは家で手持ち無沙汰にしていた。ダンカンの屋敷へキャシーを迎えにいくのは彼女がはやめの夕食をすませてからという取り決めになっており、目のまえにはなにもない一日がひろがっていた。だが、いま彼は、イーヴィーを見つけにここへきたことを後悔していた。彼女が婚約者を同伴しているかもしれないとは、思っていなかったのである。まさか、あたらしい恋人のまえで、殺された元恋人の話をするわけにはいくまい。

だが、婚約者のジョン・ヘンダーソンはやけに急いでいる様子で白い車に乗りこむと、走り去っていった。約束でもあるような感じだった。ペレスは彼の姿をちらりと目にした。日曜日用のスーツをりゅうと着こなした中年の男性だった。イーヴィーは、ほかの人たちがいなくなるのを待ってから、教会のすぐ外で牧師と立ち話をしていた。結婚式にそなえて、最後の打ち合わせをしているのだろう。丸い顔。黒い髪。話の内容は聞こえなかったものの、彼女はしあわせそうに見えた。ようやく牧師が教会のなかへ戻り、イーヴィーは草地を横切って道路へとむかった。まだ残っている車は一台もなかったので、彼女は徒歩で帰宅するつもりのようだった。ペレスはドアをあけ、車から降り立った。

「家まで車で送りましょうか?」

ほかの土地でなら、こうした誘いには疑いのまなざしが返ってくるだろう。だが、イーヴィーはほほ笑んだだけだった。

「いいえ、けっこうです。でも、ありがとう。すごく気持ちのいい日なので、歩くのを楽しみにしていたんです」

「それじゃ、ごいっしょさせてもらってかまいませんか?」ペレスは、すでに彼女のまえまできていた。相手が太陽を背にして立っていたので、小さな潟から反射してくる光に対して目を細めなくてはならなかった。「わたしは地元警察の警部です。ジェリー・マーカムの死について捜査しています」

「見覚えがあるような気がしたんです」イーヴィーの声は軽やかで、フェトラー島の訛りがまだすこし残っていた。「奥さんが亡くなられたとき、あなたの顔写真が『シェトランド・タイムズ』に載りましたよね」

「恋人です」ペレスはいった。「とはいえ、婚約していましたが。結婚する予定でした」

「まあ!」イーヴィーは大きなショックを受けていた。自身の結婚がまぢかに迫っているので、その悲劇がよりいっそう強く胸に響いたのだろう。「ほんとうに、お気の毒に」

ふたりは一車線の道路を歩いてゆき、旅行者の乗ったレンタカーが反対側からちかづいてくると、道路わきの一段高い部分にあがってやりすごした。

ペレスは彼女の家に着くまで、ジェリー・マーカムにかんする質問を控えていた。家は小さな平屋の農家で、水漆喰を塗ったばかりだった。小さなテーブルの置かれたキッチン。壁ぎわのソファ。持ち運びできるテレビ。裏には寝室とシャワー室が増築されており、窓からは小石の浜辺まで見おろすことができた。イーヴィーはドアをあけたあとで閉めずにおいたので、羊たちのたてる音が部屋にあふれているように感じられた。

「それでは、都会の生活には惹かれなかったんですね?」ペレスは、彼女がエディンバラの大学へいき、そこで正式に法学の学位を取得したものの、法廷弁護士や事務弁護士になるのに必要な課程には進まなかったことを調べあげていた。

「ええ」イーヴィーがいった。「あちらにいたあいだ、ずっとシェトランドが恋しくてなりませんでした」芝居がかった言葉だったが、ペレスはおそらく本心だろうと思った。彼女が高い建物に囲まれた空の見えない世界で、通りの雑踏のなかを押しあいへしあいしているところは、想像するのがむずかしかった。シェトランドの若者のなかには、故郷をはじめて離れたとき、都会の匿名性や解放感を享受するものもいた。だが、どうやらイーヴィーはそのひとりではなさそうだった。「この家は、こちらへ戻ってきてすぐに買ったんです。廃墟同然だったので、すごく安い値段で。父が修繕を手伝ってくれました」

「いまはどちらにお勤めで?」

「シェトランド諸島評議会の開発部門です。あたらしい事業をシェトランドに誘致するための部署で、石油の埋蔵量が尽きようとしているいま、とても重要な仕事です」イーヴィーは湯わかしのスイッチをいれると、コーヒーの粉をスプーンで水差し型容器にいれた。ペレスはソファに腰をおろした。

「それじゃ、これから忙しくなりますね」ペレスはいった。「サロム湾にガスを陸揚げする事業のことがありますから」

「それは、わたしの担当からすこしはずれているんです」イーヴィーがコーヒーの粉にお湯を注ぐと、その香りがペレスにフランのことを思いださせた。フランはコーヒーにかんして口うるさかった。「わたしの関心は、どちらかというとグリーン産業のほうにあります。将来はそちらへ進むべきだ、と考えているんです。とりわけ、シェトランドのようなところでは。ほぼ完全な自給自足を達成して世界のお手本になることだって、夢ではないでしょう」

この女性には福音伝道者の素地がある、とペレスは考えた。

「ジェリー・マーカムは、今回の帰省中にあなたに連絡してきましたか？」返事がかえってくるまえに、すこし間があいた。イーヴィーは嘘をつこうか迷っているのだろうか？

「彼は連絡をとろうとしていました」ようやく、彼女はいった。「この家と携帯の留守電に、メッセージが残されていたんです。携帯の番号は、友だちから聞いたんでしょう。つきあっていたころの番号から変わっていましたから」

「仕事場のほうに連絡は？」ペレスはコーヒーをすすった。マグカップは明るいブルーの釉薬《うわぐすり》をかけたもので、地元の陶器職人の作品であることがわかった。フランの友だちだ。この先も、ずっとこうなんだ、とペレスは思った。シェトランドで暮らすかぎり、彼女から逃れることはできない。

ふたたびみじかい間のあとで、イーヴィーがこたえた。「ありませんでした」という。「こんなことを訊くのも、彼がまわりの人たちに石油や天然ガスに興味があると話していたからなんです。彼はあなたに、そちら方面の業務を担当している同僚への橋渡し役を期待していたのかもしれない。彼は風力発電基地にも興味を示していました。潮汐《ちょうせき》発電にも」

「彼にはわかっていたと思います」イーヴィーが硬い口調でいった。「どのような形であれ、わたしが彼に手を貸すことはまずないと」

「彼について、話してもらえませんか？」窓のむこうの水面に二羽のケワタガモが浮かんでいるのが見えた。そのぶつぶつとつぶやくような鳴き声を耳にして、ペレスはうわさ話をしているふたりの老女を連想した。

「わたしは彼に傷つけられました」イーヴィーがいった。「とても客観的にはなれません」

「それでも、参考になります。人は死者のことを悪くいいたがりませんが、ときとして、そうした欠点こそが暴力の被害者を生みだすものなんです。たとえば、ジェリー・マーカムを殺したくなる気持ちについて、あなたは理解できますか？」

「ええ、もちろん！」すぐに返事がかえってきた。「機会さえあれば、もう何年もまえにわたしがこの手で殺していたでしょう。でも、彼は本土へ逃げてしまった」

「その件について、話してもらえませんか？　なにがあったのかだけでなく、彼の人となりにも興味があります。現時点でわたしが知っているのは、彼が成功をおさめたジャーナリストだったということだけです。彼は昔から野心が強かったんですか？　『シェトランド・タイムズ』

「そして、わたしはまずそこに惹かれたのかもしれません。自分の家族とはかけ離れた、そういうところに。彼はわたしの家族よりも、はるかに多くのものを人生に求めていました。わたしの両親は、古くからの伝統を維持しようとしています。父は鎧張《ヨール》りの船を建造していて——昔ながらのデザインを用いた美しい船です——何カ月もかけて、それを完成させます。完璧主義者なんです。一方、母の一族は代々、小農場をやってきました。いまでは両親を誇りに思っていますけれど、あのころは、ふたりが過去に暮らしているように思えました。未来やシェトランド以外の世界に背をむけているように」

ペレスはなにもいわなかった。相手が話をする気になっているのがわかっていたので、あとは考えをまとめる時間をあたえるだけでよかった。

「わたしは年齢の割にうぶでした」イーヴィーがいった。「高校へかようためにフェトラー島の実家を離れて、平日はシェトランド本島の寄宿寮で暮らしていました。でも、ほかの子たちがパーティへいったり、パブへくりだせるように町に住んでいる生徒の家に招いてもらったりしていたころ、わたしはそういったことにまったく興味がありませんでした。もちろん、わたしなりに野心はもっていました。いい大学にはいって、両親を喜ばせたかった」

ペレスがうなずいただけで、イーヴィーは先をつづけた。

「〈レイヴンズウィック・ホテル〉で休暇中のアルバイトを手にいれました」イーヴィーがいった。「ものすごく興奮しました。ほかにもウェイトレスの仕事をあたっていましたけれど、ピーターとマリアのところは給料がよかったし、ふたりともいい人でしたから。それに、住み込みで働くことができた」

「つまり、シェトランドでの最後の夏を、あなたは両親といっしょにフェトラー島ですごしたくなかった?」

「それがシェトランドでの最後の夏になることはない、とわたしにはわかっていました」イーヴィーがいった。「幼いころから、ここが自分にとっての永住の地だとわかっていたんです。たぶん、わたしはすこし自立しようとしていたんでしょう。冒険です」

大した冒険とはいえないな、とペレスは思った。ほかの若者たちがヨーロッパ大陸でブドウ摘みをしたりバックパックを背負ってアフリカを横断したりしているときに、イーヴィーはシェトランド本島のホテルで働くことをえらんだのだ。もしかすると、彼女はそんなペレスの考えを察知したのかもしれない。にやりと笑って、こうつづけた。「わたしは外へ出るのが苦手なんです」という。「学校の寮での生活が嫌でたまらなかったので、〈レイヴンズウィック・ホテル〉の仕事は、それはもう夢のようでした。すごく大人になった気がしました」

「そのころ、ジェリー・マーカムは実家に?」

「彼はラーウィックにフラットをもっていました。『シェトランド・タイムズ』で働いていたので。でも、週に二、三日はホテルに滞在していました。彼はひとりっ子でした。そんなふうに実家に帰ってきて両親とすごすなんて、なんてやさしい人だろう、とわたしは思いました。でも、彼のお目当ては、おそらく無料《ただ》の食事とお酒だったんでしょう。ホテルにいるあいだは、一切支払いをしていませんでしたから」イーヴィーがペレスのマグカップにコーヒーを注ぎ足した。

「どういうきっかけで、彼とつきあうように?」ペレスはたずねた。

「はじめて会ったときから、わたしは彼に夢中でした」イーヴィーがふたたびほほ笑んだ。「異性にかんして、わたしはおくてでした。学校では、ボーイフレンドがいなかった。ジェリーはわたしよりも年上で、大学を卒業していて、いい仕事についていた。なんでも知っているように思えました――映画のこと、本のこと、音楽のこと。彼とつきあえるかもしれないなんて、考えてもいませんでした。彼は夢のような存在だったんです。すごく洗練されていた!わたしは彼の夢を見て、彼がちかくにくるたびに顔を赤らめていました。たぶん、彼はそれに気づいて、ちょっと遊んでやろうと思ったんでしょう」

「彼は純粋に、あなたのことが好きだったのかもしれない」ペレスはいった。「シェトランドには、彼がちょっと遊ぶことのできる女の子が大勢いたはずですから」

イーヴィーが感謝のまなざしをペレスにむけた。「ええ、そうかもしれません」間があく。「あるとき、ホテルの従業員のために小さなパーティがひらかれました。料理長の誕生日パーティです。閉店したあとのホテルのバーが会場でした。若いときのエネルギーときたら!自分が朝六時に起きて朝食の給仕をしなくてはならないとわかっていながら、わたしはほぼひと晩じゅう起きて飲んでいました」

ペレスはほほ笑んだ。彼からすると、イーヴィー・ワットはまだすごく若く思えたからだ。

だが、話をさえぎりたくなかったので、なにもいわなかった。

「あの晩のことは、あまりよく覚えていません」イーヴィーがつづけた。「飲み慣れていないのに、ほかの女の子たちといっしょになって蒸留酒を飲んでいたので。ピーターとマリアは最初のほうにだけ顔をだして、すぐに寝室にさがりました。ですから、あとはわたしたちだけでした。途中でジェリーから、庭を散歩しないかと誘われました。ふたりきりで。気がつくと、わたしたちは喧騒をあとにしていました。六月の終わりの美しい朝で、ちょうど日が昇ろうとしているところでした」イーヴィーはペレスのほうをむいた。「彼にキスされたのを覚えています。そして、もう二度とこんなしあわせな気分になることはないだろうと考えたのを」

「その晩に妊娠した?」

イーヴィーは首を横にふり、自嘲気味の笑い声をあげた。「わたしはいい子だったんです、警部さん。最初のデートで男性と寝るなんてことは、決してしません。そして、ジェリーも強引には迫ってこなかった。とりあえず、そのときは。どういうわけか、彼はわたしたちがつきあっていることをご両親に知られるのを嫌がっていました。でも、それでもほんとうのガールフレンドらしくあつかってくれた。わたしが休みの日に、よく町で落ちあって、ふたりでドライブにいきました。島々を探検してまわったんです。狭い小道をどんどん進んでいって、その先になにがあるのかを確かめる。はじめて愛をかわしたのは、そういった探検旅行をしているときでした。まわりを崖で囲まれた小さな入江で、そこへは干潮のときしかたどり着けないんです。潮が満ちてくると、取り残されてしまう。その日、わたしは彼とセックスするつもりではありませんでしたし、ふたりとも予防措置を講じませんでした。とんでもない話ですよね！　あのときのことは、お酒のせいにさえできない。太陽と興奮。それに、雰囲気もあったんでしょう。そして、わたしはとてもうぶだった。初体験で妊娠することはまずない、と思ったんです。それ以降は、ふたりとももっと注意するようになりました。けれども、すでに手遅れでした」

しばらく沈黙がつづいた。彼女にその夏のいい思い出がまだ残っているのを知って、ペレスは嬉しく思った。

「妊娠検査をしたのは、わたしが実家に戻って、大学行きのための荷造りをしているときでした。すでにふられていました。わたしが大学へ進んだあとは関係をつづけるつもりはない、とジェリーからはっきり告げられていたんです――〝きみだって紐つきでむこうへはいきたくないだろ〟。わたしが自分の部屋で泣いているのを、母が見つけました。父は怒り狂ってピーター・マーカムに電話をかけ、いったいどういう施設を経営しているのか、息子にどう責任をとらせるつもりなのかを問いただしました」イーヴィーがちらりと顔をあげた。「すごくヴィクトリア時代っぽい言動で、十七歳の娘にとっては、穴があったらはいりたいくらいでした。でも、わたしは幼いころから父のお気にいりでしたから。たぶん、わたしの考え方も、父とおなじくらい古めかしいものだったんでしょう。ジェリーはわたしのそばで支えてくれるべきだ、と考えていたんです。結婚してもらえるとまでは思っていませんでしたけど。ところが、彼はこの騒ぎがもちあがるやいなや、さっさと本土へ雲隠れしてしまった。わたしひとりにすべてを押しつけて。そのときです。殺してやりたいと思ったのは」

イーヴィーは立ちあがると、流しでマグカップを水洗いした。ふたたび口をひらいたときも、ペレスに背中をむけたままだった。

「わたしは流産しました。自分で育てて、未婚の母として世間とむきあう覚悟をしていたのに、肝心の赤ん坊がいなくなってしまったんです。もちろん、心の底から悲しみました。でも、同時に拍子抜けしました。結局のところ、大騒ぎする必要はまったくなかったんです」言葉をきる。「ジェリーは最初から、田舎出の十代のガールフレンドに縛りつけられるつもりなどなかった。だから、わたしを捨てたんです。大学でわたしが誰とでも自由につきあえるようにすることとは、なんの関係もなかった。赤ん坊でさえ、どうでもよかった。彼はただ、自分の人生からわずらわしさを一切排除して、本土で成功をおさめたかっただけなんです」

「それ以降、彼と連絡をとったことは？」

「流産したあとで、めそめそしたメールをふたつ送りました。もしかすると、またつきあってもらえるかもしれないと考えて。同情心から。なんて情けない！　死んだ赤ん坊をだしにして、彼を取り戻そうとするなんて！　返事はきませんでした」

どこか遠くのほうで、犬の鳴く声がした。「そしていま、あなたは結婚しようとしている」ペレスはいった。

イーヴィーの表情が明るくなった。「ええ。ジョン・ヘンダーソンと。彼はサロム湾で水先案内人をしています。男やもめです。奥さんは、五年前に癌で亡くなりました。わたしは小さありませんが、それでも当時はすごい年寄りに思えました。その彼といずれ婚約することになるといわれていたら、わたしは声をあげて笑っていたでしょう」

「つきあうようになったきっかけは？」おまえが愛する人と出会ったのは暗い冬の季節のことで、雪原に横たわる死体を介してだった。

「はじめは、教会の活動をつうじて顔をあわせていました。やがて、ジョンが再生可能エネルギーに興味をもち、わたしが仕事で準備した会合に出席するようになった。彼はやさしい人です。やさしさは、すごくセクシーになることがある。そうは思いませんか？」

ペレスはうなずいた。

「彼の求愛は、古めかしいものでした。ジョンのわたしへの接し方を見て、友だちは笑っていました。わたしたちが同棲せずにいるのが、信じられずにいた。でも、わたしはそれがすごく気にいっていました。先ほどもいったとおり、古めかしい人間なんです」

「ジェリー・マーカムがこちらへ戻ってきていることを、彼は知っていたんですか？　あなたと連絡をとろうとしていたことを？」ペレスは軽い口調のままいった。シェトランドは狭いので、ジェリー・マーカムが殺される直前に訪れていたターミナルとジョン・ヘンダーソンが働いている職場が湾をはさんですぐのところにあるというのは、おそらく偶然にすぎないのだろう。おそらく。

「ジョンには警告しておいたほうがいいと思いました」イーヴィーがいった。「ふたりがいきなり鉢合わせするようなことは、避けたかったんです。ジェリーのわたしへの仕打ちに、ジョンは腹をたてていました。彼なら、決して女性をそういうふうにあつかったりしないでしょう」

突然、イーヴィーは自分の発言にふくまれる言外の意味に気づいた。「でも、彼は善い人です。温和な人です。ハエ一匹傷つけません。ジョン・ヘンダーソンはあなたのおっている殺人犯じゃありませんわ、警部さん」

15

ペレスは約束の時間どおり、午後六時きっかりにダンカン・ハンターの屋敷へキャシーを迎えにいった。ダンカンはすでにキャシーをいつでも出発できる状態にしており、そのことから、フランの元夫が週末が終わってほっとしているのがわかった。ダンカンは娘を愛していたが、その愛は現実のものというよりは抽象的なものだった。彼にはほかにもやることがたくさんあり、娘に必要なだけの時間を割く余裕がなかった。それに、キャシーは生真面目でひっこみ思案な子供に成長しており、ダンカンはどうやって接すればいいのかわからずにいた。これが活発で騒がしい男の子だったら、もっと上手くやれていただろう。だが、ダンカンとくっついたり離れたりしている愛人のシーリアは彼よりもずっと年上なので、つぎの子供は期待できそうになかった。

かつて、ペレスとダンカンは親友だった。ペレスがアンダーソン高校の寄宿寮で暮らしていたころ、ふたりはよく週末をこの大きなお屋敷ですごした。ハンター一族はペレスに、それまで経験したことのない、あまり締めつけの厳しくない生活を紹介してくれた。一族の金は、当時すでにほとんど失われていた。だが、それでもかれらには、何世代にもわたって土地を所有しつづけてきたことからくる優越感と自信がそなわっていた。そのとき、ペレスはふと思った。この屋敷は、大きさといい古さといい、〈レイヴンズウィック・ホテル〉にそっくりだ。とはいえ、共通点はそこまでだった。ハンター家の屋敷は、内側から崩壊しつつあった。ほとんどの部屋は板を打ちつけて封鎖されており、まったく使われていなかった。ダンカンは実家を維持することよりも、遊び人としての生活のほうにお金を費やしていたのだ。それでも彼が屋敷を手放さずにいるのは、郷愁の念からだった。それと、それが彼にあたえてくれる一種の社会的な地位だ。ここにいれば、ダンカンはいまだに大地主の気分を味わうことができた。

いま男たちが折り合いをつけてつきあっているのは、ひとえにキャシーのためだった。彼女以外に、ふたりのあいだに共通するものはほとんどなかった。じつに奇妙な子育ての取り決めだった――どちらもフランの元パートナーであるふたりの男たちが、幼い少女の親権を共有する。それで上手くいくと福祉関係者たちを説得するのは、すこしばかり骨が折れた。だが、実際にそのやり方は上手くいっていた。というのも、なんとしても成功させてみせるというペレスの固い決意があったからだ。これはフランが望んだことであり、ペレスにはそれを実現させる責任があった。

ペレスが車でちかづいていったとき、キャシーは屋敷のまえの塀にすわって、本を読んでいた。足もとの砂利の上に、かばんが置いてあった。ダンカンは、ジープのエンジンをいじくっているところだった。そこにはシーリアの車もとまっていたが、彼女の姿はどこにもなかった。キャシーは本の世界に完全に没頭していて、ペレスの車の音に気づいていなかった。彼がドアをばたんと閉めたときに、ようやく顔をあげた。そして、フランとおなじ笑みを浮かべると、塀から飛び降りて、ペレスのところへやってきた。父親のダンカンの感情を傷つけないように、あまり大騒ぎしないようにしながら。七歳の子供がここまで大人の感情に配慮しなくてはならないというのは、よくないことに思えた。キャシーが人を喜ばせることに熱心すぎるのが、ペレスは心配だった。

「楽しい週末だったのかな?」ペレスは車の後部座席にかばんを積みこんだ。はやくキャシーを家に連れて帰りたかった。あしたは学校で、新学期の初日なのだ。それに、ダンカン・ハンターといる時間が長くなりすぎると、彼はいつでもかんしゃくを破裂させてしまいそうになっていた。「最高だった! あたしたち、釣りにいって、浜辺の焚き火でタラを焼いたの。それに、シーリアとふたりでプディング用のブラウニーをこしらえたわ」ペレスには、キャシーがほんとうに楽しい時間をすごしたのがわかった。父親のために、ふりをしてみせているわけではなかった。

ダンカンがぼろきれで手を拭いながらいった。「調子はどうだ、ジミー?」お決まりのあいさつだ。あまり寛大な気分でないときのペレスは、この男がこう訊くのは、おまえがおかしくなって、自分ひとりで娘の面倒をみることになるのを恐れているからだ、と考えていた。そうなったら、ヨーロッパへのわくわくする出張も、このお屋敷でひらく有名な乱痴気パーティも、できなくなる。

「まああだ」ペレスは後部座席のドアをあけると、子供用の補助椅子を所定の位置に移動させて、キャシーをベルトで固定した。なにが嫌かといって、フランの別れた夫と会話をかわすくらい気の進まないことはなかった。

「金曜日に、アイスでなにか事件があったらしいな」

「ジェリー・マーカムを知ってたのか？」ペレスは身体をまっすぐに起こした。キャシーはすでにふたたび本をひらいており、物語に夢中になっていた。

「やつが『シェトランド・タイムズ』の記者をしていたころにな。あと、やつはこっちにいるとき、ここのパーティにもときどき顔をだしてた。最近は、ずっとご無沙汰だったが」

「彼がどんな記事を書こうとしていたのか、心当たりはないか？　サロム湾で問題が発生しているといううわさを耳にしたことは？」

「ないな」

うわさが流れていれば、まず間違いなくダンカンは聞きつけているはずだった。

キャシーはそうそうにベッドにはいって、眠りについた。おそらくダンカンのところにいるあいだ、しょっちゅう夜更かしをして、砂糖とお菓子漬けになっていたのだろう。翌朝キャシーが学校に着ていく服をペレスが用意しているときに、電話が鳴った。

「日曜日の夜なのに、ごめんなさい、ジミー。いまサンディといっしょなんだけど、捜査に進展があったの。会えないかしら？」ウィロー・リーヴズだった。ペレスは彼女の姿を思い浮かべ、顔が赤らむのを感じた。彼女のあとについてラーウィックの家にはいったとき、急に強い欲望が湧いてきたことを思いだしていたのだ。

「申しわけないが」ペレスはいった。「連れ子がもう寝てるんだ。いまから子守りを見つけるのは、無理だろう」彼は第三者にはいつでも、キャシーのことを〝連れ子〟と称していた。自分の娘だといえば、出すぎたことに感じられていただろう。

「それじゃ、わたしたちがそちらへうかがうというのは、どうかしら？　今夜話しあっておいたほうが、いいと思うの。時間は刻一刻とすぎているわけだから」そういうと、ウィローは計画をたて、自分たちの到着予定時刻を告げた。ペレスはことわりたかったが、彼女はその機会をあたえてくれなかった。会話が終わるころには、すべてが決まっていた。

むこうが電話を切ろうとしたとき、ペレスは口をはさんだ。「酒が飲みたいのであれば、持参してもらわないと。この家には、一滴もないから」

ふたりがやってくると、ペレスはオート麦のビスケットとチーズをテーブルにだした。自分が神経質になっているのがわかった。ひさしく人をもてなしていなかったので、どうふるまえばいいのか自信がもてなかった。それに、ラーウィックの家でこのウイスト島出身の女性に対して抱いた感情のことが、忘れられなかった。べつに彼女が悪いわけではないのだが、それでもペレスは姦淫《かんいん》の罪を犯したような気がして、ついつい彼女を責めてしまっていた。各自に小さな取り皿を用意していなかったことに気づいて、ペレスは食器棚のところへ戻った。皿をとりだす自分の手が震えているのがわかった。

ウィロー・リーヴズは、すっかりくつろいでいた。まだ四月で、夜は冷えこむからだ。ウィローはキャシーを父親のところから連れ帰ってきたときに、ペレスは暖炉に火をつけていた。ウィローはその正面にあるキッチンの椅子に腰かけ、羊の毛皮の敷物の上に長い脚をのばしていた。彼女がひどく疲れているのが、ペレスにはわかった。目のまわりの皮膚が、痣のように黒ずんでいた。サンディがテーブルの上にウイスキーのボトルを置いた。ペレスが飲んだことのない、なじみの薄い島《アイランド》のモルトだった。「ボスからのプレゼントです」サンディがいった。

なるほど、とペレスは思った。すでに彼女がボスというわけだ。

ウィローは身体をもぞもぞと動かすと、笑みを浮かべた。「シェトランドまで持参したの」という。「故郷を思いだす縁《よすが》として。だから、今夜帰るときに持って帰らせてもらうわ」

ペレスは小さいグラスを三つ用意して、それぞれに一杯ずつ注いだ。そのあいだ、なにもしゃべらなかった。ボスは彼女なのだ。彼女に口火を切らせればいい。

ウイスキーをひと口すすったとたん、ウィロー・リーヴズは生き返ったように見えた。身体を起こして、まえに身をのりだす。「これまでに得た情報を、まとめておこうと思うんだけど？」そういうと、ほかのふたりの返事を待たずにつづけた。「被害者はジェリー・マーカム。

生まれも育ちも生粋のシェトランド人。イングランド人の父親をもち、その野心は島におさまりきらないものだった。地元の娘とのできちゃった婚を避けるため、本土へ渡った」

「いや、そうじゃない」ペレスはいった。「順序がすこしちがっていた。けさ、イーヴィー・ワットと話をしたんだ。ジェリー・マーカムは、ロンドンの新聞社への就職を決めたあとで、彼女の妊娠を知った。それは関係者全員にとってひじょうに気まずい出来事だったが、妊娠がおおやけになるまえに、すでに彼はふたりの関係を終わらせていた。それを、ひと夏の火遊びと考えていたんだ。彼女のほうは、初恋だった。それが動機となるかどうかは、よくわからない。彼女はこの土曜日に、地元の男性と結婚することになっている」ペレスはサンディのほうを見た。「ジョン・ヘンダーソンと。彼を知っているか？」

「ええ」サンディがいった。「水先案内人をしています。北のほうに住んでて、サロム湾で働いている。しばらくまえに、奥さんを亡くしました。本人のことはあまりよく知りませんけど、昔からさえない退屈そうな男で、とても殺人を犯すようには見えない」

「でも、サロム湾はジェリー・マーカムが最後に目撃された場所だわ」ウィロー・リーヴズは、はっと身構えていた。そのごつごつとして尖った顔といい、彼女にはどこかしら猟犬っぽいところがあった。

「たしかに」ペレスはいった。その点にどれくらい重きを置くのかは、彼女の判断にまかせることにした。

「奥さんを亡くして以来、ジョン・ヘンダーソンは誰ともつきあってませんでした。おれの知るかぎりでは」サンディは、暖炉の火からいちばん遠く離れた隅にすわっていた。彼が寒さを感じているように見えたことは、一度もなかった。「ジョン・ヘンダーソンが鎧張《ヨール》りの船を使ったおふざけを実行に移すところは、想像できませんね。どうして、そんなことをするんです？　それに、そもそも彼がジェリー・マーカムを殺す動機は？」サンディは言葉をきって、しばらく黙りこんでいた。記憶の保管庫をさぐっているのだろう、とペレスは思った。サンディの頭のなかには、ひまをもてあました老婆もかなわないくらい大量の細々としたうわさ話が溜めこまれているのだ。ようやく、彼がふたたび口をひらいた。「ヘンダーソンは、いつでもなにかしら善いことをしてました。地域の青少年クラブを仕切っていたこともあるし、最近では少年サッカーチームの手伝いをしていた」

「ジェリー・マーカムは、こちらへ戻ってきてからイーヴィーに連絡をとろうとしていた」ペレスはいった。「シェトランドを去って以来、彼女と接触しようとするのは、それがはじめてだったらしい。イーヴィーの結婚話を聞きつけたジェリーが、やはり彼女こそが運命の相手だと考えた可能性はあるかな？　最後のロマンチックな賭けにでたんだ」その考えに感動して、ペレスは涙がこみあげてきそうになった。

「そして、ジェリーを恋敵とみなしたジョン・ヘンダーソンが、彼を殺したっていうんですか？」サンディがいうと、まるでおとぎ話のように聞こえた。

「それか、もしかすると仕事が関係していたのかもしれない」ペレスは顔をあげた。「ジェリーとイーヴィーのそれぞれの仕事が。イーヴィーは、シェトランドでの再生可能エネルギーの推進にかかわっている。そしてジェリーは、それをくわしくとりあげた記事を書こうとしていた。アンディ・ベルショーの話を信用するならば」

「金曜日の晩、ヴァトナガースでは活動家たちによる少人数の集会がひらかれていました」サンディがいった。「ヴィダフスであらたに予定されてる潮汐《ちょうせき》エネルギー計画に反対する集会です。どうやら環境への影響を心配しているみたいです。かれらはジェリー・マーカムが集会にくるものと期待していた。彼を招待していたんです。記事にしてもらえるかもしれないと考えて」サンディは、ぼんやりとあたりを見まわした。詰めが甘くて飽きやすいという彼の特徴をウィロー・リーヴズがすでにつかんでいることを、ペレスは願った。

しばらく沈黙がつづいたが、ペレスの耳には、ウィロー・リーヴズの頭のなかでさまざまな考えが火花を散らして蒸気音をたてているのが聞こえてきそうな気がした。

「ジェリー・マーカムが殺されたのは集会への出席を阻止するためだった、とは考えられないかしら?」ウィロー・リーヴズは意見を求めて、ほかのふたりを見た。

「それほど重要な集会には思えませんけど」サンディは否定した。「集まっていたのは、景観が損なわれるかもしれないと考えて腹をたててる本土人たちです」

「でも、すべてが結びついている」ウィローがいった。「偶然と呼ぶには、あまりにもつながりが多すぎるわ。アンディ・ベルショーの奥さんは、ジェリー・マーカムの車が発見された場所でボランティアとして活動している。そしてジェリー・マーカムは、殺された晩にその場所でひらかれた集会に出席することになっていた。ベルショーとヘンダーソンは、いっしょに少年サッカーチームの指導にあたっている」

「イーヴィー・ワットは、おそらく集会の議題である潮汐エネルギー計画に関係しているだろう」ペレスはいった。「再生可能エネルギーは、彼女の担当業務内だから」

「そうなの？」ウィロー・リーヴズがさっと顔をあげた。「アンディ・ベルショーの奥さんの勤務先は？」

「ジェン・ベルショーは学校の調理師です」サンディがいった。「アイスにある学校の。潮汐エネルギー計画とは、なんの関係もない」

「でも、死体はアイスで発見された。これもまた偶然かしら？」

「ここは狭いところだから」サンディが椅子のなかで居心地悪そうに姿勢を変えた。「人はいたるところで鉢合わせします」

「たしかに、そうね」ウィローが彼にむかって、ちらりと笑みを浮かべてみせた。だが、ペレスには彼女が納得していないのがわかった。ウィロー・リーヴズは偶然を信じていないのだ。「それに、地方検察官そっくりの女性がジェリー・マーカムとコーヒーを飲んでいるところを目撃されたのも、ただの偶然かしら？　それも、彼が殺された日の朝に？」ウィローは手をのばすと、テーブルからオート麦のビスケットをひとつとり、なにもつけずに食べた。バターもチーズもなし。事件に集中するあまり、目にはいらなかったのだろうか？「そして、おなじ日の午後になって霧が晴れたところで、彼女の家の目のまえで死体が発見された」

「ローナ・レインは容疑者だと？」この女性は頭がおかしい、とペレスは思った。

「いいえ、そうじゃないわ」ウィローはいった。「そう、たぶんそんなことはないでしょう。でも、彼女はどこかで関係している。われわれに話してくれている以上のことを知っている」しばらく沈黙がつづいた。完全な静寂。外では風が吹いておらず、車のとおる音もしなかった。

「検死解剖で、なにか判明したのかな？」ペレスはたずねた。

「役にたちそうなことは、なにも。すでにわかっていることばかりよ。ジェリー・マーカムは頭への強烈な一撃で殺され、死んだあとでボートにのせられた。死亡時刻は、これまで以上にはっきりとは絞りこめなかった――つまり、被害者が午後にサロム湾を出発してから、午後六時半に死体となって発見されるまでのあいだ、ということよ。被害者が最後にとった食事は、魚のフライとチップス」ここで言葉をきる。「それをどこで食べたのかは、まだわかっていないわ」

「殺人に使われた凶器について、もっとくわしいことは？」この話しあいは、ペレスが予想していたほど困難ではなかった。フランが亡くなったあとで、彼は二度とふたたび暴力による死をプロらしく冷静に論じることなどできないだろうと考えていた。だが、これは習慣のようなものだった。台本が身に染みついていた。あまり考えなくても、お決まりの質問が頭に自然と浮かんできた。一種のパフォーマンスだ。

「凶器は鋤《すき》かシャベルだと、病理医のグリーヴはにらんでいるわ。かなりの力でふりまわされた鈍器よ。それを見つける必要があるわ。あしたの仕事のひとつね」ウィローが伸びをし、ペレスはふたたび彼女がひどく疲れているという印象をもった。

「この殺人は、はたして計画された犯行だったのかな？」ペレスはひとりごとのようにいった。

「いまあげたような凶器は、とっさに手にとるようなものだ。喧嘩のときとかに」

「なりゆきの犯行だった可能性もあるわね」ウィローが顔をしかめた。「でも、被害者と犯人が喧嘩をしていたことを示すものは、ほかになにもないわ。ジェリー・マーカムのこぶしに擦り傷はなかったし、それ以外の怪我もなかった。あす、凶器の捜索をおこなうつもりよ」

「あまり期待はできないな」ペレスは火をみつめながらいった。「泥炭の土手や小農場を所有しているものなら、誰でも自宅にそういった器具をそなえている」自分がうしろむきで助けになっていないように、ペレスは感じた。「ボートの死体といっしょにブリーフケースがあったといっていたが、その中身は？」

「絵葉書が数枚。地元の演奏家たちを題材にした絵が使われていたわ。〈シェトランド・アーツ〉という芸術振興協会が博物館や画廊で無料配布しているものよ。被害者は、それをボンホガ画廊で手にいれたのかもしれない」

「絵葉書に、なにか書きこみは？」ペレスは、絵葉書に使われた絵のなかの一枚を実際にラーウィックの図書館で見たことがあるような気がした。そして、〈シェトランド・アーツ〉が広報活動の一環として配っている絵葉書のほうは、ボンホガ画廊で。彼が見た絵に描かれていたのは、フィドル奏者を中心とする〈フィドラーズ・ビド〉というバンドだった。

ウィロー・リーヴズが首を横にふった。「でも、時間はじゅうぶんにあったから、すでに何枚か書いて投函したあとだったのかもしれない。ブリーフケースには、ほかにはなにもはいっていなかった。記事の取材がほんとうだとするならば、ジェリー・マーカムがメモをとっていた可能性もあるけれど、だとしても、犯人の男、もしくは女がすべてを持ち去っていた。ブリーフケースを残していったのは、賢明よね――処分に困るだろうから」

ウィロー・リーヴズの携帯電話が鳴った。夜のこんな時間にかかってきたということは、個人的な電話と思われた。彼女は別室でとりたがるだろうか？　だが、そうなるとペレスの寝室しかなく、そこへ彼女を案内することにペレスはためらいをおぼえた。家のなかのほかの部分はキャシーのためにきちんとしてあったが、自分の部屋はあまりかたづけていなかったからだ。だが、電話は仕事がらみらしく、ウィローはその場にとどまった。残りのふたりはすわったまま彼女の様子を見守り、その言葉に耳をかたむけた。こちら側でははっせられる質問とおりおりの返答から推測するに、どうやら相手はジェリー・マーカムの仕事の関係者のようだった。電話を切ったとき、ウィロー・リーヴズの顔はしかめられていた。

「いまの電話は、アメリア・バートレットという女性からよ。ジェリー・マーカムの上司で、編集長。週末のあいだ家を留守にしていたらしくて、わたしが残しておいたメッセージをついさっき聞いたの」ウィローは男たちのほうを見た。「ジェリー・マーカムの取り組んでいた記事について、彼女はなにも知らなかったわ。実際、そんな記事があったのだとしてね。彼女の知るかぎりでは、ジェリーは年次有給休暇をとってシェトランドにきていた。ここ何カ月か、ジェリーはいつもの彼らしくなかったそうよ。やけに口数が少なくて、病気かと思ったくらい。

ストレスとか、燃えつき症候群とか。とにかく、彼はそういった理由で休暇をとりたがった、と彼女は考えていたわ」

16

サンディは月曜日の朝早くにセラ・ネスへいき、勤務中のジョン・ヘンダーソンをつかまえた。セラ・ネスには地元の自治体の運営する港湾局があり、サロム湾内の小さな入江をはさんで真向かいには石油ターミナルがあった。港湾局の周囲には門も有刺鉄線もなく、サンディはつねづね、テロリストが石油ターミナルを襲撃したければ、ここへ車で乗りつけて、あとは小さなボートで入江のむこうへ渡るだけでいいだろう、と考えていた。もっとも、そう簡単にはいかないのかもしれなかったが。港湾局にいる港長や水先案内人たちが事態に気づくだろうし、このあたりの水域はおそらく監視カメラによって完全にカバーされているはずだ。

サンディはジョン・ヘンダーソンを港湾管理室で見つけた。イーヴィー・ワットの婚約者は、マグカップの紅茶を飲みながら、船舶交通サービスセンターのボビー・ロバートソンの話に耳をかたむけているところだった。管理室からは水面をすべて見渡すことができ、その室内はまるで船の船橋《ブリッジ》のようだった。レーダーの画面。警告音をはっしたり光を点滅させたりしているハイテク機器。サンディは、こうした精密機器やてきぱきとした雰囲気に圧倒されていた。それと、高級船員である水先案内人の制服をぱりっと着こなしたジョン・ヘンダーソンにも。彼は中年で、髪の毛は灰色になっていた。

「なんの用かな、サンディ？　あまり時間がないんだ」ヘンダーソンは腕時計に目をやった。

「そろそろ仕事につかないと」

彼は頭のいい男だから、用件を訊く必要などないはずだ、とサンディは思った。ジェリー・マーカムが殺されたことは、当然、彼の耳にもはいっているだろう。「ちょっと話がしたくて」

サンディはいった。「どこか、ふたりきりになれるところはないかな？」ボビー・ロバートソンが聞き耳をたてているのがわかった。彼はうわさ好きで知られていた。

「それじゃ、こっちへ」ヘンダーソンは先に立って管理室を出ると、小さな寝室につうじるドアを押しあけた。「夜勤のときは、ここに泊まるんだ」

「なんの話か、見当はついてるんだろ」サンディはいった。

「ジェリー・マーカムだな」

「ああ。彼を知ってたのか？」

ヘンダーソンはゆっくりとうなずいた。「あまりよくは知らなかったが、見かけたことはある。やつが『シェトランド・タイムズ』で働いていたころ、〈レイヴンズウィック・ホテル〉で一度か二度」

「彼を好きではなかった？」ヘンダーソンが部屋のドアを閉めていたので、サンディは狭い空間にとらわれているような気がした。昔から、閉じこめられるのは苦手だった。潜水艦のなかも、こんな感じなのだろうか？　独房のなかは？　自分の息づかいが耳について、ヘンダーソンにも聞こえているのではないかと気になった。

「やつが『シェトランド・タイムズ』で書いていたコラム記事は、好きじゃなかった。いつだって、なんとなく不愉快な気分にさせられた。鼻でせせら笑うようなところがあって。やつは、ほかの誰よりも自分のほうが上だというような書き方をしていた。自分のほうが優れているといった書き方を。シェトランドでの暮らしを愛している連中なんて、お呼びじゃなかったんだ」

「それに、彼はイーヴィーの恋人だった」サンディはいった。

ヘンダーソンが彼のほうを見た。その目は青く、鋭かった。

「なにがいいたいんだ？」

「あんたたちのあいだに好意は存在しなかった。それだけだよ」

ヘンダーソンがサンディのほうに身をのりだしてきた。威圧するためではなく、はっきりと思うところを伝えるためだった。「ジェリー・マーカムは、彼女にひどいあつかいをした」彼はいった。「だが、やつがそうしていなかったら――逆に、イーヴィーが妊娠したときに然るべき行動をとって、彼女のそばで力になっていたら――彼女がおれと婚約することはなかっただろう。そして、彼女は女房のアグネスが亡くなったあとのおれの人生のなかで、最高の贈り物だ。いまでもまだ毎朝起きるたびに、彼女を遣わしてくれたことを神に感謝している。だから、おれにはやつを殺す理由なんてないんだ」

これにはどう返事をしたものか、サンディにはよくわからなかった。「やもめ暮らしは、どれくらいつづいたんだ?」

「五年だ」すこし間をおいてから、ヘンダーソンがつづけた。「自分がまた誰かといっしょにいたくなるとは、思っていなかった。アグネスとのあいだに子供はいなかったし、おれはひとりでいることに慣れていた。それが、やがてイーヴィーを知るようになると、まるで生き返ったような気分になった。あたらしい出発だ。わかるだろ」

それとおなじことが、いつの日かジミー・ペレスの身にも起きるのだろうか、とサンディは考えていた。きれいな若い女性と出会って、恋に落ちる。サンディには想像できなかった。フランのようにジミーをぱっと明るくさせられる女性は、ほかにいないだろう。

そのとき、ある考えがサンディの頭に浮かんできた。「あんたはヴィダフスに住んでるんだよな? あそこに潮汐《ちょうせき》エネルギー関係の施設を作る計画が進んでいるが、それを阻止しようとする活動にかかわっているのか?」

「いや、おれはあの計画に反対しちゃいない。そりゃ、道路を拡張したり変電所を建設したりで、あのあたりはすこしごたごたするだろうが、それくらいは我慢できる」ヘンダーソンが小さく笑った。「それに、イーヴィーは潮汐エネルギー計画を推進している〈水の力〉というグループの中心人物だ。計画に反対しようものなら、彼女に殺されちまうよ」

「結婚式は土曜日に?」

「ああ。イーヴィーの家のすぐそばにあるスコットランド長老教会の教会であげる。夜には、集会場でパーティだ」

パーティでヘンダーソンはどうふるまうのだろうか、とサンディは思った。彼が酒を飲みすぎて花嫁の可愛い付添い人と踊るところは、なかなか想像できなかった。「イーヴィーは、故郷のフェトラー島で結婚式をあげたいとはいわなかったんだ？」

「本土から彼女の大学時代の友人が何名かくることになっていて、シェトランド本島のほうが都合がいいんだ」ヘンダーソンが笑みを浮かべた。「とりあえず、イーヴィーはそういっている。けれども、たぶん彼女はおれのことを考えてくれたんだろう。おれにとって自分の地元の教会で結婚式をあげるのがすごく重要だってことを、わかっていたんだ。おれたちは、ふたりともその教会の信徒だ。彼女の家族は理解してくれていて、おれたちは日曜日にフェトラー島に渡って、結婚式にこられないお年寄りの家を訪ねてまわることになっている。ウェディングドレス姿のイーヴィーといっしょに、ふたりでケーキを届けるんだ。そのへんのことは、知ってるだろ」

サンディはうなずいた。こういうときのしきたりには、よくつうじていたのだ。「ジェリー・マーカムが先週シェトランドに戻ってきていたのを、知ってたのか？」

管理室で電話が鳴った。ヘンダーソンは呼び出し音がやむのを待ってから、ふたたび口をひらいた。「やつが戻ってきていることは、イーヴィーから聞いた」という。「だが、やつが殺されたことは、ほかのみんなとおなじようにラジオで知った」

「ジェリーはこちらにいるあいだに、何度かイーヴィーに電話をかけていた。用件はなんだったんだろう」

「電話があったことは、きのうの晩になってイーヴィーからはじめて聞いた。彼女は心配だったんだ。やつが自分にしつこくつきまとっているのを知って、おれが動揺するんじゃないかと」ヘンダーソンは声に感情があらわれない男で、イーヴィーがもっとまえに話してくれなかったことに腹をたてているのか、それとも結局は話してくれたことを喜んでいるのか、よくわからなかった。

「ジェリー・マーカムは、金曜日の午後にむかいのターミナルにきていた」サンディはいった。ヘンダーソンがつづけた。「彼女は電話を折り返さなかった」

「彼を見かけたか?」

一瞬、沈黙がおりた。「どうして、おれがやつを見かけるんだ?」ヘンダーソンはいった。

「おれの仕事はタンカーをターミナルに入港させ、それを今度は出港させるだけだ。仕事がすめば、ここに戻ってくる。実際にターミナルに降り立つことはないんだ」ふたたび腕時計に目をやる。この事情聴取にいらだちを感じはじめていることを示す、唯一の徴候だった。

「金曜日の晩は、どこに?」

「この部屋にいたよ」ヘンダーソンがいった。「当直だったから、すこし仮眠をとっておこうと思って」彼が立ちあがった。「それじゃ、もういいかな、サンディ? 仕事に戻らないと」

「その晩、仕事の呼び出しは?」サンディはたずねた。

「土曜日の早朝になるまで、なかった」ヘンダーソンはその質問を面白がっているように見えたが、ここでもやはりサンディには相手がなにを考えているのかよくわからなかった。「だが、それまでずっと部屋にいたという証拠はない。証人もいない。ここは刑務所じゃないんだ」

外では、ヘリコプターがスカッツタ空港に着陸しようとしていた。その騒音はすさまじく、建物を部屋全体が震えているように感じられた。サンディはヘンダーソンの協力に礼をいうと、建物を離れた。自分の車にむかって歩いていくあいだ、おそろいの青いつなぎ服を着た男たちの視線をずっと感じていた。子供のころによく観た西部劇の登場人物になったような気がした――町にのりこんできたよそ者だ。


サンディがラーウィックの警察署に着いてみると、ちょうど朝の打ち合わせが終わったところだった。壁にはホワイトボードが掛けられ、ウィロー・リーヴズが一心不乱にそれをみつめていた。まるで、殴り書きされた名前や写真のなかに事件の真相が埋もれているとでもいうように。彼女は捜査班のほかのメンバーが部屋を出ていくのにもサンディがはいってきたのにも気づいておらず、サンディが注意をひこうとして咳ばらいをすると、ぎょっとしてふり返った。

「被害者がどこで殺されたのかは、まだ不明よ」ウィローはいった。「犯行現場がないというわけ。それが見つかれば、捜査を進展させられるかもしれない。法医学的証拠の痕跡が、なにか残っているだろうから。ほんとうにもう、頭がおかしくなりそうだわ。ジェリー・マーカムは車でサロム湾のターミナルから走り去ったあとで、霧のなかへ忽然と姿を消してしまったように思える。彼の死体は、どうやってそこからアイスのマリーナにあったボートへたどり着いたのか？　そして、彼の車はどうやって博物館へ戻ったのか？　彼はなにをしたために、そうした出来事をひき起こすことになったのか？」

「彼は誰かを車に乗せたとか？」サンディはいった。「田舎道を人が歩いていたら、車をとめて、乗っていくかと声をかけるものです。とりわけ、ああいう悪天候の日には」

「でも、ジェリー・マーカムがそういうことをするかしら？」ウィローがいった。「あの都会ずれしてお高くとまった人物が」

「それは、相手が誰かによるかもしれない」サンディはウィローに遅れまいと、必死になって考えていた。彼がまだ情報を処理しはじめている段階で、ウィローはすでにつぎからつぎへと考えを飛躍させ、つながりや結論を導きだしているように思えた。「ジェリーは昔から、可愛い娘には目がないと評判だった。イーヴィーを困った立場においやるまえから」

「彼がイーヴィーと道路でばったり出くわした可能性は、あるかしら？」ウィローがたずねた。

「この島の地理が、まだいまひとつよくつかめていなくて。どこに目をやっても水が見えるから、方向感覚が狂ってしまうのよ」

「イーヴィーは、サロム湾のそばの田舎道からすこしはいったところに住んでます。ジェリーがそちらのほうへ車を走らせていて、イーヴィーが外出していれば、彼は彼女を見かけたかもしれない」

「それだと、ほとんど偶然にちかいわね。でも、わたしにはこれがいきあたりばったりの犯行だとは思えないの」ウィローは机にあったジャケットをつかんだ。「さあ、いくわよ」

「どこへいくんです？」

ウィローはすでにドアの外へ出ていた。「被害者が殺害された現場を見つける必要があるわ」という。「ジェリー・マーカムがサロム湾から両親のホテルへ戻るときに使いそうなルートを、車でたどってみましょう」

いま自分はそこを車でとおってきたばかりだ、とサンディはいいかけたが、それでウィローの気が変わることがないのがわかった。彼がなにをいおうと、彼女はもう一度サンディにそこを走らせるだろう。

じめじめとした霧雨が海上から陸地へと移動してきていた。ジェリー・マーカムが殺された日のような濃霧にはなっていなかったものの、丘の輪郭がぼやけており、閉じこめられているという感覚が強くした。ふだんシェトランドは低い地平線と見晴らしの良さで知られているが、きょうはちがった。サンディは、一度いったことのあるロンドンを思いだしていた。背の高い建物に囲まれて、囚われの身になったように感じたときのことを。彼はゆっくりと車を走らせた。となりにすわっているウィローがやけにぴりぴりしているので、彼のほうまで落ちつかない気分になっていた。

「それで、警部が育ったのは、どんなところだったんですか?」沈黙に耐えきれずに、サンディはいった。「やっぱり、仲間意識の強い土地柄だったとか?」

「わたしは、よそ者のひとりだったの」ウィロー・リーヴズはいった。「生まれたのはノース・ウイスト島だけれど、一度もほんとうの意味で島民だったことはないわ」

そこで話はおしまいになるだろう、とサンディは思った。ウィロー・リーヴズは私生活をぺらぺらとしゃべる人間には見えなかった。だが、彼女もサンディとおなじくらい沈黙を埋める必要を感じていたのかもしれなかった。もしくは、気をまぎらわす必要を。これは彼女がはじめて指揮をとる捜査であり、彼女にとっては大きなチャンスだったが、これまでのところ、なにひとつ思うようには進んでいないのだ。そういうわけで、石油の金で建設された滑らかな舗装道路を車がのろのろと北上するなか、ウィロー・リーヴズはヘブリディーズ諸島ですごした自分の幼年時代について語りはじめた。そして、サロム湾の巨大なタンクが薄暗がりのなかからこっそり姿をあらわすころには、サンディは彼女のことをすべて知っているような気分になっていた。

「うちの両親はヒッピーだったの」ウィローはいった。「正しい生活を目指していた。そして、ふたりとも善人だった。複数の友人といっしょに、ノース・ウイスト島で家を購入した。数家族が同居できるくらい大きな家で、はなれ家があったから、さらに数家族がいっしょに暮らすことができた」

「ヒッピー共同体《コミューン》で育ったんですか？」思わずぎょっとしたような声になるのを、サンディは抑えられなかった。ヒッピー共同体というのは落ちこぼれや麻薬常用者のためにあるもので、将来警官になる子供には似つかわしくなかった。

「それがそんなに面白いかしら、ウィルソン刑事？」だが、ウィローは本気で怒っているわけではなく、そこにはからかうような響きがあった。サンディは、彼女のそういうところに好感なることはないだろう。いまみたいに捜査の心配で頭を悩ませているときでも、彼女が生真面目で堅苦しくなることはないだろう。

「そういう家庭で育って警部になった人は、そう多くないんじゃないですか」サンディはいった。「ヒッピーというのは、法律に縛られずに生きてるのかと思ってました」

「あら、わたしたちにはわたしたちなりの規則があるのよ」ウィローはいった。「なんでもかんでも、集会で長ながと議論して決められていた。肉は禁止。テレビは禁止。収入はすべてヒッピー共同体のためにまとめて貯《たくわ》える、子供たちは共同で世話をする。そして、部外者は温かく迎える」最後の部分は、苦々しげなきつい口調で口にされた。

「なにがあったんです？」

「部外者のひとりが、わたしたちを裏切ったの」ウィローはいった。「金をすべて盗んでいった」サンディはそのつづきを待ったが、彼女はなにもいわずに、窓の外の灰色の雨をじっとみつめていた。

ようやく、ウィローが車内にむきなおった。「だから、そこで育つのがどんなだったか、想像がつくでしょ」という。「わたしたちは地元の学校にかよって、ヒッピーの子供ということでからかわれた。みんな、手作りのおかしな服を着ていた。当然、革靴は禁止だった。ゲール語はもちろん、島の習慣にも疎《うと》かった。大人たちは学ぼうとしたけれど、島民たちはそう簡単に受けいれてはくれなかったの。結局、わたしたちは孤立した。世界を敵にまわしているような感じがした。わたしはほかのみんなとおなじようになりたくて大学に進んだけれど、昔のヒッピー共同体の価値観はまだいくらか残っているわ」ウィローは笑った。「いまでも菜食主義者だし、ヨガや瞑想をしている」

「ご両親は、いまもノース・ウイスト島に？」サンディはたずねた。

「ええ。この先もずっと島にとどまって、山羊の乳を搾り、地球を救いつづけるでしょうね。自分たちが間違いを犯したなんて、いまさら認められる？　そんなことをしたら、この三十年間が無駄だったことになるわ」

どれくらい頻繁に帰省しているのか、サンディはたずねたかった。だが、もうすぐサロム湾だったし、どのみちウィローは自分の家族のことを話題にしたのを後悔しているように見えた。

雲はますます低くたれこめてきていた。途中で、詰め物をした人形のそばを通りすぎた。結婚式の服装をしたカップルの人形で、サンディはゆっくりと車を走らせていたので、その頭部にくっついているのがジョン・ヘンダーソンとイーヴィー・ワットの顔写真であるのを見てとることができた。ヘンダーソンがこういった馬鹿げたお遊びにつきあうとは、意外な気がした。独身さよなら女子会を盛りあげるためにイーヴィーの友人たちが設置したのだとしても、もう彼女にいって、かたづけさせることもできたはずだ。もしかすると、あの男にもユーモア感覚があるのかもしれなかった。

「どうしますか？」サンディは、ウィローがヒッピー共同体で育ったと聞いて以来、自分の彼女に対する感じ方が変わったことに気づいていた。彼女を不信にちかい目で見るようになっていた。そのとき、頭のなかでジミー・ペレスの声がした。そんなの馬鹿げてるぞ、サンディ・

ウィルソン。自分でもわかっているはずだ。サンディは声にもっと温もりをもたせようとしながらつづけた。「ひき返して、今度はさらにスピードを落として走りますか？　とめてほしければ、声をかけてください」

「そうね」ウィローはいった。「そうしてちょうだい」それから、笑みを浮かべた。「わたしのこと、頭がおかしいと思っているんでしょうね」

結局、それを見つけたのはサンディだった。ウィローは首をのばして、道路の両脇に目を光らせていた。一方、サンディは路面から目を離さなかった。途中で、幹線道路から左へそれてスウィニングやルンナへむかう小道があった。小道と幹線道路の合流地点のそばには公設の待避所があり、相乗りをする人はそこに自分の車をとめて、ブレイからくる車に同乗してターミナルや町へいけるようになっていた。その待避所にむかって、幹線道路の路面に黒いタイヤ痕がついていた。サンディはタイヤ痕を避けるようにして車をとめると、それを調べるために、ウィローとともに車から降りた。

「どう思う？」ウィローはしゃがみこんで、鼻がアスファルト舗装にくっつきそうになるくらいまで顔を路面にちかづけていた。「ジェリーは待避所においこまれたのかしら？　これが彼の車のタイヤ痕だとして？」

「そう見えますね。あるいは、ジェリーの車のまえにいきなり小道からべつの車が飛びだしてきたようにも。あれだけ霧が濃かったことを考えると、事故だったのかもしれない。誰の身に起きていてもおかしくない事故です」

「たしかに」ウィローがいった。

「結論を急がないほうがいいんじゃないですか。ここを立ち入り禁止にして、見張りの警官をひとり立たせておきましょう。ミス・ヒューイットがシェトランドに戻ってこられるまで」

「それには、どれくらい時間がかかるのかしら？」ウィローは、その場で小さく飛び跳ねていた。身体を冷やさないようにするためだが――低くたれこめた雲で、あたりはひんやりとしていた――それ以外にも、もどかしさのあまり、じっとしてはいられないといった感じにも見えた。

サンディは周囲を見まわした。そこにあるはずの丘は、まったく見えなかった。「彼女がこっちに着くのは、あさってになるかもしれません。予報だと、霧は水曜日まで晴れそうにないとか。急いで手配すれば、きょうの午後にアバディーンを出発するフェリーに彼女を乗せられるかもしれない」

「わたしたちは現場にいる最初の捜査官よ」ウィローがいった。「判断は、わたしたちに一任されている」

「ええ」だが、その判断がすでに下されているのを、サンディは知っていた。

ウィローはあわてることなく、ゆっくりと作業にとりかかった。ビニールのオーバーシューズをはいて両手に手袋をはめ、犯行現場用のスーツの用意がなかったので、車で見つけたスカーフで髪の毛を包みこむ。それから、誰もいない待避所をいったりきたりしはじめた。

「金曜日以降、ほかの車も待避所にとまっていたかもしれない」いつもなら、サンディが突拍子もない考えを思いつき、ペレスがそれをいさめるというのがパターンだった。サンディは、急に自分がすごく大人になったように感じた。

「週末に?」ウィローは顔をあげ、サンディの意見が重要だとでもいうように返事を待っていた。

「まあ、可能性は薄いですけど」

「それじゃ、あのタイヤ痕はやっぱりジェリー・マーカムの車のものなのかもしれない」ウィローはにやりと笑った。「彼の車のタイヤは、ふつうとはちがっている。すぐに確認できるわ」

待避所と丘が接する部分には、水漆喰を塗った白い石が一列に置かれていた。きょうのような霧のたちこめている日に、車が土手を転がり落ちないようにするためだ。二台の車が、幹線道路の反対車線を北にむかって通りすぎていった。この天候にしては飛ばしすぎだ、とサンディは思った。霧が濃いため、運転手たちは待避所に人がいることにさえ気づいていないようだった。

ウィローは身体をふたつに折って、石と石のあいだの隙間を調べていた。サンディの知っている誰よりも柔軟性が高そうだった。突然、彼女が身体をまっすぐに起こした。「この石の下側に、血の染みがついているわ。雨によって洗い流されて溜まったものとか?」ふたたびサンディにむかって、にやりと笑ってみせる。「犯人はジェリー・マーカムを車からひきずりだして、ここで彼を殴った。彼は倒れて、ひたいを石に打ちつけた。あの傷を覚えているでしょ。いきあたりばったりの犯行じゃない。計画的よ。待ち伏せしたんだわ」

「その血には、いろんな説明が考えられます！」サンディは、またしても分別のあるところをみせていった。「ウサギとか、車にはねられた羊とか」

「かもしれない」ウィローがうなずいた。「でも、そうでないことは、この首を賭けたっていいわ。それじゃ、待避所全体にテープを張って、見張りを呼びましょう。それから、ヴィッキー・ヒューイットをフェリーに乗せるの」

17

ペレスはキャシーにつきそって、学校までいっしょに歩いていった。フランが亡くなったあとで、キャシーとともにふたたびレイヴンズウィックの家に落ちついたとき、彼は近所の人から親切な申し出を受けていた。「あなたが仕事へいく途中で、キャシーをうちに預けていけばいいわ、ジミー。うちの子たちとまとめていっしょに学校まで送っていくから、ちっとも手間じゃない」だが、ペレスは堅苦しく礼をいったあとで、しばらくは勤務時間に融通がきくので、といってことわった。いずれは、その申し出に感謝する日がくるのかもしれないが、いまはまだ自分で毎日キャシーを学校まで送っていた。ほかの人にまかせるなんて、考えられなかった。

きょうは音楽の授業があるので、ペレスはケースにはいった小さなヴァイオリンと通学かばんを手にしていた。

「きょうは仕事にいくの、ジミー？」

「どうかな」ペレスはあいまいにこたえた。自分が仕事をしていると、キャシーは不安をおぼえるのだろうか？　学校から帰ったときに、彼に家にいてもらいたいのか？

「いかなきゃ、だめよ」キャシーがいった。「お金が必要だもの。今度、遠足でエディンバラにいくの。あたしもいきたいけど、百五十ポンドかかるのよ」

「まだ給料をもらってるから、大丈夫さ！」キャシーがエディンバラにいくことにかんして自分がどう感じているのかは、よくわからなかった。

「でも、なにもしないで、いつまでもお金をもらえるわけないわ」キャシーは事実をそのまま述べるような口調でいった。

ペレスが返事をするまえに、キャシーは小道の前方にいる友だちを見つけて、ヴァイオリンと通学かばんをペレスから受けとると、そちらのほうへ駆けていった。

ペレスは、校庭にいるキャシーからは見えないところにとどまり、始業ベルが鳴って彼女が校舎にはいるまで見守っていた。それから、土手をのぼってひき返す途中で、携帯の電波が届く地点からウィロー・リーヴズに電話をかけた。自分が七歳の少女の指示どおりにしているのがおかしくて、心のなかで笑った。ウィロー・リーヴズは、すぐに電話にでた。やけに興奮した声だった。睡眠不足のうえに、コーヒーを飲みすぎているのだろう。

「手伝えることはないかと思ってね」うしろのほうで誰かが大声で叫んでいるのが——テレビ会議用のビデオ回線がインヴァネスとつながったといっているのが——聞こえた。

「手伝いなら、いくらでも大歓迎よ、ジミー！」笑みをふくんだ声。ペレスは昔から、よく笑う女性が好きだった。

「それじゃ、これから〈レイヴンズウィック・ホテル〉へいって、マーカム夫妻と話をしてこようか」ペレスはいった。「ジェリーの記事の件で、疑問点を解決できるかもしれない。どうして彼の上司である編集長がなにも知らなかったのかも」

「すごく助かるわ」ウィローが言葉をきった。会議室はさらに騒がしくなってきており、ペレスにはむこうの状況が想像できた。インヴァネスのほうは準備が整っており、あとはウィローが会議の開始を宣言するだけでいいのだろう。ウィローはできるだけはやく会話を終わらせようとするはずだとペレスは思ったが、案に相違して、彼女は先をつづけた。背後の音にまぎれて、ほとんど聞こえないくらい小さな声だった。「ローナ・レインについて、ほかになにか思いついたことはある？」

ぼんやりとした考えがふとペレスの頭に浮かんできて、すぐに消えた。

「きみの部下は、彼女とジェリー・マーカムのあいだのつながりを見つけたのかな？」

「いいえ」ふたたび間があく。「いまのところは、まだなにも」

「ローナ・レインと話をしてみようか？」

またしても沈黙がおり、一瞬、ペレスは相手が電話を切ったのかと思った。だが、どうやら彼女は部屋にいる人物の質問にこたえていたらしく、しばらくして先ほどとおなじような返事がかえってきた。「いいえ。いまのところは、まだいいわ。そのまえに、まずジェリー・マーカムが金曜日の午前中にボンホガ画廊で誰と会っていたのかを、はっきりさせておきたいの。サンディが画廊で話を聞いた女の子たちは、週末だけの勤務だった。金曜日のことを、現地へいって確認してきてもらえないかしら？」

これもまた簡単な仕事だ、とペレスは思った。彼が道をはずれたりしないようにするためのもの。ウィローは地方検察官と話をするのを彼にまかせようとはしなかった。ペレスがどちら側についているのか、案じているのだろうか？ 彼自身、よくわかっていなかった。「了解」ペレスはいった。「まず〈レイヴンズウィック・ホテル〉へいってから、ボンホガ画廊に寄るよ」

それだけ聞くと、ウィローはなにもいわずに電話を切った。

ホテルは、ちょうどひまな時間帯だった。朝食の時間が終わって、サロム湾で請負工事をしている会社のボスたちは、だいぶまえに出払っていた。遠くで真空掃除機の音がしており、キッチンで誰かが調子はずれの口笛を吹いていた。受付にいたのは、きょうもブローディだった。この男は眠らないのだろうか、とペレスは思った。そもそも、私生活はあるのか？

「ピーターはいるかな？」ペレスはたずねた。彼には、マリアの相手をする自信がなかった。彼女の悲しみは、あまりにもなまなましくて痛切だった。ピーターには自制心があり、そのぶん話を聞きやすかった。

「庭園にいるよ。新鮮な空気を吸いにいくといってた」

「夫妻の様子は？」

ブローディは肩をすくめてみせた。「住居部分にこもりきりだ。電話は一本も受けずに、訪問客もことわってる。マリアは一度も外に出てきていないし、ピーターが姿をあらわしたのも、さっきがはじめてだ」間があく。「見ただけじゃわからないだろうけど、今回の件じゃ、ピーターのほうが奥さんよりもまいってるよ。奥さんのほうは医者に薬をあたえられて、ぼうっとなってる。ピーターは、サンディがジェリーの死を伝えにきてから一睡もしてないんじゃないかな」

「ふたりは仲が良かったのか？　ジェリーと父親は？」

それは無害な質問に思われたが、ブローディは返事をするまえに躊躇した。ペレスが待つあいだ、沈黙が長びいていった。ようやく、ブローディが口をひらいた。「ピーターは、昔かたぎな男だ。信義を重んじる。マリアはジェリーに悪いことなどできないと考えていたが、ピーターは遠慮せずに息子を批判した。折にふれて」

「そして、そのせいで家族のあいだには軋轢《あつれき》があった？」

「ジェリーが姿を見せるたびに、マリアは大喜びしていた。ピーターのほうは、むしろ息子がまたいなくなるときに、ほっとした様子を見せていたな」

ペレスはその情報に感謝してうなずくと、ドアから外へ出た。そこはあまり形式ばらない英国式庭園で、ゆるやかな傾斜の段々が下の浜辺までつづいていた。灰色の土手がいくらか風除けになっていて、木や灌木《かんぼく》が生えていたが、ちょうど芽吹きはじめた木は、どこか場違いに見いた。

えた。細長い花壇にはラッパズイセンが植わっており、草地ではあと数週間もすればツリガネスイセンが花を咲かせることだろう。いずれも森林地の花だが、こうしてほとんど木のない土地で生息している。庭園は風から守られていたものの、それでもけさは冷えこんでいた。ピ－タ－・マ－カムはコ－トのなかで身を縮め、片隅にある木製のベンチにすわって煙草を吸って

「邪魔してもいいかな？」ペレスは立ったままいった。ピ－タ－からひとりでいたいといわれたら、ホテルのなかへ戻って、そこで待つつもりだった。

「また煙草を吸いはじめたことをマリアに告げ口しないでいてくれるなら、かまわないさ」ピ－タ－は、ペレスのほうを見ようともせずにいった。

ペレスは彼のとなりに腰をおろした。ベンチは湿っていた。

「なにかあたらしい情報でも？」今度はピ－タ－もペレスのほうへ顔をむけた。「息子を殺した犯人がわかったのか？」これまでにないくらい、イングランド訛りが強くなっていた。

「いや。まだだ」

ピ－タ－・マ－カムは煙草をもみ消すと、吸い殻をベンチわきの土のなかに埋めた。「それじゃ、もっと質問するためにきたんだな」

「話をしたかったんだ」ペレスはいった。「なにを訊くべきか、自分でもよくわかっていなくてね。きみはジェリ－のことを知っていた。わたしは、彼に会ったこともないだろう」

ピ－タ－・マ－カムは、すぐには返事をしなかった。クロウタドリが、どこか灌木のなかで

鳴いていた。

「わたしたちは、あの子を甘やかした。ひとり息子だったんだ。ごく自然なことだろう」ピーターは言葉をきった。「マリアには黙っていたが、わたしはあの子がロンドンで職についたのを喜んでいた。自分の足で立つのは、本人のためになると考えたんだ。あの子は一度も金銭面で自立したことがなかったが、心配なのはそこじゃなかった。問題は金じゃなかった」

「それじゃ、なにが気になっていたんだ？」なぜなら、ペレスには相手がなにかで頭を悩ませているのがわかったからだ。

「あの子はわがままだった。世界が自分を中心にまわっていると考えていた。われわれのせいだ。先ほどもいったとおり、そういう育て方をしてしまった。これで弟か妹でもいれば、すこしはちがっていたんだろうが」ふたたび間があく。「マリアはあの子に〝だめ〟といえなかった。だから、あの子はここでは人気がなかった。記者の仕事には冷酷さが必要なのかもしれないが、わたしはあの子のそういうところが大嫌いだった。人はそんなふうに行動すべきではない」ピーターは庭のむこうをみつめていた。自分の息子にそういう感情を抱いているピーターの胸中を、ペレスは慮《おもんぱか》った。わが子の死を悼むよりも、つらいことかもしれなかった。「あの子は、そういうふるまいのせいで命を落とすことになったのだろうか」

「つまり、彼はシェトランドに敵がいた？」

ピーター・マーカムは肩をすくめてみせた。「あの子のことを殺すほど気にかけている人物は、ひとりもいなかったよ」それから、ペレスのほうにむきなおった。「ときどき思うんだ。

あの子をここにとどまらせて、イーヴィーの面倒をみさせるべきだったのではないかと。彼女はあの子に、いくらか責任感を植えつけることができていただろう。だが、マリアは承知しようとしなかった。島の娘では、自分の息子には物足りなかったんだ」

「ジェリーはきみに、今回シェトランドへきたのは仕事のためだといっていた」

「そうだ。たぶん、編集長を説き伏せたんだろう。シェトランドに陸揚げされる天然ガスを取材する必要がある、といって。あらたなエネルギーだ」

「本人がそういってたのか？」

「本人がなんといってたのかは、覚えていない。忙しかったんだ。あの日は、てんてこまいだった。いまのは、ジェリーが母親に対してほのめかしていたことだ」

「編集長は、記事のことをなにも知らなかった」ペレスはいった。「ジェリーは潮汐《ちょうせき》エネルギーがらみの集会に参加するつもりでいたが、編集長には休暇をとるといっていた」ここで言葉をきる。「彼女は、ジェリーが病気かもしれないと考えていた。ストレスでまいっているのかもしれないと。燃えつき症候群だ。彼女の話では、ジェリーはクリスマス前から、いつもの彼らしくなかったとか。鋭さに欠けていた」

「あの子は元気だった」ピーター・マーカムがいった。「だが、何日か休みをとるために上司に身体の調子が悪いといったのだとしても、驚きはしないな。あの子は、ときどき自分の作り話を信じていた。だから、あれほど嘘をつくのが上手かったんだ」

「彼はよく嘘を？」またしてもペレスは、ピーター・マーカムが自分の息子についてこれほどあけすけに語ることに、ショックを受けていた。

「あの子は物書きだった」それですべて説明がつくとでもいうように、ピーター・マーカムがいった。

「どうして彼は帰省したのかな？」ペレスはいった。「仕事のためでないとするなら？」

「金が必要だったんだろう。あの子が戻ってくるのは、たいていは金が理由だった」ピーター・マーカムは、くしゃくしゃになった煙草の箱をコートのポケットからとりだした。そして、苦労して火をつけると、深ぶかと煙を吸いこんだ。

「借金を申しこまれたのか？」

「いや、わたしには頼んでこなかったはずだ」ピーター・マーカムがいった。「先ほどもいったとおり、マリアはあの子の頼みを拒むことがなかった」

「マリアと話をしてもかまわないかな？」

「もちろんだ。きみがなにをいおうと、彼女は息子が善人だったと信じつづけるだろう」

ペレスは相手の冷笑的な態度に耐えられなくなってきており、立ちあがった。ピーター・マーカムが煙草の煙にむせて咳きこんだ。「いうまでもなく、わたしはあの子を愛していた」という。「ただ、物事がもっとちがったふうになっていたら、と考えているんだ」ふたたび咳きこむ。「あの子がもっとちがったふうになっていたらと」

マリア・マーカムは、寝巻きに部屋着という恰好で居間にいた。カーテンはひかれたままで、ペレスがそれをあけると、ピーター・マーカムがまだ下の庭園のベンチにすわっているのが見えた。住居部分には不快な臭いがたちこめており、マリアは息子の死を知らされてから風呂にはいっていないのではないか、とペレスは思った。彼女はシェトランドに家族がいる。どうして、かれらはマリアの面倒をみていないのだろう？

「しばらく、ここを離れようとは？」ペレスはいった。「泊めてくれる人がいるだろうし」

その提案を聞いてマリアがぞっとしたような表情を浮かべたので、ペレスは一瞬、彼女は二度とホテルのてっぺんにある住居部分を出るつもりがないのだと考えた。授業で読んだディケンズの小説『大いなる遺産』に登場するミス・ハヴィシャムのように、ジェリーの喪に服してその場にとどまりつづけ、ついには蜘蛛の巣と埃に覆われてしまうのだ。

「とても無理だわ」マリアがいった。「いまは、まだ。みんな弔問にきたがっているけれど、ピーターに頼んで、帰ってもらっているの」

「今回の帰省で、ジェリーにお金を？」ペレスは低い安楽椅子に腰かけており、マリアとの距離がちかいので、すごく小さな声で話すことができた。恋人がささやいているような感じだった。

「わたしのほうから申しでてたの」マリアはそういうと、ペレスのほうにむきなおった。彼女の目は熱っぽく輝いており、息子を自慢する機会が訪れたことを喜んでいた。「わたしのほうからお金をあげると申しでてたんだけれど、あの子は必要ないといった。〝もう二度と母さんに金を無心することはないよ〟――あの子は、そういった」

「それは、どういう意味だと?」

「あの子は記事を書こうとしていた」マリアはふたたび活気づいていた。興奮していた。「まとまったお金をもたらしてくれる記事を」

「本人がそういっていたのかな?」ペレスは、あいかわらず口説くようなやさしい声でいった。

「その記事で、まとまったお金がはいってくると?」

だが、マリアは思い出にひたっているらしく、それには直接こたえなかった。「あの子は昔からそれを追い求めていた」という。「富と名声を。幼いころから。あの子はそれをロンドンで見つけようとしていたけれど、それはずっとここにあったのよ」

「記事の内容について、彼はなんと?」ペレスは、暗闇のなかで手さぐりをしているような気分だった。指のあいだをすり抜けていく影をつかまえようとしているところだ。

「なにも!」マリアが急に背筋をぴんとのばした。ペレスは彼女の肌にアルコールの匂いを嗅ぎとったような気がした。彼女は処方された薬だけでなく、酒も飲んでいたのだろう。けさはちがうのかもしれないが、すくなくともきのうの晩は。ピーターと彼女がこの居間にすわり、黙って罪の意識を酒でまぎらわせているところを、ペレスは想像した。マリアがつづけた。

「記事のことは秘密だった」

「ジェリーの編集長が記事についてなにも知らなかったのは、そのせいだったのかな?」ペレスはたずねた。「ジェリーには、それを秘密にしておく必要があった?」

マリアが勢いこんでうなずいた。「誰かに裏切られるかもしれないから」それは、マリアというよりも、彼女の息子の言葉のように聞こえた。そして、ペレスの頭にはべつの場面が浮かんできた。今回は、ジェリーが殺されるまえの晩、やはりこの部屋でマリアとジェリーがすわっているところだった。夕食が終わり、ふたりは飲んでいる。そして、そこにはピーターの姿はない。彼には耐えられないだろう。そこで、彼は階下のバーで優雅な主人役をつとめている。母と息子。ふたりきりだ。マリアは息子の帰省を喜び、もしかすると文字どおり彼の足もとにすわっているかもしれない。上等なワイン。ホテルでもっとも高価なものだ。この放蕩息子のために、金に糸目がつけられることはないのだ。そして、ジェリーは熱弁をふるっている。自分の計画について語り、母親の金を大げさに拒絶してみせる――〝いいかい、見ててくれ。もう二度と母さんから金を借りる必要はなくなるから〟。

「でも、ジェリーはあなたになら秘密を打ち明けていたはずだ」ペレスはそっといった。「その記事の内容について」

この男も息子を裏切ろうとしている人間のひとりではないかと疑うような目つきで、マリアはペレスを見た。

「記事の内容がわかれば、彼を殺した犯人を突きとめるのに役立つかもしれない」ペレスはいった。「彼がここへ戻ってきた理由を知る必要があるんだ。彼がどんな記事を書こうとしていたのかを」

マリアはペレスを見ていた。足もとがぐらつき、ついに一線を越えて、いまにも返事をしそうに見えた。そのとき、階段で足音がした。すっかり凍えてしまったピーターが、暖を求めてドア口にあらわれた。

「ジミー！」その声はやけに陽気で、庭園からここにくるまでのあいだ、ずっと練習してきたものにちがいなかった。「まだいたんだ？　ちょうどコーヒーをいれようとしていたところだ。いっしょに飲んでいくだろ？」

ペレスはマリアのほうを見た。まだ彼女に話をつづけさせることができるのではと期待していたが、彼がマリアに対してどのような力をおよぼしていたにせよ、その呪縛はすでに解けていた。彼女は立ちあがった。「お風呂にはいってくるわ」という。「あとは、おふたりでどうぞ」だが、ドア口で彼女は足を止めた。「あの子は、あたしたちに話そうとしていたの」という。「殺された晩に、自分の秘密を。あたしたちは起きて、あの子の帰りを待っていた」ペレスがそれ以上なにかいうまえに、マリアは部屋を出ていった。

「その秘密とは、なんだったんだろう？」ペレスはピーターにたずねた。

ピーターは肩をすくめた。「秘密うんぬんについては、なにも知らないんだ」という。「きみも、すこし割り引いて聞いたほうがいい。ジェリーとマリアは、どちらも芝居がかったことが好きだったから」

ペレスはコーヒーをことわり、家まで歩いて戻った。そして、自分の車をだすと、ボンホガ画廊へとむかった。

18

お昼どきでカフェが混みあうまえに、ペレスは画廊に着いた。ボンホガ画廊は三階建ての巨大な建物で、もともとは水車を用いた製粉所だった。地上階には売店と受付があり、屋根裏の部分の上層階は展示スペースになっていた。そこへあがっていくことは、ペレスにはとてもできなかった。フランといっしょにボンホガ画廊へくるたびに、彼女に上層階へ連れていかれ、絵画やスケッチを鑑賞していたのだ。そのときの記憶が、なまなましすぎた。それに、フラン自身も、そこで何度か展示会をひらいていた。そういうわけで、ペレスはまっすぐ階下のコーヒーショップへむかった。壁のひとつに巨大な窓がいくつもならんでいて、小川を見晴らすことができた。

ブライアンは狭いキッチンにおさまりきらないくらい大柄な男で、オーブンから天板をとりだす際には、身体を横向きにねじって手をのばさなくてはならなかった。ペレスとはじめて会ったころは、もっと痩せていた。当時、ブライアンはサロムにある夏季作業合宿所で料理人をしていた。大学を中退したイングランド人で、麻薬を常用するための金を稼ぐ必要があったのだ。ペレスは彼をヘロイン所持で逮捕していた。いまではブライアンも麻薬をやめていたが、あいかわらずシェトランドにいて、あいかわらず料理人をしていた。ペレスは、彼が島に溶けこんでしあわせに暮らしていることを願っていた。だが、実際にそうなっているのかどうかは、よくわからなかった。ブライアンはめったに笑わず、いつでも鬱々とした雰囲気をたたえていたからだ。それは、ヘロインとおなじくらい深く根づいた習癖だった。

カフェの部分とキッチンは、カウンターによって隔てられていた。ブライアンは大きな黒いエプロン姿でその奥に立ち、ふたりのドイツ人観光客のためにケーキを切っているところだった。かれら以外、カフェには誰もいなかった。ブライアンはペレスにむかってうなずいてみせたが、ケーキとコーヒーを客のところへはこんで戻ってくるまで、なにもいわなかった。

「注文は、ジミー?」

「コーヒーを」ペレスはいった。「ブラックで」言葉をきる。「ジェリー・マーカムの件できたんだ。先週、アイスで死体となって発見された男だ。亡くなった日の朝、彼はここにきていた」

ブライアンはコーヒーを注いでおり、ゆっくりとペレスのほうをむいた。「おれには縁もゆかりもない男だ」

「あんたが彼を殺したと責めてるわけじゃない」ブライアンには昔から妄想症の気があったことを、ペレスは思いだした。はめられることを、いつでも恐れていた。「だが、彼は女性といっしょにいた。中年の女性だ。彼女の身元を突きとめようとしているんだ」ペレスはコーヒーをすすった。「ジェリー・マーカムだってことは、わかったんだろう? 彼が『シェトランド・タイムズ』で働いてたときに、顔を見たことがあった?」

「ああ、やつだとわかった」

「それで、女性のほうは？　知ってる女性だったか？」

ブライアンは首を横にふった。「ここで見かけたことのない女だった」

「地元の人間か？」

「しゃべるのは聞かなかった。おれが飲み物をはこんでいくと、ふたりとも黙りこんだから」

ペレスは、それについて考えた。「ふたりは親しいという印象を受けたか？」

ブライアンは自分が容疑者でないことに納得したらしく、まえよりも口が軽くなった。「まともにやりあってはいなかったが、言い争っていたような感じはしたな。親密さがなかった。わかるだろ。どちらかがいまにも席を立ちそうな雰囲気だ」

「それで、女性については？」ペレスはふたたびいった。「彼女について、なにを覚えてる？」

「中年だった。洒落た服装をしてた。仕事のミーティングといっても、おかしくなかった。ほら、仕事にいくような恰好だったんだ。スカートにジャケットで。でも、それはそうめずらしいことじゃない。みんな、よく商談のためにここを利用する。島の中央に位置してるから。彼女は天然ガスの関係者かもしれない、と思ったよ。このあたりじゃ、ちかごろ知らない顔をよく見かけるんだ」ブライアンは、自分がいま法と秩序の側にいるのを楽しんでいるようだった。「ローナ・レインの顔を見たら、彼女だとわかるか？」

「誰だって？」

「地方検察官だ。彼女はコーヒーを飲みにここへくる、と聞いたんでね」

ブライアンは首を横にふった。「悪いな、ジミー。コーヒーを飲みにくるやつは、大勢いる。いちいち覚えてられないよ」

ペレスはポケットから新聞の切り抜きをとりだした。『シェトランド・タイムズ』に載った記事。どうして自分がそれをとっておいたのかは、よくわからなかった。キャシーが大きくなって母親の死について質問してきたときに、見せるためか。それは、フランの死について報じた記事だった。ローナ・レインが声明をだしており、そこには写真がついていた。「これがローナ・レインだ」ペレスはいった。「ジェリー・マーカムが殺された日にいっしょにいた女性は、彼女だったか?」

ブライアンは切り抜きをカウンターに置いて、まっすぐにのばした。彼が記事の内容についてふれないでいてくれることを、ペレスは願った。この男の同情は必要なかったし、それには耐えられない気がした。そんなものを示されたら、黙って立ち去らなくてはならないだろう。さもないと、彼に当たり散らしてしまうかもしれない。コーヒーのマグカップを手にとり、壁に投げつけてしまうかも。だが、ブライアンはあたえられた課題に集中していた。目を細めて、やや不鮮明な写真をみつめている。「どうかな」彼はいった。「見たことあるような気もするが、ここへよくきてるのなら……悪いな、ジミー。はっきりしたことはいえない」

「いいんだ」ペレスはいった。「すごく助かる。力になりたいと願うあまり、わかるふりをしたり真実をねじまげたりする人が、すごく多いんだ。正直にいってくれたほうが、ありがたい」

ふたりが知りあってからはじめてといってもいいかもしれないが、ブライアンの顔に笑みが浮かんだ。ペレスはコーヒー代を支払おうとポケットから硬貨を何枚かとりだしたが、ブライアンは手をふって、それをしりぞけた。

車のなかに戻ると、ペレスは『シェトランド・タイムズ』に載ったフランの記事をもう一度読み返したくなった。ほとんど暗記しているにもかかわらず、もう一度。だが、そうするかわりにポケットにしまうと、携帯電話をとりだして、長いことそれをみつめていた。それから、以前にキャシーの世話を申しでてくれた近所の人にかけた。

「もちろん、かまわないわよ」放課後にキャシーがお宅へ遊びにいってもかまわないかとペレスがたずねると、相手はそうこたえた。

「そちらへ迎えにいくのが、すこし遅くなるかもしれない。フェトラー島へいこうと思ってるんだが、まだフェリーの時間を調べていなくて」

「気にしなくても大丈夫よ」間があく。「じつは、キャシーはまえにも遊びにきたがっていたの。でも、あなたが寂しがるかもしれないといってた。今夜はうちにお泊まりすることにしたらどうかしら？　そしたら、あなたも急いで戻ってこなくてすむでしょ」

北へむかって車を飛ばすあいだ、ペレスはずっとキャシーのことを――そして、ご近所のマギーにいわれたことを――考えていた。おまえはなんて自分本位な大馬鹿野郎だったんだ！　キャシーに心配をかけるなんて。これからは、キャシーがそばにいるときは明るくふるまうようにしなくては。家のなかに、もっと笑いをもちこむのだ。もっと演技をしてみせる。

フェトラー島へいくと決めていたので、ペレスはどうしてもフェリーに乗り遅れたくなかった。トフトに着いてみると、イェル島行きのフェリーはすでに港に停泊中で、乗船したのは彼の車が最後だった。それは、なにかの前兆に思えた。イェル島では、フェトラー島行きの船が到着するまえに、〈ウインド・ドッグ・カフェ〉でベーコン・サンドイッチを食べる時間があった。自分はここでなにをしているのだろう、とペレスは思った。この渇望感は、いったいなんなのか？　この突然あらわれた行動への要求は？　一種の逃避だ、と彼は結論づけた。レイヴンズウィックの小さな家のなかで、あまりにも長いことすごしてきたせいだ。それに彼は、ウィロー・リーヴズにあたえる情報を必要としていた。それを集めようと必死になっているのは、おそらく自尊心——もしくは、それに類するもの——のなせるわざだろう。これまでに彼がつかんだのは、ジェリー・マーカムが母親の差しだす金をことわったということだけだった。それはペレスには大事に思えたが、実際にはどんな意味があるのだろう？　ある日突然、ジェリーはより責任感のある男になったのか？　それとも、べつの収入源を見つけたのか？　それに、彼が殺された日の晩に母親に打ち明けると約束していた秘密があった。それは事件と関係があるのか？　それとも、亡くなった息子をよりちかく感じるためにマリアがこしらえた空想の産物にすぎないのか？

ペレスが前回イェル島を訪れたのは、二年前のことだった。フランへの求愛行動の一環だ。彼女の友人が本土から泊まりがけで遊びにきていたので、彼はふたりを連れ、イェル島の潟で繁殖しているアカエリヒレアシシギを見にいっていた。当日はよく晴れていて、明るい未来の予感がしていた。この女性は特別な存在だ、という強烈な実感があった。どうして、おまえはあんなにぐずぐずしてたんだ？　彼女はもっとまえに、おまえと結婚してただろうに。そのとき、ペレスはイーヴィー・ワットがジョン・ヘンダーソンについて語っていたことを思いだした――彼は紳士で、自分を急かそうとはしなかった。

道路からは、フランシス・ワットがどこで船の建造作業をおこなっているのか、まったくうかがい知ることができなかった。白い平屋の農家のそばに大きな納屋があり、ペレスはそこが作業場であることを発見した。納屋の片側には複数の窓がついており、自然光をとりこむと同時に、なかからは完全な円にちかい白い砂浜をのぞめるようになっていた。じつに風光明媚なところで、ここで育ったイーヴィーがシェトランドにとどまりたいと考えるようになったのも、無理はなかった。ペレスは車を道路にとめたあとで、風にもまれて身体を動かすのを楽しみながら、小道を歩いてのぼってきていた。農家の裏には小さな畑があり、そこで誰かが腰をかがめてジャガイモを植えていた。ペレスは大声で呼びかけてみたものの、遠すぎて相手には聞こえていないようだった。そこで、農家のドアを叩いて返事がないことを確認してから、庭のむこうの納屋へとぶらぶらとちかづいていった。

納屋にたどり着くまえに、音が聞こえてきた。金属どうしが規則正しく激しくぶつかりあう音だ。あけっぱなしのドアのむこうに、完成間近の鎧《ヨ》張《ー》り《ル》の船が見えていた。留め具で固定された竜骨。左右対称で完全に均整のとれた舷側。まさに芸術品だ。立体芸術の傑作。床には削りかすやおがくずが散乱しており、あたりには木の匂いが充満していた。納屋の奥の厚板の山は、板と板のあいだに空気がとおるようなやり方で積みあげてあった。漁師の作業着を着た中年男が、重ねあわせた厚板に銅製の溝付き釘を打ちこんでいた。水漏れがしないように、しっかりと密着させているのだ。男は身体をよじって、船体のなかに上半身を突っこんでいた。無理な体勢で、すごくきつそうに見えた。男が身体をまっすぐにのばすのを待ってから、ペレスは声をかけた。「ちょっといいですか」この男は芸術家のようだ、とペレスは思った。作業に集中する必要のある芸術家だ。

フランシス・ワットは逆光にむかって目を細めた。「なんの用だ?」

「ジミー・ペレスといいます。ジェリー・マーカムの件できました」

「ああ、ジミーか」厳粛な声。ペレスがごくちかしい人物に先立たれた男であることを覚えているのだ。この日二度目になるが、ペレスは相手がフランの件をもちだしてこないことを願った。

「やかましくて申しわけない」フランシス・ワットがいった。「女房のジェシーは、このがんがんいう音が大嫌いでね。家のなかにいても振動が聞こえてくる、といってる」

「それだけの価値はある」ペレスはいった。「こういった船を造るためなら」

フランシス・ワットはその賛辞に対してうなずいてみせると、笑みを浮かべた。「キッチンへいこう。そろそろ紅茶を飲みたいし、女房もすぐに戻ってくるだろう」

キッチンはごちゃごちゃしていて、落ちつけた。調理用こんろと、そのわきにある泥炭のはいった籠。窓の真下には、みすぼらしいテーブル。壁ぎわに置かれた、凹みのできたソファ。客がすわれるように、フランシス・ワットがソファの上の設計図や製図の山をかたづけた。

「『シェトランド・タイムズ』のコラム、読んでます」ペレスはいった。「かなり強硬な意見をおもちだ」

「われわれは安楽な生活に慣れすぎていると思う」フランシス・ワットはいった。「そのせいで、強欲になっている。冷淡に」ちらりと笑みを浮かべてみせる。「こういうことを口にするから、あまり人気がなくてね」

フランシス・ワットは調理用こんろにやかんをかけると、棚からケーキ用のブリキ缶をとりだした。なかには、自家製のナツメヤシのケーキがはいっていた。この家では、店で買ってきたビスケットがだされることはないのだろう。

「潮汐《ちょうせき》発電にかんしても、強硬な意見をおもちで?」

「娘のイーヴィーと意見を異にする数少ないことのひとつだ」フランシス・ワットはいった。

「シェトランドがエネルギーを自給自足できるようになるのは、けっこうなことだ。だが、それを外へ売ることにかんしては、まったく興味がない。あたらしくできた風力発電基地を見ただろ。ぞっとするね。ラーウィックへいくときに車であのそばをとおるのが、嫌でたまらない。ここには利権のからんだ連中が多すぎる。みんな、ひと儲けすることを狙っている。シェトランドで開発がおこなわれるとき、その中心部にはいつだって腐敗があった。イーヴィーが誠実であることは間違いないが、あの娘までもが強欲さに染まるんじゃないかと心配なんだ」

「ジェリー・マーカムは、あたらしいエネルギーをとりあげた記事を書こうとしていました」ペレスはいった。「殺された晩、潮汐発電に反対する〈ヴィダフスを救う行動委員会〉の集会に顔をだすことになっていた」

フランシス・ワットが驚いて顔をあげた。「それについては、なにも知らなかった。わたしはあの行動委員会の目的に賛同しているが、あまり深くかかわってはいないんだ。なんのかんのいって、計画を推進している〈水の力〉はイーヴィーの大型プロジェクトだから、どちらにも与《くみ》しがたくてね」

「ほかにお子さんは？」どこからそんな質問がでてきたのか、ペレスは不思議に思った。サンディなら、そんなことを訊くのは時間の無駄だと考えるだろう。だが、あたらしくやってきた警部はちがう、とペレスは思った。彼女は自分とおなじようなやり方で捜査を進めるだろう。やはり家族のことをくわしく知りたがるだろう。

「息子がひとり」フランシス・ワットがいった。「マグナスだ。スターリングの大学にいって、情報科学を勉強している」ここで笑みを浮かべる。「あの子は、卒業してもシェトランドには戻ってこないだろう。わが家の伝統を絶やさずにおく最後の希望は、イーヴィーだよ」

「彼女が船造りを継ぐんですか？」ペレスはたずねた。

「ああ、そうなるかもしれない。ジョン・ヘンダーソンが石油関係の仕事に飽きたら、彼をいっしょに連れて。わたしはそう望んでいる。イーヴィーは子供のころから船造りに親しんでいるし、木のあつかいにかけては筋がいい」

ドアがあいて、女性がはいってきた。先ほどペレスが見かけたときに、畑でジャガイモを植えていた女性だった。小柄でほっそりしており、丸い顔に笑みを浮かべている。二十年後のイーヴィーの姿だ。女性は戸口で長靴を脱ぐと、流しへいって手を洗った。上着の下に夫とおなじような作業着を着ていて、色あせたコール天のズボンをはいていた。

「こちらはジミー・ペレスだ」フランシス・ワットがいった。「ジェリー・マーカムの件で、われわれに質問があってきた」

「あなたに話を聞かれたって、イーヴィーがいってたわ」女性は礼儀正しかったが、その声にはとげがあった。「まさか、うちの娘が彼の死に関係あると思っているんじゃないでしょうね。すべては、もう何年もまえの話よ。あの娘は、まだ子供同然だった。わたしたちのせいかもしれない。過保護に育ててしまったから。あの娘は土曜日に結婚するわ。だから、今週はそっとしておいてあげて」

「今回ジェリー・マーカムが帰省していたときに、彼の姿を見かけましたか?」

「いや」フランシス・ワットがいった。「われわれはあまり島を離れないんだ。いまは忙しい時期だし、ここには必要なものがすべてそろっている」

「最後にフェトラー島を離れたのは?」

ワット夫妻は顔を見あわせて、正確な答えを導きだそうとした。「六週間前かな」フランシス・ワットがいった。「イーヴィーの家のボイラーが故障したんだが、ジョンはサロム湾で勤務についていて、修理に駆けつけられなかった。そこで、夫婦そろって出かけていって、あちらにひと晩泊まったんだ」

フェリーの乗員たちから簡単に確認がとれるだろう、とペレスは考えた。この小さな島の住人がフェリーを利用して外へ出ていけば、嫌でもわかるはずだ。

「なぜ、犯人はジェリー・マーカムを殺したいと思ったんでしょうか？」ペレスはいった。

「それも、いま？」

沈黙がながれた。ジェシー・ワットが自分の茶碗に紅茶を注いだ。

「『シェトランド・タイムズ』で記者をしていたころのジェリーを、すこし知っていた」フランシス・ワットがいった。「イーヴィーとのごたごたがあるまえだ。彼はよく敵を作っていた」

ペレスが窓の外に目をやると、子供が犬をおいかけて浜辺を駆けていくのが見えた。「ジェリーが書こうとしていたのは、あたらしいエネルギーをとりあげた記事でした。その取材過程でも、彼は敵を作っていたかもしれないと？」

「賄賂《わいろ》を受けとる政治家たちのことをいっているんだな？　都市計画法に手心をくわえてもらおうとする輩のことを？」

ペレスはそんなふうに考えていたわけではなかったが、その可能性も捨てきれないことがわかった。

「そうだったとしても、驚かないな」フランシス・ワットがいった。「みんな、金にとりつかれている。だが、そういった話は、こちらの耳にはいってきていない。そのために人を殺すほど深刻なことは、なにも」

「まったく、なにもですか?」ペレスは食いさがった。

フランシス・ワットは首を横にふった。

家を出ていくときに、ペレスはひらいたドア越しに小さな仕事部屋を目にした。きれいにかたづいていて、キッチンとは好対照だった。書類整理戸棚。パソコンののった机。ワット夫妻は、自分たちの商売を繁盛させるためとあれば、あたらしい技術を利用するのにやぶさかではないわけだ。車をとめたところまで小道を歩いて下っていくあいだ、ペレスは自分が機会を逃したように——大切な質問をし損ねたように——感じていた。

19

ローナ・レインは朝早くに目がさめた。あたりはまだ暗かった。ジェリー・マーカムの死体を発見して以来、彼女の眠りは途切れがちだった。この週末は酒を飲みながら夜遅くまで起きていたが、アルコールでさえ完全に意識を失わせてはくれなかった。生まれてはじめて、彼女は物事が自分の手に負えなくなりつつあると感じていた。そして数年ぶりに、いっしょにいてくれる相手を切望した。話をすることのできる誰か。信頼できる誰か。おなじベッドで夜を明かしてくれる誰か。

月曜日。一週間の仕事のはじまり。ローナは灰色の薄明かりのなかに横たわったまま、その日の予定を頭のなかで確認した。午前中はシェトランド本島の北側へいき、潮汐《ちょうせき》エネルギー計画で建設予定地にあがっている場所を視察する。大規模な風力発電基地が認可されたことで、こちらの開発計画もよりいっそうの現実味を帯びつつあった。エネルギー不足に悩む英国本土に電力を供給するため、シェトランドとスコットランドのあいだにはケーブルが敷設されることになっていた。それが完成したあかつきには、シェトランドは潮汐発電による電力の販売でも利益をあげられるようになるだろう。島民たちは豊かな生活に慣れっこになっており、その生活水準を維持したがっていた。だからこそ、地元の政治家たちは風力発電基地を建設する計画がもちあがったとき、有権者からいくらか反対の声があがったにもかかわらず、それを認可したのだ。

きょうの視察は、地方検察官としての公務ではなかった。ローナ・レインは、本業とはほとんど関係のない島の委員会にいくつも名を連ねていた。ヨット好きが嵩じてシェトランドへきたものの、彼女はこの先ずっと未開の地の地方検察官でいるつもりはなかった。昔から政治的な野心を抱いており、権力者の地位につく自分の姿を想像していた。もっとも大きな夢は、上院議員になることだった。アイスのレイン男爵夫人《バロネス・レイン》――じつにいい響きだ。そして、それを実現する唯一の方法は、適切なコネをこしらえ、党にとって有益な人材となることだった。ある古参の政治家からは、そうした転身は決して不可能ではないと示唆されていた。ローナは再生可能エネルギーにかんして、なんの強い意見ももちあわせていなかった。だが、この問題はこれから重要性が増していくと思われたので――とりわけ、イングランドとスコットランドの境界線より北では——関係する文献に目をとおして、論議を呼んだ風力発電基地計画の際には、シェトランドの代表として意見を述べていた。そしていま、彼女は手をまわして、潮汐発電の調査委員会のメンバーにおさまっていた。もちろん、ジェリー・マーカムと彼女のつながりが明るみにでれば、政治の世界で上へいく望みは完全に断たれるだろう。ここシェトランドでの地位でさえ、あやうくなりかねない。

ローナ・レインはコーヒーメーカーにコーヒーの粉をいれると、シャワーを浴びた。頭をすっきりさせるために、お湯をすごく熱くした。とりあえず、けさは〈水の力〉の視察があるので、オフィスへはいかずにすむ。捜査にかんする質問にこたえなくてもいいのだ。そのとき、自分には四月いっぱいで消滅する有給休暇がまだ残っていることを思いだした。だったら、いっそのこと、それを消化して、ジェリー・マーカムの一件は助手にまかせてしまってはどうか？　自分は死体の発見者なので、捜査の監督者として不適切だ、といえばいい。職業倫理上、自分はかかわるべきではないと。マスコミ受けもいいだろう。ローナは身体を拭きながら、すこし気分が明るくなるのを感じた。こうすれば、捜査からもウィロー・リーヴズ警部からも距離を置いていられる。

メールを確認すると、イーヴィー・ワットの携帯電話からメッセージが送られてきていた。潮汐発電の建設予定地で会う時間を、約束よりも三十分遅らせてもらえないかという。予期せぬことが起きて、すこし遅れそうだとか。その時間を利用して、ローナは直属の上司に電話をかけ、数日の休みをとる意向とその理由を伝えた。「警察の捜査が終了するまでのことです」

彼女はいった。「われわれは完全な透明性をもって行動していると見られなくてはなりませんから」それから、オフィスに電話をかけ、腕時計に目をやった。いまからコーヒーをおかわりしてトーストを食べても、じゅうぶん間にあうだろう。

　待ち合わせ場所はヴィダフスの駐車場で、そこから潮汐発電の建設予定地まではすぐだった。ローナが車でこちらのほうへくるのは数年ぶりのことで、この谷がどれほど魅力的かをすっかり忘れていた。卓越風から守られた谷を車で進んでいくと二軒の小さな家があり、その先には海と、小さな桟橋に隣接する大きな白い建物があった。潮汐発電の調査委員会のメンバーは、三人だけだった。ローナ・レイン、イーヴィー・ワット、そしてサロム湾で港長をつとめるジョー・シンクレアだ。彼がメンバーにえらばれたのは、潮の干満にくわしいのと、シェトランドで影響力をもつ地元民だからだった。彼は世論を左右することができた。この計画にはすでにいくらか反対の声があがっており、ジョー・シンクレアはそれを丸く治めるのにひと役買ってくれるだろう。

　まだ誰もきていない駐車場で、ローナは車から降りた。海とむきあうと、突風で息ができなくなった。このあたりはサムフリー島に面した天然の港だったが、さらに北のほうへいくと巨大な崖が連なり、大きな岩の階段が海面までつづいていた。崖のてっぺんに小さな石の塔があることに、ローナはいまはじめて気がついた。大鴉が風にのってバランスをとっており、やがて岩棚にある乱雑な巣に舞い降りていくのが見えた。腕時計にちらりと目をやる。イーヴィー・ワットとジョー・シンクレアは、変更した約束の時間よりもさらに遅れていた。不快感がこみあげてくる。時間を守らないのは、自分への侮辱のように感じられた。

ローナ・レインは車のそばを離れて、桟橋のほうへと歩いていった。それでなくても気が張ってぴりぴりしていたので、待たされるのは耐えがたかった。このまま車に乗って走り去りたい誘惑に駆られた。カワウソがコンクリート製の柱のあいだを泳いで、岩だらけの海岸にあがってきた。鋭い歯で小気味よく魚を食いちぎっていく。ローナはしばらくそれに気をとられていた。つまるところ、自然界は適者生存なのだ、と感傷とは無縁の彼女は思った。大鴉もカワウソも、おのれやわが子を守るために殺す。自分もそうするだろう。だしぬけに、そんな考えがローナの頭に浮かんできた。彼女はしばらくそれを心にとどめてから、頭の外へとおいやった。

ジョー・シンクレアとイーヴィー・ワットが、それぞれの車で同時にやってきた。二台の車が曲がりくねった狭い道路をちかづいてくるのを目にして、ローナは駐車場まで歩いて戻った。イーヴィーは、なぜか心ここにあらずといった感じに見えた。ローナは、どうしてもこの女性を好きになれなかった。有能なのはたしかだが、その子供っぽい熱心さが気にさわった。信条をもつのもけっこうだが、ときとして、それはなにかを実現するうえで妨げとなる——妥協はどうしても必要なものなのだ。この若い女性が現実の世界に即した行動をとろうとしないせいで失敗に終わるような計画に、ローナはかかわりあいたくなかった。

「それじゃ、建設予定地に案内してもらえるのかしら?」ローナはいった。「ようやく、あなたがあらわれたことだし。ロバート・ゴードン大学から教授がおいでになったときに、きちんとお相手できるようにしておかなくてはいけませんからね」

イーヴィーの顔が赤らむのを見て、ローナはほくそ笑んだ。イーヴィーを先頭に、一行は海岸沿いの小道を歩いていった。小道は急なのぼり坂で、崖のてっぺんへとつうじていた。「ここからだと、予定地全体がよりよく見渡せます」イーヴィーは、ふたつの無人島——サムフリー島とビガ島——を指さした。そのむこうには、遠くのイェル島と、狭い海峡を横断するカーフェリーが見えていた。「サムフリー島のまわりの海は、とても深いんです」イーヴィーがヴィダフスのほうをふり返った。すでに車や家はちっぽけにしか見えなかった。「いまある桟橋は補強しなくてはなりませんが、海まではすでに簡単にいくことができますし、このあたりの潮流はひじょうに強力です」

「地元の計画監督当局ともめることはないのかしら？　たしか、ここは自然保護協会の特別指定地区ですよね」ローナは、自分も予習をしてきたことを示したかった。

「大がかりな開発は必要ないだろう。予定地のそばにすでに建物があるから、そいつを変電所に改造すればいい」ジョー・シンクレアが、遠くに見えている平屋の石造りの小屋を指さした。小屋は桟橋のむこうの砂利の土手からすこし内陸にひっこんだところにあり、背の低い草のなかでぼろぼろに荒れはてていた。ローナはそちらへ目をむけたものの、すでに興味を失いつつあった。イーヴィーの説明はまだつづいていたが、キロワットとか水深とか潮流の速さといったことをならべたてられても、退屈なだけだった。彼女は戦略上の決断のほうに、より大きな

「あの小屋は、昔は鮭の孵化場だったんです」イーヴィーがいった。「ですから、この土地はすでに公式に産業利用されていたことになります。それに、いま話にでているのは、大がかりな開発ではありません。これは、現時点における実現可能性を調べるための試験計画にすぎないんです。それでは、あちらから下っていきましょう。現場を案内します」

「変電所までの道路を造る必要があるでしょうね。それに、桟橋への道路は改修しないと」ローナはいま、議論をするために議論をふっかけていた。それが彼女に求められている役割だからだ。実際に、そういったことを気にかけているわけではなかった。「タービンは、かなり大きな機械なんでしょうから」

だが、問題点をあげながらも、ローナはこの計画が上手くいくかもしれないと考えていた。シェトランドには、大がかりな構想を実現させられるだけの自信がそなわっている。

「すでに、補助金の申請書を作成中です」イーヴィーがいった。「再生可能エネルギー関係の助成金には、まだ余裕があるので。それに、〈水の力〉の活動をつうじて、はやくもけっこうな額のお金が集まっています。計画の実現性が高いとわかってくれれば、小口の出資者をもっと誘いこむことができるでしょう」

「聞くところによると、計画を阻止しようとしている行動委員会があるとか」

イーヴィーは、それを問題にしてはいなかった。「例の白い家に住むはた迷惑な反対派のカップルと、ひと握りの仲間がいるだけです。それほど大きな反対運動ではありません」

ジョー・シンクレアはすでに小道を下りはじめており、鮭の孵化場へとむかっていた。意見の相違を調整するのはふたりだけのほうがやりやすいだろう、という配慮からかもしれなかった。

風で雲に穴があいており、そこから射しこむ太陽光線が砕け波と真っ白なシロカツオドリたちを照らしていた。イーヴィーはローナの真正面に立っていた。突然、地方検察官は目のまえの女性を崖から突き落としたいという強烈な衝動に駆られた。自分がそうするところが想像できた。そのときの筋肉の動きが感じられた。手のひらにあたるイーヴィーの防水性のジャケットの感触。落ちていくイーヴィーを見送るときの興奮と高揚感。そんなことをする理由は、まったく説明のつかないものだった。ただ、できるからやるのだ。自分のほうが強くて、より冷酷だから。イーヴィーの身体が崖にぶつかってねじれながら落ちていくのを目にすれば、自分が無力だと感じずにすむから。

この感情に、ローナは恐怖をおぼえた。一歩うしろにさがって、たとえ腕をのばしてもイーヴィーには手が届かないようにした。自分が震えているのがわかった。いったい、どうしたというの？ つぎはなにをしでかすつもり？ ローナがふり返ると、ジョー・シンクレアが足を止め、彼女のほうをじっと見ていた。まるで、彼女の頭のなかでどんな考えが渦巻いているのかはお見通しだとでもいうように。ローナは急ぎ足で彼のところへいった。

「ウォルシュ夫妻が金曜日の晩に〈ヴィダフスを救う行動委員会〉の集会をひらいていたのは、知ってたかな？」ジョー・シンクレアがいった。

イーヴィーは、すぐにふたりに合流していった。「さっきもいったとおり、あの夫妻はただのはた迷惑な反対派のカップルにすぎないわ。なんの心配もいらない」

「おれの聞いた話じゃ」ジョー・シンクレアがいった。「連中はジェリー・マーカムを集会に招いていたとか」言葉をきる。「やつがこの計画についての記事を書くまえに死んでくれて、助かったな。どんな記事になってたか、わからないだろ?」その軽薄な口調に、ローナは驚いた。だが、女性たちがなにかいうまえに、ジョー・シンクレアはそのまま先に歩いていった。

一行は鮭の孵化場にきていた。石造りの建物で、屋根は錆びた波形鉄板、床はコンクリートだった。イーヴィーが木のドアをひっぱってあけた。ジェリー・マーカムと反対派のグループとのつながりがまだ彼女の心にひっかかっているのが、ローナにはわかった。

「警察は、ジェリーの死とこの計画を関連づけて考えるかしら?」イーヴィーが疑問を口にした。わきに寄って、ほかのふたりが内部を見られるようにする。明かりは、あいたドアから射しこむ光だけだった。小屋のなかは湿ったカビの臭いがして、ローナは気分が悪くなった。それ以上、まえへ進もうとはしなかった。

ジョー・シンクレアが笑った。「ジェリーには敵が大勢いた。それに、おれたちはなにも悪いことはしちゃいない、だろ? やつを殺す動機がどこにある?」

20

ウィロー・リーヴズは署に戻ってきていた。タイヤ痕の見つかった待避所は立ち入り禁止のテープを張って見張りをつけておいたので、心配いらなかった。霧は飛行機の運行が再開できるくらいまで晴れてきており、ヴィッキー・ヒューイットはすでにサンバラ空港に到着して、サンディの出迎えを受けていた。いまごろ、ふたりはもう犯行現場に着いているころだろう。だが、ウィローは落ちつかなかったし、いらいらしていた。ペレスに電話をかけてみた。つながらなかった。彼女は、ボンホガ画廊のコーヒーショップの店主がローナ・レインの顔を確認したのかどうかを知りたかった。ジェリー・マーカムが殺された日の朝にそこで会っていた謎の女性は、ローナ・レインだったのか？　ペレスはすでに、その答えを手にいれているはずだった。どうして、まだ連絡がこないのだろう？　ペレスがどういう人物なのか、ウィローはまだいまひとつよくつかめていなかった。そのことですこし頭を悩ませたあとで、インヴァネスにいる部下に電話をかけた。

「ローナ・レインとジェリー・マーカムのあいだに、なにかつながりは見つかった？」

「いいえ、ボス。ほんとうに、なにもないんじゃないですか。接点が見つからないんです。ローナ・レインがシェトランドへ移るまえに手がけた事件をジェリー・マーカムが記事にしたことさえ、なさそうですし」

それなら、つながりはここにあるのだ。ウィローは伸びをした。筋肉が凝っていた。身体を動かす必要があった。ヨガとか、ランニングとかで。ジェリー・マーカムと地方検察官のあいだでなにがあったにせよ、それはここで起きた。それとも、ほかのものたちのいうとおり、つながりなどなにもないのだろうか？

「ジェリー・マーカムの電話の件で、あたらしい情報は？」

「まだなにも。どうなっているのか、もう一度確認してみます」

事件のことをもっとよく理解する必要がある、とウィローは思った。全体像をつかむのだ。そのためには、地元の警察官たちの所見に頼るだけでなく、みずからも関係者たちと会ったほうがいいのかもしれなかった。

イーヴィー・ワットの勤務先の電話番号がわかったので、かけてみた。電話にでた女性によると、イーヴィーは午前中オフィスを留守にしているとのことで、携帯電話の番号を教えてくれた。携帯はつながったものの、電波の状態が悪かった。どうやらイーヴィーは車を運転中らしく、ハンズフリー装置を使ってしゃべっているように聞こえた。ウィローは自己紹介をし、昼食でもいっしょにどうかと提案した。「まだすませていなければの話ですけど。そうすれば、そちらの仕事の邪魔をせずにすみますし。わたしは菜食主義者なんです。ほぼ完全な。どこかいいお店を知りませんか？」相手の女性が突然の電話に驚いているのが感じられたが、しばらく沈黙がつづいたあとで返事がかえってきた。

「現場に出ていて、いま町に戻る途中なんです。でも、あと三十分くらいで着きます。ラーウィックのトールクロック・ショッピングセンターにある〈オリーブの木〉はどうかしら？　こちらの仕事場にちかいし、あそこならあなたの食べられるものがあると思います」それから、わかりやすく行き方を説明してくれた。

ウィローははやく着いたので、時間をつぶすためにフェリーのターミナルまで車を走らせた。ノースリンク社のフェリーはまだ停泊中だったが、ターミナルはひっそりとしていた。彼女がショッピングセンターを目指して駐車場を歩いて横切っているとき、突風が吹いてきた。髪の毛がぼさぼさになり、自分が強風に吹き飛ばされてきた魔女みたいに見えているのがわかった。実際、ウィローがイーヴィー・ワットのテーブルについたとき、相手の顔には驚いたような表情があらわれた。

「素敵なお店ね！」ウィローはいった。彼女が手にしている皿には、サラダとホムスとピタパンが山のように盛りつけられていた。「まさに、わたしにぴったり。こんなお店がラーウィックにあるなんて、意外だわ。思ってもみなかった」

「あら、ここもけっこう文明化されているのよ」イーヴィーが笑みを浮かべていった。どうやら、ウィローは相手の心をつかむことに成功したようだった。イーヴィーは気を許して、口が軽くなるだろう。

「ほんと、こんなときに、ごめんなさいね」ウィローはいった。「きっと、大忙しなんでしょ！　結婚式を土曜日にひかえて、準備することが山ほどある。それなのに、すごく落ちついて見えるわ。驚きよ」

「簡素で形式ばらない式だし、準備の大半はほかの人たちにお願いしてあるから。でも、あなたのお役にたてるかどうか、わからないわ。知っていることは、すべてジミー・ペレスに話したもの」イーヴィーはシーフード・サラダを注文していたが、ほとんど口をつけていなかった。結婚式のまえに体重が増えることを警戒しているのだろうか？

ウィローはまえに身をのりだした。イーヴィーの友だちといっても、おかしくなかった。イーヴィーよりもすこし年上で、彼女ほど可愛くない女友だち――そう、較べものにならない。ふたりでうわさ話をしているところだ。「いま、ジェリー・マーカムの殺された日の行動をたどっているところなの。彼は木曜日の夜を〈レイヴンズウィック・ホテル〉ですごして、金曜日の朝にボンホガ画廊で中年の女性とコーヒーを飲んでいた。その女性に、心当たりはないかしら？」

イーヴィーはかぶりをふった。「思いつくのは、彼のお母さんくらいね。あのふたりは、昔から親密だった。マリアは泣く泣く、ジェリーを本土へ送りだしたのよ。彼の野心を理解していたけれど、最愛の息子だったから。ずっと奇妙な関係だと思っていたの――母と息子というより、恋人どうしみたいで。ほら、わたしも父とは仲がいいけど、あそこまでじゃない。ピーターは、ときどき仲間はずれみたいに感じていたんじゃないかしら」

ウィローはうなずいた。ジェリーの会っていた相手が母親のマリアかもしれないとは、考えにはいっていなかった。見落としだ。「ジェリーが昼食をひとりでとったのは、わかっているの。ブレイのチップ・ショップよ」その情報をとってきたのはサンディで、店主がジェリー・マーカムの顔を確認していた。「そのあとで、彼はサロム湾で広報担当者のアンディ・ベルショーと会っていた。どうして、そんなことをしたのかしら？」

「ターミナルの記事を書くつもりなら、まずアンディのところへいくのが当然じゃないかしら」

「彼を知っているの？」

「もちろんよ。アンディは子供たちのサッカーチームを指導しているの。わたしの婚約者のジョンといっしょに。アンディにはちょうどその年ごろの息子さんがいるし、ジョンはもともと子供のあつかいが上手いから」ここで言葉をきる。「ジョンの奥さんは、子供を産むことができなかったの。癌治療のせいよ。彼女が発病したのは三十代のときで、結婚生活のほとんどは闘病生活だった。ジョンはそのあいだ、ずっとそばで面倒をみていた」イーヴィーの声は淡々としており、そのことをどう思っているのか——自分が聖人のような人物と婚約していることをどう感じているのか——うかがい知ることはできなかった。

「それじゃ、彼はふつうの家族生活を経験し損ねたわけね」ウィローはいった。「そしていま、二度目の機会を手にいれようとしている」

「ええ、そうかもしれない。もちろん、わたしたちはどちらも子供を望んでいるわ」

「ジェリー・マーカムはターミナルを訪問したあとで、潮汐《ちょうせき》エネルギー計画のことで行動委員会の人たちと会うことになっていたの。その委員会には、あなたもなにか関係しているのかしら？」

イーヴィーは居心地が悪そうに見えた。「いいえ」という。「シェトランドには、潮汐エネルギー計画によってヴィダフス周辺の自然が破壊されると考えている人たちがいくらかいるの。ヴィダフスで電力を陸揚げする予定なんだけれど、ほんとうに影響はほとんどないのよ」

「それじゃ、その人たちは圧力団体みたいなものなのね？」

「ええ」イーヴィーはいった。「そんなようなものね」

イーヴィーがわずかに顔をそむけたので、これ以上しつこく追及すれば相手を遠ざけてしまうことになるのがわかった。「アンディ・ベルショーについて、聞かせてもらえないかしら」ウィローは矛先を転じていった。「ちょっと会っただけだから、どういう人なのかよくわからなくて」

「彼、そんなに複雑な人じゃないと思うけど！ 彼が愛しているのは、家族、週末に仲間と飲むビール、それに子供たちのサッカーチームの指導よ。すこしばかり競争心が強くて、チームを勝たせたがっている。あと、仕事では野心家のような気がする。彼とジョンは仲がいいけど、性格はまったくちがうの」

「つまり、あなたの婚約者のほうがもうすこし複雑だってこと？」ウィローは声を軽い調子に保った。混雑したカフェで容疑者とかわす会話としては、これはじつに異例だった。インヴァネスにいる彼女の上司が知ったら、卒倒しかねなかった。

イーヴィーは考えていた。それか、もしかすると、あまり多くを明かさずにすむような返答を頭のなかで練りあげていたのかもしれない。「どうかしら」ふたたび笑う。「これから何年もかけて発見していくことにするわ！」

「それで、アンディ・ベルショーの奥さんは？　彼女はどんな人なの？」いよいよもって友だちどうしのうわさ話めいてきていた。

「ああ、ジェンは素敵な人よ。アイスの学校で調理師をしているの。アンディよりもすこし年上で、そう、母親みたいなところがある。伝統工芸が大好きなの」

ウィローはうなずいた。

「そろそろ仕事に戻らなくちゃ」イーヴィーが皿をかさねてかたづけた。「金曜日に休みをとるから、今週はやることがいっぱいあって」

「なにか、とくにあるの？」ウィローは、自分がこの女性との会話を楽しんでおり、それをまだ終わらせたくないと感じていることに気がついた。知らないところにひとりで取り残されることに対して、ふいに理不尽な恐怖をおぼえていた。

「いま、大学の研究チームを説得しようとしているところなの。シェトランドを潮汐エネルギーの実験場として開発する計画に協力してもらおうと思って。それにぴったりの場所が、シェトランド本島の北側にあるの。交通費と宿泊代は自治体に援助してもらえそうだけど、問題は科学者たちね。かれらは、シェトランドが世界のはてにあると考えているらしくて。だから、研究チームのリーダーを招いて、その目で現地を見てもらうことにしたの。けさはヴィダフスの現場へいって、島の関係者からなる調査委員会のメンバーとこちらの戦略について話しあってきたわ。週の残りは、それでつぶれるわね。それと、夜は結婚式の名札を用意したり、パーティ用のお菓子を山ほど焼いたりすることで」イーヴィーが立ちあがると、ウィローは礼をいい、それ以上はひきとめなかった。イーヴィーが店の出入口で足を止め、ふり返った。「まだこちらにいるようなら、パーティにぜひきてちょうだい」という。「大歓迎よ。伝統的なシェトランドの結婚式は、ほかとはちがうから」

シェトランドへきてからはじめて、ウィローはひとりで車を運転して北へとむかっていた。午後もはやい時間帯で、道路は空いていた。突風が吹きつけてくるので運転に集中しなくてはならなかったが、そのあいだも頭のなかでは、ジェリー・マーカムの死に関係する人たちや場所のことを考えていた。アンディ・ベルショー——サロム湾のターミナルに勤務し、広報活動をつうじて施設のイメージを操作している。イーヴィー・ワット——そのターミナルのそばに住んでいる。ジョン・ヘンダーソン——ターミナルの対岸を勤務の拠点とし、ターミナルに出入りするタンカーの水先案内人をつとめている。マーク・ウォルシュ——ジョン・ヘンダーソンのご近所さんで、潮汐エネルギー計画に反対している。ウィローは全員の位置関係を、ラーウィックの警察署の捜査本部にあるホワイトボードの地図で確認していた。ジェリー・マーカムの殺害現場と思われる待避所。彼の死体がローナ・レインによって発見されたアイスのマリーナ……。

そこまで考えたところで、ウィローは目指す待避所に到着した。サンディ・ウィルソンと鑑識のヴィッキー・ヒューイットは、どちらも犯行現場用のスーツを着ていた。青と白の立ち入り禁止のテープが、風に吹かれて留め具のところでねじれながら、ひっぱられていた。ウィローはテープの手前に立ち、ふたりにむかって叫んだ。

「それで、ヴィッキー、ここが犯行現場だと思う？」

ヴィッキー・ヒューイットが顔をあげて、にやりと笑った。「ちょっと！ かんべんしてちょうだい。奇跡はそんなすぐには起こせないんだから」

急かすべきではないとわかっていたが、ウィローの頭のなかではメトロノームがかちかちと音をたてていた。もうすぐ彼女の上司は、時間はたっぷりあたえたのだから、そろそろ自分が急場を救う一匹狼の保安官よろしくシェトランドへのりこんでいって捜査をひき継ぐ頃合だ、と考えはじめることだろう。ウィローは現場を調べるふたりにむかって、夜の打ち合わせのときにラーウィックでまた会おうと大声で呼びかけてから、車に乗りこんだ。ふたたびペレスの携帯電話にかけてみると、今度は呼出音が鳴った。ペレスは電話にでたものの、電波が弱くて、ウィローにはほとんど相手の声が聞きとれなかった。

「いまからイェル島を出発するフェリーに乗るところだ。三十分後にトフトで落ちあえるなら、そのときに話をしよう」うしろでエンジン音とカモメの鳴き声がしていた。ペレスはなにをしていたのだろう？ ウィローはすこしむっとした。彼女を無視して勝手に私立探偵の真似事をしてもかまわない、とペレスは考えているのだろうか？ だが、彼女はペレスの話に興味があり、自分がいわれたとおりにするのがわかった。ウィローは手もとの地図を調べて、そのままさらに北へとむかった。

サロム湾のターミナルのほうへむかう道路を走っているときに、イーヴィー・ワットとジョン・ヘンダーソンの人形が見えてきた。この悪天候にもかかわらず、実物大の顔写真はまだ頭部に輪ゴムで留まっていた。イーヴィーの人形はすこしずり落ちて、枕カバーから藁があふれだしてきていた。ウィローは、ヴォーのパブでイーヴィーの独身さよなら女子会が話題になっていたのを思いだした。この人形は、女子会をひらいたのとおなじ友人たちが面白がってこしらえたのだろう。自分の独身さよなら女子会には誰を呼ぼうか、という考えがちらりとウィローの頭をよぎった。それから、その質問は意味がないという結論にたっした——自分は結婚するタイプではない。

結婚式の一張羅を着た人形を見るために、ウィローは車の速度を落としていた。そして、そのまま通りすぎようとしたときに、なぜか気が変わった。車をわきに寄せて道路に降り立ち、人形をもっとよく見ようと徒歩で戻っていく。イーヴィーの婚約者の顔を知っておきたかったし、ジミー・ペレスとの約束の時間まではまだ二十分あった。背の高い草むらのなかを歩いていくと、溝にアヤメやリュウキンカが生えているのが見えた。まだ花をつけてはいなかったが、あと数週間もすれば、ここには素晴らしい光景が出現するのだろう。ウィローがそれを目にすることはない。なぜなら、そのころにはとっくに殺人犯を捕まえて、この地を去っているからだ。そうであることを願った。ウィローは人形にちかづきながら、独身さよなら女子会の主催者たちはずいぶん手間ひまかけたものだと考えていた。足には本物の靴。女性の人形にはひだ飾りのついた白いドレス。だが、男性の人形のほうは予想していたようなスーツ姿ではなく、濃紺のズボンに上着という恰好だった。上着に赤と白の襟章がついている。こちらの人形は、土手に立たせてあったのが完全に支えからずり落ちて、背の高い草むらのなかに横たわっていた。それを上から見おろしたとき、ウィローははじめて本物の手を目にした。そして、顔写真のうしろにある本物の皮膚と本物の髪の毛を。

一瞬、パニックに見舞われた。まるでホラー映画か、子供のころに聞かされた人形の生き返るお話に迷いこんだような気分がした。ウィローは動けなかった。なにも考えられなかった。それから、とりだしたペンの先端をひっかけて、顔写真をそっともちあげた。写真を頭部に留めている輪ゴムがのびていく。その下にある顔は、光沢のある写真のものと完全に一致していた。ジョン・ヘンダーソンは、花嫁となる女性の人形のとなりで死体となって横たわっていた。

21

ウィローは路肩にたたずみ、何本か電話をかけた。サンディ・ウィルソンへの電話では、できるだけはやくヴィッキー・ヒューイットを連れてこちらへくるようにと頼んだ。声を平静に保ち、先ほどのパニックはみじんもださないようにした。

「いったいなにがあったんです？」サンディ・ウィルソンは、わけがわからないといった口調でいった。

「ジョン・ヘンダーソンが死んでいるの。そして、その顔に誰かが写真をくっつけていった。だから、これは事故でも自殺でもないわ。もっとも、彼が写真をマスクみたいにかぶってから自分で胸を刺したというのなら、話はべつだけど」

「納得です」

だが、ウィローはちっとも納得していなかった。これは計画されたおぞましい行為で、常軌を逸していた。

つぎに電話をした相手は、ジミー・ペレスだった。イェル島を出発したカーフェリーはすでにシェトランド本島に到着しており、彼はトフトにいた。サンディにした説明をもう一度くり返す。ペレスは質問することなく、ただこういっただけだった。「十分でそちらへいく」それを聞いて、ウィローはほっとした。週末におこなったヘンダーソンへの事情聴取はペレスにまかせればよかった、という考えがふいに彼女の頭に浮かんできた。たとえ健康状態が万全ではなく鬱の気があるのだとしても、ペレスはサンディよりも多くのことをヘンダーソンから聞きだしていただろう。だが、いまとなっては手遅れだった。判断ミスだ。このあと自分がそれを悔やむことになりそうなのが、ウィローにはわかった。

まず、ペレスが到着した。彼は上着のなかで背中をまるめたまま、路上にとどまっていた。死体のそばにちかづこうとさえしなかった。捜査手順を厳格に守っているのだろうか？　それとも、死んだ男をまじまじと見ることに耐えられないのか？　ウィローには判断がつかなかった。ペレスがどれくらい情緒不安定な状態なのか、わからなかった。ふたりでべろんべろんに酔っぱらうことができたらいいのだが。そうすれば、いま頭のなかで渦巻いている数かずの疑問を本人に直接ぶつける勇気がでてくるかもしれない。

「誰かがイーヴィー・ワットに伝えないと」ペレスがいった。「情報が外に漏れるまえに。ここがどういう土地かは、知ってのとおりだ。秘密は存在しない」

そう、殺人犯の正体をのぞいては。

「あなたに頼めるかしら?」そういったあとで、ウィローはそれがひどく無神経な発言であることに気がついた。だが、いまさら撤回するわけにもいかなかった。それに、ペレスが仕事をするというのなら、こういった任務もこなしてもらわなくては困る。

沈黙がながれた。「自分は適任者かどうか」

ふたりはおたがいの顔をみつめた。犬のように。もしくは、はじめて喧嘩をしたときに、のちのちのことを考えて、どちらも先にひきさがりたがらない恋人たちのように。

「わたしはヘンダーソンの家を調べてこようかと思っていたんだ」ようやく、ペレスがいった。

「はっきりしたことはいえないが、ヘンダーソンがこの道路わきで殺されたとは思えない。あまりにも危険が大きすぎるだろう。今回は霧がでていないし」

「彼はどこに住んでいたの?」ウィローはたずねた。住所はわかっていたが、ここでもやはりシェトランドの地理にかんする知識不足が自分の足かせになっているのを感じた。しかも同僚は、彼女が逆立ちしてもかなわないくらいこの土地と住民のことに精通している男なのだ。

「本島の東側にあるヴィダフスだ。ここからそう遠くない。あたらしめの平屋建ての家で、ヘンダーソンが自分で建てた。奥さんの病気が最初にわかったときに」ペレスがウィローを見た。「それから、港長の話を聞いたほうがいいだろう。死体が身につけているのは、水先案内人の制服だ。ヘンダーソンは、これから勤務につこうとしていたのか、もしくはちょうど終えたところだった。彼の勤務時間がわかれば、死亡時刻をはっきりさせるのに役立つだろう」

ふたりはふたたび、おたがいの顔をみつめた。今回、沈黙を破ったのはウィローのほうだった。「サンディが到着するのを待って、わたしもあなたといっしょにヘンダーソンの家へいくわ。彼が住んでいたところを見ておきたいの。待っているあいだに、港長を電話でつかまえられるかどうか、やってみてもらえないかしら」

ペレスはうなずき、電話をかけるために彼女のそばから離れていった。

ウィローは、頭のなかのリストにあった最後の人物に電話をかけた。ローナ・レインだ。礼儀正しくてよそよそしい声の男性が、地方検察官は電話にでられないといった、ウィローがしつこく食いさがると、男はローナ・レインが数日間休暇をとっていることを教えてくれた。男は彼女の助手だった。なんでしたら、わたしが用件をうけたまわりますが？

サンディ・ウィルソンとヴィッキー・ヒューイットが到着すると、いつもの殺人事件の捜査らしくなった。毎度おなじみの作業に、毎度おなじみの質問。その質問にはっきりとした返事がかえってこないことを、ウィローは承知していた。

「あなたが電話口でいっていたとおり、刺し傷のようね。ただし、殺されたのはおそらくべつの場所でよ」

「死因は?」

「死亡時刻は?」ふたたびウィローは、じっとしていられなくなっていた。ヒッピー共同体《コミューン》の大きな納屋で瞑想してすごした日々は——毎日、あおむけに横たわって天井の梁をみつめ、身体をリラックスさせて精神を集中させていた日々は——いまここではなんの役にもたっていなかった。落ちついていなくてはならないときに、すべての神経と筋肉がぴんと張りつめていた。おしっこを我慢している子供のように、彼女は脚から脚へと体重を移動させていた。

ヴィッキーが顔をあげてちらりとほほ笑み、お決まりの返事をした。「彼が最後に目撃された時刻を教えてくれたら、こたえてあげるわよ。その時刻と、あなたが彼を発見した時刻のあいだの、いつかね。そうじゃなかったら、病理医を待つ手もあるわ。彼は被害者が最後になにを食べたのかを教えてくれるでしょう」

「毎日何十人もの人が、この道路を車でとおっている。道路のそばの死体に、誰か気づいてもよさそうなものなのに」

「そうかしら?」ヴィッキーがいった。「もちろん、ここにこうして立っていれば、これが人形じゃなくて人間だとわかるわ。でも、車で通りすぎるときに目の隅でちらりととらえただけなら、どうかしら。それに、人形がここにあることに見慣れているとしたら……。あなたはわかったの?」

自分が車のスピードを落として路肩に寄ったのは、なにかひっかかるものがあったからだ、とウィローは思った。だが、おそらくはヴィッキーのいうとおりだろう。「夜のあいだ、すごく激しい雨が降ってました」サンディが唐突にいった。「死体がきのうからここにあったのなら、服はもっと濡れてるんじゃ?」

女性たちは彼のほうに目をむけた。ウィローはゆっくりとうなずいた。「そのとおりね。あの背の高い草むらのなかでは、服が乾くのにすごく時間がかかるだろうし」ウィローはサンディを見た。「誰かがイーヴィー・ワットに、彼女の婚約者が亡くなったことを伝えなくてはならないの。情報が漏れるまえに。お昼に彼女と会ったときの話からすると、まだ仕事場にいるはずよ。あなたに頼めるかしら?」つべこべいわずに承諾してちょうだい、とウィローは心のなかで念じていた。いまは、反抗的なシェトランド男をもうひとり相手にすることなど、とてもできそうになかった。「それと、戻ってくるまえに、彼女といっしょにいてくれる家族か友人を確保するのを忘れないでね」サンディは厳粛な面持ちでうなずくと、むきを変えて自分の車に乗りこんだ。ウィローは、なにもいわずに指示にしたがってくれた彼にキスしたいくらいだった。

ウィローは、ジミー・ペレスの運転する車でヴィダフスにむかっていた。ヴィダフスは家が三軒しかない集落で、小道をずっといった先にあった。風から守られた入江と桟橋を視界におさめながら小道を走行するあいだに、ペレスが港長から得た情報をウィローに伝えた。

「ヘンダーソンは正午から勤務につくことになっていた」ペレスはいった。「だが、姿を見せなかった。電話もなし。まったく彼らしくなかった。奥さんが亡くなって以来、彼は一日も欠勤したことがなかったんだ。病気のときでさえ。港長のジョー・シンクレアは、自分が勤務表を見間違えたにちがいないと思った。もしくは、ヘンダーソンが結婚式の準備から抜けられずにいるのかもしれないと。とにかく、彼は心配になって、ヴィダフスにあるヘンダーソンの自宅に何度か電話をかけた。携帯電話のほうにも。だが、誰もでなかったので、仕事のあとで車を走らせて彼の自宅を訪ねてみようと考えていた」

「そうなると、死亡時刻はけさのいつかということになるわね」

「ああ」家畜脱出防止溝を越えたところで、ペレスは平屋建ての家のまえに駐車された小型車のうしろに車をとめた。「あの小型車はヘンダーソンのものだ」ペレスがいった。「つい先週、彼が運転しているのを見かけた」家は白く塗られたばかりで、窓は海側に面していた。庭には小さな風力タービンが設置されており、風のあたらない家の裏手には細長いサンルームがあった。風力タービンが小さくうなりをあげていた。雌鶏が二羽、くちばしで芝生を突いていた。

「彼は正しい生活を送ろうとしていたのね」ウィローがいった。

「どれも、まだ真新しい」ペレスがかすかに笑みを浮かべた。「イーヴィーのためかもしれない。彼は自然エネルギーや小農場での生活で、イーヴィーを口説いていたんだ」

ふたりはしばらくその場に立って、あたりを見まわしていた。すぐそばにある家は、もっと古かった。小さな平屋で、灰色の石でできていた。

「あの家には、たぶん誰もいないだろう」ペレスがいった。「休暇用の貸家だ。シーズンはまだはじまったばかりで、借り手がいるとは思えない。桟橋のちかくに見えている大きな白い家は、マークとスーのウォルシュ夫妻のものだ。島の外からきたカップルで、潮汐《ちょうせき》発電の件で騒ぎたてている」

ウィローは白い家のほうに目をむけた。いまいるところからだと、その家の屋根を見おろす恰好になった。背の高い煙突が数本。風のあたらない庭には、芝と灌木《かんぼく》。「夫妻からは、あとで話を聞きましょう」ウィローは休暇用の貸家の窓の奥に目を凝らした。すべてきれいにかたづいていた。テーブルの上にはリンネル製品が畳んで積まれており、いつでも最初の客を迎えられるようになっていた。いま現在、人が暮らしている気配はなかった。

ヘンダーソンの家の横の出入口は鍵がかかっておらず、広いキッチンに直接つうじていた。ふたりは戸口の上がり段に立ち、なかをのぞきこんだ。なにもかもが新品に見えた。これもまた、あたらしい妻を迎えるにあたってヘンダーソンが用意したものなのだろうか？　彼は、ここで生き、ここで亡くなった最初の妻の痕跡を、すべて取り除こうとしていたのか？

「ヴィッキー・ヒューイットを待つべきでは？」ペレスがたずねた。

「そうすべきでしょうね」だが、ウィローは自分の車に戻って、犯行現場用のスーツを二着とりだした。「今回は、用意してきたの」彼女はスーツを身につけ、長い髪をセーターのうしろに押しこんだ。紙製のフードを頭にかぶり、顔につけたマスクを調整する。途中でマスクをすこし上にずらして、ペレスに声をかけた。「ほら、ジミー。わたしをひとりでなかへいかせるつもり?」彼はぼうっとしているように見えた。

家のなかにはいると、ウィローは室内を見まわした。キッチンには一体型の自動皿洗い機があったが、ヘンダーソンは朝食の皿を自分の手で洗っていた。マグカップと深皿とふつうの皿が、ナイフやフォークといっしょに水切り台の上にのっている。テーブルにはパンくずひとつ落ちておらず、タイル張りの床はぴかぴかの状態だった。作業台の上には、やかんと電子レンジ。パン容器のなかには、〈ウォールズ・ベーカリー〉のスライスした全粒小麦粉の食パン。完璧にかたづいている。ここで暮らしていた男の個性をあらわすものといえば、窓台に立てかけられた小さな十字架だけだった。乾燥させた棕櫚《しゅろ》の葉で作られた十字架——彼が棕櫚の聖日に教会へいっていたというしるしだ。

ウィローは居間へと移動した。革張りのソファ。オートミール色の絨毯。無地の茶色いカーテン。どれも高品質だが、まったく趣がない。真っ白なキャンバスとおなじだ。イーヴィーがこの家に色彩と芸術と書物をもちこむことになっていたのだろう。鉢植え植物とか、手編みのものとか、毛織物とか。ヘンダーソンは部屋の装飾に興味がなかったのだろうか? それとも、自分の好みをあたらしい妻に押しつけまいと、わざとなにもせずにおいたのか?

「争った形跡はないわね」ウィローはいった。「血痕も」

ペレスは依然として黙ったままだった。

ウィローはそのまま寝室へむかった。いちばん大きな寝室は、まるでホテルのようだった。巨大なダブルベッド。おそろいの整理だんすと洋服だんす。新品の絨毯と新品のリンネル類の匂い。ウィローは洋服だんすをあけながら、最初の妻の服でヘンダーソンがとっておいたものはあるのだろうかと考えていた。ふたりの出会いを思いださせてくれる特別な服とか、ウェディングドレスとか。イーヴィーなら、きっと理解して、気にしなかっただろう。だが、洋服だんすのなかに最初の妻の服はなかった。男物のスーツが一着。新品で、ポリエチレンの覆いがかかったままだ。それと、シャツが数枚。どちらも結婚式のために買ったものだろうか？　ウィローはいちばん上のひきだしをあけた。小さな宝石箱があるだけだった。そして、ここでようやくアグネス・ヘンダーソンの存在を示すものが見つかった。飾り気のない金の結婚指輪と、小さなダイヤモンドのついた地味な婚約指輪。真珠のネックレス。大鴉の頭を象った銀のブローチ。ウィローは、ペレスが影のように自分のうしろに立ち、肩越しにのぞきこんでいることに気がついた。だが、あいかわらず彼はなにもいわなかった。ウィローは先へと進んだ。

　浴室は染みひとつなく、実用的だった。蠟燭も、香水もなし。歯ブラシは一本だけ。イーヴィー・ワットはここに泊まったことがないのだ、とウィローは思った。一度もここで夜をすごすことはなかった。そのとき、啓示のように、ある考えが彼女の頭に浮かんできた。この婚約したふたりの男女は、一度もセックスをしていなかった。ふたりとも信仰心が篤く、結婚するまで待とうと決めていた。ウィローは目の隅に涙がこみあげてくるのを感じて、ペレスに気づかれていないことを願いながら、それを袖口で拭った。

　ヘンダーソンが小さいほうの寝室で寝起きしていたのは、あきらかだった。その部屋は、家の裏側にあった。目にはいるのは、むきだしの丘の斜面だけ。シングルのベッドは、シーツと毛布とベッド掛けが昔風に整えてあった。ベッドわきのたんすの上には、聖書がのっていた。それと、結婚にかんする宗教的な一節や考えを集めた小冊子も。壁に掛かっているのは制服姿の男たちの集合写真で、かれらはぴかぴかのあたらしい船のとなりに立っていた。サロム湾で活躍しているタグボートの一隻だろうか？　真ん中にいるのがジョン・ヘンダーソンだとわかった。依然として、誰かが家に押し入ったりヘンダーソンを刺し殺したりした形跡は、どこにもなかった。

ウィローはペレスのほうをふり返った。「どう思う？」彼の沈黙が神経にさわりはじめていた。

ペレスは肩をすくめてみせると、廊下へひき返した。廊下の床は薄板で覆われており、木製の急な階段が——梯子といってもよかった——屋根裏へとつうじていた。今回は、彼が先に立った。屋根裏によじのぼると、階段のてっぺんから身体をずらして、ウィローがつづいてあがってこられるようにする。屋根裏は家全体にひろがっていて、複数の屋根窓から光が射しこみ、海岸に沿って遠くのほうまで見渡せるようになっていた。直立した壁はひとつもなく、ペレスは部屋の真ん中までいって、ようやくまっすぐに立つことができた。ウィローは別の世界に迷いこんだような気分になった。赤く塗られた壁。床の上のダブルのマットレスに掛かる赤と金の模様のインドの綿布。斜めの壁を飾るコンサートの宣伝ポスター、ワードプレイというブック・フェスティバルのポスター、大型帆船レースのポスター。

「ここはなんなのかしら？」ウィローはいった。「イーヴィーの部屋とか？　これもまた、サンルームや風力タービンのようなものだと思う？　イーヴィーを口説くためにヘンダーソンが用意したものだと？　自分にあわせる必要はないと彼女に伝えるためのものだと？」

「かもしれない」ようやく、ペレスが口をひらいた。「あるいは、アグネスがくつろぐための場所だったとか……」

「彼女にあの階段がのぼれたかしら？」

「最後のころは、無理だっただろう」ペレスがいった。「だが、ふたりが最初にこの家に越してきたとき、彼女の病気はまだそれほどひどくなかった。それに、彼女は活発だった。よく笑う女性だった。美術の先生をしていたんだ。アンダーソン高校で教わったことがある。最高学年のときに。当時は、すごく若かった。すごくきれいで」

「そして、ヘンダーソンはこの部屋を祭壇のように保存していたというわけね」

「どうだろうな」ペレスはいった。その考えは馬鹿げていると、みずから否定するような口調だった。「ただ、ふと頭に浮かんできただけだ。間違っているかもしれない」

「とりあえず、血痕はないわね」ウィローはいった。「ここは犯行現場じゃないわ」この部屋は、事件のことよりもジョン・ヘンダーソン本人についてより多くを語っているような気がした。

ペレスはふたたび黙りこんでしまっていた。返事をせずに、ウィローの先に立って階段をおりていく。ウィローがあとをおうと、彼はキッチンにいた。物思いにふけっているように見えた。

「あのパン切りナイフ」ペレスが水切り台のほうにむかってうなずきながらいった。

「それがなんだというの？　ヘンダーソンは朝食にトーストを食べたのかもしれない」彼女の忍耐は尽きかけていた。

「だが、パンを切る必要はない」ペレスはあいたままのパン容器と、そのなかのスライスされたパンのかたまりを指さした。

「それじゃ、きのうの晩に使ったのよ！」だが、それでは説明がつかないことが、ウィローにはわかった。ヘンダーソンは、まえの晩の分の皿洗いをすませて、布巾で拭いていた。すべて、きちんとかたづけていた。いま水切り台に残っているのは、朝食の皿だけだった。

ペレスはかぶりをふると、外へ出ていった。家のわきをまわって、臭跡をたどる犬のように、すばやくまっすぐに車庫へと歩いていく。ラテックスの手袋をはめたままの手で車庫の扉をもちあげると、やはりここもきれいにかたづいていた。棚にならぶペンキの缶。釘やねじの箱。壁の鉤に掛けられた庭仕事用の道具。片隅に置かれた芝刈り機。そして床の真ん中には、血痕とみてまず間違いのない黒い染み。

22

サンディはイーヴィーの職場を訪れ、そこで彼女を見つけた。彼女のオフィスは、ラーウィックの博物館のそばの洒落たあたらしい建物のなかにあった。彼がその水辺のオフィスに着いたのは午後もなかばをすぎたころで、外の通りでは下校中の子供たちが笑いさざめき、間仕切りのないオフィスでは職員たちがお茶を飲んでいた。イーヴィーは自分の机のまえにすわって、コンピュータの画面をみつめていた。すぐわきに、マグカップが置かれていた。一瞬、彼女はサンディが誰だかわからずにいたが、それから顔をしかめた。「またジェリーのことなの？　昼食のときに、あのヘブリディーズ諸島からきた女性刑事さんと話をしたんだけど」

サンディはこたえなかった。そのとき、今回の捜査ではいずれの訃報も自分が伝えなくてはならなかったことに気づいて、ほかの人もかわりばんこにやるべきだという子供じみた考えが頭をよぎった。

「どこか落ちついて話せるところはないかな？」

その声に、イーヴィーはなにかを感じとったにちがいなかった。さっと立ちあがると、彼を連れて小さな面会室へいき、ドアの掲示を〈使用中〉にした。「なんなの、サンディ？　事故でもあったの？　サロム湾で？」

「ジョンのことだ」ここでもサンディは、すばやくはっきりというほうが親切だと考えた。

「彼は亡くなった。すごく残念だ」

「でも、事故ではなかった？」その声は火打ち石のように鋭く、サンディは意表をつかれた。マリアの涙に対処するほうが楽だった。

「ああ」サンディはいった。「殺されたんだ」

「ジェリー・マーカム同様」それは質問ではなかった。

ふたりは、しばらく黙ってすわっていた。イーヴィーはじっと動かずに、両手のひらを目のまえの机についていた。彼女になんと声をかければいいのか、なにをすればいいのか、サンディはわからなかった。こういうのは苦手だ。ジミーなら、彼女が話をするようにもっていけるんだろうけど。「モラグがきみのご両親に連絡した」サンディはようやく口をひらいた。「いま、ふたりはこちらへむかっている。きみを支えるために。ご両親が到着するまで、いっしょに待つよ」

「やめて！」すぐにきっぱりとした返事がかえってきた。「わたしはひとりになりたいの、サンディ。いってちょうだい」

イーヴィーが取り乱すまいと懸命に努力しているのがわかった。サンディのまえで涙を見せることに耐えられないのだ。彼女が感情をわかちあう男性は、ジョン・ヘンダーソンただひとりだった。この先、彼女はずっと自分の殻に閉じこもって口をきかないのではないか、とサンディは思った。

サンディがヴィダフスに着くと、ウィローは彼にイーヴィーの様子をたずねたあとで、ペレスといっしょに例の白い家へいくように頼んだ。「あそこの家の夫妻には、まえに会っているでしょ、サンディ。あなたが相手のほうが、ふたりとも話がしやすいかもしれない」だが、そのあとの指示は、ペレスにむけられたものだった。「夫妻がヘンダーソンのことをどう思っていたのか、突きとめてちょうだい。ヘンダーソンが潮汐《ちょうせき》エネルギー計画の支持者だとすると、夫妻は彼を敵とみなしていたのかもしれない。先入観なしの印象を聞かせて。あと、夫妻はけさヘンダーソンの家で誰かを見かけていたかもしれない」

サンディはペレスと連れだって、白い家につうじる小道を歩いていった。イーヴィーのことをペレスと話しあいたかった。泣くまいと必死にこらえていたイーヴィーのことを。だが、そのとき、それはあまりにも無神経かもしれないということに気がついた。サンディはドアを叩き、返事がなかったので、そのままあけてなかにはいった。ペレスもあとにつづいた。広い玄関は、サンディの記憶していたとおりだった。家具用の艶出し剤の匂い。光沢のある収納箱。その上のラッパズイセンを生けた水差し。奥のほうのキッチンで、大きな話し声がしていた。ウォルシュ夫妻が言い争っていた。

「どうして放っておけないの?」スー・ウォルシュがいった。「わたしたちはここで暮らしていかなくてはならないのよ。わたしはここに溶けこんで、友だちを作りたいの」

「これは信条の問題だ」マーク・ウォルシュの声は揺るぎがなかった。「きみもフランシス・ワットのコラムを読んだだろ。シェトランド人のなかには、われわれとまったくおなじように考えているものもいるんだ」

こうして立ち聞きをしていることに、サンディは気まずさをおぼえた。「どうも!」と大声でいう。「そちらへいってもかまいませんか?」そう口にした瞬間、サンディは自分がへまをしでかしたのを悟った。辛抱強く待って、口論を最後まで聞くべきだったのだ。ペレスなら、そうしていただろう。サンディは肩越しにペレスのほうへちらりと謝罪のまなざしをむけ、ペレスはそれに応えて肩をすくめてみせた。

そこへ、ウォルシュ夫妻が急いでやってきた。ふたりは満面に笑みを浮かべて、ドアの音に気づかなかったことを詫びた。「さあ、奥へどうぞ、刑事さん。なんのご用ですか？」そして、紅茶をいれるために、やかんが火にかけられた。

「彼は上司のジミー・ペレスです」サンディはいった。「おふたりに話をうかがいたいそうです」そのとき、サンディは肩の荷がおりるのを感じた。これで、この件はジミー・ペレスの手に移ったからだ。ペレスがふたたび責任者となり、物事は本来の姿に戻った。

「シェトランドへ、ようこそ」ペレスはいった。「もうだいぶ落ちつかれましたか」サンディなら、絶対にこんなふうに会話をはじめようとは思わなかっただろう。「ご近所さんのことで、大変悲しいお知らせがあります」そういうと、ペレスはジョン・ヘンダーソンが亡くなったことを簡潔に説明した。「彼は自宅で殺されたのだと、われわれは考えています。捜査にご協力いただけますよね。おふたりとも、けさはご自宅に？」

「なんてひどい知らせかしら！」スー・ウォルシュは細い髪の毛をしていて、それをごく淡いオレンジ色に染めていた。アンズの色だ。彼女がその髪を指ですいた。「ジョンは素晴らしい人でした」

「あなたがたは親しくしていたんですか？」ペレスは紅茶を飲みながら、テーブルの上に身をのりだした。

「わたしたちが引っ越してきた日に、彼は自分のところの雌鶏の産んだ卵と牛乳とパンをもってきてくれました。すごく親切な行為だ、とわたしたちは思いました。もちろん、彼はひとりでいるのを好む人でしたけど、困ったときにはいつでも手を差しのべてくれたでしょう」

「それじゃ、イーヴィーのこともご存じですよね？　彼の婚約者の？」

「もちろんです」だが、サンディはそこにかすかな不安を感じとった。

「そのことで、あなたがたのあいだが気まずくなることはなかったんですか？　イーヴィーが音頭をとっている潮汐エネルギー計画に、あなたがたが反対していることで？」

沈黙がながれた。スー・ウォルシュがすがりつくようなまなざしを夫のほうにむけ、マーク・ウォルシュがかわりにこたえた。「われわれはみんな大人ですよ、警部さん。大人どうし、意見の相違を認めることができた。わたしたちは、その計画によってヴィダフスががらりと変わってしまうと感じていました。小規模な実験的な計画をきっかけに、産業規模のエネルギー生成がおこなわれるようになると。イーヴィーは、再生可能エネルギーの熱心な支持者です。けれども、われわれの個人的な関係は、じつに和気藹々《あいあい》としたものだった。わたしたちは、かれらの結婚式にも招待されていたんです」

ふたたび、スー・ウォルシュの両手がふわりとした髪の毛のほうへさっとのびた。「かわいそうなイーヴィー！」という。「結婚式の直前になって、こんなことが起きるなんて！」

サンディは、ジミー・ペレスの顔を見なくてすむように横をむいた。だが、聞こえてきたペレスの声は淡々としていた。彼は最初の質問に戻ってたずねた。「おふたりとも、けさはご自宅に？」

「八時ごろまでしかいなかったな」マーク・ウォルシュがいった。「はやめにラーウィックへ買い物に出かけたので。長いこと留守にしていた。〈モンティの店〉で昼食と張りこんで」

「いつもとはちがうものを目にしませんでしたか？　見慣れない車が小道にとまっていたとか？」

スー・ウォルシュが返事をしそうに見えたが、マーク・ウォルシュが先にこたえた。「いや」という。「そういったものは、なにもなかった」

23

ウィローが警察署の捜査本部で会議を招集したとき、外はすでに暗くなりはじめていた。ヴィダフスでは正式な調査をおこなうために、いまごろは車庫に明るい照明があてられていることだろう。ヴィッキー・ヒューイットとその同僚たちが到着して、立ち入り禁止のテープが張られていることだろう。犯罪現場の捜査にともなう、統制のとれたざわめき。アバディーンから呼び戻されることになった病理医のジェイムズ・グリーヴは、自分が飛行機の最終便に間にあわないのでもうひと晩自宅ですごせると知って、ほっとした声をだしていた。ウィローの見るところでは、どうやらシェトランドは彼のお気にいりの土地というわけではなさそうだった。

「頼みがあるんだがな、警部」ジェイムズ・グリーヴはいった。「さっさと、この殺人犯を捕まえてくれ」

とりあえず、いまのところはヴィダフスの現場に観客はいなかった。とはいえ、朝になるころには、野次馬があらわれているかもしれなかった。かれらは犬を散歩させたり、海岸沿いの小道をぶらぶら歩いたりしているふりをするだろうが、実際には、ひと目でも血を見たい、警察が捜査するところを目撃したいという病的な好奇心から、そこへきているのだ。

捜査本部の会議ではインヴァネスとも回線がつながっていたが、ウィローの上司はもっぱら耳をかたむけているだけで、ほとんど言葉をはっしていなかった。そもそも、自分の管轄でいちばん北に位置するこの土地で起きていることについて、彼になにがわかるというのか？　彼がシェトランドへくるのは年に数回、会議や公務のときだけで、ラーウィックから遠出をすることもめったになかった。ウィローはすぐに上司の存在を忘れて、部屋にいる人たちに集中した。ホワイトボードの写真はまえよりも増えており、中央にはあらたな名前が書きくわえられていた。

「ジョン・ヘンダーソン」ウィローはいった。「男やもめ。石油ターミナルのタグボートの船長。ボランティアの青少年指導員。非の打ち所のない聖人君子。とりあえず、わかっているかぎりでは。そして、イーヴィー・ワットの婚約者。偶然にも、イーヴィー・ワットは最初の被害者ジェリー・マーカムの元恋人でもあった。で、これはいったいどういうことなのかしら？」

沈黙がながれる。それから、ウィローは部屋のうしろの机の上に腰かけているサンディのほうをむいた。「あなたがイーヴィーに婚約者の死を伝えたのよね。彼女の反応は?」

「落ちついていました」サンディはいった。「でも、ひどく張りつめていて、いまにもぽきりと折れてしまいそうな感じでした」

「彼女がヘンダーソンを殺した可能性はあるかしら?」ウィローは全員にむかってたずねた。

「そりゃ、たしかに馬鹿げて聞こえるのはわかっているけれど、彼女は唯一の共通項よ」

「イーヴィーには、けさはやくのアリバイがありません」ふたたびサンディが口をひらいた。

「十一時以降は、確認がとれています。視察に出かけていたんです。潮汐《ちょうせき》エネルギー計画の建設予定地となるかもしれない北のほうの土地を調べる視察で、現場ではふたりの証人といっしょでした。けれども、それ以前のアリバイはありません」ここで言葉をきる。「証人は、ジョー・シンクレアとミズ・レインです」

「いったいぜんたい、地方検察官が水力発電のなにを知っているというの?」ウィローはいった。ローナ・レインは今回の事件で吹き出物のようにあちこちに顔を見せていたが、その役割はどれもいまひとつはっきりとしなかった。

「どうやら彼女は調査委員会のメンバーのようです。法律顧問みたいなものとか?」

会議の準備が進められていたあいだ、ペレスは無口でおとなしくしており、机の上にコーヒーを置いて、みんなからすこし離れたところにすわっていた。いま、その彼が手をあげた。ウィローは部屋の反対端にいる彼にむかってうなずいた。

「けれども、ふたりの被害者の共通項は、イーヴィーだけではないのでは?」ペレスの声はひじょうに小さく、ほかのものたちは耳を澄まさなくてはならなかった。

「あなたの考えを聞かせてちょうだい、ジミー」ウィローはうしろの机にもたれかかって、つづきを待った。

「ジェリー・マーカムは、どうやらシェトランドのエネルギー事情にかんする記事を書こうとしていたらしい。サロム湾のターミナルを取材できるように父親に手配してもらっていたし、ウォルシュ夫妻の呼びかけた行動委員会の集会に出席の返事をだしていた。あたらしいガス・ターミナルについても嗅ぎまわっていた。一方、ジョン・ヘンダーソンは石油タンカーの水先案内人として働いていた。エネルギー資源もまた、共通項といえるだろう。あまり個人的なつながりとはいえないが、イーヴィー・ワットが黒後家蜘蛛よろしく自分の男たちを始末してまわっているという説に較べれば、まだ説得力があるかもしれない」ここで言葉をきる。「母親のマリア・マーカムによると、ジェリーはなにか秘密のことに取り組んでいて、殺された晩にその中身を話してくれることになっていた」

「それじゃ、またジェリー・マーカムの記事に戻るわけね」ウィローはいった。「彼に大金をもたらすことになっていた記事に。ただし、彼の上司によると、記事など存在しなかった」

「それについても、考えてみたんだ」ペレスは依然として、ためらいがちにいった。きょうの午後ウィローに反抗してみせたので、これ以上は押しが強いとか彼女の権威を傷つけようとしていると思われたくない、と考えているかのようだった。もう忘れてちょうだい、とウィローは彼にいいたかった。彼女は同僚に脅威をおぼえるような人間ではないのだ。とはいえ、心のどこかではまだ、あたらしいアイデアを思いついたのがペレスだということに、いまいましさを感じていた。

「つづけて」ウィローはいった。

「その記事が発表を目的としたものでなかったとしたら？　まったくべつの理由で取材していたのだとしたら？」

「たとえば？」

「たとえば」ペレスがゆっくりといった。「脅迫とか」

その言葉を耳にした瞬間、それがあまりにも明白なことに思えたので、ウィローは愕然とした。と同時に、それが自分の頭に浮かんでこなかったことに、ショックを受けていた。そんなことで、どうして自分はこの仕事で上手くやっていけるなどと考えたのだろう？　ジェリー・マーカムは貪欲な男だった。かつての知りあいから金を絞りとれると考えた。だが、ウィローは声を平静に保って、心の内をまわりに悟られないようにした。ウイスト島の子供たちにヒッピー風の服装をからかわれ、悪口をいわれていたときに、何年もかけて身につけた技だ。「そうね、ジミー。たしかに、筋はとおるわ。それじゃ、誰が誰を脅迫していたのかしら？　そして、ジョン・ヘンダーソンはそれにどうかかわってくるのか？」

ジミー・ペレスがまえに身をのりだして、ほかのものたちの輪にくわわった。部外者の雰囲気が、すこし薄らいだ。「わたしが思うに――」その声はためらいがちで、あいかわらずひじょうに小さかったので、ウィローは聞きとるのに苦労した。「――脅迫していたのはジェリー・マーカムだった。そして、彼は自分が脅迫していた人物によって殺された。ジョン・ヘンダーソンは、なにがおこなわれているのかを推察した。もしくは、間の悪いときに間の悪いところに居合わせた。ジェリー・マーカムの車が道路から無理やり押しだされたときに、たまたま車でとおりかかったりして」

「つじつまはあうわね」ウィローはいった。「仮説として成立している。さしあたってのところは」それから、全員のほうを見た。「でも、それにとらわれないようにしましょう。いいわね？　もっと証拠がでてくるまで、決めつけずにおくの。それでかまわないかしら、ジミー？」

ペレスはうなずき、彼女にむかって例の錆びついた笑みをぎこちなく浮かべてみせた。「もちろんだ」という。「自分もまったくおなじことをいうだろう」

ウィローはホワイトボードに脅迫？と書いた。それから、誰が？　なぜ？　取材の内容は？

「それじゃ、どんなことで脅迫がおこなわれていたのかしら？　サロム湾のターミナルがらみのこととか？　ジミー、あなたはその線で考えているの？」

「それもあるかもしれない」ペレスはいった。「あるいは、潮汐エネルギーがらみのことかも。そう考えれば、ジェリー・マーカムがヴァトナガースでの集会に顔をだすことにした理由は説明がつく。もしかすると、今回の帰省であれほど熱心にイーヴィーと話をしたがっていた理由も」

しばらく沈黙がつづいたあとで、ウィローはサンディのほうをむいた。「イーヴィーは今夜、実家へ帰るのかしら？」

「両親が職場まで彼女を迎えにきました」サンディがいった。「今夜はひとまずイーヴィーの家に泊まって、それからあすの朝いちばんのフェリーでいっしょに実家に戻るそうです」

「きょう、イーヴィーの両親と話をしてきた」ペレスがいった。「ジェシーとフランシスだ。フェトラー島へいったのは、そのためだったんだ。イーヴィーの両親は、そこで暮らしている」

「それで、どうしてかれらと話をする必要があると感じたのかしら、ジミー?」ウィローは自分の声にとげがふくまれているのに気づいたが、かまいやしなかった。

「イーヴィーとジョン・ヘンダーソンの関係について、よく理解するためだ」ペレスはいった。質問にこたえただけで、ウィローの怒りに対しては無反応だった。「イーヴィーの両親がふたりの結婚をどう考えているのかを知るためだ」

「それで、両親はどう考えていたのかしら?」

「ふたりとも満足しているようだった。ヘンダーソンはもともと家族の友人だった。たしかに年の差はあるものの、夫妻は彼を善人だと考えていた」

「それについては、車のなかでくわしく聞かせてちょうだい」ウィローは唐突にいった。「イーヴィー・ワットの家へいく車のなかで。じかに彼女から話を聞きたいの」ウィローはこの会話をみんなのまえでしたくなかった。ペレスのためらいを察知して、こうつづける。「それで、かまわないかしら、ジミー? それとも、今夜は子供の世話があるとか?」

ウィローは自分が底意地の悪い女になっていると思ったが、いまさら発言を取り消すわけにはいかなかった。ペレスは上着を手にとった。「いや」という。「キャシーは友だちの家にお泊まりだ。今夜は子供の世話はない」

ウィローは車の運転をペレスにまかせたが、車がラーウィックを出て北へむかって走っているあいだも、ペレスと対決するための言葉をまだ見つけられずにいた。結局、沈黙を破ったのはペレスのほうだった。

「すまない」ペレスはいった。「まず相談してから、フェトラー島にいるイーヴィーの両親に会いにいくべきだった。間違っていた」間があく。「考えが足りなかった」

そして、それでウィローの怒りはすっかり消え、彼女は空気が抜けてぺしゃんこになったように感じた。

「あなたがどこにいるのかを知っておく必要があるのよ」ウィローはいった。「チームの全員がどこにいるのかを」お粗末な理由づけに聞こえた。まるで、自分はコントロール魔だといっているかのようだ。

「当然だ」ペレスは車のスピードを落として、若者のオートバイがティングウォールの滑走路のそばの直線道路で追い抜けるようにした。「ひとりでいる時間が長すぎるのかもしれない。他人と意思を疎通させるやり方を忘れてしまった」ためらってから、つづける。「脳卒中を起こしたあとのようなものかな。すべてを最初から習得しなくてはならない」

「ボンホガ画廊のコーヒーショップの責任者とは話をしたの?」ウィローはいった。てきぱきとプロらしい態度をとるのが、いちばんだった。

「ああ。ジェリー・マーカムと会っていた女性が誰かはわからない、ということだった」

「イーヴィーは、可能性としてマリア・マーカムをあげていたわ」ウィローはいった。「あの親子は昔からとても親密だったそうよ。〝母と息子というより、恋人どうしみたいで〟——そういう言い方をしていた」

「マリアは、息子と会ってコーヒーを飲んでいたとは、ひと言もいってなかった」ペレスの声は平板なままだった。彼がその仮説に脈があると考えているのか、それとも洟《はな》もひっかけていないのか、まったくわからなかった。

「彼女が脅迫にかかわっていた可能性は、あるかしら？」あたりはいまやすっかり暗くなっていた。街灯や車のヘッドライトのないところで闇がどれほど深くなるものかを、ウィローは忘れていた。ウイスト島のことが——子供のころの満天の星や静寂のことが——頭に甦ってきた。「あ

「マリアが息子の思い出を守ろうとすることなら、あるかもしれない」ペレスはいった。「ああ、間違いなく、あるだろう。だが、息子と組んで金を要求する？　それは、どうかな」間があく。「その金が息子に支払われて当然のものだと自分を納得させていたのなら、まあ、考えられなくもないか。だが、そうだとすると、ジェリーが殺された日の晩に打ち明けようとしていた秘密がなんだったのかが、わからなくなる」

ペレスが車のスピードを落として、幹線道路からそれた。イーヴィーと婚約者の人形が置かれていた草むらには、まだ白いテントが張られていた。パトカーがとまっており、車内にデイヴィ・クーパーの姿が見えた。

「寄っていこうか？」ペレスがたずねた。

「いいえ。まだみんなが起きているうちに、イーヴィーの家に着きたいから」

車から降りてイーヴィーの家まで歩いていくあいだ、かれらを導いてくれるのは窓にひとつともる明かりだけだった。とりあえず、ワット家の人びとはまだベッドにはいっていなかった。雨はやんでいたが、それでもまだ濡れた草と湿った羊の毛の匂いがしていた。途中でウィローがつまずくと、ペレスが彼女の腕をとって支えてくれた。

一家はキッチンのテーブルのまわりにすわっていた。外からのぞきこんだウィローは、まるで舞台のセットのようだと思った。部屋の中央には小さなテーブル。床の上には羊の毛皮の敷物が二枚。簡素な木製の椅子の背には黒いやつがさらに一枚。ソファに掛けられた明るい色の編んだ毛布。窓とむきあう壁に飾られた写真やスケッチ。テーブルの上には、すでにしおれかけた草地の花を挿してあるジャムの空き瓶。そして、三人の登場人物。

男は背筋をぴんとのばして、堅苦しくすわっていた。イプセンやストリンドベリの戯曲から抜けだしてきたような男だ。五十代なかばで、茶色い顔に小さな口ひげをたくわえている。両脚はテーブルの下に隠されていて見えないが、上半身は手編みのセーター姿だ。茶色と灰色からなるフェア島《アイル》の模様のセーター。特別の場合に着るセーターなのだろう、とウィローは思った。教会やパーティへいくとき、あるいは義理の息子になっていたかもしれない男を悼むときに着るセーター。最愛の人を失った娘を慰めるときに着るセーター。

男をあいだにはさんで、ふたりの女がむきあってすわっていた。年上のほうは小柄で、髪の毛はまだ黒かった。中年になるまで黒髪のままでいるケルト人女性のひとりだ。明るいブルーの目。テーブルのむかいにすわっている娘への気づかいで、その目は熱っぽく輝いている。彼女は夫のまえを横切るようにして手をのばすと、若い女性の手をぎゅっと握った。すると、イーヴィー・ワットは抵抗せずに、それを受けいれた。彼女は父親とおなじく背筋をぴんとのばして、じっとすわっていた。トールクロック・ショッピングセンターでウィローと昼食をとったときの服装のままだった。

ウィローは、そのときのことを思いだしていた。結婚式についての会話。お祝いのパーティにその場で招かれたこと。この女性は人殺しじゃない。婚約者を刺し殺したあとで、その死体を道路わきまではこんで人形みたいに見せかけ、それから平然とわたしとジェリー・マーカムの話をしたわけじゃない。そこまで演技の上手い人なんて、いやしない。

ジミー・ペレスがドアにちかづいていって叩いた。ウィローは、そのまま窓からなかをのぞきこみつづけた。母親はノックの音にぎくりとし、フランシス・ワットは立ちあがってドアへとむかった。イーヴィーは身動きしなかった。まるで、ノックの音が耳にはいっていないかのようだった。

「フランシス、このたびはどうも」そういってペレスがフランシス・ワットの肩に手をのせるのを、ウィローは影のなかから見守っていた。男たちはしばらくその状態のまま立っていたあとで、身体を離した。「こちらはリーヴズ警部」ペレスがつづけた。「今回の捜査を指揮している。お邪魔してもかまわないかな？」

「ああ、どうぞ」フランシス・ワットがいった。礼儀正しさともてなしの習慣が身に染みついているため、今夜のように家族が危機に瀕しているときでさえ、他人が家のなかへはいってくるのを拒もうとはしなかった。

訪問者たちがキッチンへはいっていくと女たちが顔をあげたが、どちらも立ちあがろうとはしなかった。夫が部屋を出ていったあとでジェシー・ワットが椅子を移動させたのが、ウィローにはわかった。いまや母親は娘のすぐわきにすわっていた。フランシス・ワットがキッチンのなかを動きまわって、湯わかしのスイッチをいれ、ポットにティーバッグを用意した。彼が娘の家のことをよく知っているのは、あきらかだった。ウィローは依然として、自分が一連の出来事から疎外されているように感じていた。舞台上にさまよいでたものの、芝居には参加していないといった感じだ。自分もくわわる必要があった。彼女は椅子をひっぱりだすと、イーヴィーとむきあう恰好ですわった。

「ジョンのことは、ほんとうに残念だわ、イーヴィー。あなたにはつらいだろうけど、話を聞く必要があるの。わかってもらえるわよね？」

イーヴィーがうなずいた。

「誰かがジョンに恨みを抱く理由について、なにか心当たりはある？」

「ないわ！　彼は善人だった。みんなから好かれていた」イーヴィーが両親のほうに目をやり、確認を求めた。

「ジョン・ヘンダーソンのことを悪くいうものはいなかった」フランシス・ワットがいった。

「彼には敵などいなかった」

「それでも、誰かがジョン・ヘンダーソンをヴィダフスにある彼の自宅で刺し殺して、わざわざここまではこんできた。そして彼の死体を、道路わきに飾ってあったあなたの人形のとなりに置いた。彼の人形は、すこし先の道路わきの溝で見つかったわ。こうしたことから考えると、ジョン・ヘンダーソンにはおそらく敵がいたはずよ」ウィローは淡々としゃべっていたが、そのあいだもイーヴィーから目を離さず、彼女がこちらの話をきちんと理解しているのかどうかを確認していた。できればイーヴィーとふたりきりで話をしたかったが、両親を追いはらうのは無理そうだった。「あなたも殺人犯が捕まって罰せられることを望んでいるでしょ」

「そんなの、どうだっていいわ」イーヴィーがいった。「そんなことを考えてたら、頭がおかしくなってしまう」

ウィローは、壁のボードに留められた写真のなかに独身さよなら女子会のときのイーヴィーの写真があることに気がついた。イーヴィーはヴォーのパブにいて、なにやら動物の衣裳に身を包んでいた。模造毛皮のスーツに毛むくじゃらの耳。手前のテーブルにビールのグラスを置いて、海賊の恰好をしたふくよかな女性の肩に腕をまわしている。ふたりともしかめ面をしてみせていた。

イーヴィーの発言のあとにつづいた静寂は、フランシス・ワットによって破られた。彼はティーポットをテーブルに置くと、全員にマグカップを配った。お茶を飲むという行為は、それ自体が宗教儀式に似ている、とウィローは思った。すごく慣れ親しんだものなので、慰めになるのだ。ウィローはジェシー・ワットが紅茶を注ぐのを見守り、手をふってミルクをことわった。

「けれども、協力はしてもらえますよね」ペレスがいった。「質問には正直にこたえてもらえる？」

「もちろんです！　でも、知っていることだけです。憶測はしません」

「ジョンと最後に話をしたのはいつですか？」ペレスがたずねた。

ちょっと待ってよ！　ウィローは心のなかで叫んだ。それじゃ、今度はわたしの事情聴取をのっとろうというわけ？　だが、口をはさむような真似はしなかった。ペレスはイーヴィーの注意を完全にとらえているように見えた。しっかりとつかんで、離さなかった。イーヴィーの目はペレスの顔に釘付けになっていた。ともに愛するものを失ったふたりの人間。世界にはかれらしかいない、といった感じに見えた。

「けさ、電話で」イーヴィーがいった。「朝、起きたら、まずおたがいに電話をかけていたんです。毎日。あとで会うことになっている日でも。彼は早起きだったし、わたしもそうです。朝の七時でした。わたしは紅茶をいれ、ここにすわって、ジョンに電話をかけた」

「それで、どんな話をしたんですか？」

「いつもどおりのことを」はじめてイーヴィーが涙声にちかくなった。「彼のことをどれだけ愛しているか。どれだけ会うのが待ちきれないか。ふたりが夫婦としていっしょになれる土曜日をどれだけ楽しみにしているか」

「彼はお昼から勤務につくことになっていた？」ペレスがたずねた。

「ええ」イーヴィーはあいかわらずペレスだけにむかって返事をしていた。「彼の仕事が八時に終わったあとで、会う予定でした。ほんの二、三時間ですけど」

「あなたが彼の家にいくことになっていたんですか？　それとも、彼がこちらに？」

「彼がここへくることになっていました」イーヴィーがこたえた。「わたしの家は、ほぼ彼の帰り道にあるんです。いっしょに食事をして、土曜日の式の最後の打ち合わせをするつもりでした」

「そのあとで、彼はヴィダフスの自宅に戻る予定だった？」

「そうです」イーヴィーはきっぱりといった。「そのあとで、彼はヴィダフスの自宅に戻ることになっていた」

「殺害の動機をさがしているんです」ペレスはいった。「彼は善人だった。それは、わかっています。誰もがそういっている。だから、もしかすると彼は、ジェリー・マーカムの死について、なにか知っていたのかもしれない。なにか知っていたか、目撃していた。そういったようなことを、あなたにいってませんでしたか？」

「いいえ」

だが、そう返事をするまえに、彼女はためらった。そして、ペレスはそれを見逃さなかった。

「もしかすると、直接そういったわけではないのかもしれない。彼が心配そうにしていた、ぴりぴりしていた、不安そうにしていた、といったことは？」

「ここ数日、あの人はすこしうわの空でした」イーヴィーがようやくいった。「きょう彼と話をしたときに、午前中の予定についてたずねたんです。彼はいつでもなにかをしていました。おとなしくすわって新聞を読んでいるような人ではなかった。外で庭仕事でもするのではないか、とわたしは思っていました。でも、彼はかたづけなくてはならない用事があるといっていた。まるで、決心がついたというような感じで」

ペレスは、それを聞いて考えこんだ。「それがどういう意味なのか、たずねてみましたか？　興味はなかった？」

「すこしありました」イーヴィーがいった。「彼にたずねてみるべきだったんでしょう。でも、彼がいっているのは法律関係のことかと思ったんです。彼は遺言書の作成について口にしていました。それに、わたしは急いでいた。きょうは、わたしにとって大事な日だったんです。調査委員会の会合があった。ふたりでその話もしました。潮汐《ちょうせき》エネルギーとか、わたしの担当している大がかりな計画のことを。それがわたしにとって大きな意味をもつことを、彼は知っていたんです」

ウィローははじめて、この場面の主役であるペレスとイーヴィーから視線をそらして、彼女の両親のほうに目をむけた。ワット夫妻はならんですわっており、ふたりのまえのテーブルには紅茶が手つかずのまま置かれていた。こわばった表情。娘のためにしっかりしなくては、と固く決意しているのだ。

「わたしたちはこれを乗り越えられるわ」ジェシー・ワットがいった。「いまは希望がないように思えても、あなたはきっとこれを乗り越えられる」

イーヴィーが首をまわして、澄んだ乾いた目で母親を見た。なにもいわなかったが、その沈黙は一種の非難といってもよかった。

ペレスが小さく咳ばらいをして、イーヴィーの注意を自分のほうへひき戻した。イーヴィーの視線がふたたびペレスの顔にむけられた。「最後の質問です」ペレスがいった。「ジョンの家の屋根裏部屋ですが——あそこを飾りつけたのは、あなたですか？　あそこはあなたの部屋だった？」

イーヴィーは小さな笑みを浮かべた。「いいえ」という。「わたしはあの部屋になにも手をくわえていません。ジョンは、あそこがすこし決まり悪かったんじゃないかしら。ごちゃごちゃと散らかっていて。まったく彼らしくなかった」

「では、あの部屋にあるのはすべてアグネスのものだった？」

「たぶん」イーヴィーがいった。「ジョンはどうしてもそれを処分できなかったんです。祭壇のようなものでした。もっとも、本人はそうはいってませんでしたけど。わたしが嫉妬すると思っていたのかもしれません」

24

ペレスは家に帰るまえに、車でウィロー・リーヴズをホテルまで送っていった。ふたりのあいだにはまだ気まずい雰囲気が残っており、ペレスは漠然とした罪の意識をおぼえていた。なんとなく、彼女に悪いことをしたような気がしていた。こちらの行動を知らせずにフェトラー島へ姿をくらましたり、婚約者の死をイーヴィーに伝えるのを拒んだりしたことだけではない。よけいな口出しは無用の捜査で、自分が差し出がましい行動をとっていたことが問題なのだ。とはいえ、彼は正式にはまだ捜査班の一員だった。それに、捜査への参加を求めてきたのは彼女のほうだった。そもそも、ここは彼の管区なのだ。ペレスは困惑と同時に、憤りも感じていた。

ホテルに着いても、ウィロー・リーヴズはすぐに車を降りようとはしなかった。「寝酒をどう？　帰るまえに一杯？」

ペレスはまったく気が進まなかったが、どうしてことわることができようか？　相手は、彼がまだ負い目を感じている人物なのだ。そういうわけで、ペレスは彼女といっしょに騒がしい一般客用のバーを通り抜け、宿泊客用の高級バーへいった。濃い色の羽目板と革張りの肘掛け椅子は、まさにさびれた紳士クラブといった感じがした。フロアランプが足もとの床に小さな光の円を投げかけていたが、そのパーチメント紙の笠には埃が積もっていた。年配のアメリカ人旅行客がふたり、片隅でシェトランドポニーとツノメドリの話をしていた。ふたりとも大声でしゃべっていて、相手の言葉には耳をかたむけていなかったので、部屋の反対端でかわされる会話を聞かれる心配はなさそうだった。中年のウェイトレスが注文をとりにくると、ウィローはモルト・ウイスキーをふたつ頼んでから、すばやくペレスのほうをむいた。「それでかまわなかったかしら?」

「もちろん」ペレスはもうくたくたで、はやくベッドにはいりたかった。ご近所さんからのメールで、キャシーが問題なくやっていることはわかっていた。子供たちは大いに楽しんで、いまはふたりともぐっすり寝ています。だが、それでもペレスはレイヴンズウィックに戻りたかった。キャシーのもっとちかくにいたかった。

「それで、ジミー」ウィローがいった。「つぎは、どうすべきかしら?」

ペレスはしばらく考えていた。いまのはひっかけの質問だろうか? 彼女に遠慮して、自分の意見は口にしないほうがいいのか?「マリア・マーカムと話をしてみてもいいのでは?」ようやく、ペレスはいった。結局のところ、むこうからたずねてきたのだ。「きみはまだ彼女の事情聴取をしていないし、もしもジェリー・マーカムがボンホガ画廊で会っていたのが彼女だとすると、ふたりでなにを話しあっていたのかが興味のあるところだ。どうして母と息子は〈レイヴンズウィック・ホテル〉でその話をできなかったのか?」

「たしかに、不思議よね」ウィローはウイスキーをすすっていた。「それで、あなたは、ジミー？　あしたも手伝ってもらえそうかしら？」

ペレスは驚いた。自分ではすでに捜査班の一員のつもりでいたからだ。三日間捜査に参加したあとで彼が手をひくと思われていたとは、心外だった。「わたしにはこれ以上はもう無理だと？」ペレスはたずねた。

「あなたは、わたしがこれまで組んだなかでいちばん頭の切れる刑事よ」ウィローはいった。「でも、わたしがそれを喜ぶとは思わないでね。張りあうのは大変だもの」

それが一種の冗談であり、賛辞であるとわかっていたものの、それでもペレスの耳には批判のように聞こえた。「申しわけない」彼はいった。「わたしはふらふらと勝手な行動をとるべきではないし、ほかの人がおこなっている事情聴取をのっとるべきではない」

ウィローが笑みを浮かべた。「それで、あしたはどうするつもり？　あなたには、アンディ・ベルショーの事情聴取を頼みたいと思っていたの。あなたがさっき指摘したとおり、彼もまた被害者たちを結ぶ共通項よ。それに、ジョン・ヘンダーソンとは友だちだったというのなら、彼からなにか聞かされていたかもしれない。朝いちばんでサロム湾へいってもらえるかしら？　それと、あなたがすでにヘンダーソンの上司と電話で話をしたのは承知しているけれど、彼にも直接会って話を聞いてきてもらいたいの」

「わかった」ペレスはグラスのなかでウイスキーをぐるりとまわしてから、最後のひと口を飲みほした。「とりあえず、まずキャシーを学校に送り届けたい。それでかまわなければだが。それからでも、九時半にはサロム湾に着けるだろう」ペレスは立ちあがり、そこで動きを止めた。子供の世話についてウィローが先ほど口にしたあてこすりを思いだして、急に心配になったのだ。「それでかまわないかな?」

「もちろんよ」沈黙がつづき、一瞬、ペレスはウィローがもっと質問してくるのかと思った。だが、彼女はペレスにならって立ちあがると、まえに身をのりだして、彼の頰に軽くキスをしただけだった。それは型どおりのキスで、同僚どうしの別れのあいさつにすぎなかったが、それでもペレスはぎくりとして、顔が赤くなるのがわかった。いまのは謝罪のように感じられたが、どうして彼女がペレスに悪いことをしたと感じなくてはならないのか? 「じゃあね、ジミー。なにかつかんだら、すぐに知らせてちょうだい」そういうと、ウィローはぶらぶらと階段のほうへむかって、自分の部屋にあがっていった。ペレスはしばらくじっと立ちつくしてから、外へ出た。

ペレスが家に帰りついたとき、時刻はすでに真夜中をまわっていた。ベッドにはいると、ここ数カ月なかったくらい、よく眠れた。日の光とカモメたちの競りあう音で、はっと目がさめた。キャシーを学校へ送り損ねたかと心配になったが、まだ朝の六時だった。紅茶をいれ、ラジオ4を聴いてから、ラジオ・オークニーに変えた。そして、シャワーを浴びたあとで、トーストを食べた。ラジオ・シェトランドは午前中は放送がなく、ラジオ・オークニーがジョン・ヘンダーソンの死を報じていた。詳細はなかった。「きょうの午後、警察の発表があることになっています」

ペレスがご近所のマギーの家に着いたとき、子供たちはまだ朝食をとっているところで、それが終わるのを待つあいだ、彼はコーヒーを飲んだ。キャシーはよくしゃべり、くすくす笑っていた。まえの年の茶目っ気のある少女が戻ってきたような感じがした。ペレスは子供たちを車に乗せ、土手の下の学校まで送っていった。そして、フランが亡くなってからはじめて、生徒たちが校庭から教室に呼びこまれるまえに、その場を立ち去った。

アンディ・ベルショーには、まえもって電話をいれていなかった。不意打ちを食らわすほうがよかったし、もしも彼がたまたま仕事で本土へいっていたとしても、どのみちヘンダーソンの上司である港長のジョー・シンクレアとも話をする必要があったので、サロム湾への旅が無駄に終わる心配はなかった。

前回とおなじ警備員が石油ターミナルの門で目を光らせていた。あいかわらずにこりともせずに、横柄な態度だった。

「ミスタ・ベルショーは、きょうはきてない」

「どこにいるのかな?」ペレスは礼儀正しい口調で穏やかにたずねた。

警備員はクリップボードを調べた。「自宅勤務だ」とんでもないとでもいうように鼻を鳴らしてみせる。

ここでペレスがベルショーの自宅の住所をたずねていたら、警備員はおそらく教えるのを拒むか、ぶつぶつと文句をいっていただろう。だが、ペレスはそんなことをして相手を喜ばせたくなかったので、なにもいわなかった。ベルショーがアイスに住んでいて、彼の妻がそこの学校の調理師をしていることがわかっているので、自宅は簡単に突きとめられるはずだった。小さな湾をはさんでターミナルの反対側にある港湾局のまえを車で通過したとき、ペレスは先にそこを訪れて、ジョー・シンクレアや水先案内人たちの話を聞きたいという誘惑に駆られた。だが、ウィローからはベルショーの事情聴取が最優先だといわれていたし、ボスは彼女だった。ジョー・シンクレアには、あとで会うことにした。ベルショーの事情聴取の結果をウィローに報告してからだ。いまここで彼女とのあいだに波風を立てても、仕方がなかった。

よく晴れた穏やかで風のない日だった。アイスへむかう道路は空いており、車をとめなくてはならなかったのは、すれちがうトラクターをとおすための一度きりだった。村にはいるところでスピードを落としたとき、旧校長宿舎の上階の窓から外をながめるローナ・レインの姿がちらりと目にはいった。地方検察官が休暇をとっていること、二番目の殺人については彼女の助手に報告がいっていることは、すでにウィロー・リーヴズから聞かされていた。ペレスはローナ・レインが休みをとった理由が理解できなかった。大きな捜査で自分の役割をあきらめるなんて、彼女らしくなかった。もしかすると、事件へのかかわりに配慮して手をひくようにと、どこかからいわれたのかもしれない。だが、それでも彼女があっさりとそれにしたがうところは、想像できなかった。

ペレスの性分としては、車を旧校長宿舎のそばにとめて、地方検察官と話をしたいところだった。表敬訪問というわけだが、ジョン・ヘンダーソン殺しに対する彼女の反応を観察したいというのもあった。そのとき、彼はウィローの地方検察官への反感を思いだした。ここはまず、彼女におうかがいをたてておいたほうがいいだろう。この事件の捜査では、自分で勝手に物事を決めるわけにはいかないのだ。そこで、そのまま車を走らせて村を通り抜けると、公営商店のそばにとめた。車内からでは電波が届かなかったが、車を降りてマリーナのほうへ歩いていくと、電話がつながった。

ウィローのほうもじゅうぶんに休んだらしく、きのうの晩ほどストレスで疲れたような声をだしてはいなかった。「ジミー。なにかつかめたの？」

ペレスは、アンディ・ベルショーが自宅で勤務していること、地方検察官が旧校長宿舎にいることを説明した。「ついでに地方検察官と話をしてこようかと思ったんだ。ジョン・ヘンダーソンの件について」

つづく長い沈黙のあいだ、ペレスはウィローから〝それは自分がやるからいい〟といわれるものと考えていた。それから、しばらくたつと、そうではなくて電波が途切れてしまったのだと。

「いいわ、ジミー」小さなぎごちない笑い声があがる。「あなたのほうが如才ないだろうし。でも、必要以上のことは話さないで。それと、彼女に言い逃れをさせないこと」

ペレスはマリア・マーカムへの事情聴取がどうだったのかを訊こうとしたが、今度はほんとうに電話が切れていた。それに、うしろでがやがやと音がしていたことを考えると、ウィローはまだ警察署にいて、レイヴンズウィックまで足をのばしてはいないのだろう。

ペレスは公営商店で夕食用のジャガイモとチョコバーを買い、ベルショー夫妻の住まいを教えてもらった。家は集落を出てビクスターのほうへすこしいったところにあり、ペレスはまず旧校長宿舎まで歩いていって、地方検察官と話をすることにした。脚の筋肉をほぐしたかったし、こういう穏やかな春の日を楽しみたかった。門のところでしばし足を止めて、庭をのぞきこむ。まえには気がつかなかったが、その秩序のなさに驚かされた。生い茂った灌木《かんぼく》。クローバーだらけの芝生。片隅には、古いエナメルのバケツをてっぺんにかぶせたルバーブ。地方検察官があまり庭いじりに興味がないのは、あきらかだった。人間は二種類にわけられる、とペレスの父親はよくいっていた。水を愛するものと、土を愛するものだ。

ローナ・レインがドアをあけるまで、かなりの時間がかかった。戸口にあらわれた彼女は、ブルージーンズに濃紺のセーターという恰好だった。化粧をしていないせいで、どこか無防備に見えた。より親しみやすく、魅力的に。「ジミー」彼女はいった。その声には、かすかにいらだちがあった。「なんの用かしら？ ちょうど、これから海に出ようとしていたところなの。何日か休暇をとっているから」

「ジョン・ヘンダーソンのことは、もうお聞きになりましたか？」

「彼がどうかしたの？」

「亡くなりました」ペレスは、なかに招きいれられることを望んでいた。こんなふうに戸口で会話をつづけるのは、不自然な気がした。死者への敬意に欠けているといってもいい。「彼はきのうの朝、ヴィダフスにある自宅の車庫で刺し殺されました。そして、その死体はイーヴィー・ワットの家へつうじる小道の入口まではこばれ、藁を詰めた人形に見えるように細工された。結婚式へむけて雰囲気を盛りあげるために作られる案山子《かかし》のような人形を、見たことがあるでしょう」

地方検察官はペレスをみつめていた。「ここではいったいなにが起きているの、ジミー？　あの一週間もあいだをおかずに、シェトランド本島の北側で二件の変死事件が起きるなんて。あのヘブリディーズ諸島からきた変わった若い女性は、それを食いとめるようなことをなにかしているの？」その声は甲高かった。

ジョン・ヘンダーソンが殺されたことを地方検察官が知らなかったとは、にわかには信じがたかった。ウィロー・リーヴズから報告を受けるやいなや、助手が電話で知らせているはずではないのか。「オフィスから連絡はなかったんですか？」ペレスはいった。

「休暇中は邪魔をしないようにといってあるのです」あいかわらず地方検察官は戸口に立ったままで、動こうとはしなかった。まさか彼女は、本気でペレスがこのまま帰ると――そして、自分をヨット遊びにいかせてくれると――考えているのだろうか？　ローナ・レインの反応が、彼には理解できなかった。

「この件について、話しあう必要があります」ペレスはいった。「ジェリー・マーカム殺しが関係していることは間違いありませんし、あなたはそちらの件とかかわりあいがある。死体の発見者ということで」

「だからこそ、わたしは休暇をとったのです」地方検察官の声は鋭かった。「利害の抵触があったので。いまもそうです。それにリーヴズ警部は、わたしが今回の捜査を監督するのは好ましくないということを、はっきりとさせていましたよ」

「この件について、話しあう必要があります」ペレスはくり返した。「あなたは目撃者のようなものですから」

ここでようやく地方検察官はわきにどいて、ペレスをなかにとおした。そして、飲むかどうかをたずねもせずに、彼のコーヒーを用意した。ふたりはキッチンで腰をおろした。ペレスがこの家に足を踏みいれたのは、これがはじめてだった。こぎれいでミニマリストっぽいという点では、かなり徹底していた。すっきりとした線。白い壁。どこもかしこも漆喰を塗ったばかりで、角は刃のように鋭い。雑然としたところは、皆無だった。サンディ・ウィルソンならこの家をどう評価するだろうか、とペレスは考えた。

「ジョン・ヘンダーソンをご存じでしたか?」ペレスはたずねた。

地方検察官は肩をすくめてみせた。「もちろん、会ったことはあります。社交の場で。競漕大会とか。彼は船の操縦にひじょうに長けていました。もって生まれた才能ですね」

「どういう印象を受けましたか? 船乗りとしてではなく、ひとりの人間として?」

地方検察官は考えこんだ。「物静かで、思慮深い人間。人見知りするほうだったかもしれません。集団のなかで目立とうとする人ではなかった。わたしの知る範囲内では、ジェリー・マーカムとは正反対でした」

「では、そのふたりのあいだにつながりがあったとしても、それがどういうものかは見当もつかない?」

地方検察官はふたたび肩をすくめてみせた。「ええ、まったく」

ふたりは黙ってすわっていた。いまみたいな彼女のほうがずっと好感がもてる、とペレスは考えていた。物静かで、すこし自信なさげなときのほうが。「きのうの朝、あなたがどこにいたのかをうかがわなくてはなりません」ペレスはいった。「朝早くです。そのあと午前中どこにいたのかは、わかっています。あなたはヴィダフスへいき、イーヴィー・ワットやジョー・シンクレアとともに潮汐《ちょうせき》エネルギー計画の現場を視察していた」

突然、地方検察官はいつもの彼女に――威圧的で猛々しい人物に――戻っていた。「わたしを人殺しだと考えているのですか、ペレス警部?」

「いいえ」ペレスはいった。「もちろん、ちがいます。けれども、どこにいたのかはおっしゃっていただかないと。捜査がどのように進められるのかは、ご存じでしょう」

「ええ、そうですね」ふいに地方検察官は、ひどく疲れているように見えた。「わかっています」

「ジョン・ヘンダーソンはヴィダフスに住んでいました」ペレスはいった。「そして、そこで殺された。視察でヴィダフスを訪れたとき、なにか変わったものを見ませんでしたか? 彼の家のまえに車がとまっていたとか?」だが、潮汐発電の調査委員会の面々がヴィダフスにいたころ、ヘンダーソンはすでに殺されていた、とペレスは考えていた。

「いいえ」地方検察官はいった。「変わったものはなにもありませんでした」

「それで、ヴィダフスでの視察へ出かけるまえは、どちらに?」

「ここにいたわ、ジミー。何本か電話をかけました。仕事用の携帯電話を使ったから、ここ以外のどこからでもかけられたでしょう。でも、わたしの車は道路にとめてあったので、村の人全員がそれを目にしていたはずです」

ペレスはうなずいた。ローナ・レインは馬鹿ではなかった。ペレスが確認すれば、すべては彼女のいったとおりだということが判明するだろう。だが、シェトランドのなかを移動する手段は、車だけではなかった。地方検察官は立派な船を所有しており、シェトランドのたいていの集落へは海からいくことができた。何世紀ものあいだ、シェトランドには道路がなかった──移動はすべて海をつうじておこなわれていたのだ。というわけで、これはあまり強力なアリバイではないのかもしれなかった。ペレスは、彼女の船が午前中ずっと係留されていたかどうかも訊いてまわるつもりだった。

25

ローナ・レインは、ジミー・ペレスが出ていったあとのドアをそっと閉めると、しばらくそれにもたれかかっていた。そうやって、ほかの歓迎されざる侵入者を防ごうとするかのように。それから上階へあがっていき、どこぞの穿鑿《せんさく》好きなシェトランド人の主婦よろしくカーテンの陰に隠れて、ペレスが土手を下っていくのを見送った。彼の車が丘をのぼってビクスターのほうへ走り去るのを見てはじめて、ふたたび呼吸ができるようになるのを感じた。

ついに、こんなところまできてしまったのだろうか？　自分の家のなかで、けちな犯罪者のようにこそこそと隠れるところまで？

きょうの予定を実行に移すのは――お弁当をもって船で湾を探検し、小さな浜辺で昼食をとるのは――いまや不可能に思えた。彼女はまえに、広場恐怖症の依頼人を弁護したことがあった。そのときは裁判のあいだじゅうプロらしくふるまっていたものの、内心では依頼人の女性の肩をつかんで身体を揺さぶりたくてたまらなかった。いったいなにが問題だというの？　玄関のドアをあけて歩道に出ていくのが、そんなに大変？　だが、いまはじめて彼女は、自分の家の外にひろがる空間への理不尽な恐怖を理解しはじめていた。知らない人の顔。敵意を感じさせる建物。いまにも悪いことが起きそうな風景。窓に背をむけて椅子のなかで丸まっているのは、さぞかし楽だろう。紅茶やウイスキーを飲んでいるのは。世界を締めだしているのは。

だが、そういった方向へ進むのは、考えうるかぎりで最悪の過ちといえた。ローナには、それがわかっていた。それに、もしも家にいれば、否応なしに電話や訪問客に応対しなくてはならない。ペレスが戻ってくるかもしれないし、あのぼさぼさの髪をした目つきの鋭いウィロー・リーヴズが質問とともにあらわれる可能性だってある。ローナはペレスを上手く誤った方向へ導くことができたと考えていたが、あのヘブリディーズ諸島からきた女を欺くのは、もっとむずかしいだろう。

そこで彼女はキッチンへいくと、お弁当の用意をすませた。鋭い包丁でサンドイッチの端を切り揃え、アルミホイルで包む。果物とビスケットをバッグにいれ、魔法瓶にコーヒーを用意し、こういうときのためにとっておいた小さな広口瓶に牛乳を詰める。それから、階段の下の戸棚から防水服をとりだし、寝室へいって予備のセーターを準備した。シェトランドの天候は、めまぐるしく変化するのだ。そして、家から出て鍵をかけると、視線を小道に落としたまま、足早にマリーナへとおりていった。今回の事態にむきあえるのは水の上でだけだ、と彼女は感じていた。水の上でなら、安心していられる。いまの心境は、まさにもう二度と戻ってくるつもりのない逃亡者のそれだった。

26

ペレスは、すぐにベルショー夫妻の家を見つけることができた。ここ十年でシェトランドには北欧風の木造のキットハウスがつぎつぎに出現していたが、これもそのうちの一軒だった。夫妻の家は灰色にちかい薄いブルーに塗られており、二階建てで、アイスに面した正面に木造のテラスがついていた。いかにも庭の奥にサウナがありそうな佇まいだったが、実際にそこにあるのはブランコとジャングルジム、プラスチック製のおもちゃの車が二台、それにネットで囲まれたトランポリンだった。家屋で風雨から守られている裏庭には小さな野菜畑があり、掘り返されたばかりの豊潤な土がちらりと見えた。

ペレスがドアを叩くと、すぐにアンディ・ベルショーがあらわれた。ジョギングパンツにラグビーシャツという恰好で、足には室内用スリッパをつっかけていた。顔色が青白く、疲れているように見えた。

「いらっしゃるのではないかと思っていましたよ」ベルショーがいった。「ラジオ・オークニーで、ジョンのことを聞きました。ひどい話だ。さあ、どうぞなかへ」彼のしゃべり方には、すでにいくらかシェトランドの訛りがあるように聞こえた。

「ジョンのことは、けさになるまで知らなかった？」

「ええ」ベルショーがいった。「ルーシーが病気で、きのうの晩は電話のスイッチを切っていたんです。ラジオのニュースを聞いて、メッセージを確認しました。なにがあったのかを知らせてくれる電話が、何本かはいっていました」

ベルショーはペレスをキッチンへ案内した。ちょうど自動皿洗い機に食器をいれていたところらしく、すくなくともここを見るかぎりでは、ベルショーが家で仕事をしていた気配はなかった。ノートパソコンはなし。どこを見ても、いかにも家族の暮らす家といった感じがする。冷蔵庫の扉に貼られた絵。隅のアイロン台の上に積みあげられた子供服。隅の籠には編み棒と毛糸のかせ。

「それがあって、きょうは自宅に？」ペレスはたずねた。「ジョン・ヘンダーソンが殺されたので？　あなたたちが親しい友人だったことは、知っています。動揺して出社できなかったのだとしても、理解できます」

「彼とはとても親しくしていました。でも、それで出社しなかったわけではありません。娘の具合がまだ良くなくて。扁桃腺炎です。ぎりぎりになって学校が妻のジェンのかわりを見つけるのは大変ですし、わたしが自宅で働くのはそうむずかしくない。きのうの晩に、夫婦で話しあって決めたんです。でも、そうしておいてよかった。けさは、とても職場へいって働く気にはなれなかったでしょう。集中できなかったはずだ」ベルショーは自動皿洗い機の扉を閉めると、やかんのスイッチをいれた。

「マスコミからは、この件ですでに連絡が？」

「いいえ。どうして、こちらに取材が？」かすかな渋面は、ベルショーがその質問にとまどっていることを示していた。だが、それが本物の反応なのかどうか、ペレスは確信がもてなかった。ジョン・ヘンダーソンは直接ターミナルで働いていたわけではないかもしれないが、港湾局に雇われてサロム湾で水先案内人をしていた。となれば、最終的にマスコミがターミナルのことをとりあげるようになるのを、ベルショーは承知しているはずだった。そういった情報を管理するのが、彼の仕事なのだ。当然、声明を用意しておくべきところで、そんなときには、たとえ子供が病気でも職場へ駆けつけるのがふつうだろう。

「すごい偶然だと思っていたんです」ペレスはいった。「二件の殺人。しかも、どちらもシェトランド本島の北側で起きた。ジェリー・マーカムは、殺された日の午後にターミナルを訪れていた。そしてジョン・ヘンダーソンは、小さな湾をはさんでターミナルのちょうど真向かいにある港湾局を拠点に仕事をしていた」

そのあとにつづいた沈黙は、やかんのスイッチが自動的に切れるかちっという音で破られた。ベルショーは窓の外をみつめていた。

「では、あなたはマスコミがそのふたつを関連づけると考えているわけだ」ようやく、ベルショーがいった。「まさしく悪夢だ！　環境保護活動家たちは小躍りして喜ぶことでしょう。連中にとっては、きわどい陰謀説くらい美味しいものはないのだから」

「いまはわたしがそのふたつを関連づけているんです」ペレスは声を大きくしていった。「わたしにとっては、ふたりの人間が死んだという事実のほうが、石油ターミナルにちょっと悪いうわさが立つことよりも重要なんです」

ふたたび沈黙がながれた。家のどこかから、子供向けの歌がかすかに聞こえてきていた。病気の娘が自分の部屋でテレビを観ているにちがいない、とペレスは思った。彼女は何歳なのだろう？　ベルショーはうわの空で、ふたつのマグカップにインスタントコーヒーの粉をいれた。

「どうです？」ペレスはいった。「ターミナルで起きていることで、こちらが知っておくべきことはありませんか？」ペレスは平静を失いつつあった。抑制のより糸が縄の切れ端のようにほつれてきているのがわかった。ふさぎこんだ気分が、怒りという形をとってあらわれてきていた。

「たとえば？」

「それは、こっちが聞きたいですね！　怪しげな投資とか、請負業者への賄賂《わいろ》とか、労働衛生安全基準法をないがしろにしているとか。素直に話してもらうのがいちばんです。そうすれば、この件をすぐに解決できます。マスコミはいずれにしてもさぐりだすでしょう。そして、いま協力してもらえなければ、あなたを捜査妨害に問うことになるかもしれない」

「なにをおっしゃりたいんです、警部さん?」ベルショーは、さらに顔が青白くなったように見えた。ペレスのまえのテーブルにマグカップを置くとき、その手は震えていた。

「わたしがいいたいのは、殺された日の午後にサロム湾を嗅ぎまわっていたとき、ジェリー・マーカムはターミナルの拡張よりも大きなネタをおっていたのかもしれない、ということです。天然ガスのためのあたらしい施設のことなら、新聞発表や電話での問い合わせで情報を入手できたはずだ。だとすれば、彼はターミナルでなにをしていたのか? ほんとうの目的はなんだったのか?」

「ほんとうの目的? そちら同様、わたしにもわかりませんよ」ベルショーは叫ぶようにしていった。不当な言いがかりに腹をたてているのか、それともパニックを起こしているのか、ペレスには判断がつかなかった。「ご承知のとおり、わたしはブリティッシュ・ペトロリアム社のために働いているのであって、ガス・ターミナルとはなんの関係もありません。それに、再生可能エネルギーと化石燃料の比較はこれまでにも何度か記事になっていて、いままたとりあげられたとしても不思議はない。もちろん、わたしはジェリーに、ほかにも知りたいことはないかとたずねました。けれども、正直なところ、彼はお義理で取材しているだけに見えました。それらしい質問をひととおりしていったが、本気で関心をもっているようには見えなかった。上司に命じられてきたのだろう、と思いましたよ」

ベルショーは立ちあがって両手のひらをテーブルについており、顔が赤くなっていた。

上階から子供の呼ぶ声がした。「パパ！　パパ！」あけっぱなしのドア越しに怒鳴り声が聞こえてきて、心細くなったのだろう。ベルショーはなにもいわなかった。冷蔵庫からジュースをとりだして大きなコップに注ぐと、部屋を出ていった。ペレスの耳に、娘を安心させるベルショーのささやき声が聞こえてきた。ペレスは立ちあがって、キッチンのなかをぶらぶらと歩いてまわった。窓からは、下のマリーナを一望できた。ジェリー・マーカムが殺された日の午後に霧がかかっていなければ、殺人犯が彼の死体を鎧張り《ヨール》の船に積みこむところがよく見えたことだろう。ベルショーは足音を忍ばせて戻ってきたにちがいなく、ペレスは突然、彼がうしろに立っていることに気がついた。

「それが理由で、この家を買ったんです」ベルショーがいった。「この景観のために」

「きのうの朝早く、地方検察官の船が出ていくところを目にしたりはしていませんよね？」

話題がいきなり変わったことに驚いているのだとしても、ベルショーはそれを表にださなかった。「見ていません」という。それから、「先ほどは過剰に反応して、失礼しました。ジョン・ヘンダーソンとは親しかったんです。わたしがはじめてシェトランドにきたとき、彼は友だちになってくれた。まるで兄を失ったような気分ですよ」ベルショーはむきなおると、ふたたびテーブルのまえに腰をおろした。ペレスもそれにならった。

「彼とは、どのようにして知りあったんですか？」ペレスはたずねた。

「ブレイのスポーツセンターでいっしょになったんです。わたしはジムを利用していて、彼もそうだった。彼はわたしがすこし孤独を感じているのかもしれないと考えて、五人制サッカーに誘ってくれました」ベルショーが顔をあげた。「彼は息子の名付け親でした」

「彼の奥さんをご存じでしたか？」

「ええ。人づきあいの好きな女性で、彼女の病状が悪くなってからも、よく家内とふたりで家にお邪魔したものです。あの家は、決して悲しみに満ちてはいなかった。ジョンは彼女によくしていました――ごく自然にふるまっていた。ふたりのあいだには特別な絆があるのがわかりました」ベルショーがコーヒーのカップのむこうで視線をあげた。「奥さんが目のまえで死んでいくというのに、どうやったらあそこまで忍耐強くいられるのか、冷静でいられるのか、謎ですよ。わたしなら、世の中に怒りをぶつけているところだ」

ああ、そのとおり、とペレスは思った。その気持ちなら、よく知っている。

「やがて、あなたがたはいっしょに子供のサッカーチームをやるようになった？」

「息子のニールはスポーツが大好きでしてね。わたしがプレイでチームを立ちあげて、ジョンに協力を頼んだんです。はじめは、親切心から彼に声をかけました。その活動で、アグネスの死から彼の気持ちをそらすことができるかもしれないと考えたんです。けれども、彼は子供のあつかいが上手かった。わたしなど、とうていかなわないくらい」ベルショーがふたたび視線をあげた。「ああ、なんてこった。チームの子供たちはすごいショックを受けるだろう。親御さんたちに電話しておかないと」だが、彼は席を立とうとはしなかった。

「ジョンがイーヴィーと結婚することについては、どう思っていましたか？」

「嬉しかったですよ。家内のジェンも、おなじ気持ちでした。イーヴィーは素敵な女性だし、家内もわたしも、ジョンにはしあわせになる権利があると考えていました。子供をもうけるのもいいかもしれないと。そりゃ、たしかに彼はイーヴィーよりもだいぶ年上でした。でも、だからといって結婚が上手くいかないと決まったわけではない。あれは、あっという間のあわただしいロマンスでした。つきあいはじめたのは、ほんの半年前のことです。けれどもジョンは、自分には無駄にする時間がないのだといっていました。たいていの人は、しあわせになる二度目の機会をあたえられない。自分は彼女には不釣合いだが、それでもしあわせになる機会を両手でつかむつもりだと」ベルショーはペレスを見た。「イーヴィーは、今回の件をどう受けとめていますか?」

「冷静に対処しているように見えます。まだ、ぴんときていないのでしょう」

「家内は仕事が終わってから、その足で彼女を訪ねていくつもりでいます。ふたりのあいだにはかなりの年の差がありますが、いい友だちなんです」

「イーヴィーは、ご両親がフェトラー島の実家へ連れて帰ることになっているようです」ペレスはいった。そのとき、ふいにある考えが浮かんできた。「ジェリー・マーカムが殺された件について、ジョンと話をしましたか? 鎧張りの船でマーカムの死体が発見されたあとで、ジョンと顔をあわせた?」

ベルショーは小さくうなずいた。「金曜日、ジョンはサッカーの練習に参加しませんでした」という。「遅番だったんです。そういうことがときどきあって、わたしはひとりで子供たちの相手をしていました」

「けれども、そのあとでジョンと会った？　マーカムが殺されたことが知れ渡ったあとで？」

ペレスはいらだちをおぼえていた。さっさと会話を先に進めたかった。

「彼は日曜日に、うちへ遅めの昼食をとりにきました。家内が誘ったんです。イーヴィーは忙しくて彼の相手をしているひまなどないだろう、と考えて。〝独り身としてわたしたちととる最後の昼食よ〟――ジェンはそういっていました。食事をはじめたのは、午後もなかばをすぎてからでした。家内が小農場博物館の当番をつとめなくてはならなかったので」

ペレスは、ジョン・ヘンダーソンの車が急いでスコットランド長老教会の教会から走り去っていったのを覚えていた。彼は友人たちと昼食をとるまえに自宅へ戻って、教会用のよそゆきの服から着替えたのだろう。「そのとき、ジェリー・マーカムが殺された件について話をしましたか？」

「もちろんです！　そのころには、ニュースは島じゅうに広まっていましたから。話題にするなというほうが無理でした。ジョンはそのことを話しあいたがらないかもしれない、と家内から警告されていましたが、ジョンは老婆みたいに細かいことまで知りたがっていましたよ」

「ジェリー・マーカムのことを口にするとき、ジョンはどんな感じでしたか？」ペレスはたずねた。

ベルショーはすこしためらった。「ジョンがなにを考えているのかは、いつだってわかりにくかった。彼は昼食のあいだじゅう、心ここにあらずといった感じでした。けれども、それはら。それにもちろん、結婚式がひかえていた。アグネスのことを思いだして、これで正しいのかどうかを自問しているのだろうか――ふと、そんな考えがわたしの頭をよぎりました。直前になって考え直すとか、そういったことではありません。彼は間違いなく、イーヴィーを愛していた。ただ、最初の結婚に思いを馳せ、先へ進むまえに、いま一度アグネスとの思い出に敬意を表しているのではないか、と思ったんです」ベルショーは言葉をきった。「正直なところ、彼がジェリー・マーカムやその殺人のことを話題にしたがったのは、意外な気がしました。彼は決して、うわさ話をしたがる人間ではなかった。他人の不幸に興奮するようなことはなかった」

「それでは、そんなふうに見えたんですか？」ペレスは椅子の背にもたれかかった。「興奮しているように？」

ベルショーは考えこんでいるようだった。「その言い方は、ちょっとちがうかもしれません」ようやくいう。「けれども、ジョンは何度もその話を蒸し返していました。そのまま終わらせようとはしなかった。食事中はちがいました。子供たちが同席していたので。けれども、食事がすんで子供たちを外へ遊びにいかせてからは、ずっとそんな調子でした」

「ジェリー・マーカム殺しの件で、彼はなにか仮説をもっていましたか？　動機や犯人について、憶測をめぐらせていた？」

「いいえ」ベルショーはテーブルの上に身をのりだした。「そういったことは、なにも口にしていませんでした。動揺して、不安そうに見えました。〝あんなことがここで起きるなんて、間違っている〟——そういってました」

「それ以前に、マーカムの死についてジョンと話しあったことはなかったんですね？　彼がどのようにしてそれを知ったのかは、わからない？」

「ええ。土曜日、わたしは勤務していました。週末に出勤することが、たまにあるんです。そのときに、ちょうどあなたがたがターミナルにいらした」ベルショーはマグカップの中身を飲みほした。「家内が日曜日にジョンを昼食に招いていて、よかった。彼女はアイスのベテラン女性チームでボートを漕いでいて、本来ならばセント・ニニアンズ島でひらかれた競漕大会に参加するはずだったんです。けれども、かわりの志願者が大勢いたので、抜けることができた。おかげで、われわれはいっしょにすごす時間をもてました。ジョンと会ったのは、それが最後です」

ペレスは顔をあげた。「あなたの奥さんは、ローナ・レインと友だちなんですか？」

ベルショーは肩をすくめた。「おなじチームでボートを漕いでいます。ふたりとも水の上にいるのが大好きなんです。だからといって、友だちということになるとは思いませんが」

ベルショーの携帯電話が鳴って、彼は立ちあがった。仕事関係の電話であるのは、あきらかだった。ペレスは事情聴取をこれ以上ひきのばす理由を思いつかなかったので、手をふって、自分で勝手に出ていくと合図した。そして、立ち去るまえに、キッチンにある掲示板に自分の名刺をピンで留めた。声をださずに口だけ動かして、「なにか思いついたら連絡を」と伝える。

ベルショーはうなずくと、携帯電話での会話に戻っていった。

ペレスはベルショーの目の届かないところまでくると、テラスで足を止めた。マリーナからヨットが出ていくところだった。白くて、かなり立派なヨットだ。おそらく、地方検察官のものだろう。では、ここにもまたつながりがあるわけだ。ジェン・ベルショーはローナ・レインといっしょにボートを漕いでおり、状況がちがえば、ジェリー・マーカムの死体の発見者となっていたかもしれなかった。ウィロー・リーヴズは、それをどう解釈するだろう？

ペレスは腕時計に目をやった。そろそろ十一時。学校のキッチンは、いまがいちばん忙しいときだ。ペレスは、こんろの上で鍋が煮立っているところを想像した。蒸気と混乱。そばで聞き耳をたてている助手たち。いま彼女と話をしようとしても、無駄だった。だが、ジョー・シンクレアを訪ねるぶんには、なんの問題もないだろう。サロム湾の港長で、ジョン・ヘンダーソンの上司だった男。彼はよろこんでペレスにコーヒーをいれ、おしゃべりにつきあってくれるはずだ。

ペレスが車に乗りこむやいなや、携帯電話が鳴った。ウィロー・リーヴズからだった。

「ジミー」電波の状態が悪く、彼女の声は割れていた。「事情聴取は進んでいる？」

「地方検察官と話をした」ペレスはいった。ウィロー・リーヴズがいちばん興味をもっているのはそれだと考えたのだ。「それに、いまちょうどアンディ・ベルショーの話を聞いてきたところだ」

「よかった」だが、彼女は気もそぞろのようだった。「こっちへ戻ってきてもらえるかしら、ジミー？　できるだけはやく。捜査に進展があったの」

27

その電話に応対したのは、サンディだった。彼はウィロー・リーヴズが巡査たちにだした指示のせいで、捜査本部に足止めを食っていた。特別に開設された非常用の回線にかかってきた電話のなかで、興味をひくものや変わったものはサンディにまわすように、とのお達しがウィローからでていたのだ。なんといってもサンディは地元の事情につうじており、こういうときにいつでも電話をかけてくる変人やだめ男を選りわけることができる――というわけで、彼は灰色ののっぺりとした部屋に閉じこめられ、捜査が自分のいないところで進行しているという感覚を抱いていたのだった。できれば、ペレスといっしょに外回りをしていたかった。

ウィローが、ドアから顔だけのぞかせていった。「これから〈レイヴンズウィック・ホテル〉へいって、マリア・マーカムと話をしてくるわ。ボンホガ画廊でジェリーと会っていたのが彼女だったのかどうか、確かめたいの」ちょうどそのとき電話が鳴って、新人の女性巡査が申しわけなさそうに――サンディをわずらわせるのは気がひけるとでもいうように――電話口のむこうでいった。「女性が事件の担当者と話をしたがっています。ロンドンからです。なんでも、ジェリー・マーカムの恋人だとか。こちらへきて、彼が亡くなった場所を見たいそうです」

サンディはむきなおって、ウィローに手をふろうとした。だが、彼女はすでにサンディが興味を示したことに気づいており、部屋に戻って聞き耳をたてていた。そして、サンディから差しだされた受話器を拒むと、そのまま彼が電話をとるようにとしぐさで指示した。

「どういったご用件でしょうか?」サンディは電話口のむこうにいる女性に配慮して、はっきりとしゃべるように心がけた。

「アナベル・グレイといいます」若い女性だ、とサンディは思った。ジェリー・マーカムよりも若いのは間違いない。そういえばジェリーは、イーヴィーがまだ学校を出たばかりのときに彼女を好きになっていた。もしかすると、そういうのが好みなのかもしれなかった。電話口のむこうの女性は、ひと息ついたような感じの間をあけてからつづけた。「学生です。オックスフォード大学のセント・ヒルダズ・カレッジの最終学年にいます。しばらく連絡のつかないところへ出かけていて、たったいまニュースを見ました。シェトランドで起きた殺人事件のニュースを」

彼女はどこへいっていたのだろう、とサンディは考えた。まるで、遠く離れた異国へ旅していたような口ぶりだった。それか、宇宙へでもいっていたような。宇宙船と小柄な緑の生命体という漫画のようなイメージが、彼の頭のなかにふわりと浮かんできた。

「わたしはジェリーの恋人でした」突然、アナベル・グレイがそういって、サンディの意識を目のまえの問題にひきずり戻した。それは愛の告白というよりも、政治家の読みあげる声明のように——使命の宣言のように——聞こえた。「結婚する予定でした」ふいに沈黙が訪れた。

これ以上いうことはなにもない、とでもいうように。

「ジェリーから最後に連絡があったのは、いつですか?」サンディはたずねた。彼はいつでも、事実をあつかっているほうが気が楽だった。日付。時刻。場所。そして、それは正しい質問だったにちがいない。というのも、ウィローが笑みを浮かべ、よくやったというように親指を立ててみせたからだ。ほかのものなら、このあからさまな承認の合図を恩着せがましいと感じていたかもしれないが、サンディは自分がへまをしていないことに、ただもうほっとしていた。

「彼が北へむかうまえの日に、電話で話をしました」アナベル・グレイがいった。その声が澄んでいるので、サンディは相手が歌手だろうかと考えていた。恋人の死を彼女がどう受けとめているのかは、よくわからなかった。泣いたあとのような声には聞こえなかったが、無理してしっかりとしたふりをしているのかもしれなかった。「それ以降は、先ほどもいったとおり何日か遠くへ出かけていたので、彼はわたしに連絡をとることができませんでした。でも、絵葉書を送ってくれました。それが、けさ届いたんです」

「どういう絵葉書か、説明してもらえますか?」ふたたび、ウィローがサンディにほほ笑みかけてきた。すごく反応の鈍い子を励ます保育園の先生といった感じだった。

「絵を複製したものです」アナベルがいった。「三人の音楽家を描いた絵を」では、ジェリーのブリーフケースで見つかった絵葉書とおなじものだろう、とサンディは思った。ジェリーはそれらを、ボンホガ画廊へいったときにまとめて手にいれたにちがいなかった。

「それで、そこにはなんと書かれていたんですか?」

はじめて、アナベルはすこし口ごもった。「あの、これは電話で気軽にお話しできるようなことではないんです。どうせそちらへうかがいますので、そのときに絵葉書を持参します。ジェリーが亡くなったところを見る必要があるんです。彼のご家族に会う必要が」

「ジェリーの両親は、あなたのことをご存じなんですか？」

ふたたび沈黙がながれた。今回はあまりにも長くつづいたので、サンディは質問をくり返さなくてはならないかと考えたほどだった。

「よくわかりません」アナベルがようやくいった。「ジェリーはご両親に話すつもりでいたと思いますが、時機を見計らう必要があるともいっていました。もしかすると、話す機会がなかったかもしれません」

「もう、こちらへくる旅行の手配はすんでいるんですか？」サンディは、ふたたび話を事実に戻した。それだけで、すでに気が楽になってきていた。「お手伝いできますけど」

「この電話は、ヒースロー空港からかけているんです」アナベルがいった。「すでにアバディーン行きの飛行機への搭乗手続きをすませてあります。サンバラ空港には、午後遅くに到着する予定です」

「わかりました」サンディは、思いたってからこんなにすばやく旅行を手配できる人物に畏怖の念を抱いた。「誰かを迎えにやります」

「あなたがいらしてくださるのかしら？」アナベルがたずねた。はじめて、心配そうな声になっていた。

「どうでしょうか」サンディは、ふたたび事態が自分の手に負えなくなりつつあるのを感じていた。「そのほうがいいですか?」

「ええ」はっきりとした声だった。「そうしていただけると嬉しいです」

サンディがウィローのほうに目をやると、彼女がうなずいた。「それじゃ」サンディはいった。「わかりました。わたしが迎えにいきます。それと、宿泊先を手配しておきます」

「あら」アナベルがいった。「ご親切に、どうもありがとうございます。ほんと、なにも心配する必要はなかったんですね」

サンディはウィローから、マリア・マーカムの事情聴取に同行するように求められた。〈レイヴンズウィック・ホテル〉は空港へいく途中にあるし、捜査本部の監督はアイスから戻ってきたジミー・ペレスにまかせればいいからだ。彼なら、市民から寄せられた情報の真偽を見分けられるだろう。ペレスがその指示をどう受けとめるのか、サンディにはよくわからなかった。もしかすると、彼もジェリー・マーカムの恋人と会いたがるかもしれない。だが、署に戻ってきたペレスは、なにもいわずにただうなずくと、サンディのかわりに電話のそばについた。

マリア・マーカムはホテル内の住居部分ではなく、地上階にあるオフィスでふたりを出迎えた。警察を自分の私的な空間から遠ざけておきたいのだろう、とサンディは思った。服装も、仕事用のものになっていた。あつらえの灰色のスーツだが、すこし大きすぎるように見えた。まるで、息子の死の知らせを聞いたあとで、はやくも身体が縮んでしまったかのようだった。

髪の毛は顔にかからないようにきちんとピンで留められており、唇には口紅が塗られていた。「ピーターは出かけています」マリア・マーカムはいった。「ヨットに乗る友人がいて、水の上で一日すごさないかと声をかけてくれたんです。わたしはいくように勧めました。あの人はここから離れる必要があったんです。一日だけでも。今回の件で、ピーターはまいっています。夫はわたしほどジェリーを愛していませんでした。当然のことです。父と息子のあいだでは、おなじような絆は生まれませんから。でも、あの人はいま罪の意識を感じている。もっと息子を愛していれば、彼を守ってやれたのではないかと考えている。理不尽ですけど、わたし自身、そう感じずにはいられません。心のどこかで、夫のせいではないかと考えてしまうんです。人は誰しも、責める相手を必要とするのかもしれませんね。そして、犯人がわかるまで、わたしには夫しか責める相手がいない」マリア・マーカムは言葉をきった。心の内をぶちまけたことで、気まずさをおぼえているような感じだった。「すみません。さぞかし馬鹿げて聞こえるでしょうね」

「犯人は必ず捕まえてみせます、ミセス・マーカム」ウィローの口調があまりにも自信たっぷりだったので、もうすこしでサンディまで信じてしまいそうになった。「それには、あなたの助けが必要です。それでまた、こうしてあなたの悲しみをお邪魔しているわけです」

マリア・マーカムは自分の机の奥にすわった。そして、サンディとウィローは下っ端のスタッフのように、そのむかいに腰をおろした。仕事中にへまをしでかしたウェイターと客室係のメイドだ。「それで」マリアがいった。「きょうは、なにをお訊きになりたいんですか?」

「ジョン・ヘンダーソンが亡くなったことは、もうご存じですよね？」

「ええ」マリアがさっとウィローのほうに視線をむけた。まるで、サンディなど存在しないかのように。「彼がジェリーを殺したんですか？　そして、自殺をした？　良心の呵責のようなものを感じて？　そういう考えが、ちらりと頭をよぎりました。でも、もしもそうだとするならば、してやられたという気がするでしょうね。それでは、ほんとうの意味で正義がはたされたとはいえませんから。死ぬときを自分でえらべるというのは」

「いいえ」ウィローがいった。「そうではありません。ジョン・ヘンダーソンもまた、殺されたのです」

「イーヴィー・ワットとつきあったふたりの男性が、どちらも死んだわけね」マリア・マーカムが小さな笑い声をあげた。この女性はどこかがすごく狂っている、とサンディは思った。

「イーヴィーが犯人だと信じられればいいんですけど、わたしにはそうは思えない」

「ジェリーは、殺された日の午前中に女性と会っていました」ウィローがいった。「ボンホガ画廊のコーヒーショップで。目撃者によると、身なりのきちんとした中年の女性だったとか。それが誰なのか、ご存じありませんか？」

「いいえ」マリアがいった。「あの子が書こうとしていた記事の関係者なのでは。情報提供者とか」

「あなたではなかった？」

「もちろんです！　息子と話がしたければ、ここでします。あの子と会うために、わざわざ二十マイル北まで車を走らせたりはしません」

「でも、ここではあまり話をする機会がなかったんじゃありませんか。きちんと話をする機会は。あなたとピーターはとてもお忙しいし、息子さんは前日の朝にフェリーで到着したばかりだった。どこかべつのところで会うことにしたとしても、理解できます」ウィローはためらった。「どこか中間的なところ、邪魔のはいらないところで会うことにしたとしても。あなたと息子さんはすごく親密だったと、誰もが口をそろえていっています」女性たちはおたがいをみつめていた。バーではジャズ・ピアノのBGMが流れており、それがふたりのあいだの沈黙を埋めていた。マリア・マーカムが先に口をひらいた。

「先ほどもいったとおり、警部さん、わたしは息子が殺された日の朝にワイズデイルであの子と会ってはいませんでした。それがほんとうならよかったんですけど。そうしたら、記憶にもうひとつ思い出をつけくわえることができていたのに。でも、そうではなかった。わたしはここに一日じゅういました。スタッフに訊いてもらえば、わかります」

「そうですね」ウィローは厳かにうなずいた。みじかい間があいた。「息子さんは地方検察官のミズ・レインとお知りあいでしたか?」

「いいえ!」マリア・マーカムはふたたび狂ったような笑い声をあげた。それを聞いて、サンディはこの部屋から駆けだしたくなった。「どこで知りあうというんですか? あの子がここで記者をしていたときに彼女にインタビューをしていた、というのなら話はべつですけど。そのころなら、地方検察官と出会っていたかもしれません。でも、それはもう何年もまえの話です」マリアが立ちあがった。「もういいでしょうか？　よく眠れなくて。すぐに疲れてしまうんです」

ウィローは動こうとはしなかった。「あとひとつだけ」

マリアは立ったまま、ふたりを見おろした。「なんでしょう？」その声はほんとうに疲れているように聞こえた。

「息子さんにあたらしい恋人がいたことは、ご存じでしたか？」

「まさか！」あまりにも大きな反駁の声に、全員がぎょっとした。

「名前はアナベル・グレイといって、ロンドン在住です」ウィローは一拍おいてつづけた。「確認はまだとれていませんが」

マリア・マーカムはすぐに冷静さを取り戻した。ジャケットをまっすぐにのばしてから、ふたたび腰をおろす。「もしもそれが事実ならば、きっとジェリーは時機を見計らって話してくれるつもりだったのでしょう。あの子は電話ではなく、直接話をしたいと考えた。わたしたちが喜ぶことを、知っていたのね」

「あなたたちは喜んでいた？」

「もちろんです。わたしたちの望みは、あの子がしあわせになることだけでしたから」

サンバラ空港にはやめに着くと、飛行機がすこし遅れていたので、サンディとウィローは腰をおろして紅茶を飲み、ジェリー・マーカムの恋人が到着するのを待った。

「マリアのことを、どう思った?」ウィロー・リーヴズがたずねた。きょうの彼女は、いつもよりも身なりがきちんとしているように見えた。ホテルの部屋でスカートにアイロンをかける時間があったのかもしれない、とサンディは思った。髪の毛はうしろでねじってまきつけてあり、櫛で留められていた。

「なんだか、すこし頭がおかしくなっているような感じでしたね」サンディはいった。「でも、息子を亡くしたばかりだから」

「彼女にジョン・ヘンダーソンを殺せたと思う?」ウィローがたずねた。「息子の敵討ちで?」

「息子を殺したのはヘンダーソンだ、と彼女が考えていたとしてですか? ええ、思いますね」

サンディはかすかに身震いした。その可能性に、なんとなくむかついたのだ。だが、ウィローがそれに対して返事をするまえに、手荷物受取所のベルトコンベアのむこうにある窓越しに飛行機が到着するのが見えた。ふたりは立ちあがり、ジェリー・マーカムのあたらしい恋人と会うためにロビーを横切っていった。

28

アナベル・グレイはひとりではなかった。

ウィローはサンディのとなりに立ち、乗客たちが滑走路をとおってターミナルにちかづいてくるのをながめていた。そのなかのどれがジェリー・マーカムの恋人なのか、見当をつけようとする。サンディによると、すごく若そうな声をしていたという。ダッフルコートに縞のスカーフという恰好をした小柄な黒髪の若い女性がいたが、彼女はターミナルにはいってくるまえから、待ち受ける両親にむかって手をふっていた。彼女ではない。それに、あのブリーフケースを手にしてパンツスーツに身を包んだお洒落な女性もちがう。彼女はまっすぐレンタカーの受付へとむかっていった。〈アナベル・グレイ〉と書いた札を用意してくれればよかった、とウィローは思った。そして、それをガス・ターミナル関係の請負業者を迎えにきたタクシーの運転手よろしく、掲げもっているべきだったのだ。

結局、アナベル・グレイのほうが先にかれらを見つけた。彼女は舗装された滑走路から狭い通路を抜けると、まっすぐふたりのほうへとちかづいてきた。預けた手荷物はなく、肩に小さなリュックを掛けているだけだった。そして、そのとなりには背の高い品格のある男性がつきそっていた。灰色の髪。日焼けした肌。冬の休暇を太陽の下ですごしてきたのだ。さもなければ、スキー焼けか。彼はスキーをやるような感じに見えなくもなかった。その手には、革製の大型の旅行かばんがぶらさがっていた。

「あなたがサンディね」彼だけが重要であるかのように――ウィローなどまったく目にはいらないかのように――その若い女性はいった。

それに対してサンディは、顔を赤らめ、ぼそぼそと肯定の返事を口にした。彼はふたたび男子生徒に戻っていた。この女性が目を瞠《みは》るくらい美しく、映画スターのように可愛らしいからだ。背が高く、髪はブロンド。口もとは大きく、身体つきはすらりとしている。そんな彼女をまえにして、サンディはどう対処していいのかよくわからずにいた。彼女の目は、泣きはらして赤くなっていた。

「アナベル・グレイです」女性が手を差しだした。決して大きくはないが、澄んだ声。女優のような声だ。ウィローは空港じゅうの人間がふり返って聞き耳をたてているのではないかと思ったが、実際に見まわしてみると、驚いたことに誰もなんの反応も示していなかった。「そして、こちらは父です」

「リチャード・グレイといいます」男性が手を差しだした。特徴のあるしゃべり方。パブリックスクール出身者だ、とウィローは思った。そのあとはオックスフォードかケンブリッジへ進んで、政治家、もしくは俳優になった。いや、弁護士だろう。というのも、まだ大学生の娘の横を歩いているときの彼は、いかにもそれらしく見えたからだ。父親というよりも、代理人といった感じに。

アナベル・グレイは都会風の服装をしていた。花柄の膝丈のドレスに、黒いタイツと黒いパンプス。シェトランドの寒さを防いでいるのは、みじかい灰色のジャケットだけだ。ロンドンでは、すでに季節が夏になっているのかもしれなかった。

ウィローは自己紹介をした。「わたしが今回の事件の捜査責任者です」自分を無視しようと決めているように思えるこの女性から、いくらかでも認めてもらう必要があった。この訪問者がサンディ・ウィルソンにあたえている影響に、ついついウィローはいらだちをおぼえていた。

「では、あなたが指揮をとっているんですね？」アナベルがいった。「ジェリーともうひとりの男性を殺した犯人を捕まえようとしている？」

彼女の直截さにはどこか子供っぽいところがある、という印象をウィローはもった。ずるさとか見せかけとかが、まったくない。

「ええ」ウィローはいった。「そのつもりでいます」

アナベル・グレイは一瞬、ウィローをじっとみつめてから、満足そうに小さくうなずいてみせた。「ほらね、お父さん。やっぱり、きてよかったでしょ」

警察署へむかう車のなかは、沈黙に包まれていた。アナベルが寒いかもしれないと考えてウィローは暖房を強くしており、そのため気がつくと、うとうとしかけていた。暑いと、いつでもものをはっきりと考えられなくなるのだ。運転しているサンディは、あいかわらず畏《かしこ》まっていて、口をきけずにいた。ウィローはそのとなりの助手席にすわり、グレイ親子は後部座席に陣取っていた。アナベルはじっと動かず、涙を流した痕があるにもかかわらず、感情が高ぶっているようには見えなかった。窓の外を流れていく風景を黙ってながめていたが、〈レイヴンズウィック・ホテル〉への道を示す茶色い旅行者用の看板のそばを通りすぎたときに、一度だけ口をひらいた。

「ジェリーはあそこで育ったんですよね？　ご両親がいま暮らしているあそこで？」

豪華な屋敷と壁に囲まれた庭を彼女がじっくり見られるように、サンディが車のスピードを落とした。だが、アナベルはホテルについて、それ以上はなにもいわなかった。「じつに素晴らしいところだ！」父親のほうがそういうと、腕を娘の肩にまわして、自分のほうへひき寄せた。

ジェリーの女たちには共通点がひとつある、とウィローは思った。ヒステリーを起こすことなく、威厳をもって悲しみに耐える。イーヴィー・ワットも、ジョン・ヘンダーソンの死を知らされたときに泣かなかった。すくなくとも、人前では。

ウィローはグレイ親子を取調室ではなく、自分のオフィスに――ジミー・ペレスのものだったオフィスに――案内した。取調室は冷たくて殺伐としており、犯罪者の匂いこそしないものの、麻薬常用者や酔っぱらいの影がどこかしら残っているからだ。そして、彼の部屋を使わせてもらっていることが意識下にあったせいか、彼女はサンディではなく、ペレスに事情聴取への同席を頼んだ。サンディにはアナベルの美しさを無視することはできないだろうが、おのれの喪失にまだとらわれているペレスならば、ほとんどそれに気をとられずにいられるだろう。アナベル・グレイは自分のやり方で話をしようと心に決めているらしく、席につくなりこういった。

「ジェリーと会いたいんです。それは可能でしょうか？」

「彼の遺体は、ここにはありません」ウィローよりも先に、ペレスがこたえた。「検死のため、アバディーンにはこばれました」間をあけてから、つづける。「あそこの病理医はひじょうに優秀です。それに、とても丁寧な仕事をします」

アナベルが落胆しているのは、あきらかだった。ショックを受けているといってもよかった。期待を裏切られたのだ。

「ほらな、いっただろう。そうだって」リチャード・グレイが、テーブルの上に置かれた娘の手を軽く叩いた。顔をあげて、ウィローを見る。「わたしは法廷弁護士をしているんです。刑事事件はあつかっていませんが、その手続きにはいくらか心得があります」魅力をたたえた笑み。だが、それは警告でもあった。わたしを甘く見ないように。ウィローは彼の職業を正しく推測した自分を心のなかで褒めるとともに、これでまたひとつ必要のない厄介ごとが増えたと考えていた。

「わたしは彼を愛していました」はじめてアナベルの声がすこし割れたが、子供っぽい口調はあいかわらずだった。かれらはしばらく黙ってすわっていた。ペレスがお悔やみをいうのではないかとウィローは考えたが、彼が口をひらいたとき、そこから出てきたのは単刀直入に事実を問う質問だった。

「ジェリー・マーカムとは、どこで知りあったんですか?」

アナベルが話をはじめるには、そう水をむけられるだけでよかった。何度もくり返すうちに――おなじ一流大学にかよう友人たちだけでなく、自分自身にもくり返すうちに――その話は物語のようになってしまっているのではないか、とウィローは思った。「十二月のクリスマス休暇で、わたしは実家に帰っていました。休暇のときは、いつでもボランティア活動をするようにしています。大学へ進むまえからの習慣です。わたしは多くの点で恵まれているので、お返しをするのが大切なんです。そうは思いませんか?」

アナベルが顔をあげてほかのものたちを見たが、反応を示したのは父親だけで、娘の手をふたたび軽く叩いた。

自分ひとりだったら、ウィローはアナベルに先をうながしているところだった。だが、ペレスは泰然として待っていた。ウィローがそれまで見たことがないくらい、じっとして動かなかった。彼の忍耐強さは伝説となっており、そのうわさは彼女の耳にも届いていたが、それを目の当たりにするのは、これがはじめてだった。ようやく、アナベルがつづけた。「この冬、わが家のそばの広場にある聖ルカ教会では、降臨節コースがひらかれました。そして、わたしはほかのボランティア活動にくわえて、そのお手伝いもしました」

「降臨節コース?」ウィローは我慢できずに口をはさんだ。足首の神経がむずむずしているのがわかった。じっとすわっている時間が長すぎたのだ。

「答えをさがしている人たちのための勉強会です」アナベルがいった。「敬虔な生活をはじめるための」

「そして、ジェリーはそれを取材していた?」

「ちがいます!」アナベルがほほ笑んだ。「彼は参加者のひとりでした。そして、はじめはその内容を真剣に受けとめられずにいた。わたしにはわかりました。彼は冗談か賭けで、そこへきていたんです。それか、もしかすると記事を書くために。ええ、あの十二月の寒い日に姿を見せたのは、それでだったのかもしれません。さもなければ、天気が悪かったので、すくなくともそこなら雨をしのげて昼食とコーヒーにありつけるだろうと考えたのかも。でも、もちろん実際には、彼はわたしたちのもとへと遣わされたんです。彼はそこにいる必要があった」

やだ、もうかんべんして！　この女性はものすごく信心深いのだ。そういう関係者が、またひとり。いまいるだけじゃ、まだ足りないとでもいうの。ウィローの両親は、あまり厳格とはいえない仏教徒だった。そして、ウィロー自身は学校を出るまえに、ありとあらゆる超自然的な観念に見切りをつけ、積極的な無神論者になっていた。それもまた反抗のひとつといえた。

アナベルは話をつづけた。「もちろん、彼は抵抗しました。そういう人が多いんです。でも、だからこそ、彼がついに神を自分の人生に受けいれた瞬間が、より素晴らしいものとなりました。彼は強い確信と敵意をもってわれわれのもとを訪れ、やがてその防壁はすべて崩れ落ちた。その過程にかかわることができて、わたしは恵まれていました」

「それなのに、彼は亡くなった」ウィローは、そう指摘せずにはいられなかった。

「ええ、彼は亡くなった」アナベルが厳かに同意した。「信仰は、つねに安楽な道のりというわけにはいきません」

「彼が殺されたのはキリスト教徒だったせいだと考えているんですか？」ウィローは懐疑心が声にあらわれるのを隠そうともしなかった。頭のなかに、礼拝しているアナベルの姿が浮かんできていた。おなじ考えにたぶらかされたものたちが集い、目を半分閉じて、宙に掲げた両腕を揺らしているところだ。完全にいかれてはいるが、ほとんど害はなく、暴力を誘発することもないものたち。ただ、ひどくいらつかされるだけだ。父親のほうも教会の信者なのだろうか、とウィローは考えた。想像するのはむずかしかった。リチャード・グレイは、そういう集まりに参加するには洗練されすぎていた。

「ジェリーは懸命に悪と闘っていました」アナベルの声はしっかりとしていた。「そして、それは勇気のいることです」同意を求めて、父親のほうを見る。リチャード・グレイは厳粛な面持ちでうなずいていたが、その反応はウィローには機械的なものに見えた。彼は娘の信仰心を共有してはいないのだ。

ウィローがふたたび口をひらくまえに、ペレスが割ってはいった。「なにか特定の悪と闘っていたんですか？　言い換えると、ジェリーが回心してすぐにシェトランドを訪れていたのには、特別な理由があった？」

ペレスも信心深いのかもしれない、という考えがウィローの頭に浮かんできた。この北の島では、いたるところに盲信がはびこっているのだろう。

アナベルは直接その質問にはこたえなかった。「わたしたちは結婚する予定でした」という。「すぐにでも。待つ理由などありませんでした。ジェリーは洗礼を受けることになっていて、それがすんだらすぐに、結婚にむけて準備をはじめようと決めていたんです」大きく悲しげな笑みを浮かべてみせる。「ジェリーはクリスマスを、わたしたちとすごしました。仕事が忙しくて、帰省する時間がとれなかったんです。父はいつでもクリスマスとなると完全に度を越します。世界でいちばん大きなツリーを飾って、火を囲んでキャロルを歌うんです。おまけに、今年は雪が降りました。ほんとうに魔法のようだった。クリスマスの朝に真夜中のミサから歩いて戻る途中で、わたしはジェリーから結婚を申しこまれました。いままでで最高のプレゼントでした」

ふいにウィローは、捜査中のふたつの事件の類似性に気がついた。イーヴィーもアナベルも熱心なキリスト教徒で、年上の男と結婚しようとしていた。ジョン・ヘンダーソンの人柄はジェリー・マーカムとはまるでちがっていたが、それでも女性たちはひじょうによく似かよっていた――悲しみのなかにあっても、おのれの信仰に強い確信と誇りをもっている。だが、それがどうやったら殺人の引き金となりうるのかは、よくわからなかった。

「にもかかわらず、彼は自分の両親にあなたのことを話していなかった？　クリスマスに帰省せず、あなたと婚約までしたというのに？」それは、プロポーズのことを聞かされた瞬間から、ウィローの頭に浮かんでいた疑問だった。

「彼は、ご両親に電話で伝えたくなかったんです」アナベルがいった。「じかに話すべきだと考えていました」

「ジェリーは、そのためにシェトランドへ戻ってきていたんですか？」ペレスがたずねた。

それは簡単な質問だったが、アナベルは返事をためらった。「たしかに、彼はこちらへきていたあいだに、ご両親に婚約の話をしていたかもしれません」という。「おそらく、頭にはあったでしょう。でも、それは今回の帰省のおもな目的ではありませんでした」

「おもな目的とは、なんだったんですか？」ペレスが小さく力づけるような笑みを浮かべてみせた。

そのとき突然、ウィローにはこれが啓示の瞬間であることがわかった。事件の本質、捜査の核心があきらかにされるのだ。いまの質問に対する答えがわかれば、殺人犯の正体もわかるだろう。

ふたたび沈黙がながれた。外ではカモメが鳴いていた。埠頭を出ていく観光船の汽笛が聞こえてきた。

「彼は教えてくれませんでした」アナベルがようやくいった。本人としては、それを認めたくなさそうだった。「ふたりの関係をきちんとはじめるまえに、解決しておくべきことがいくつかあるというだけで」

ウィローは、この女性にむかって叫びたくなった。それがどういう意味なのか、たずねてみなかったの？ 彼の人生にほかにも女がいたかどうか、知りたくなかったの？ おぞましい秘密があったかどうか？ アナベル・グレイに対する嫌悪感が頭のなかの霧となって、まともに考えられなくなっているような気がした。どうして、こんなに反感をおぼえるのだろう？ アナベルの美しさのせいか？ その確信のせいか？ ひとりよがりのせいか？ 甘やかされた子供時代と溺愛する父親のせいか？

「彼が秘密をわかちあおうとしないことで、彼の自分への愛情に疑問が湧いてはこなかったんですか？」ペレスはその質問を穏やかに口にしたが、かえってきた返事は荒々しく、きっぱりとしていた。

「とんでもない！ 彼はわたしを愛していましたし、人生をわたしとともに歩みたいと考えています。けれども、その信仰心ゆえに、自分の過去と所業に疑問を抱くようになっていたんです。頭のなかを整理する時間を必要としていました。シェトランドに同行したほうがいいかと、わたしはたずねました。けれども彼は、それを自分ひとりでやらなければならないといっていました」

「それで、彼がシェトランドにきているあいだ、あなたはどちらへ？」ペレスがたずねた。

「静修をしていました」アナベルがいった。「復活祭の休暇中、より深く信仰をきわめたい人のために、大学の礼拝堂が課外活動を用意しているんです。サセックスに、修道女の運営する家があります。静かに瞑想するための場所です。外界との接触は、一切ありません。それで、彼が死んだことをすぐには知ることができませんでした」アナベルが顔をあげて、ペレスを見た。その目が涙で光っているのが、ウィローにはわかった。「彼にはわたしの祈りが必要だと、感じていたんです」

「ジェリーから絵葉書が届いた、とうちの刑事にいっていましたよね」ウィローはいった。

「いまおもちですか？」

アナベルがバッグをあけ、絵葉書をテーブルの上に置いた。ジェリーのブリーフケースにあったのとおなじ絵柄だった。ヴァイオリンを演奏する三人の男たちを描いた絵。ウィローは端をつまんで、ひっくり返した。裏には、ハムステッドにあるアナベルの家の住所が書かれていた。それと、みじかい文章がふたつ。あともうひと息。すぐに帰る。

「これは間違いなくジェリーの筆跡ですか？」

「ええ、そうです」アナベルがいった。

では、ジェリーは死ぬまえに、この絵葉書を書いて投函したのだ。だが、ウィローの見るかぎり、そのメッセージはあまり手がかりにはなりそうになかった。

29

しばらくして、アナベルはモラグの案内で、ラーウィックの町を歩いてひとまわりしてくることになった。ジェリーがかよっていた学校やはじめて記者として働いたオフィスを見てきてはどうか、とペレスが提案したのだ。アナベルがいないあいだに、ウィローとペレスは父親の事情聴取をおこなった。リチャード・グレイもまた、娘抜きで刑事たちと話をしたいと考えていたようだった。そして、その事情聴取のあいだじゅう、ウィローは彼が主導権を握っているように感じていた。彼が話題を決め、刑事たちに知ってもらいたいことをしゃべっていた。途中で彼は、人権問題をあつかう弁護士としての自分をこう説明した。「じつをいうと、警部さん、ときどきわたしは真実を見失ってしまうんですよ。つい物語を紡いでしまう。まわりを説得しようとして」

彼がいまここでおこなっているのもそれだろう、とそのときウィローは思った。グレイ家の完璧な生活という物語を紡いでみせているのだ。ハムステッド・ヒースのはずれにある家。ドーセットにかまえた田舎の別荘。アナベルの優秀な成績。決して聴衆をだまそうとしているわけではない。ただ、自分の娘を手荒くあつかわないでもらいたい、と説得しようとしているだけだ。同時に彼は、ウィローとペレスに好かれようと努力していた。自分の力強い話しぶりで、かれらを魅了しようと。彼には人を惹きつける力があり、ウィローの両親の属するヒッピー共同体《コミューン》の世界でなら、導師として迎えられていてもおかしくなかった。

「それでは、ジェリー・マーカムとは何度もお会いになっていたわけですね」ペレスが本題にはいっていった。「彼のことをよくご存じだった？」

だが、リチャード・グレイも娘とおなじように、自分のやり方で出来事を説明したいと考えていた。「まずはじめに」という。「背景を知っていただくために、わが家の歴史をすこし語らせてください。この十年間、グレイ家はアナベルとわたしだけでした。妻は、娘が十一歳のときに家を出ていきました。わたしは妻のジェーンを深く愛していましたが、彼女は感情の起伏の激しい女性でした。しょっちゅうおかしな気分に見舞われて、落ちこんでいた。精神科医に助けを求めるのをずっと拒んでいましたが、そうしたほうがいいと、わたしは強く主張すべきだった。いまになると、それがわかります。彼女はあきらかに精神を病んでいた」リチャード・グレイは言葉をきり、愁いを帯びた目で遠くのほうを見た。ウィローは彼の演技に拍手したくなった。もしかして、この男は自分に対する妻の嫌悪も精神障害の症状かもしれないと考えているのだろうか？　だとするならば、ウィローも精神障害をわずらっていた。ペレスはなにもいわずに、リチャード・グレイが先をつづけるのを待っていた。

「ジェーンは年下の男と駆け落ちしました。アナベルも連れていこうかと考えていたようですが、すぐにそれは不可能だと悟りました。子供はおろか、自分の面倒さえまともにみられなかったのですから」ふたたび芝居がかった間があく。「それに、世話をするアナベルがいなければ、わたしは完全にだめになっていたでしょう」

ペレスはこの男に共感をおぼえているのかもしれない、とウィローはふと思った。世話をするキャシーがいなければ、ペレスもフランの死に耐えられなかったのではないか？　もしかすると、それで彼はリチャード・グレイの言動にこれほど寛容なのかもしれなかった。

「ジェーンは、わたしと出会うまえから足しげく教会にかよっていました」リチャード・グレイがいった。「その舞台のようなところが気にいっていたのでしょう。おめかしをして儀式に参加するところが。それに、そこにはいつでも自分に同情し、注意をむけてくれる人がいた。彼女はよくアナベルを日曜学校へ連れていきました。わたしにはその魅力がついぞ理解できなかったが、アナベルは母親が出ていったあとも、教会にかよいつづけました。もしかすると、いつの日か会衆のなかに母親の姿を見つけられるのではないかと、期待していたのかもしれません。もちろん、そんなことは一度も起きませんでしたが。駆け落ちしてふた月もたつと、ジェーンはわたしたちと完全に音信不通となりました。やがてアナベルが十五歳のときに、聖ルカ教会にあたらしい司祭が任命されてきました。彼は若く、布教に熱心で、年下の教区民に人気がありました。そのころからアナベルにとって、信仰はより本物にちかいものとなっていったようです。あの娘は、より積極的に礼拝にかかわるようになった。教会の活動全般に。以来、

「すみませんが」ペレスがいった。かの有名な忍耐強さも、ついに限界にたっしていた。「それがジェリー・マーカムとどう関係してくるのか、よくわからないのですが」

「娘の心酔ぶりを理解するうえで、助けになるかと思って」リチャード・グレイがいった。

「あの日にジェリーが降臨節コースにあらわれたとき――喧嘩腰で、混乱していて、それでもジェリーは、いってみればアナベルの母親の男性版でした。アナベルは強い情熱をもつ娘です。そしてジェリー・マーカムは、あの娘の人生でもっとも重要なものとなった。友人たちやセント・ヒルダズ・カレッジでの勉学よりも重要なものに」

「それで、あなたは彼のことをどう思っていたんですか?」ウィローはたずねた。「彼のジャーナリストとしての評判については、耳にしていたはずですよね。彼は情け容赦がなくて、ひじょうに野心的な人物として知られていた」

リチャード・グレイの表情が曇った。「彼は、わたしが娘にえらぶような男性ではありませんでした。それに、アナベルよりもずっと年上だった」

「けれども、ときにはほうっておくしかない場合もあります。愛する人が間違いを犯すのを見守るしかないときも」

「では、あなたはジェリー・マーカムを間違った相手だと考えていた?」

リチャード・グレイはためらった。「彼はそれなりに感じが良かった。わたしの娘に夢中で、すべてにつきあおうとしていた。洗礼。堅信。あの娘を喜ばせるためだけに。彼はあの娘をしあわせにしていた」

「けれども、あなたは彼を信用できないと感じていた？」

「わかりません」リチャード・グレイがいった。「たぶん、わたしは娘が傷つかないという確信がもてなかったのでしょう。彼はあまりにも、わたしの元妻に似すぎていた」

ドアを叩く音がした。こんなにはやく戻ってきてしまったことを詫びるような表情を浮かべて、モラグが立っていた。彼女よりも先にアナベルが駆けこんできた。歩いてきたせいで、顔が紅潮していた。「きてよかった」アナベルはいった。「もう一度ジェリーと出会ったような気がするわ。通りでばったり出くわして、彼のあとをたどって水辺を歩いてきたような気が」アナベルは父親のうしろに立ち、その頭に軽くキスをした。「ここへ連れてきてくれて、ほんとうにありがとう」


かれらはアイスのマリーナに場所を移して、会話をつづけていた。だが、ここではアナベルがいっしょにいるため、ジェリーが夫にふさわしい人物かどうかをふたたび話題にするのはむずかしかった。陽光は弱々しく、まったく温もりが感じられなかったので、ウィローは予備のセーターをアナベルに貸していた。アナベルがそれをドレスの上に着ると、ファッションショーでお目にかかる一風変わったボヘミアンっぽいデザイナーブランドの服のように見えた。リチャード・グレイは旅行かばんからバーグハウスのジャケットをとりだして着ており、まわりに完全に溶けこんでいた。湾内では子供たちが放課後のクラブ活動で航海術の教習を受けていて、競漕用の小型ヨットが水の上を滑るように進んでいた。アナベルからジェリーが亡くなったところを見たいという要望がだされたとき、ペレスはすぐさま、彼の死体が発見されたところへなら案内できるとこたえていた。ウィローは、その心配りに感心した。ここは四方を丘で囲まれた水辺なので、交通量の多い道路わきの待避所よりもいい思い出をアナベルに残すことができるだろう。そこまで思いやり深くなるのは自分には無理だ、とウィローは思ったが、それをいうなら彼女は、この若い娘の長い脚や無邪気さにとりこまれてはいなかった。ペレスがそういった魅力に反応しないだろうと考えていたなんて、甘かった！

アナベルはいま、逆さまにした木箱にすわって海をながめていた。「素敵だわ」という。「想像していたよりも荒涼としたところだけれど、それほど狭くはないし、視界もひらけている。ジェリーから写真を何枚か見せられたんです。でも、それだと、ほんとうのところはわからないでしょ。スケールの大きさはつかめない」

「シェトランドにいたころの生活について、ジェリーはどんなことをいっていましたか？」

あいかわらず、ペレスが会話を主導していた。ウィローは、彼にそのままつづけさせることにしていた。アナベルは男性を相手にしたほうが口が軽くなる、と踏んでいたからだ。

「ご両親のことを話してくれました。ホテルのほうが、とてもお忙しいとか」アナベルがいった。「お母さんとは、すごくちかしくしていました。兄弟はいなくて、それはわたしとおなじでした。それと、仕事で手いっぱいのお父さん。そういうものですよね。お母さんからは毎日のように電話があったのを知っています」

「そして、ジェリーはそれを気にしていなかった？」ペレスはアナベルの間に合わせのベンチのとなりに立ち、彼女とおなじように海のほうをじっとみつめていたので、ふたりの目があうことはなかった。「鬱陶しいとは感じていなかった？」

「ええ。先ほどもいったとおり、ふたりはとてもちかしかったんです。お母さんがそういうふうに連絡を絶やさずにいることを、彼は歓迎していたと思います」

「なにか問題を抱えていたとしたら、ジェリーはそれを誰に相談したでしょうか？」ペレスがたずねた。「自分の母親？　それとも、あなたに？」

ここでアナベルは首をまわすと、ペレスをまっすぐに見た。「わたしは張りあおうとは考えていませんでした」という。「父とわたしはとても親密ですけど、ジェリーはそれを疎《うと》ましがってはいなかった」

ウィローはリチャード・グレイのほうを見た。まったく反応はなかった。

「あなたがジェリーのお母さんを疎んでいたとほのめかしているわけではありません」ペレスは小さくぎごちない笑い声をあげてみせた。「けれども、この事件では、ジェリーが秘密を打ち明けていた相手がいたかどうかが重要なポイントになります。彼がシェトランドへきた理由を知る必要があるんです。親しい男の友人とかはいませんでしたか？　ここか、もしくはロンドンに？」

「ジェリーは、問題があることを認めたがらない人でした」アナベルがいった。「それに、間違いなく助けを求めるのが嫌いだった。男らしさへのこだわりみたいなものですね。問題にはひとりで対処できて当然、と考えていました」

「彼から、イーヴィー・ワットについて聞かされたことは？」ペレスがたずねた。「彼女はシェトランド出身の若い女性で、ジェリーがここを出てロンドンへいくまえは、彼と恋人どうしでした」

「わたしと出会うまえに彼にたくさんの恋人がいたのは、確かでしょう」アナベルはふたたび海のほうをみつめていた。「でも、これはわたしたちふたりにとって、あらたな門出になるはずでした」

アナベルがジェリーの過去についてなにもたずねなかったなんて、ウィローにはとても信じられなかった。それこそが、恋人たちのすることではないのか。それぞれが心の奥底に隠し持つ秘密をわかちあう。それが、お楽しみの一部なのだ。

「今回の事件のふたり目の犠牲者は、イーヴィーの婚約者でした」ペレスがいった。「ですから、そのことが関係してくるのは、おわかりですよね」

「イーヴィー・ワットがふたりを殺したと考えているのですか？」その質問は、リチャード・グレイの口からはっせられた。桟橋の壁にもたれかかって新鮮な空気を楽しんでいるだけかと思いきや、ずっと会話に耳をそばだてていたようだった。

「とんでもない！」ペレスがいった。「それを示唆する証拠は、なにもありません。けれども、つながりがある。警察としては、それをさぐってみないわけにはいかないんです」

湾内では一艘の競漕用の小型ヨットが横倒しになっており、鮮やかな赤毛の少年が船体によじのぼって、水をはね散らしながら笑っていた。

「ジェリーは裏切りの話をしていました」アナベルがいった。「ある晩、遅くのことです。ふたりで食事に出かけて、彼はわたしを徒歩で家まで送っていくところでした。一月のはじめで、わたしはもうすぐセント・ヒルダズ・カレッジへ戻ることになっていました。すごく寒い夜で、彼の腕がわたしの肩にまわされていた。ふたりでワインを一本空けていて、わたしは歩きながら、シェトランドについて質問したんです。いずれはシェトランドへ戻って暮らすつもりなのかと。あそこは外からきた人たちが考えているような楽園ではない、と彼はいっていました。信じていた人に落胆させられる——それこそが最悪の裏切りだと」

「彼は誰に裏切られたのか、いってましたか?」その質問をしたのは、ウィローだった。個人的な会話に横から口をはさんでいるような感覚に見舞われたが、これは彼女の事件なのだ。彼女にあたえられたチャンスだ。

アナベルは首を横にふった。「あの人がいっていたのは、それだけでした」

30

ひと晩じゅう、ペレスの頭からはその女性たちのことが離れなかった。レイヴンズウィックへむかって南に車を走らせ、ご近所さんの家へキャシーを迎えにいくときも、キャシーのために浴槽に湯をはり、友だちや学校での出来事を語る彼女のおしゃべりに耳をかたむけているときも、その女性たちのことを考えていた。ジェリー・マーカムに惹かれていたふたりの女性。ひとりは学生で、色白で金髪。都会で暮らしている。もうひとりは小柄で黒髪。シェトランドで暮らしている。正反対だ。おたがいの影といってもいい。とはいえ、信じるものはおなじだった。神への情熱とジェリー・マーカムへの情熱。自分ならばジェリーを救えるという確信。

キャシーが眠りにつくと、ペレスは浜辺で集めてきた流木で火をおこした。ずしりとしたヤニマツの大きなかたまりがあるので、明け方ちかくまでもつだろう。それから、客を迎える準備をした。事件のことを論じるため、今回は自分からウィローとサンディを招いていたのだ。ウィローのほうから押しかけてくるのを待ちはしなかった。一週間前には、想像もできないことだった。自分の家に——フランの家に——客を迎えいれようとするなんて、考えられなかった。誰かが訪ねてきたら、相手の目のまえでドアをばたんと閉めていただろう。

冷凍庫には、まだスープが残っていた。近所の人が、冬のいつだかにこしらえてきてくれたものだ。それに、手作りのケーキもあった。フランが亡くなってからの数カ月間、レイヴンズウィックじゅうの女性たちがこぞってペレスに食事をあたえなくてはと決意していたようだった。ペレスは縞柄のテーブルクロスをきれいに拭いてから、そこに食器類とグラスをならべ、スープを火にかけた。〈ウォールズ・ベーカリー〉で買ってきたオート麦のビスケットがあったし、アイスでは公営商店に立ち寄って、パンとビールを手にいれてきていた。ウィローはワインを飲む女性には見えなかった。すくなくとも、野菜スープといっしょには。そのとき突然、ペレスは逃げだしたくなった。やはり自分はこの訪問に耐えられないのではないか、という気がした。

静かな夜だったので、土手の下で車のとまる音が聞こえてきた。ペレスは大きく息を吸いこむと、ふたりが小道を歩いてのぼってくるまえに、出迎えのためにドアをあけた。いまでは暗くなりかけており、ふたりは人影にしか見えなかった。背の高いほうがウィローだった。家の裏の丘には、薄闇のなかで小さな白い幽霊のように見える羊たちがいた。そして、幽霊はペレスの頭のなかにもいた。この場所をわかちあうことを認めてくれた女性と、ふたりの亡くなった男たちの幽霊だ。ジェリー・マーカムとジョン・ヘンダーソン。かれらを愛した女性たち同様、まったくかけ離れていたふたりの男たち。

ウィローとサンディは、ペレスのあとにつづいてそっと家のなかにはいってきた。となりの部屋で寝ているキャシーを起こしたくなかったからだ。三人は古い友人どうしのように食事をした。はじめのうちは、まったく会話をする必要がなかった。ペレスとしては、それがウィローとのあいだにあった気まずさがなくなったせいだと考えたかった。食事を終えて、ペレスがコーヒーとケーキを用意すると、三人は事件について腰をすえて話しあった。

「それじゃ、ジェリー・マーカムの回心は本物だったと考えていいのかしら？」ウィローがいった。「人はそんなふうに変われるもの？　突然、雷に打たれたみたいに。ダマスカスにむかうサウロみたいに」

「信じられなくもないな」ペレスはのんびりとくつろいだ気分になっており、この家でそう感じるのは一種の裏切りだろうかと考えていた。裏切りは、今回の事件で大きな意味をもつものとなっていた。裏切りと変化だ。だが、フランはパーティが大好きで、みんなで飲み食いしておしゃべりするのを楽しみにしていた。だから、ペレスも今夜は彼女に敬意を表して、この会話を楽しむことにした。「とりあえず、ジェリーの場合は信じられる気がする。彼はストレスの多い仕事についていた。わかっているかぎりでは、あまり友だちがいなかった。大都会で小さな部屋を借りて、ひとりで暮らしていた。本人は絶対に認めなかっただろうが、ホームシックを感じていたのかもしれない。彼はそこそこ成功していたが、大海の一滴でいるのはつらかったにちがいない。このシェトランドでは、彼は花形記者で、誰もが〈レイヴンズウィック・ホテル〉のマーカム家のことを知っていた」ペレスはすこし間をとって、考えをまとめた。「ロンドンにひとりぼっちでいて、ジェリーはひどく気分が落ちこんでいたということはないかな？　彼の上司の口ぶりからは、そういう印象を受けた。そんなある日、彼はお昼どきに例の教会へはいっていった。アナベルがいっていたとおり、たんに雨宿りをするために。もしくは、なにかをさがし求めて。そして、そこで友情を見つけた。温かく迎えいれられた。ある意味で、一員となった。教会の。と同時に、グレイ家の。かれらはクリスマスにジェリーを家にまで招きいれた」

「それに、美しい女性も見つけた」ウィローがいった。「それを忘れないで。ジェリー・マーカムが大変な女好きであることは、わかっている。とりわけ、相手が若い女性の場合には」

「それに、金もある」サンディも議論にくわわった。「ロンドンの立派な家。ジェリーは昔から、そういったものに弱かった。上流階級に」

「だとしたら、彼は信じたかったのかもしれない」ここまでは筋がとおっていることを、ペレスは願った。自分がなんらかの答えにちかづきつつあるのを感じていた。「完全なる回心を望んでいたのかもしれない。アナベルとほかのものたちを喜ばせるために。ふたたび注目の的となるために」

「それなら、どうしてシェトランドに戻ってきたのかしら?」部屋には三人が腰かけられるだけの椅子があったにもかかわらず、ウィローは床にすわっていた。暖炉のまえにある二枚の羊の毛皮の敷物の上で手足をのばしており、熱のせいで顔が赤くなっていた。セーターを脱いでいて、その下は首まわりのほつれた縞柄のTシャツだった。「どうしてあたらしい恋人やあたらしい友人たちのもとを離れて、ここへ戻ってきたの?」

「両親に自分が結婚することを報告するためでは?」ペレスは、マリアがこう主張していたのを思いだしていた――息子はなにか重要なことを話してくれようとしていた。「だが、それだけではなかった。帰省の目的がそれだけなら、彼はすぐに両親に話していただろう」

「本人がまわりにいっていたとおり、記事を書くために戻ってきたという可能性は?」サンディは議論についてきており、顔をしかめて集中していた。「もしかすると、『シェトランド・タイムズ』に勤務していた当時に、ジェリーはここでなにか不正なことに遭遇していたのかもしれない。そう、たとえば――汚職とか、横領とか。そして、それを追及するのは、あたらしい恋人に自分が善い人間であることを証明するいい機会だった。善きキリスト教徒であることを示す」

「それか、回心はまったくのでたらめだったのかも」ウィローがいった。「彼はアナベルのパンティーのなかにもぐりこむために調子をあわせていただけだった。そして、あたらしい恋人を感心させるのに必要な小金を作るために、ここへ戻ってきた。そう考えれば、脅迫の線はまだ残るわ」

沈黙がながれた。ペレスはコーヒーのおかわりをするために立ちあがった。彼は事件にかんして、いくつかの考えをもっていた。だが、立場にあまり頓着しないほうだとはいえ、いま捜査を仕切っているのはウィローだった。結局、彼女はその役割をペレスに投げ返してきた。

「あなたはどう思う、ジミー？　つぎはどうする？」

「もう一度、イーヴィーから話を聞きたいな」ペレスはいった。「ジェリーの回心が本物だったとするならば、彼が会う必要を感じる相手はイーヴィーだろう。彼女の許しを得たいと考えるはずだ。ロンドンに戻ってアナベル・グレイとのあたらしい生活をはじめるまえに、ふたりのあいだの過去を清算したいと考える」ペレスはコーヒーを飲みほすと、頭のなかでイーヴィー・ワットとの会話をもう一度おさらいした。「イーヴィーの話では、ジェリーは電話で彼女に連絡をとろうとしていた。だが、彼女はジェリーと会わなかったといっている。その点を確認する必要があるかもしれないな。たしかにイーヴィーは若く見えるが、スー・ウォルシュが見間違えた可能性もある。ボンホガ画廊でジェリーが会っていた女性は、イーヴィーだったのかもしれない」

「それじゃ、それがあなたのあすの予定なのね、ジミー？」

ペレスは、ウィローの変化にとまどっていた。自分の判断で勝手に動いたといって怒鳴っていたかと思うと、いまは彼に自由にやらせようとしている。「ああ。ほかにやらせたいことがなければだが。そのためには、もう一度フェトラー島に渡って、彼女の両親の家を訪ねることになるだろう」

「いっしょにいくわ」ウィローがいった。「沖合の島への日帰り旅行ね。もちろん、あなたがかまわなければだけど、ジミー」彼女の声には、からかうような響きがあった。以前のとげがすこし戻ってきていた。「ついでに、港長のジョー・シンクレアも訪問したほうがよさそうね」

そのとき、ペレスのなかで不安がぶり返して、彼があらたに獲得した自信を突き崩していった。もしかして、ウィローは彼がひとりでは仕事をこなせないと考えているのだろうか？ 面倒をみる人なしで彼を外へ出すのはやめたほうがいい、と誰かから忠告されたとか……。

ペレスが返事をしようとしたとき、寝室から叫び声がした。「ジミー！ ジミー！」キャシーの声だった。うろたえていて、怯えていた。

ペレスは立ちあがった。「申しわけない」という。「もうおひらきにしないと。見送りはなしでいいかな？」相手に失礼に聞こえようと、かまわなかった。すでに事件のことは、頭からすっかり消えていた。ペレスがキャシーの部屋へいってみると、彼女はベッドの上で起きあがっていた。

「夢を見たの」キャシーがいった。「怖い夢を」

キャシーがおねしょをしているのがわかったので、ペレスは彼女に手を貸してベッドからだすと、身体をきれいにしてシーツを換えた。そして、キャシーが眠りにつくまで、そばにすわって、髪の毛を彼女の顔からかきやっていた。この娘をしあわせにするためなら自分はどんなことでもするだろう、とペレスは思った。

翌日は穏やかに晴れ渡り、トフトまでのドライブは休日の日帰り旅行のように感じられた。ペレスはキャシーを学校で降ろしてから、警察署でウィローを拾った。彼の運転で北へむかうあいだに、ウィローが夜のうちにはいってきた情報を教えてくれた。

「ヴィッキー・ヒューイットは、きょうじゅうにヴィダフスでの作業を終えられると考えているわ」

「なにか役にたつものでも?」

「ヘンダーソンを殺した犯人は、注意深かったようね。車庫に靴痕はなし。もちろん、指紋は山ほど見つかったけれど、ほとんどは、あって不思議のない人のものばかりよ。当然、イーヴィーのもあったわ。キッチンでは、なにも見つからなかった」

「では、手がかりはゼロか」ペレスは横をむき、ウィローにほほ笑みかけた。どうして、彼女にどう思われているのかが気になるのだろう?

トフトでイェル島行きのフェリーに乗りこむと、そこで料金の徴収をおこなっていたのはペレスの同窓生だった。ふたりは道中、あけたままの車窓越しにずっとおしゃべりをしていた。

学校時代の古い友だちの消息。誰が結婚したか。どこの家に子供が生まれたか。この同窓生は、昔からあまり気の利く男ではなかった。「それで、彼女は誰なんだい?」まるで本人がそこにはいないかのように、顔に大きなにやにや笑いを浮かべて、ウィローのほうにうなずいてみせる。

「あー」ペレスはいった。「おれの上司だ」

フェリーを降りると、そのまま車でイェル島を縦断した。むきだしの丘の斜面のあちこちに、傷痕のような黒い泥炭の土手が顔をのぞかせていた。イェル島には美しい場所がいくつもあるが、北へむかう道路からはそれらを目にすることはできなかった。イェル島からフェトラー島へ渡るフェリーの上では、ふたりは車から降りて、島がちかづいてくるのをながめていた。船のエンジン音があるので、会話を立ち聞きされる心配はなかった。

「それで、どういうふうにやるのがいいと思う、ジミー?」髪の毛が風に吹かれて、ウィローの顔にかかっていた。「こちらがイーヴィーの言葉を疑っているととられるような発言は、避けたいわね。とりわけ、彼女の両親のいるところでは。そんなことをしたら、かれらは二度と警察に口をひらかなくなるわ」

ペレスはイーヴィーの両親のことを考えた。ふたりとも、娘を守ろうとするだろう。それに、ジョン・ヘンダーソンはかれらの友人でもあったから、その意味でも悲しみをおぼえているにちがいない。マスコミに悩まされているのも、まず間違いなかった。「先に電話をいれて、これから訪ねていくことを知らせておこう。そして、あちらへ到着してから、ジェリー・マーカムの恋人がどこからともなく出現したことを伝える。そうすれば、思いやりのある行為に見えるだろう。マスコミが嗅ぎつけるまえに、そのことを知らせておきたかった、というふうに」

ペレスはしばらく考えていた。「マスコミがまだアナベル・グレイのことを報じていないのは、不思議だな。いまごろはもう、彼女の存在を突きとめていてもいいころなのに。いくら彼女が数日前まで俗世間から離れたところに隠れていたとしても。ジェリーは、このあたらしい関係を秘密にしておこうとしてたのかな？」

「わたしの経験からいわせてもらうと」ウィローがいった。「たいていの男性は、アナベルみたいに若くて美しい女性と出歩いているところを、人に見られたがるものよ。自分の知りあい全員に見せびらかそうとするんじゃないかしら」

「では、なぜ秘密に？」

「宗教が関係しているとか？　もしかすると、アナベルはパブで福音を説く癖があるのかもしれない。海千山千の記者仲間のまえにだすのは、すこし恥ずかしかったとか？」

「たしかに」ペレスはいった。「それはあるかもしれない」フェトラー島にちかづくにつれて、フェリーの速度が落ちてきた。ペレスは車のドアをあけた。「イーヴィーとは、ふたりきりで話をしたいんじゃないかな？　おたがい気があうようだし、彼女も女性を相手にするほうが話がしやすいかもしれない。外からきた人間を相手にするほうが。それに、たいていの人は両親のまえでは口にしたくないことがあるものだ」

「それで決まりね」フェリーのタラップがおろされていくなか、ウィローが彼のとなりに乗りこんできた。

上陸すると同時に電波が届くようになり、ペレスは電話をかけた。両親のどちらかがでるだろうから、シェトランドの訛りで話しかけたほうが印象がいいと考えたのだ。

「はい？」イーヴィーの母親だった。喧嘩腰で、いまにも食ってかかってきそうな勢いだった。

「ジミー・ペレスです、ミセス・ワット。ジョン・ヘンダーソン殺しの捜査をしている刑事のひとりの。イーヴィーはどんな具合ですか？」

沈黙がながれた。「ああ、ジミー、どうかしら。よくわからないの。あの娘は、まるで内側から凍りついてしまったような感じで」

「いまフェトラー島にいます」一羽のハジロコチドリが、浜辺の奥の砂利の部分を小走りに駆けていった。「イーヴィーの話を聞くために、そちらへうかがうことはできないかと考えていたんですが」

「ええ、きてちょうだい、ジミー。もちろんよ。力になれることがあるなら、なんでもするわ」

ペレスは、ジェシー・ワットの声に安堵がふくまれているのを聞きとった。わかるような気がした。彼女と夫は、いっしょにいてくれる人ができて嬉しいのだ。イーヴィーの気持ちをすこしそらしてくれる人物。自分たちから責任を取り除いてくれる人物。

ペレスとウィローが着いたとき、ワット夫妻の家のまわりにはオーブンでなにかを焼いているような匂いがただよっていた。お客を招いておきながら食べ物を勧めずにいることなど、ジェシー・ワットには考えられないのだろう。ペレスが車をとめているあいだ、イーヴィーの両親は庭に出てきていた。ふたりとも黙って厳かに立っており、あまりにもじっと動かないので、ペレスは年老いた小作人を撮った灰色の写真を連想した。ヴァトナガースの博物館でお目にかかるような写真だ。夫妻が警察になにを期待しているのかは、よくわからなかった。事件が解決され、ふだんの生活が戻ってくればいいと考えているのだろうか？　船造りや農作業の伝統がふたたび重要なことに思えるようになればいいと？　ペレスはあらためて夫妻にウィローを紹介した。

「イーヴィーは自分の部屋にいるわ」ジェシー・ワットがいった。「あの娘と話をするのは、すこし待ってもらえないかしら？　眠りについたばかりで、へとへとに疲れているはずだから」

「もちろん、かまいません」

みんなでキッチンへいくと、ジェシー・ワットはやかんを火にかけ、オーブンからビスケットの天板をとりだして、冷却用の棚に置いた。ワット夫妻は、刑事たちから訪問の目的を説明されるのを待っていた。ペレスはウィローに目をやったが、依然として気まずい沈黙がつづいた。もしかすると、ウィローも彼とおなじように、なんといっていいのかよくわからないのかもしれなかった。

「突きとめたのか？」フランシス・ワットがようやくいった。「ジョンを殺した犯人を？　それで、こちらに？」

「いいえ」ウィローがいった。「もっと質問があって、うかがったんです。それと、お伝えすることがあって。それについては、イーヴィーが新聞を読んで知るようなことにはなってほしくないので」

そのときドアがひらいて、イーヴィーがあらわれた。彼女はまったく眠っていなかったように見えた。もう二度と眠ることなどないかのように。

31

ウィローは、ワット家のキッチンから見えていた三日月形の砂浜にイーヴィーを連れだしていた。砂浜の奥には平坦な土地がひろがっていて、彼女は故郷のノース・ウイスト島を思いだした。ヒッピー共同体《コミューン》のそばに、すごくよく似た地形の場所があったのだ。海からすこしひっこんだところに低い肥沃な砂地があり、そこで農作物が栽培されていた。ウィローは数カ月ぶりに、一週間かそこらへブリディーズ諸島へ戻って両親とすごすのもいいかもしれない、と考えていた。春はいつでも忙しい時期で、また畑仕事を手伝うのも楽しいだろう。

ウィローがすこし歩かないかとイーヴィーを誘ったとき、母親は熱心にそれを勧めた。

「それがいいわ！　ほら、あなたの頬にも、いくらか血の気が戻ってくるかもしれないし」そして、イーヴィーは素直にそれにしたがった。いわれたとおりにする従順な娘。どうでもいいと思っているのが、ウィローにはわかった。いまやイーヴィーにとっては、すべてがどうでもいいのだ。自分が推し進めてきた潮汐《ちょうせき》エネルギー計画のことも、教会での活動のことも。イーヴィーからは生気が消えていた。両親は戸口に立ち、娘と刑事が野原を横切る小道を歩きはじめるのを見送っていた。手をふりこそしなかったものの、まるでこれが送別のときで、イーヴィーがこれから長い旅に出ようとしているかのようだった。

ふたりは砂浜の濡れている部分を歩いていった。海と空のあいだを自由にただよっているような感覚があった。ひき潮だったが、浜にほかの足跡はひとつもなかった。イーヴィーはくすんだ赤紫色の長い手編みのカーディガンを着ており、寒い日でもないのに、そのなかで身を縮めていた。

「一日ごとにひどくなっていくの」イーヴィーがいった。「最初は、ただショックを感じているだけだった。自分はそれに対処できる、と思った。信仰があるし、家族や友人の助けもあるから、どんなことにでも立ちむかえると。でも、無理だった。この件では」

ウィローはなにもいえなかった。

「ジョンは運がいい、と誰もがいっていた」イーヴィーがつづけた。「わたしと結婚できて運がいい、という意味よ。男やもめで、年もずっと上だったから。でも、それはまったく逆だった。彼から結婚を申しこまれたとき、わたしは自分の幸運が信じられなかった。はじめてのデートのときから、それだけをずっと夢見ていたんだもの。あの指輪を自分の手にはめることを。残りの人生をふたりでわかちあうことを」

ウィローは身体をかがめて、貝殻を拾った。ピンク色で、どこも欠けていなかった。内側にきらきらと輝く空洞がいくつもあって、ふれるとすべすべしていた。

「たぶん、わたしはもう神を信じていない」イーヴィーがいった。その告白は、挑むような口調でなされた。三歳の子供が禁じられた猥雑な言葉を大声で口にするのと似ていた。ケツ。ちんぽこ。うんち。彼女がまだ信仰心の喪失を両親に認めていないことを、ウィローは確信していた。だが、この怒りは間違いなく、彼女が先ほど家のなかで見せていた無言の従順さよりも健全だった。

「ジェリー・マーカムは、あなたになんの話をしたがっていたのかしら？　思い当たるふしはない？」ウィローはたずねた。「音声メールに彼のメッセージが残されていた、といっていたでしょ」

「やめて！」愛する人に先立たれたことで、イーヴィーは粗暴にふるまう権利をあたえられたかのようだった。もしかすると、彼女の人生ではじめてのことかもしれなかった。「ジェリーなんて、どうだっていい。あんなやつ、知ったこっちゃないわ」

ペレスも婚約者を亡くしたときにこんなふうにふるまったのだろうか、とウィローは思った。三歳児のように足を踏み鳴らし、知らない人にむかって怒鳴りつけていたのか？　もしかすると、いまもまだ彼なりのやり方で、それをつづけているのかもしれなかった。「ジェリーからのメッセージは、まだ残してある？」ウィローはたずねた。

イーヴィーが彼女のほうを見た。「消去したわ。どうして？」

「どうしてかというと、ジェリーがシェトランドへきた理由がわかれば、犯人の逮捕に結びつくかもしれないからよ。ジョンを殺した犯人を捕まえられるかもしれない」

「死刑にはずっと反対だった」イーヴィーがいった。「今回のことがあるまでは。死刑は野蛮だと思っていた。でも、いまはこの手でそん畜生を殺せそうな気がする。そいつがジョンを刺したみたいに、刺してやるの」イーヴィーは小石を拾いあげ、海にむかって投げつけた。

「ジェリー・マーカムにはあたらしい恋人がいたの」ウィローはいった。「アナベル・グレイという若い女性よ」

「それがなんだっていうの?」イーヴィーは吐き捨てるようにいった。「ジェリーが恋人なしで長いことといられるところなんて、想像できない」

「その女性とは、この冬に出会ったの。北ロンドンの教会でひらかれていた降臨節コースで」

沈黙がながれた。「ジェリーが宗教に目覚めたっていうの?」その声には、信じられないといった響きがあった。

「ミズ・グレイによるとね」

「そんなの嘘よ!」突然、イーヴィーは靴を脱ぐと、ジーンズの裾をまくりあげた。海にむかって駆けていく。小さな波が彼女の足もとを洗った。水は凍えそうなくらい冷たいはずだったが、彼女はそれを感じていないように見えた。ウィローが合流したとき、イーヴィーはそこにじっと立って、水平線をみつめていた。「ジェリーは筋金入りの無神論者だった。わたしの信仰を馬鹿にしていた。彼がその点にかんして自分の考えをあらためるなんて、ありえない。誇りが高すぎて、自分で体験してないことは受けいれられないの。傲慢すぎて。それに、たとえ信仰を試してみたいと思ったとしても、彼はそれを秘密にしていたはずよ。間違いないわ。教会にただ姿をあらわすなんて、絶対に彼のやり方じゃない」イーヴィーは顔をあげて、ウィローを見た。「そのアナベル・グレイって女性は、どんな人?」

ウィローはすこし考えた。「若いわ」という。「背が高い。可愛い」

「もちろん、そうでしょうね」イーヴィーは苦々しげにいった。「ずっと考えていたの。ジェリーの恋人は、いつだって可愛くなくちゃ」それから、早口で憎しみを吐露した。「ジェリーの恋人は、いつだって可愛くなくちゃ。ジョンが死んだのは、って意味よ。ジェリーが戻ってきたことで、これがはじまった。もしも彼がのこのこあらわれなければ、わたしはいまごろ結婚していた。しあわせになっていた」

「なにがあったのかは、まだわからないわ。なにがこのおぞましい出来事の引き金となったのかは」だが、おそらくはイーヴィーのいうとおりだろう、とウィローは考えていた。本土へとむかう巨大なタンカーが沖合に浮かんでいた。サロム湾から原油をはこんでいるのだろうか?

ウィローはイーヴィーのほうにむきなおった。「ジェリーは音声メッセージのなかで、自分に恋人がいることにふれてなかったのね?」

「彼はなにもいってなかった。メッセージは、これだけだった——電話をもらえないか。そういった内容のこと。頼みごとよ。でも、わたしにはそうする義理なんてなかった」イーヴィーは浅瀬を歩いていった。ウィローの位置からは彼女の顔が見えず、したがって彼女がなにを考えているのかはわからなかった。

「彼があなたに会いたがる理由について、知りたいとは思わなかったの?」なぜなら、女性はみんな元の恋人に興味があるからだ。とりわけ、それが自分を捨てた相手の場合には。こちらが心から愛していた相手の場合には。

「すこしは興味があったかもしれない」イーヴィーは足を止め、水流がつま先をなめて砂浜に小さな渦をこしらえるのをながめていた。「でも、わたしは彼に会わなかった」海岸に打ち上げられた海藻の切れ端をつついているカモメから目を離さずにいう。「ほら、わたしは彼に夢中だったでしょ。彼と会ったら、そのころの感情が甦ってくるんじゃないかと、心のどこかで恐れていたの。惹かれる気持ちが、まだいくらか残っているんじゃないかと。気持ちをかきまわされるのは、ごめんだった。それに、ジェリーはなにかを手にいれたがっているのだと思った。いつだって、なにかを手にいれたがっていたから」

「ジェリーがジョンに連絡をとっていた可能性はあるかしら?」ジェリーがイーヴィーの許しを得ようと必死になっていたのなら、彼女と会う約束をとりつけるのに婚約者の助けを借りようとしたかもしれない、とウィローは考えていた。ジェリーは殺された日の午後に、サロム湾のターミナルを訪れていた。そして、そのときジョン・ヘンダーソンは小さな湾をはさんでターミナルの真向かいで働いていた。ふたりの会話を想像してみる。おれはあんたの恋人を誘惑し、妊娠させ、それから捨てた。それを正すために、どうか手を貸してくれ。その女性が結婚する直前に自分がとるべき正しい行動は波風をたてないことだ、ということくらい、ジェリー・マーカムにもわかりそうなものだった。そのまま、そっとしておく。とはいえ、ジェリー・マーカムは昔から身勝手で自己中心的な男だった。おそらく、この件でも自分のことしか考えていなかったのだろう。

「そんなこと、ジョンはなにもいってなかった」イーヴィーがようやくいった。「ジェリーが彼と会ったり電話で話したりしていたとしても、ジョンからはなにも聞いていないわ」

「それで、あなたたちのあいだは、ふだんとまったく変わりなかったの？　ジョンが亡くなるまえの数日間は？」

カモメの甲高い鳴き声が沈黙を埋めた。

「わからない！」イーヴィーがカモメよりも大きな声で叫んだ。「わたしは忙しかった。結婚を目前にひかえて、ドレスとか花とかあれやこれやの心配をしていた。あと、仕事の心配も。彼がいつもとちがっていたとしても、わたしは気がつかなかった。あのとき立ちどまってまわりを見まわしていたら、と悔やまない日があると思う？　なにもかも放りだしていたら。一瞬たりとも彼と離れずにいたら」イーヴィーは唐突に口をとざした。まるで、曲の途中でレコードから針がもちあげられたかのようだった。ふたたび彼女が口をひらいたとき、その声はささやきにちかかった。「わたしたちは一度も愛をかわさなかった。そうなりかけた。でも、ふたりとも自分たちのまえには長い年月があると思っていた。何度か、待とうと思った。待って、初夜を特別なものにしようと。それが、いまはどう？　いまは、ふたりでずっとベッドのなかですごしていればよかった、と後悔している」イーヴィーがウィローのほうをむくと、その頬には涙が滂沱《ぼうだ》のごとく流れ落ちてきていた。「そうしていれば、わたしは妊娠していたかもしれない。これでもう、子供をもつ機会は永遠に失われてしまった」ウィローはイーヴィーの肩に腕をまわすと、連れだって浜辺をひき返していった。

家にちかづいていくとき、ウィローはイーヴィーの両親がキッチンの窓からこちらを見守っていることに気がついた。わたしが愛する人を失ったら、うちの両親もあんなふうにするのだろうか？　たぶん、とウィローは思った。かれらもやはり過保護になるだろう。そして、イーヴィーの両親とおなじように、罪の意識をもつことになるはずだ。自分たちは娘をこの痛みから守ってやれなくてはいけないはずなのに、と確信して。やはりウイスト島へ帰省して両親と会ってこよう、とウィローは思った。手遅れになるまえに。

家にはいると、イーヴィーはふたたび従順な子供のようになった。怒りは浜辺に置き去られていた。彼女は窓に背をむけてテーブルのまえにすわると、紅茶をすすって、ビスケットを受け皿の上でぼろぼろに崩した。ウィローとペレスが帰ろうとして立ちあがったとき、彼女はほとんど反応を見せなかった。

32

いま浜辺でイーヴィーといっしょに歩いているのが自分ならよかったのに、とペレスは考えていた。この風通しの悪いキッチンで日常生活の雑多なものに囲まれていると、息が詰まりそうになった。イーヴィーの母親は、ぺちゃくちゃと意味のないおしゃべりをつづけていた。そうしていれば、なにも考えずにすむとでもいうように。彼女は流しで皿洗いをしながら、ときおりふり返っては、ペレスの反応を確かめた。ペレスがうなずくか、みじかく同意の言葉をはっすると、またおしゃべりがはじまるのだった。イーヴィーの父親は、直接質問されないかぎりは口をとざしていた。

「下の子のマグナスには、とりあえず帰省は中止するようにといってあるの」ジェシー・ワットがいった。「当然、あの子は結婚式のために戻ってくることになっていたけど——金曜日の晩のフェリーでね——でも、ジョンのことを聞いて、そのままそちらにとどまるようにといっておいたの。イーヴィーはいま、そっとしておく必要があるから。そう思うでしょ、ジミー?」肩越しにふり返り、ペレスがうなずいてみせると、先をつづけた。「ジョンの遺体が戻ってきたら、わたしたちでお葬式を準備するわ。ジョンには、もう自分の家族が残っていないの。たしか従兄弟がいるはずよ。本土のどこかに。でも、子供時代に会ったきりで、それ以降は音信不通だった。わたしたちがやるほうが、ずっといいわ」

ジェシー・ワットは息を継ごうと言葉をきり、水の垂れている天板を調理用こんろの奥に立てかけた。「このまえあなたがここへきたとき、ジョンはすでに亡くなっていたのかしら、ジミー? そのことをずっと考えていたの」

「きっと、そうだったんでしょう」ペレスは、これがすでに広く知れ渡っている情報だと考えていた。ウィローが声明を発表して、ジョン・ヘンダーソンが殺された日の朝早くに彼を見かけた人は名乗り出てもらいたい、と呼びかけていたからだ。

「それなのに、わたしたちはここで、いつもどおりのことをしていた――わたしは畑で、主人はボート小屋で――そして、わたしたちはジョンのことをなにも知らなかった。それがすごく奇妙に思えて。フェトラー島に住んでいて、よかった。おかげで、イーヴィーは殺人にかんするうわさ話から逃れられるもの。あの娘は被害者の男性をどちらも知っていたから、いろいろいわれることになるわ。人間がどういうものか、知ってるでしょ、ジミー。どれほど残酷になれるか」

ペレスはふたたびうなずいた。それから、彼女のおしゃべりをやめさせるためだけに、口をひらいた。このまま背もたれの高い伝統的なシェトランドの木の椅子にすわって話に耳をかたむけているのは楽だろうが、彼女のほうは沈黙を埋めようとしゃべりづめで、疲れているにちがいなかった。イーヴィーの母親をすこし休ませてやるのが自分の義務だ、と彼は感じていた。

「ジェリー・マーカムは、どうやら変化をとげていたようです」そう口にした瞬間、ペレスはこれもまたうわさ話のようなものだということに気がついた。根拠のないうわさ話。それを支えているのは、アナベルと彼女の父親の言葉だけだ。ウィローはサンディに、司祭や教会のほかの信徒からくわしい話を聞いて裏づけをとるようにと指示していた。「彼はロンドンで教会の信者となり、そこで恋人を見つけました」イーヴィーの両親はペレスをじっとみつめていた。

先に口をひらいたのは、ここでもやはりジェシー・ワットのほうだった。「それは、わたしたちの知っているジェリー・マーカムらしくないわね」冷淡な声。彼女の思いやりは、すべて娘のためにとっておく必要があるのだ。

「もしかして、彼はあなたがたに連絡してきたりしませんでしたか？　手紙を送って寄越したりとか。自分のイーヴィーに対するあつかいを謝罪するために」

「いいえ」ジェシー・ワットがいった。「そういったことは、なにもなかった。それに、手紙くらいで、わたしの彼に対する感情が変化することはなかったでしょうね。彼に捨てられたときのイーヴィーの様子を、あなたは見てないから。あの娘がどれほどやつれていたかを」

ペレスは、調理用こんろを背にして立ったままのイーヴィーの父親のほうをむいた。「フランシス？　あなたのところへジェリー・マーカムから連絡は？」

「わたしに連絡をとろうとするほど、あの男は馬鹿じゃないだろう」そういうと、フランシス・ワットの口は罠のようにぴしゃりと閉じられた。

「ピーター・マーカムによると、あなたとピーターはすこしまえに通りで出会ったとか」ペレスはいった。「そのときはなごやかに話をした、と彼はいってました」

「ジェリーの父親に対しては、なんの恨みもないからな」フランシス・ワットはいった。「彼に礼儀正しく接しない理由は、どこにもない」

ここでふたたび、ジェシー・ワットがしゃべりはじめた。今度は、夫の仕事のことだった。

「うちの人の作った鎧張《ヨール》りの船が、今度ベルゲンの博物館に展示されるの。すごいでしょ！　彼の船を買いたいって人が、列をなして待っているんだから」そのとき、彼女までもが口をとざして、窓の外をじっとみつめた。視線の先には、浜辺を歩いているウィローとイーヴィーの姿があった。かれらが見守るなか、ウィローがイーヴィーの肩に腕をまわした。それから、ふたりは連れだって、畑のなかの小道を家にむかってひき返しはじめた。

イェル島に戻るフェリーを待つあいだ、ウィローとペレスは埠頭にとめた車のなかにすわって、おたがいの情報を交換した。

「イーヴィーはどんな様子だった?」ペレスはたずねた。

「怒っていたわ。無理もないけど」浜辺を歩いてきたせいで、ウィローはいくらか血色が良くなっていた。より健康で体調が良さそうに見えた。「でも、ジェリーがアナベル・グレイとつきあっていたことは、なにも知らなかったみたい。すごく驚いていた」

「そしてあいかわらず、ジェリーがこちらへ戻ってきてから会うことはなかったと主張している?」

「ええ、まあ。それに、ジェリーが音声メールに残していったメッセージは削除したともね」ウィローがペレスのほうをむいた。鼻柱にそばかすがあるのがわかった。「で、これからどうする、ジミー? なにがあったのか、まだまったく見えてきていないような気がするんだけど」

「ラーウィックに戻る途中で、ジョー・シンクレアのところへ立ち寄るはずでは?」

「そうだったわね」ウィローはなにかに気をとられているように見えた。結果をだせなかったことを、くよくよ考えているのだろうか? 「そうしましょう」

「事件が起きた日の午後にジェリーが石油ターミナルにきていたというのは――ジョン・ヘンダーソンの勤務地のすぐちかくにいたというのは――やはり不思議なめぐりあわせという気がするな。そして、ジョー・シンクレアは部下のヘンダーソンが殺された日の朝に、イーヴィーや地方検察官といっしょにヴィダフスにいた。この三人は、ヘンダーソンが殺された現場の半マイル以内にいたことになる。ジョー・シンクレアは、ふたつの事件の捜査のどちらにもすこしだけひっかかってくるんだ」

「そうね、ジミー。あなたのいうとおりだわ」だが、ウィローがきちんと彼の話を聞いていたのかどうか、ペレスにはよくわからなかった。彼女はイーヴィーから話を聞くことで、捜査にあらたな展開がもたらされると考えていた。いまはもしかすると、フェトラー島までわざわざ出向いてきたのは時間の無駄だった、と考えているのかもしれなかった。

ジョー・シンクレアは背が低く、がっしりとした体格をしていた。自信たっぷりの実務家だ。ペレスはある調査委員会で彼といっしょになったことがあり――大規模な石油流出事故を想定し、その対処法の指針を作成するための委員会だ――問題に真正面から取り組む彼の姿勢に敬意をおぼえるようになっていた。彼は無理をとおそうとはせず、自分なりの思惑を胸に秘めているのだとしても、決してあからさまに駆けひきを仕掛けてくることはなかった。

ジョー・シンクレアのオフィスの壁には、さまざまなものがピンで留められていた。シェトランドの詳細な大縮尺の地図。彼が最後に船長をつとめた船の写真。宇宙から撮影したシェトランドのカラー写真。彼の妻と成長した娘たちの写真。

「ジョンの件できたんだな」部屋の隅にコーヒーマシンがあり、水差し型容器にはすでに水がはいっていた。ジョー・シンクレアは瓶をかたむけてコーヒーの粉をフィルターに注ぎこむと、スイッチをいれた。「やつが死んだなんて、まだ信じられんよ」そしてペレスは、今回はその決まり文句が本心からのものであることを見てとった。ジョー・シンクレアは、いまにもジョン・ヘンダーソンがつぎの勤務のためにオフィスにはいってくるのではないかと考えているような目で、ドアのほうを見ていた。「ジョンは、おれより長くここに勤めていた。目をつぶってたって、おれの仕事をこなせただろう。だが、やつは水の上にいるほうが好きだった。おれはやつを頼りにしてたよ」

コーヒーマシンがごぼごぼと音をたて、ジョー・シンクレアはひきだしからマグカップをとりだした。顔をそむける口実ができたのを、喜んでいるようだった。

ペレスはウィローのほうを見て、この事情聴取を取り仕切るきっかけをあたえた。すでに彼女のことは、捜査責任者として紹介してあった。だが、ウィローは小さく首を横にふり、事情聴取のあいだじゅう、黙って静かにすわっていた。集中して聞いていたのか？　それとも、イーヴィー・ワットとかわした会話にまだ気をとられていたのか？　ちがった攻め方をすればよかった、ちがった質問をすればよかった、と考えて？

「まず、ジェリー・マーカムのことを訊きたい」ペレスは自分のコーヒーのマグカップを手にとると、それをすぐわきの床の上に注意深く置いた。「あんたはジェリーを知っていた」質問ではなかった。ジョー・シンクレアはシェトランドじゅうの人間を知っていた。「彼をどう思っていた？」

一瞬、沈黙がながれた。ジョー・シンクレアにとって、予想外の質問だったのだ。だが、彼は他人から意見を求められることに慣れており、あまり間をおかずにこたえた。「悪いやつじゃなかった。すごく甘やかされていたが、それはやつの責任じゃない。マリアがやつをだめにしたんだ。そして、ピーターはマリアに好きなようにさせていた。おかげで、ジェリーは残念な態度を身につけた。傲慢になった。やつはいつだって人の気持ちを逆なでしていた」

「ジェリーが『シェトランド・タイムズ』で働いていたときに、彼と会ったことは？」

「記事を求めて、ときおりここへもきてたよ。アンディ・ベルショーから追いはらわれたときに、おれからなにか聞きだせるんじゃないかと考えて」ジョー・シンクレアが言葉をきった。「アンディも、やつが怒らせることに成功した相手のひとりだ」

「なにかとくにあったのかな？」

ジョーが面白くなさそうな笑みを浮かべてみせた。「ターミナルで、小さな事故が起きたんだ。すこしばかり石油が流出した。湾内にオイルフェンスを設置する必要さえないくらいの量だ。だが、ジェリーはそれを大災害に仕立てあげ、その記事を本土の高級紙のひとつに売った。おかげでアンディは、上司たちからさんざんしぼられた。どうしてこの件が必要以上の騒ぎになるのを放置していたのかと。それ以降、アンディにとってジェリーは歓迎されざる人物となった」

「けれども、ジェリーは殺された日の午後にターミナルにいた。アンディ・ベルショーは彼と会い、施設を案内していた」それがどれほど重要なことなのか、ペレスにもよくわかっていなかった。ただ、ジェリーがターミナルでなにをしていたのかを知りたかった。捜査を正しい方向へと導いてくれるようなメモ帳とか書きかけの記事とかがあればよかったのだが。「ジェリー・マーカムは、いまや大物記者だからな。アンディも、むげに追いはらうわけにいかなかったのさ」

「ジェリーがシェトランドに戻ってきていたのを、あんたは知ってたのか?」

「いや」ジョーがいった。「ここ何カ月か、〈レイヴンズウィック・ホテル〉にはご無沙汰でね」小さくにやりと笑ってみせる。「ちかごろじゃ、あそこのバーは高すぎて手がでない」

「ジョンはジェリーについて、なにもいってなかった?」ペレスはコーヒーを飲みほし、おかわりを頼もうかと考えていた。

ジョーは首を横にふった。「まあ、どうせやつはなにもいわなかっただろう。おれが知るなかで、いちばん心の内をさらさない男だったから。ジェリーがジョンに接触しようとしていたのだとしても、そのことを知っていたのは、ジョン自身だけだったんじゃないかな」

「ジェリーは殺された日の午後に、ここへはこなかった?」

「ああ」ジョーがいった。「その日、おれは働いてたし、さっきもいったとおり、ジェリーがこっちへ戻ってきていることさえ知らなかった」ここで言葉をきり、机の上の家族の写真をじっとみつめる。「ただ、おかしなことがあった」

「というと？」オフィスの窓の外では、天候がふたたび変わりつつあった。前線がちかづいてきており、西風と雲の切れ端がもたらされていた。

「ジョンはこのオフィスにいた。〈ロード・ラノッホ〉号の水先案内から戻ってきたばかりで、おれと今後二カ月間の勤務表について話しあっていたんだ。そのとき、やつの携帯電話が鳴った。ふだんなら、ジョンはただ無視してスイッチを切り、あとで対処する。だが、このときはひと言詫びてから、電話をとるために外へ出ていった。そして、戻ってくると、一時間ほど休憩をとってもかまわないかとたずねてきた」ジョーが、机のほうへむけていた顔をあげた。「そんなことは、これまで一度もなかった。奥さんが病気だったころでさえ、ジョンは仕事中に職場を離れることがないように調整していた。だから、おれは一も二もなく了承した」

「電話の内容について、彼にたずねてみたのか？」

「いや、はっきりとは。穿鑿《せんさく》したくなかったんだ。たしか、〝なにも問題ないのか？〟と訊いたような気がする。すると、ジョンはただうなずいて、黙って出ていった」ジョーは立ちあがって窓のところへいき、船乗りの目で空をながめた。「きっと結婚式のことだろう、とおれは思った。イーヴィーが些細なことでパニックを起こしているのだと。結婚式をひかえた女性がどんなだか、知ってるだろ。そして、ジョンは彼女にぞっこんだった。やつが職場を放棄する相手といえば、イーヴィーしかいなかった」

「彼は自分の車で出かけたのか？」ペレスは冷静な声を保とうと努力したが、これは新事実かもしれないと考えていた。もしもジェリーが殺された日の午後にジョンと会っていたのなら、ジョンが殺された理由のほうは説明がつくかもしれない。ジョンがなにかを見るか聞くかしていたために、ジェリーを殺した犯人は彼の口を封じねばならなかったのだ。

「そいつはわからない。濃い霧がでてたから。すごい突然だった。ジョンが打ち合わせのためにオフィスへきたときは、よく晴れてたんだ。ところが、彼が出ていくころには、湾内にいるタグボートでさえ見えなくなっていた。やつの車の音を耳にした記憶はないが、霧は音も消してしまうからな。そのときは、当然、車で出かけたものと考えていた」

「そして、午後のうちに彼は戻ってきた?」ペレスはたずねた。ウィローのほうへちらりと目をやると、彼女は先ほどまでよりもしゃきっとしているように見えた。この情報の重要性を理解しているのだ。

「ああ、出ていってから一時間ほどしてね」ジョー・シンクレアがいった。「ドアから顔だけのぞかせて、戻ってきたことをおれに知らせた」

「そのときの彼の様子は?」

ジョー・シンクレアは小さな笑い声をあげた。「そんなの、わかるわけないさ。ジョンは、そうするのがもっともふさわしいときでさえ、感情を表にはださない男だった。それに、やつを見かけたのは、ほんの一瞬だった」ここで彼は言葉をきると、急に真剣な顔になった。「だが、やつは殺人を犯してきたばかりの人間には見えなかった。そういう考えは捨てたほうがいい、ジミー。ジョン・ヘンダーソンは善人だった。やつの思い出をうわさ話で汚すつもりはない」

しばらく沈黙がつづいた。風が吹いており、オフィスの外の構内で紙くずが舞っているのが見えた。ジョー・シンクレアは、それが自分の考える秩序にそぐわないとでもいうように、顔をしかめてみせた。

「ジェリーの事件があったあとも、ジョンはここへきて働いていた」ペレスはいった。「彼の死について、ジョンはなにもいってなかったのか？」

「みんな、その話でもちきりだった！　想像はつくだろうが、ジェリーはシェトランドでいちばんの人気者ってわけじゃなかった。だから、やつが殺されたことを、みんな喜んでいるような節さえあった。なにはともあれ、その興奮を楽しんでいた。競漕用の鎧張りの船で死体を見つけたのが地方検察官だったってところも、うけてたな」

「それで、ジョンの反応は？」

「他人の死をうわさ話の種にするのは間違ってる、といっていた。ジョンにはいつだって、説教者じみたところがあった。そして、ときどきまわりの連中は、それをうざったがっていた。たとえば、ジョンはののしり言葉が嫌いだった。船乗りが何人か集まれば、いつだってののしり言葉が飛びかうものだ。たいていは、ジョンもあまり気にせずに、そのことで騒ぎたてたりしなかった。言葉には気をつけるべきだ、とやんわりいうくらいで。だが、ジェリー・マーカムの話のときは、すごくいらついてた。かんしゃくを破裂させるんじゃないかと思ったくらいだ。だが、ジョンはその場を立ち去っただけだった。このときも、おれは〝なにも問題ないのか？〟とたずねてみた。ジョンからは、きちんとした返事はかえってこなかった。そして、それがやっとかわした最後の会話になった」

　アンディ・ベルショーによると、ジョン・ヘンダーソンはジェリーの死のことで興奮しており、それについて話をしたがっていたという。アンディの証言とジョーの証言のあいだに見られる食い違いには、重要な意味があるのだろうか？　それとも、たんにふたりの目撃者が異なる見方をしたというだけのことなのか？　ペレスには、よくわからなかった。

「あんたは潮汐《ちょうせき》エネルギー計画でイーヴィーといっしょに働いてるんだよな？」

「ああ。まあ、ジョンのためってのもあった。イーヴィーは地元の支持者を欲しがってて、おれが潮の干満についてくわしいと考えていたんだ。ジョンにたずねてみたよ。どうして自分でその役をひき受けないのかって。でも、やつはそもそも委員会とかに参加するような柄じゃなかった。あの日の朝は、地方検察官もいっしょだった」

「それで、地方検察官は潮の干満についてくわしいのか？」

ジョー・シンクレアの口もとが、すこしほころんだ。「みんなが考えてるよりも、ずっとな！　彼女は腕のいい船乗りだ。生まれついての才能があって、あのでかいヨットを女手ひとつで操ってる。それに、政治の世界でつぎになにが重要なテーマになるのかを嗅ぎわける鼻をもっている。彼女の頭にあるのは、なにが地球にとっていいのかじゃなくて、なにがローナ・レインにとっていいのかなのさ」

「どんな感じだったのかしら？」ウィローが質問した。集中していないように見えて、じつは会話にずっとついてきていたようだった。「女性ふたりのあいだは、ってことだけれど」

ジョー・シンクレアは肩をすくめてみせた。「ちくちくとやりあってたな。激しくはなかった。あくまでも礼儀正しかった。とはいえ、おなじ袋のなかに猫が二匹いるようなものだった。こいつはイーヴィーの計画事業だが、地方検察官は人の下につくような玉じゃない。おれはふたりに勝手にやらせておいたよ」ジョー・シンクレアが立ちあがった。「なあ、すまないが、そろそろいかないと。これからまた会合があるんだ。ラーウィックで」彼はふたりの刑事といっしょに、オフィスから車をとめてある場所まで歩いてきた。

ウィローが突然たずねた。「あなたは彼女のことをどう思っているのかしら？　地方検察官のことを？」

その質問に驚いたのだとしても、ジョー・シンクレアはそれを表情にださなかった。「仕事は優秀だな。ときどき、すこし差し出がましくなる。彼女のやり方に慣れるには、時間が必要だ」

「彼女がここへあなたを訪ねてきたことは？」

「ないね！　そんな必要がどこにある？」

ジョー・シンクレアはその場に立ち、ふたりが車に乗りこむのを見守っていた。車で走り去るとき、ペレスは彼が腰をかがめるのを目にした。港長は風で構内を舞っていた紙くずを拾いあげ、それをごみ箱に押しこんでいた。

33

ローナ・レインは仕事に復帰していた。彼女は地方検察官のオフィスを出ると、そのまま歩いて白塗りの警察署のまえをとおり、道路を渡って、ゴシック様式の町役場へとむかった。突風でスカートがひっぱられ、目が涙ぐんでいた。マスカラが流れ落ちていなければいいがと思いながら、ロビーで足を止め、ガラスのドアに映る自分の姿をすばやく点検する。この会合を欠席することも考えたが、今回の事件ではいつもどおりにふるまうのが唯一の対応策だ、とはじめからわかっていた。フォーラムの出席者には、そういう印象をもってもらいたかった。それに、冷静沈着を装うのは、浮き足立たないための彼女なりのやり方でもあった。

このシェトランド地域社会フォーラムは月に一度のペースで開催されており、地元にとって重要な問題が話しあわれていた。発案者はインヴァネスにいる警視で、シェトランドにおける薬物乱用問題の増加がきっかけだった。警視いわく、〝地域社会をあげての取り組みこそが解決への道〟だそうで、どうせそれをテーマにした講習会に参加してきたばかりでいいだしたことなのだろう、とローナは考えていた。社会学者たちのたわごとだ。いうまでもなく、警視自身は一度も、わざわざこの北のはてまで足をはこんでフォーラムに出席したことがなかった。大勢のシェトランドの有力者たちが、フォーラムへ参加するように声をかけられていた。受託者団体や社交団体の代表者たち。地方議会の議員や政治家たち。たいていの場合、出席者は五、六名といったところで、テーブルを囲んですわり、ほとんどなにも決まらずに終わるのがつねだった。ローナは主義として、いつも顔をだすようにしていた。メンバーとなることに同意したからには、きちんと出席すべきだ、と考えていたからである。あるとき会合がとくに長びいたことがあり、そのあとでローナは、自分が議長となることを承諾していた。きょうはふだんよりも多い出席者が予想されており、彼女はいまその決断を後悔していた。最後まで自分がその役をつとめられるか――毅然としていられるか――自信がなかった。

階段のてっぺんまでくると、人びとが会議室にはいろうと列をなしているのが見えた。ジョー・シンクレアが辛抱強く列にならんでおり、ローナにむかって小さく手をふってみせた。彼女同様、ジョー・シンクレアもフォーラムの常連メンバーだった。ふたりは、いくつもの島の委員会でいっしょになっていた。一度ローナは彼に、地方議会議員の席を狙っているのかとたずねてみたことがあった。それ以外に、時間を食う会合にいくつもかかわる理由を想像できなかった。すると彼は心得顔でほほ笑んでみせ、「いまは、そんなつもりはない」とこたえた。「目下のところ、おれの人生は充実してるんでね。だが、自分が引退して手持ち無沙汰でいるところは、想像できない」

「あなたにはボートがあるじゃない」ローナはいった。「釣りが」

「まあな。けど、それだけじゃ物足りなくなりそうな気がする。自分には影響力があるって感じていたいんだ。だから、こうした催しに参加するのは、いい予行練習ってわけさ」

全員に紅茶やコーヒーがいきわたるのに、いつもよりも時間がかかった。紅茶わかしが空っぽになったので、ひとりの女性が大急ぎでお湯をわかしにいった。外では先ほど落ちてきた雨が小やみなく降りつづいており、窓ガラスを水滴が流れ落ちていった。ほどなくして、結露のせいで外が見えなくなった。きょうのおもな議題は、サロム湾のガス・ターミナル建設が地域にあたえる影響についてだったが、集会がはじまるかはじまらないかのうちに、話は横道にそれた。背の高い黒髪の男が立ちあがり、教養を感じさせるイングランドのアクセントでこう発言したのだ。

「マーク・ウォルシュ、ヴィダフスの民宿経営者です。正直いって、きょうここに警察関係者の姿が見えないことに、驚きを感じています。警察は、本島の北側で発生した殺人事件の捜査が進展していない件について、われわれに説明をすべきではないでしょうか。今回の事件は、すでに商売に影響をおよぼしています。うちはきのうだけで、二件の予約の取り消しがありました」

ジョー・シンクレアがすわったままで声をはっした。ひとりごとだったが、部屋じゅうに聞こえるくらいの大きさだった。「警察はいま、それどころではないんじゃないかな」

ローナ・レインがこたえようとしたとき、マーク・ウォルシュがつづけた。「ふたりの死者がでたからには、地元で予定されている〈水の力〉計画は中止するのが妥当でしょう。ジェリー・マーカムがこの計画に反対する集会へむかう途中で殺されたことは、とても偶然とは思えない」

場内に驚きのざわめきがひろがった。ローナは立ちあがった。部屋のうしろの片隅で『シェトランド・タイムズ』のレグ・ギルバート編集長がメモ帳になにやら走り書きしているのが、目にはいった。一瞬、ローナは頭のなかが真っ白になり、急にこの場から逃げだしたくなった。部屋を出て、サンバラまで車を飛ばし、本土へむかう最初の飛行機に乗るのだ。木の床をこつこつと叩くヒールの音が聞こえるような気がして、自分が建物正面の石造りの階段を駆けおりていくところが目に浮かんだ。二時間後には、誰も自分のことを知らない大都会に到着している。街灯がともるなか、洒落たバーでよく冷えた白ワインを飲めば、それでこの一週間の悪夢は終わるだろう。

みんなの視線が自分に注がれていることに、ローナは気がついた。ぎごちない沈黙がたれこめていた。もちろん、逃げだすことなどできないに決まっていた。そんなのは問題外だ。

「潮汐《ちょうせき》エネルギーにかんするあなたの意見は、みんなよく承知していますよ、ミスタ・ウォルシュ。けれども、わたしの知るかぎりでは、その計画をめぐる意見の対立は、ふたりの男性の命が失われた今回の悲劇とはなんの関係もありません。それでは、そろそろ本題にはいりましょうか」

会合がようやく終わったとき、雨はまだ降りつづいていた。ローナは腕時計に目をやり、いまからオフィスへ戻っても仕方がないと判断した。すでに連続殺人の件は助手にまかせてあるし、ほかはほとんどが急を要さない用件ばかりだ。ローナは書類を集めるのに忙しいふりをして、部屋が空っぽになるのを待った。だが、廊下に出てみると、そこにはまだジョー・シンクレアの姿があった。ジョーは彼女を待っていたのだろうか？　階段をおりているとき、彼がとなりにならんできた。

「あんたはどうか知らないが」ジョーがいった。「おれは無性に一杯やりたい気分だ。ほんとうなら頭をすっきりさせるのに数時間は水の上にいたいところだが、つぎにいいのは一杯やることだ。どうだい？」ローナはその誘いに驚いたが、気がつくと、つきあうことに同意していた。飲むことに心をそそられたからではなく、誰もいない家へまっすぐ帰ることに耐えられなかったからだ。目のまえに長い夜が待ち受けていたからだ。ひとりでいたら、ふたたびパニックを起こして、結局は泣くことになるかもしれないからだ。

ジョー・シンクレアは、あたらしくできた〈マリール〉という芸術センターにあるバーを提案してきた。ローナは驚いた。彼が芝居や芸術映画に興味があるとは、思っていなかったのだ。ジョーが飲み物を調達しにカウンターへいっているあいだ、ローナはテーブルで待ちながら、彼について知っていることを記憶のなかからひっぱりだしてきていた。ブレイ在住で、既婚者。成人した娘がふたり。おそらく、しあわせな結婚生活を送っているのだろう。そうでないというわさは、一度も耳にはいってきていない。バーは空いていた。まだ時間がはやいからだ。もしかすると、ジョーはここにほかの女を連れてきているのかもしれない。秘密の愛人を。そう考えて、この日はじめてローナ・レインの口もとには笑みが浮かんだ。

ジョー・シンクレアが赤ワインのグラスをふたつ手にして戻ってきた。「ボトルを注文したいところだが、どっちも車を運転しているからな」では、彼はセックスの誘いをかけてくるつもりがないわけだ。ローナは、すこしがっかりした。自分はそこまで落ちぶれてしまったのだろうか？　中年後期の太りすぎのシェトランド男でさえ魅了できないところまで？

「この施設をどう思う？」ローナはたずねた。「成功するかしら？」この芸術センターは、当初から論議の的となっていた。費用がかかりすぎている、という声があがっていた。仰々しくてはですぎる。ラーウィックのような土地には必要ないものだ。

「そうだといいがな」ジョー・シンクレアはワインに口をつけ、その味に満足したように見えた。「もう、できちまってるわけだから。みんなで支えていくしかないだろ」言葉をきる。「きょうの午後、警察がおれのオフィスにきた。ジミー・ペレスとあの女性だ」それを聞いて、ローナはここへ誘われた理由がわかった。ジョーは色恋が目的ではなく、情報を求めているのだ。結局は、彼もただのうわさ好きなのだろうか？　それとも、もっと腹黒い思惑を胸に秘めているのか？

「ジョン・ヘンダーソンについて、いろいろと訊かれたんでしょうね」ローナは声を平静に保った。自分もまた彼とおなじくらい情報を欲していることを、相手に悟られてはならなかった。「ジョンはあなたの下で働いていた。たしか、そうよね？」

ジョー・シンクレアがテーブル越しにローナのほうへ身をのりだしてきた。「ジョンはすごく善いやつだった」という。「やつが人の恨みを買うところなんて、想像できない」

一瞬、ローナはこの発言の真意がわかったような気がした。これもまた、情報をひきだすためのものではないのか？　ローナは小さく肩をすくめてみせた。「わかっているでしょうけど、捜査にかんする話はできないの。それに、そうしたくても、なにも知らないから。わたしはジェリー・マーカムの死体の発見者ということで、事件にかかわりすぎている。だから、監督役はほかの人にまかせてあるの」

「それが正しいやり方だろうな」ジョーがいった。外は暗くなりかけていた。彼が顔をあげて、ローナのほうを見た。「ウォルシュの狙いは、なんだと思う?」

「ジェリー・マーカムと〈水の力〉にかんする、あのたわごとのこと? あのふたつを結びつけるなんて、馬鹿げているわ」

ローナは相手がすぐに同意してくるものと考えていたが、ジョーはそうするかわりに、べつの質問をしてきた。「いつになったら、すべて終わるのかな? 警察から、感触くらい教えてもらってないのか?」

ローナは首を横にふった。ふたりはワインがなくなるまでヨットの話をしてから、それぞれの車まで連れだって歩いていった。ジョーはそそくさと走り去り、ローナが幹線道路に出るころには、彼の車は影も形もなくなっていた。


ローナがアイスに戻ったとき、あたりはすっかり暗くなっていた。まえの年、村には街灯が二基設置されていた。そのときローナは光害だと不満を口にしていたが、今夜はボルボを駐車して自宅のドアをあけるあいだ、それがあることに感謝していた。雨はすでにやんでおり、ローナはしばし足を止めて、濡れた土の匂いと湾からただよってくる潮の香りを楽しんだ。ジョー・シンクレアと一杯やったことで、気分が明るくなっていた。なんのかんのいって、自分はこれを切り抜けられるのかもしれなかった。夏がくるころには、この騒動も終わって、すべては忘れ去られているだろう。週末には、またいままでどおり水の上ですごしたり、買い物や都会の生活を楽しむために本土へいったり、ボートの練習をしたり、競漕大会に出場したりしているだろう。完全に元どおりというわけにはいかないかもしれないが、この世に変化しないものなど存在しないのだ。道路の先のほうにとまっていた車が、エンジンをかけて走り去っていった。

戸口をはいった床の上に、郵便物があった。ローナはそれをキッチンへもっていき、テーブルの上に置いた。そして、中身に目をとおすまえに、スペインの赤ワインのボトルをあけ、グラスに一杯注いでから、夕食をどうしようかと考えはじめた。〈マリール〉で飲んだせいで、強い赤ワインが飲みたくなっていた。それに、おなかが空いていることにも気づいていた。もうだいぶ長いこと、まともな食事をとっていなかった。

郵便物は、どれも退屈なものばかりだった。月例銀行口座通知書。家屋保険の契約更新の案内。コペンハーゲンで開催される会議で演説してもらえないかという招待状は、わきにどけておいた。あとで予定表を確認してみるつもりだった。それから、郵便物のいちばん下に、一枚の絵葉書があった。三人の男性がフィドルを演奏している絵柄だ。裏は真っ白で、なにも書かれておらず、切手も貼られていなかった。直接この家に届けられたのだろう、とローナは思った。ふたたび目をやったとき、その絵柄に見覚えがあることに気がついた。ジェリー・マーカムの死体を発見したときに見かけたものとおなじだ。マリーナに最初に駆けつけた警察官は、ジェリー・マーカムのブリーフケースをひらいて、死者の身元を特定するものがないかとさがしていた。その様子を彼の肩越しにのぞきこんだとき、彼女はこれとまったくおなじ絵葉書を目にしていた。

ローナはワインのグラスに手をのばし、自分の手が震えていることに気がついた。

34

アナベル・グレイと父親があらわれるのをホテルのロビーで待つあいだ、サンディはそわそわと落ちつかなかった。ウィロー・リーヴズから質問リストを渡されていて、グレイ親子を車で空港へ送っていくときに、それらをたずねるようにと指示されていたからだ。自分が大切なことを忘れてしまうのではないかと——もしくは、馬鹿なことを口走って、親子にだんまりを決めこまれてしまうのではないかと——心配だった。さらに、そうした具体的な恐怖の下には、漠然とした不安もあった。自分よりも自信と学識にあふれた人間のまえにでると、いつでも感じてしまう不安だ。なにかいうたびに自分が赤恥をかいているのではないかという疑心。

アナベルと父親は、約束の時間きっかりにロビーにあらわれた。荷物はすべて父親がはこんでいた。アナベルは一睡もしていないらしく、顔がげっそりとやつれていた。けさはすごく細身のジーンズに黒の長いトップスという恰好で、その上にきのうとおなじ灰色のジャケットを着ていた。その憔悴した様子にもかかわらず、彼女はサンディの姿を目にすると、笑みを浮かべてみせた。彼女の顔がぱっと明るくなり、サンディは胃がでんぐり返るのを感じた。「ご親切に、どうもありがとうございます」アナベルがいった。「わざわざ車で送っていただかなくても、よかったのに。タクシーでじゅうぶんだったわ、でしょ、お父さま？」

「そうだとも」父親のほうはたっぷり休んだらしく、完全にリラックスしていた。心配なのは娘のことだけ、というふうに見えた。

「お仕事を休んでも大丈夫だったんですか、ミスタ・グレイ？　こんなに急にこちらへくることになって？」そうたずねながら、サンディはトランクをあけ、荷物をなかにおさめた。

「きょうは法廷にでる必要がなかったし、上級パートナーにはそれなりの特典があるのでね。それに、アナベルはいつだって、わたしにとって最優先だ。そのことは、同僚全員が承知している」リチャード・グレイは助手席に乗りこんだ。サンディは、アナベルのために後部座席のドアをあけた。

「予定に変更が生じたんです」アナベルがいった。「ご迷惑でなければいいんですけど、刑事さん。きのうの晩、ジェリーのお母さまと電話で話をして、お会いできないかとたずねたんです。はるばるここまでやってきて、ジェリーのご両親に自己紹介をせずに帰るなんて、馬鹿げていると思えたので。ジェリーのお母さまは、会いにくるようにとおっしゃってくださいました。どれくらいお邪魔することになるのかわからなかったので、父が電話で飛行機の便を変更しました。かまわなかったかしら？　もちろん、あなたにずっと待っていただこうとは考えていません。ジェリーのご両親のどちらかが、きっと空港まで車で送ってくださるでしょう」

サンディは、ジミー・ペレスのことを思いだしていた。忍耐強くて泰然としていた、かつてのジミー・ペレスだ。刑事の仕事でいちばん大切なのは観察することだ、といっていた人物――彼なら、この会談の席から車で走り去ったりはしないだろう。「なんの問題もありません」サンディはいった。「警部から、あなたがたおふたりを無事に飛行機に乗せるようにといいつかっているんです。お好きなだけ、ゆっくりしていってください」


午前もなかばをすぎたころで、ホテルは静まりかえっていた。ビジネス客は商談で出かけていたし、観光客は島めぐりを楽しんでいた。ひとりの若い女性が立派な階段の手すりの埃をはらいながら、そっと鼻歌をうたっていた。マリアとピーターのマーカム夫妻は統一戦線を張って、ロビーでいっしょに待っていた。マリア・マーカムは、ぴりぴりしているように見えた。家にはいってきたべつの動物を出迎える猫といったところか。毛を逆立てている――そういう表現でよかっただろうか？　サンディは一歩さがると、自分がこの場にはいないかのようなふりをして、あとの四人に自由にやらせた。

「リチャード・グレイです」アナベルの父親が手を差しだしながら、まえに進み出た。「このたびは、ご愁傷さまです。ほんとうに、大変な悲劇だ！」

感謝するような感じで、ピーター・マーカムがその手をとった。アナベルの父親が同席していることを、喜んでいるようだった。

「読書室にコーヒーをもってくるように申しつけてあります」マリア・マーカムがいった。

サンディは子供のころ、ウォルセイ島の大いに盛りあがる結婚式で、何度か彼女のことを見かけていた。彼女は笑いさざめき、誘われれば誰とでも激しく踊っていた。まともに立っていられないくらい酒を飲んでいた。それがいまは、こうして古いイギリス映画に登場する領主夫人のようにふるまっている。人は変わるのだ、とサンディは思った。ジミー・ペレスは変わった。そして、アナベルの言葉を信じるならば、ジェリー・マーカムも。

読書室は二階にあった。細長い部屋で、その端にある窓からは、塀で囲まれた庭とその先の水面をのぞむことができた。革張りのソファと椅子。誰も目をとおしていない本がずらりとならぶ壁。片隅には無料Wi-Fiをそなえたコンピュータがあって、客たちが自分のメールをチェックできるようになっていた。暖炉には火がはいっていた。きょうのために特別につけられたのだろうが、その心づかいにもかかわらず、部屋はじめじめとして、長いこと閉めきっていたような雰囲気が残っていた。コーヒーのポットと砂糖とクリームをのせたトレイをもって、女性がはいってきた。自家製のショートブレッドをのせた皿。カップと受け皿が四組しかないのは、サンディが同席するとは思われていなかったことを示していた。トレイをはこんできた女性はウェイトレスではなく、灰色の洒落たスーツを着ていた。マネージャーのひとりだろう、とサンディは推測した。いい印象をあたえるために動員されたのだ。

「ありがとう、バーバラ。カップをもうひとつ、お願いできるかしら?」尊大な口調でそういったのは、またしてもマリア・マーカムだった。ピーター・マーカムは、まだひと言も口をきいていなかった。だが、彼の視線がアナベル・グレイから一時も離れていないことに、サンディは気がついていた。そこにあるのは、なんだろう？　欲望？　それとも、羨望か？　彼女の若さと、まだ先がある人生への羨望。リチャード・グレイはしばらく水面を見おろしていたあとで、大きな肘掛け椅子に腰をおろした。娘にむけられたピーター・マーカムの凝視に気づいているのだとしても、それらしいそぶりはみせなかった。

五つ目のカップが用意されるまで、沈黙がつづいた。マリア・マーカムがコーヒーを注ぎ、ショートブレッドの皿をまわした。誰かが口をひらくのを、全員が待っていた。結局、アナベル・グレイが先陣を切った。例の本土人の自信だ、とサンディは思った。

「こうして会ってくださって、どうもありがとうございます。さぞかしショックを受けられたことでしょうね。ジェリーが亡くなったと思ったら、今度は……」

「あなたのことは、なにも聞いていませんでした」マリア・マーカムが自分の立ち位置をはっきりとさせた。うちの子があなたを愛していたなんて、信じませんから。

「彼は準備が整うまで、この話をするのを待ちたがっていました。きっと、ロンドンへ戻るまえに打ち明けるつもりでいたんでしょう」

「ジェリーは亡くなるまえに、丸一日ここにいたんですよ！　到着した日の朝に、いっしょに朝食をとった。いっしょに話をした。それなのに、どうしてなにもいわなかったのかしら？あなたたちの友情が、あなたのいうようにほんとうに重要な意味をもつものだったのなら」マリアは若い女性にむかって、嚙みつくようにいった。サンディはアナベルの父親が介入してくるだろうと思ったが、彼は油断なくすわったまま、マリアと自分の娘を交互に見ていた。

アナベルは、すぐには返事をしなかった。だが、つぎに口をひらいたとき、その声は落ちついていた。「それは友情以上の関係でした。わたしたちは結婚する予定だったんです」

「それなら、わたしたちにいったはずだわ」悲鳴のような声。それから、「わたしにはいったはずよ。どうして待つ必要があるの？」

「たぶん、そのまえにまず、やっておきたいことがあったからでしょう」アナベルがいった。

「彼があなたに話す機会をもてずに終わったのは、とても残念です」

ようやく、ピーター・マーカムが口をひらいた。「家内を許してやってください。息子とはとても親密だったので。動揺しているんです」

ふたたび沈黙がつづいた。

「彼は、わたしといてしあわせでした」アナベルがいった。「心穏やかだった。そのことを、喜んであげてください。彼の変化に気がつきませんでしたか？　父はそばで見ていました。でしょ、お父さん？　わたしといるときのジェリーは、ふだんよりもずっと穏やかだった」アナベルは挑むように、ジェリーの両親をまっすぐにみつめた。「今回の帰省で、彼が変わったという印象を受けませんでしたか？　彼はまえよりも満ち足りていませんでしたか？」

マーカム夫妻は顔を見あわせた。アナベルの発言をふたりがどう受けとめているのか、サンディにはよくわからなかった。息子の変化に気づかなかったことで、ふたりはばつの悪い思いをしているのだろうか？

「だからこそ、彼は故郷に戻ってきたんです。わたしたちふたりがあたらしい人生のスタートを切れるように、物事を正そうと考えて。それが彼の望みだったんです。たぶん、彼が死んだ理由でもあるのでしょう」アナベルはサンディをしかとみつめて、そのメッセージが彼に伝わっていることを確認した。

「それで、正確にはジェリーはなにを正そうとしていたのかな？」ピーター・マーカムの声はよそよそしく、礼儀正しかった。だが、その視線は依然として、アナベルから離れることがなかった。

「わかりません」アナベルがいった。「おふたりに教えていただけるかと思っていたんですけど。ジェリーは、わたしと結婚するまえにかたづけておくことがある、といっていました。でも、その内容は教えてくれなかったし、わたしもたずねませんでした。彼が知られたくないのであれば、わたしが余計な口出しをする筋合いではないので。たぶん、過去にかんすることでしょう。彼が罪の意識を感じていたことです」ここでアナベルは、ジェリーの両親を見た。「では、心当たりはないんですね？　わたしの愛した人の命を奪うことになった原因を、おふたりともご存じない？」

マリアの顔がしかめられるのを見て、サンディは彼女が返事をしようとしているのかもしれないと思った。それとも、なにかをほのめかそうとしているのか。だが、そのまえにピーター・マーカムが口をひらいた。「ほんとうに、それは思い違いではないのかな。こういった悲劇のあとでは、人は往々にして説明を求めがちだ。ちがいますか？　だが、たいていそんなものは存在しない。すくなくとも、筋のとおる説明は。暴力は、愚かで説明のつかないものとなることがある。それを受けいれないと」ピーター・マーカムは援護を求めて、リチャード・グレイのほうへ目をむけた。

「マーカムさんのいうとおりだ」リチャード・グレイがいった。「ときとして、物事には説明がつかない。理解できることは、なにもなかったりするんだ」

アナベルが父親を見た。もしかすると、父親が自分の味方をせずにピーター・マーカムに与《くみ》したことに、落胆をおぼえているのかもしれなかった。「すこし庭にひとりでいさせてもらってもかまいませんか、マーカムさん？　ジェリーはホテルのことを説明するときに、よく庭のことを話してくれたんです」

「もちろん、かまわないとも」ピーター・マーカムはアナベルのためにドアをあけると、彼女のあとにつづいて外へ出ようとした。

「ひとりで大丈夫ですから」アナベルがいった。

「いっしょにいこうか？」アナベルの父親はすでに立ちあがっていた。

「いいの」アナベルがいった。「ここにいて」まるで命令のように聞こえた。

かれらは細長い窓からアナベルの姿をながめていた。彼女は小さな池のほとりにある白い錬鉄製のベンチに腰をおろすと、黙想にふけっているような感じで、ほとんど身じろぎをしなかった。

「わたしは信じないわ」突然、マリア・マーカムがいった。「彼女はジェリーが追い求めるようなタイプの娘じゃないもの」彼女はいま、ほかのものたちではなく、自分自身を納得させようとしているのだ、とサンディは思った。「ごめんなさい、グレイさん。でも、彼女はきっと、ジェリーとのあいだに実際以上の関係があったと勘違いしているんだわ」

「娘は勘違いなどしていません」リチャード・グレイがいった。「それに、嘘もついていない。あなたの息子さんがアナベルを見るときの目つきを、わたしも見ました。彼はあの娘に夢中だった」

部屋のなかの雰囲気はぴんと張りつめていて、サンディは立ち去りたくなった。グレイ親子が出てくるのを車のなかで待つほうがよかった。だが、彼はその場に踏みとどまった。

庭にいるアナベルが立ちあがって、長い髪をさっとふりはらった。窓を見あげこそしなかったものの、自分が見られていることを承知しているのは間違いなかった。ピーター・マーカムは食い入るように彼女をみつめていたが、なにも言葉ははっしなかった。

空港に到着したとき、予約を変更した便までには、まだかなりの時間があった。サンディは空港のなかまでグレイ親子に同行した。アナベルの荷物は、ここでも彼がはこんだ。ふたりをテーブルにすわらせ、全員の分の紅茶を買いにいく。それから、ロンドンでジェリーのことを知っていそうな人たちの名前とくわしい連絡先をたずねて——彼とアナベルの出会いの場となった教会の司祭や信徒たちだ——書きとめた。グレイ親子は嫌がる様子もなく情報を提供し、どうしてそんなことを知る必要があるのかとたずねてはこなかった。

「きっと、ここへきたのは無駄足だったと感じているんでしょうね」サンディはいった。「まさか、とんでもない」アナベルはまっすぐにサンディを見た。「ジェリーのご両親がなかなかわたしを受けいれられないのは、予想していました。おふたりにとって、今回の件はひどくおつらいはずだわ。ジェリーはいっていました。自分の両親には信仰がなく、その人生には慰めとなるものがないと」アナベルは小さな笑みを浮かべた。「あるのはアルコールと、不必要なまでの富を追い求めることだけだと」

「そして、わたしはここにいられて嬉しく思っている。この大変なときに、娘をそばで支えてやることができたのだから」リチャード・グレイがほほ笑んだ。彼の携帯電話はすぐわきのテーブルの上に置かれており、メッセージの着信を知らせる赤い光が点滅しているのがわかったが、彼はこれ見よがしにそれを無視していた。

自分にはアルコールと金があればじゅうぶんだ、とサンディは思った。

男たちの集団がはいってきた。シェトランド・キャッチ社という魚の加工工場で働く若者たちだった。かれらは搭乗手続きのデスクのまえにたむろし、本土への旅に興奮して、小突きあったり笑ったりしていた。その様子からすると、どうやら男だけの独身さよならパーティへ出かけるところのようだった。美しいアナベルの姿に気づいて、悪気のない忍び笑いと指をさすしぐさがくわわる。まるで六歳児のようなふるまいだ。サンディはかれらを無視したが、自分の顔が赤くなるのがわかった。グレイ親子に、シェトランド人はみんな無知な間抜け野郎だと思われたくなかった。そのとき、搭乗案内のアナウンスがあり、サンディはふたりといっしょにセキュリティーチェックのほうへと移動した。彼が手を差しだすと、アナベルはそれを両手で包みこみ、しばらく握りしめていた。

「ありがとう」アナベルがいった。「なにもかも。ほんとうに感謝しています」

アナベルはむきを変えて歩み去っていったが、リチャード・グレイは娘につづくまえに、しばし足を止めた。

「そういえば」リチャード・グレイはいった。「ローナ・レインはまだここの地方検察官をつとめているのかな?」

「ええ」サンディは、あまり驚きを顔にださないように努力した。

「そうか。素晴らしい女性だ」リチャード・グレイがいった。「じつは、彼女は若かりしころ、われわれの事務所のジュニア・パートナーだったんだ。長くはいなかったよ。すごく野心が強くて、すごく先を急いでいたから、すぐにつぎのもっといい仕事に移った。彼女によろしく伝えておいてもらえるかな、刑事さん。ディッキー・グレイが様子をたずねていたと」

そういうと、リチャード・グレイもサンディのまえから姿を消した。サンディは針にかかった魚のように口をあんぐりとあけたまま、その場に立ちつくしていた。

サンディが警察署に着いてみると、ウィローとペレスはまだフェトラー島から戻ってきていなかった。彼はアナベルから教えられた連絡先に電話をかけはじめた。まず最初は、降臨節コースを主催した教会の司祭だった。ジェリー・マーカムの精神の旅を見守りつづけていたであろう人物だ。司祭のうしろでは騒々しい子供たちのたてる音がしていて、ときおり司祭はそれに気を散らされていた。一度など、会話の途中で受話器から口を離して、こう怒鳴った。「サル、静かにするよう、子供たちにいってくれないか」とはいえ、怒った声ではなかった。彼は家庭生活の混乱状態を楽しんでいるようだった。

サンディは自分の身元をあきらかにしたあとで、用件を説明した。

「ああ、ジェリーですか。悩める男だ」

「そうだったんですか?」

「わたしには、そう見えました」間があく。「彼は成人してから一度も教会を訪れたことがなく、もしも気分が落ちこんでいなければ、勇を奮《ふる》ってそうすることはなかったでしょう」

「彼とアナベル・グレイの関係について、話してもらえますか?」

「アナベルは、われわれの教会のひじょうに熱心な信徒です。リチャード・グレイは、ご自身では教会に顔をだされないが、寄付の際には、いつでもきわめて寛大です。裕福な方で、おそらく相続による不労所得がおありになるのではないでしょうか。もちろん、法曹界でも成功をおさめておられる。とはいえ、金のあるものが必ずしも気前がいいわけではありませんから」

この話はどこへつながっていくのだろう、とサンディは考えていた。

司祭はつづけた。「アナベルは、すぐにジェリーに好意を抱きました。救済と改心を必要とする身を持ち崩した男性というのに、どこかロマンチックなものを感じていたのかもしれません。ジェリーは最初から、自分の過去の過ちについて正直でしたから」

ふたたび間があく。

「それで、アナベルの父親はどう思っていたんでしょうか？　その……」サンディは適切な言葉を見つけようとした。「……娘の執心ぶりを？」グレイ親子とかかわるなかで、サンディはジェリーに対するアナベルの父親の考えが、いまひとつよくつかめずにいた。

「そうですね……」司祭がふたたびためらった。サンディは、相手が言葉を慎重にえらんでいるのを感じた。「リチャードは、アナベルほどジェリーの魅力に感化されてはいませんでした。ジェリーを娘にふさわしい相手とは考えていなかったのでしょう。ご理解いただかなくてはなりませんが、刑事さん、あの親子はひじょうに親密です。アナベルの母親は、アナベルがまだ幼いときに家を出ていきました。そして、彼女には兄弟がいなかった」

「でも、ジェリーが亡くなると、父親は娘といっしょにシェトランドまで飛んできました」

電話口のむこうでドアがばたんと閉まる音がして、子供たちの声が遠ざかっていった。父親が静かに会話をつづけられるよう、子供たちが庭へおいだされたのだろう。サンディは、植物の生い茂る日当たりのいい庭と木からぶらさがっているブランコを想像した。「当然です！」司祭がようやくいった。「リチャードは、娘がジェリーの死を受けいれる助けになることなら、なんでもするでしょう」言葉をきる。「これからいうことを話すべきかどうか、わたしにはよくわかりません、刑事さん。これがわたし個人の意見にすぎないことを、理解しておいてください。けれども、わたしにはリチャードがジェリーの変化を信じていたとは思えないのです。

彼の回心を信じていたとは。もっと物事をゆっくり進めるよう娘を説得してくれ、とわたしはリチャードから頼まれました。そのときの印象では、彼はふたりの結婚をあまり喜んではいなかった。アナベルは頭のいい女性だ、とわたしはいいました。彼女が正しい判断を下すと信じるべきだと」

「では、あなたはアナベルがジェリーとつきあうのを間違いだと考えていたんですね？　あなたもまた、彼の変化に確信がもてなかった」

今回の沈黙はあまりにも長くつづいたので、サンディは電話が切れたのかと思った。ようやく、司祭がこたえた。「わかりません、刑事さん。ほんとうに、いまでもわたしには、はっきりとしたことがわからないのです」

35

午後遅く、かれらはふたたび警察署の捜査本部に集まっていた。外は土砂降りの雨で、舗道では水滴が跳ね、溝からは水があふれていた。町役場で集会があり、人びとが顔をフードで隠しながら階段を駆けあがっていくのが見えた。ペレスの目には、部屋の最前部に立つウィロー・グレイが自信を失っているように映った。ジョン・ヘンダーソンの殺害とそのあとのアナベル・グレイの訪問で捜査に突破口がひらけると考えていたのに、そうはならなかったからだ。むしろ、疑問点が増えただけだった。

「サンディ」ウィローがいった。その声は疲労でぎすぎすしていた。それに、絶望のようなものが感じられた。突然、ペレスは彼女の面倒をみたくなった。キャシーが怪我をしたり学校でつらい目にあったりしたときに甘やかすように、ちょっとしたご褒美をあたえたくなった。

「報告してもらえるかしら?」

サンディは、学校のノートのような帳面にメモを書きつけていた。立ちあがって、それを読みあげていく。ペレスはここでも、やさしい気持ちがどっとこみあげてくるのを感じた。サンディは間違えないように、懸命に努力していた。

「グレイ親子はマーカム夫妻と会う手はずを整えていて、空港へむかう途中でレイヴンズウィックに立ち寄りました」サンディはいった。「おれもいっしょにいって、その場に立ち会いました。それでよかったんですよね」顔をあげて、上司を見る。

「もちろんよ、サンディ。いい判断だわ」ウィローがうなずいてみせると、サンディはリラックスしたように見えた。かつては、おまえが彼からああいう目で見られていたんだ、とペレスは思った。おまえの承認が必要とされていた。「それで、どんな様子だった?」

「マリア・マーカムは、あまり感じが良くありませんでした」サンディがいった。「ジェリーとアナベルのあいだに関係があったことを、一切認めようとしなかった。すくなくとも、口では否定していました」

「それで、ピーターは?」自分でも理由はよくわからなかったものの、ペレスはグレイ親子に対するピーター・マーカムの反応のほうが、より重要だと考えていた。

「そもそも、彼はほとんど口をひらきませんでした」サンディが顔をしかめた。「黙って、アナベルをみつめるだけで」自分のメモにちらりと目をやる。「アナベルは庭に出ていきました。ひとりになってジェリーのことを考えたい、といって」ふたたび間があく。「おれは署に戻ってから、聖ルカ教会の司祭に電話しました。例の降臨節コースがひらかれた教会の司祭です。アナベルとジェリーの関係について、彼はすごく興味深いことをいってました」

「興味深いって?」ウィローがまえに身をのりだした。

「彼はジェリーの変化が本物かどうか、確信をもてずにいました。例のキリスト教徒への回心の件です。べつに司祭は、すべてがジェリーのでっちあげだと知っていたわけではありません。ただ、確信がなかったんです」サンディはメモ帳に目をやった。これはもう習慣だな、とペレスは思った。いまのサンディは、そんな助けがなくても、自分のいいたいことをきちんとわかっていた。「それに、アナベルの父親のこともあります」サンディは言葉をきった。息を継ぐためであると同時に、効果を狙っていた。

「リチャード・グレイがなんだというの、サンディ?」ウィローの声は鋭くなっていた。

「彼もまた、ジェリー・マーカムを信じていませんでした。それと、彼は金持ちです。司祭によると、法廷弁護士としての稼ぎのほかに、相続による不労所得があるのだとか」

ペレスは頭のなかで、マリア・マーカムとかわした会話の一部を思い返していた。ジェリーは母親に、これからはもう二度と金を無心する必要がなくなる、と話していたという。アナベル・グレイと結婚すれば自分の金が手にはいる、とジェリーは計算していたのかもしれなかった。とりあえず、妻の金が手にはいると。彼は裕福な家族の一員となるために、回心を装ったのだろうか？　その考えは突飛に思えたが、ジェリーは必死だったのかもしれなかった。彼はジャーナリストであり、調査の大切さを理解していた。あの日に教会にあらわれたのは、アナベルがそこにいると知っていたからなのか？　人はそこまで計算高くなれるものか？

「いまの話をどう思う、ジミー？」ウィローは急に元気な声になっていた。

「結婚によって大金が手にはいるとジェリーが考えていたのなら、彼がシェトランドへ戻ってきた理由を、われわれは考え直さなくてはならないな」外では、あいかわらず雨粒が窓ガラスや灰色の舗道を叩いていた。ペレスは、キャシーがご近所さんのキッチンにいるところを想像した。親友とテーブルについて、安全無事に心地よくしているところを。「なぜなら、どうせもうすぐ金持ちになるとわかっていたのなら、脅迫の危険を冒すことはまずないだろうから」

「でも、彼は金持ちになれたのかしら？　アナベルの父親に気にいられていなくても？　金をもっているのは、父親よ」ウィローの頭脳は、ふたたび活発に動いていた。「こちらにいるあいだ、リチャード・グレイはいかにも物わかりがよさそうにふるまっていた。でも結局は、彼の思いどおりになったわけよね？　アナベルがジェリー・マーカムと結婚することはなくなった。仕組みはよくわからないけど、もしかするとリチャード・グレイは、結婚を強行すればアナベルを勘当すると脅していたのかもしれない」

　まるでフランが大好きだったジェーン・オースティンの小説みたいな話だ、とペレスは思った。彼はフランを喜ばせるためにオースティンの小説を読もうとしたが、いつでも眠くなってしまい、最後まで読みとおせたためしがなかった。

「アナベルは理想家よ」ウィローがつづけた。「それに、ロマンチストでもある。父親の警告など無視して結婚を強行することに、抵抗がなかったのかもしれない。貧困は、それを実際に体験したことのない人間にとっては、きわめて魅力的なものに映るのかもしれないし。でもジェリーのほうは、彼についてこちらが知っていることを考えあわせると、富にもすごく魅力を感じていたでしょうね」

「もしかすると、ジェリーはほんとうに変わっていたのかもしれない」そういいながらペレスが窓のほうへ目をやると、外の通りは小さな川と化していた。「シェトランドへ戻ってきたのは、彼なりのやり方でそれを証明するためだったのかも。なんらかの試練として。もしくは、使命として」

だが、そういう端から、ペレスはこれがひどく馬鹿げて聞こえると考えていた。まるで伝説だ。勇ましい騎士と美しい淑女の登場する物語。そういえば、アナベルは女子修道院にこもっていたではないか！　そしてジェリー・マーカムは、雄々しく北へと突撃した。白馬ではなく、赤いスポーツカーに乗って。だが、事件の真相は、おそらくもっと薄汚れていて殺伐としているのだろう。

「自分がほんとうに変わったことを証明させるために、リチャード・グレイがジェリーをシェトランドへ送りこんだというの？」いままでは、ウィローも疑わしげな声をだしていた。

「わからない」ペレスは、ジェリー・マーカムの人物像がよくつかめなくなってきていた。ぼんやりとぼやけてきていた。「もはやどう考えていいのか、ほんとうにわからないんだ」

三人は、しばらくおたがいを見ながらすわっていた。突然の興奮はすぎさり、ふたたび意気阻喪していた。

「リチャード・グレイのことなら、いつでも地方検察官にたずねてみることができますよ」サンディがいった。

「地方検察官が彼についてなにを知っているというの？」ウィローがさっと顔をあげた。

「リチャード・グレイによると、ふたりはロンドンでいっしょに働いていたことがあるとか。彼女がまだ若かったころです。ローナ・レインは事務所のジュニア・パートナーだった。それがやがて野心を抱くようになって、よりよい仕事を求めて移っていった」

この情報について考えをめぐらせているあいだ、部屋には沈黙がたれこめていた。ウィローが最初に口をひらいた。「あの女性は生まれついての野心家よ」ほかのふたりに目をやる。「これには重要な意味があるのかしら？　それとも、これもまたたんなる偶然？」

「こちらにいるあいだにリチャード・グレイがローナ・レインに連絡をとろうとしなかったのは、奇妙な気がするな。もしもふたりがそれほど古い友人だとするならば。事件の背景情報をもっとくわしく知りたい場合、地方検察官に助けを求めるのがふつうだろう」ペレスはからまりあった自分の思考をときほぐそうとしたが、なんの結論も出てこなかった。ウィローがいっていたとおり、あまりにもつながりが多すぎた。

「ひとつ思いだしたことがあります」サンディだった。ためらいがちではあったが、喜ばせようと必死になっていた。彼が考えをまとめるあいだ、誰も口をひらかなかった。「たぶん、重要なことではないでしょう。ローナ・レインが鎧張り《ヨール》の船でジェリー・マーカムの死体を発見した晩のことです。ジェリーの車がヴァトナガースの駐車場に移されたと考えられている晩」サンディは言葉をきって、ひと息いれた。「ちょうどその晩、イーヴィー・ワットは独身さよなら女子会をひらいてました。女友だちとミニバスに乗って。全員が酔っぱらっていた。その一行を、アイスにいく途中で見かけたんです。もしかすると、そのなかの誰かがなにかを見ていたとか？　車とか？」反応がなかったので、サンディは急いでつけくわえた。「まずありそうにないのは、わかってます」

「イーヴィー・ワットが酔っぱらっているところは、想像しにくいわね」ウィローがいった。

「おれが見かけたとき、彼女は道路わきで吐いてました」サンディが顔をしかめた。「そのときは彼女だとはわからなかったんですけど、あとで自分が彼女を知っていることに気がついたんです」間があく。「もしかすると、ああいう馬鹿騒ぎに慣れていなかったのかもしれない」

「もしくは、誰かが彼女の酒に薬を混ぜた」ペレスは、イーヴィーの家にあった写真を思いだしていた。彼女は動物の着ぐるみ姿で、顔をしかめていた。すこしおかしな感じに見えた。

「バスに乗っていた女性たちのリストは、どうやったら手にはいるかしら？」ウィローがたずねた。「イーヴィーやその家族を、またわずらわせたくないの」

こんなにすぐまたワット家の人びとと顔をあわせるのは耐えられないのだ、とペレスは思った。かれらの感情に配慮してというよりも、そちらのほうが理由としては大きそうだった。

「ジェン・ベルショーに頼んでみたらどうですか」サンディがいった。「彼女もバスに乗ってましたから」ウィローのほうをむく。「土曜日にヴォーで昼食をとったときに、立ち寄ったパブで彼女の話がでてたのを覚えてませんか？」

ウィローは首を横にふった。

「ジェン・ベルショー」ペレスはいった。「サロム湾の石油ターミナルで広報担当官をしているアンディ・ベルショーの妻。最初の死体が発見されたアイスで、学校の調理師として働いている。ジェリー・マーカムの車が発見されたヴァトナガースの博物館で、ボランティアをしている。競漕大会では、地方検察官とおなじチームで漕いでいる。金曜日の晩に彼女がイーヴィー・ワットといたことを、もっとまえに報告しようとは思わなかったのか？　ジェリー・マーカム殺しの一件で、彼女がイーヴィーのアリバイになっているのかもしれないとは？」ペレスは声を張りあげていたが、実際にはサンディというよりも自分自身に腹をたてていた。ジェン・ベルショーに話を聞くつもりでいたのに、ちょうどそのときアナベル・グレイが登場してきたので、そちら方面への捜査をほったらかしにしていたのだ。

「イーヴィーのアリバイになっているのは、ジェン・ベルショーだけじゃありません」サンディが反撃にでた。「ミニバスいっぱいの酔っぱらった女性たちが証人です。奇抜な服装をして、おたがいの足首を結びつけていた女性たちが。たとえイーヴィーがしらふだったとしても、金曜日の晩にジェリーの車を移動するのは絶対に無理です」

サンディの口調があまりにも憤慨していたのと、彼が描きだしてみせた光景があまりにも滑稽だったために、部屋の雰囲気はふたたびなごやかになり、ウィローがくすくすと笑いだした。

「ジミー、あすの朝いちばんで、ジェン・ベルショーに会ってきてもらえる？」ウィローはそういうと、顔をあげてふたりを見た。「きょうは、これでもうおひらきにしない？　はやめに切りあげましょう」

三人は連れだって警察署を出た。雨はすでにやんでおり、空はまえよりも明るくなっていた。


ペレスがキャシーを迎えにご近所さんの家に立ち寄ると、テーブルにはすでに夕食の準備ができていて、彼も食事をしていくことになっていた。

「ほんとうに」ペレスはいった。「お気づかいなく。うちにも食料がありますし」

だが、キャシーはプディング作りを手伝っており、食事をせずに帰れば彼女ががっかりするのはあきらかだった。それに、キャセロールはすごく美味しそうな匂いがしていたし、マギーとデヴィッドはいっしょにいて楽しい相手だった。子供たちが部屋にいるあいだ、大人たちは事件の話をしないように気をつけていた。だが、子供たちがテレビを観はじめ、大人たちだけでコーヒーを飲むようになると、マギーがその件にふれた。

「つらいでしょうね、ジミー。また殺人事件の捜査にかかわるのは。まだそんなに時間がたっていないのに」

ペレスは直接それにはこたえなかった。「子供のころのジェリー・マーカムを知ってたのかな？」とたずねる。「ここは、ご近所といってもいいくらいちかくだ」マギーはレイヴンズウィックで育っており、ジェリーよりも年は上だが、そう大してちがわなかった。

「彼は典型的なひとりっ子だったわ」マギーがいった。「すごく甘やかされていた。すくなくとも、母親には」それから、「あら、ごめんなさい、ジミー。べつに、キャシーもひとりっ子だから甘やかされてるっていうんじゃないわよ。キャシーはいい子だもの」

　ペレスは手をふって、気分を害していないことを伝えた。自分のまわりで、あまり気をつかわないでもらいたかった。

「ジェリーは意地悪な子だったとか？」

「いいえ。ただ、分別がなかっただけ。注目の的になるのが大好きな子で、すこしやりすぎてしまうの。年の割にはすごく幼い、とずっと思っていたわ。母親がほんとうの意味で彼を成長させなかったのね。二十代のころでさえ、ジェリーは大人のふりをした小さな子供みたいに見えた」

　それを聞いて、ペレスはジェリー・マーカムの人物像がふたたびはっきりとしたものになるのを感じた。彼のことを、まえよりよく理解できたような気がした。

　キャシーをベッドに寝かしつけ、学校用の服を洗濯機にいれ、翌日の体操着の用意をするころには、時刻はだいぶ遅くなっていた。ペレスは腰をおろして、テレビでニュースを観た。世界では、ほかにも悲惨な出来事がいくつも起きていた。自分もベッドにはいるときになって、ようやく留守番電話を確認した。メッセージがひとつはいっていた。地方検察官の声が聞こえてきたので、彼は驚いた。落ちついた声だった。とりあえず、また殺人事件が発生したと彼が告げにいったときよりも落ちついていた。「なんだか奇妙なことがあったの、ジミー。それについて、あなたと話がしたいわ。電話をもらえるかしら。都合のいいときに。急ぎではないから」

ペレスは腕時計に目をやった。今夜電話をするには、遅すぎた。朝になってから、かけてみることにした。

36

こうしてふたりで外回りをしていると、まるで昔に戻ったみたいだ、とサンディは思った。彼はいま、ほぼ完全に復調したジミー・ペレスといっしょに車でアイスへむかっているところだった。北へむかう車中で、ペレスはあまり口をひらかなかった。だが、そもそもがおしゃべりなほうではなかったし、すくなくとも助手席にすわっている彼は、背中をまるめてむっつりとはしておらず、質問されるたびに殴りかかってきそうな雰囲気をただよわせてはいなかった。つい最近までは、すこしそんな感じがあったのだ。

地方検察官の家のそばまでくると、サンディはスピードを落とすようにとペレスから指示された。

だが、車をとめるかとたずねると、その必要はないという返事がかえってきた。「地方検察官が家にいる気配はない」ペレスはいった。「それに、彼女の車も見あたらない。きのうの晩、うちの留守番電話に彼女からのメッセージが残っていたんだ。けさになって電話をしてみたが、返事がなかった。きっと、もう仕事にむかっていたんだろう」

それが重要な用件だとは、サンディには思えなかった。「地方検察官は、あなたの仕事用の携帯電話の番号を知ってます。もしも急ぎの用なら、むこうからかけてきますよ」

「ああ、そうかもな」ペレスはほかにもなにかいいたそうに見えたが、それきり口をつぐんだ。サンディの見るところでは、ウィローも地方検察官と話をしたがっていた。リチャード・グレイとの関係を問いただすためだ。だとすれば、ペレスが横から口出ししてくるのを、彼女はあまり喜ばないのではないか。

学校に到着したとき、子供たちは朝礼に出席して、賛美歌をうたっていた。サンディも子供のころにうたっていたやつだ。それを耳にした瞬間、サンディの頭にはウォルセイ島での学校生活が――従兄弟のロニーといっしょに集会場のうしろのほうにすわって、いたずらをしていたときのことが――甦ってきた。アイスの小学校のキッチンでは、白いつなぎ服に白い帽子をかぶったふたりの女性が昼食の準備をしていた。ひとりは流しのそばでニンジンの皮をむき、もうひとりは作業台で生地をのばす係だった。後者がジェン・ベルショーで、彼女はサンディがヴァトナガースで事情聴取をしたときとはまったくちがって見えた。あのときは、昔風の服装をしていた。

「ここにははいれないわよ」ジェン・ベルショーがいった。「労働衛生安全基準法があるから」大柄な女性だった。太っているわけではないが、丸みを帯びていて、ふわりとした感じがあった。「あなたたちに、どんなばい菌がくっついてるかわからないでしょ」そう説教しつつも、声にはその考えを面白がっているような響きがあった。

「すこしお話をうかがえませんか?」ペレスはドア口に立って彼女に話しかけており、サンディには部屋のなかがよく見えなかった。「殺人事件のことで」

ジェン・ベルショーは同僚になにかいうと、隅にある小さな流しで手を洗った。「職員室へいきましょう」という。「いまなら、あそこには誰もいないから。コーヒーも飲めるかもしれないし」彼女はふたりを感じのいい部屋に案内した。壁ぎわに安楽椅子がならんでいて、中央にコーヒーテーブルがあった。ジェン・ベルショーがコーヒーメーカーのスイッチをいれた。「それで、なにを訊きたいのかしら? 夫の話では、ジョンのことを質問しに、うちへきたそうだけど」

「金曜日の晩は、どなたがお宅のお子さんたちの面倒をみていたんですか?」ペレスはたずねた。おかしな質問からはじめるものだ、とサンディは思った。

「子供たちは、わたしの母の家にいたわ。ニールをのぞいては。あの子は父親といっしょにプレイへいって、サッカーをやってたから。なぜ?」敵意はなかったものの、ジェン・ベルショーはすこし頭のおかしな人を見るような目つきでペレスを見ていた。

「そして、あなたはイーヴィーと出かけていた？」

「ええ、独身さよなら女子会でね。慈善活動のための募金集めを兼ねたはしご酒よ。いかにもイーヴィーらしいわ。ほかの人みたいに、ただ酔っぱらって恥をかくことができないの。同時に世界を救わずにはいられなかった」

「その晩のことを、くわしく聞かせてもらえますか？」ペレスがいった。「べつに誰かを責めようとしているわけではありません。ただ、あなたがたは目撃者だったかもしれないので」

ジェンがコーヒーを注いだ。急いでキッチンに戻ろうとする気配はなかった。彼女は例の有能な女性のひとりなのだろう、とサンディは思った。十分ほどで美味しい食事をちゃちゃっと用意できて、決してあわてることのない女性だ。

「バスが全員を自宅まで迎えにきたわ」ジェンがいった。「イーヴィーが最初で、それから残りの面々をね。飲みはじめは、ブレイにある〈ブスタ・ハウス・ホテル〉よ。あそこは、けっこう格式のあるホテルでしょ。ヴェロニカは気にする必要ないといったけど、ほかのみんなはあそこのお客さんのまえであまり騒ぐところを見せたくなかったの。それで、わたしたちは一杯やると、バーのなかを募金用のバケツをがたがた鳴らしてまわるだけですませた。そのときはまだ、ほぼ全員がしらふにちかかったわ」

ペレスがうなずいた。「そして、あなたがたはみんな仮装して、ふたりひと組になっていた？」

「そうなの！　とんでもないでしょ！」

「イーヴィーは、どんな様子でしたか?」

サンディには、これこそが重要な質問に思えた。ほかの質問は、ジェンをリラックスさせ、こたえやすくするためのものだ。

沈黙がながれた。

「イーヴィーは、いつもの彼女でしたか?」ペレスがしつこくたずねた。「というのも、イーヴィーがひどく酔っていたという話を聞いたのですが、それは彼女らしくないと思ったので」

「あれははしご酒だったのよ」ジェンがいった。「当然、彼女は酔っぱらってたわ!」

「だが、計画をたてたのは彼女だった」ペレスの口調は理性的だった。「イーヴィーならば、度をすぎないようにペース配分をするんじゃありませんか。それとも、誰かが彼女のお酒に薬を混ぜたら面白かろうと考えたとか?」

それをきっかけに、ジェンが堰を切ったようにしゃべりはじめた。何日も溜めこんでいたものをいっきに吐きだすかのように、つぎからつぎへと言葉があふれだしてきた。不安をわかちあえることからくる安堵感が、友人を裏切っているという罪の意識とないまぜになっていた。

「彼女がいったいどうしちゃったのか、わからなかった。昼間からずっと飲んでいたんじゃないかと思った。職場の友だちと出かけたのかとたずねてみたけど、彼女は否定していた。とにかく、ものすごく荒れていた。イーヴィーと知りあって何年にもなるけど、あんな彼女ははじめて見た。ふだんは蒸留酒に手をださないのに、あの晩はウォッカを飲んでいた。ほかのみんなは面白がっていた。いつもは、ペースを落とすようにまわりに忠告するのはイーヴィーのほうだから。でも、わたしは気にいらなかった。すこしたつと、彼女の面倒をみられるように、飲むのをやめたわ」

「どうしてイーヴィーは、それほどまでにいつもとちがう行動をとっていたんでしょう?」ペレスが力づけるような笑みを浮かべてみせた。「結婚をまえにして、土壇場になって気おくれがしていたとか?」

ジェンは首を横にふった。「彼女ははじめてデートをしたときから、ジョンに夢中だった。ずっと彼と結婚したがっていた。考え直すなんて、ありえなかった。まあ、無理もないけど。ジョンは素敵な男性だったから」

「それじゃ、ほかに思い当たるふしは? きっとあなたは彼女にたずねてみたはずだ」

「まあね。でも、腹を割った話をするのに最適な状況とは、とてもいえなかったから。バスのうしろのほうでは女たちが卑猥な歌をうたっていたし、イーヴィーは五分ごとにいまにも吐きそうになっていた」

「でも、だいたいのことはつかめたのでは?」

「ジェリー・マーカムが戻ってきていたからよ」ジェンがいった。「それで彼女はあんなにおかしくなっていたの」ふたりを見る。「イーヴィーが小娘のころにジェリーに孕《はら》まされたのは、知ってるでしょ」

「彼女はジェリーと会ったんでしょうか?」ペレスがたずねた。「それで、彼女はそこまで動揺していた? ジェリーが彼女の仕事場まで押しかけてきたとか? それとも、偶然に出くわした?」

ジェンがかぶりをふった。「わからない! それだけのことを聞きだすころには、イーヴィーはすっかり酔っぱらってて、意味不明なことを口走っていたから。そう、ろれつがまわらなくて、ほとんどまっすぐに立っていられなかった。誰かが彼女の酒に薬を盛ったんじゃないかって、さっきいってたわよね。実際には、逆だったの。わたしはトニックウォーターを買ってきて、それをウォッカのトニック割りだと称して彼女に渡していたの」

「それで、イーヴィーはジェリーについて、正確にはなんといっていたんですか?」ペレスがたずねた。「一言半句たがえずに思いだしてもらえると、すごく助かるんですが、ミセス・ベルショー」例のあの笑みを浮かべてみせる。むけられたほうが、自分は世界でいちばん重要な人物なのではないかと感じてしまう笑みだ。

「ああ、それならお安い御用よ」ジェンが決まり悪そうに小さな笑い声をあげた。「〝ジェリー・マーカムのクソ野郎!〟――そういってた。何度もくり返して。彼女が汚い言葉を使うのを聞いたのは、それがはじめてだった。ショックだったわ。自分の祖母か聖職者がののしり言葉を口にするのを聞くような感じで」

「でも、もっとくわしいことは?」ペレスがいった。「それ以上のことは、なにも?」

ジェンは首を横にふった。

「それでは、あの晩の出来事のほうへ話を戻させてください」ペレスがいった。あたかも、イーヴィーの心理状態はあまり重要ではなく、ここへきたそもそもの目的をはたしたい、とでもいうように。「〈ブスタ・ハウス・ホテル〉のあとは、どこをまわったんですか？　できれば時刻もわかると、ひじょうにありがたいです」経費精算の伝票を確認してくる本署の担当者みたいな口調だ、とサンディは思った。このエリックという退屈きわまりないけちな男は、細かいことをえんえんと訊いてくるのだ。ペレスはサンディにすべてを書きとめさせてから、それをジェンにむかって読み返すように指示した。そのあいだ、彼は一度ならず赤いアルファ・ロメオのことをたずねていた。

「まえにもいったとおり、わたしは見かけなかったわ」ジェンがいった。「その車がヴァトナガースの駐車場で見つかったのは知ってるけれど、それ以上のことはなにも知らない。わたしたちは、ほとんどの時間をパブのなかですごしていたの。そのあいだに車はいくらでも道路を走れただろうし、こっちはそれに気づくはずがないわ」

そのとき、ベルが鳴った。やけに大きな音だったので、サンディは椅子のなかで飛びあがった。子供たちが休み時間で校庭に駆けだしていく音が聞こえてきた。

「あら、大変。もうこんな時間？」ジェンが立ちあがった。刑事たちから逃れる口実ができてほっとしているのがわかったが、そんな彼女をサンディは責めることができなかった。「もういかなくちゃ、お昼までにパイができあがらないわ」そういうと、彼女は急いで部屋から出ていった。残されたふたりは、自分たちで駐車場へ戻る道を見つけた。

ふたりは学校のまえにとめた車のなかで、ずいぶん長いことすわっていた。ジミー・ペレスは、まっすぐまえをみつめたままだった——もっとも、そこにはレンガの壁以外に見るべきものはなにもなかったが。そして、サンディは座席のなかでもぞもぞと身体を動かしていた。このまま黙って車を発進させてラーウィックへ戻るべきだろうか？ 思索にふけっているときのペレスを、サンディは邪魔したくはなかった。だが、ついにはこれ以上の沈黙に耐えられなくなり、仕方なしに口をひらいた。

「で、これからどうしますか、警部？」

それに対して、ペレスはゆっくりとふりむいてサンディを見た。驚いたような感じで、冬眠から目覚めたばかりの動物といったふうに見えた。クマだ、とサンディは思った。このぼさぼさの黒い髪は、まさにクマそっくりだ。

「サロム湾のほうへやってくれ」ペレスはいった。「ちょっと思いついたことがあって、もう一度あのあたりの地勢を確認しておきたいんだ。だが、まずは途中で旧校長宿舎に寄っていこう。地方検察官が家にいるかもしれないから」

依然としてローナ・レインの車は家のまえになかったが、それでもペレスはサンディに車をとめるように頼んだ。ペレスが階段をのぼって玄関へむかうあいだ、サンディは車のなかで待っていた。ペレスがドアを強く叩く。だが、返事がなかったのはあきらかで、ペレスは庭にまわりこむと、地上階の窓をすべてのぞきこんでいった。そして、結局は家の反対側からあらわれ、車のところへ戻ってきた。「どこにも異状はなさそうだ」という。「署へ戻ったら、彼女のオフィスに電話してみよう」

車を出そうとしたとき、サンディは家のほうをふり返った。一瞬、上階の窓に影が見えたような気がした。いまカーテンが動いただろうか？　だが、窓があいていたので、きっと風が薄い布を揺らしたにちがいなかった。自分はありもしないものを想像しているだけだと考えて、サンディはなにもいわなかった。それでなくても、すでに警部からは馬鹿だと思われているのだ。

車はブレイを通過して、サロム湾沿いの道路にはいった。そのまままいくとトフトのノース・アイルズ・フェリーの乗り場に着くところだが、そのまえにペレスの指示で、スカッツタ空港のほうへと折れた。サンディは一度も車でこちらのほうへきたことがなかった。スカッツタ空港を利用するのは石油関係者だけで、彼には用がなかったからだ。ヘリコプターが離陸し、しばらく空中で停止してから、北海油田の掘削装置を目指して飛んでいった。すぐちかくを通過したらしく、あたりがその音で包みこまれた。サンディは、車を振動させている回転翼の羽根の力をまざまざと感じとれるような気がした。

「あっちだ」

ペレスが指し示した小道のわきには、〈許可された車両以外は進入禁止〉と書かれた古い標識があった。だが、行く手を阻む門はなく、小道は水のなかに突きでたひらべったい土地の先端までつうじていた。その土地はコンクリート製の平板で覆われており、そこにかつてあった建物が床だけ残して撤去されたような感じに見えた。コンクリートにはひび割れがあり、そこからは雑草はもちろんのこと、小さな灌木《かんぼく》まで生えてきていた。サンディは北向きに車をとめた。

「おそらく、ここは戦時中に駐屯地として使用されていたんだろう。たぶん、空軍の」ペレスはすわったまま、水面のむこうの石油ターミナルをながめていた。ずらりとならぶタンク。たちのぼる炎。そして、あらたに建設された道路をとおってガス工場のほうへと岩をはこんでいくトラック。「もう用済みとなったときに、撤去されたんだ」

「一時期、ここを開発して工業団地にするって案がありませんでしたっけ?」サンディは、どこかでそう聞いたことがあるような気がした。それとも、『シェトランド・タイムズ』で読んだのだったか。

ペレスは返事をせずに、車から降りた。サンディもあとにつづいた。「自分がジェリー・マーカムになったつもりで考えるんだ」ペレスがいった。「おまえはたったいま石油ターミナルを訪問して、アンディ・ベルショーと会ってきたところだ。アンディの証言どおりだとすると、それはお決まりの取材だった。もしかすると、ターミナルの取材は、島のこのあたりにくるための口実にすぎなかったのかもしれない。おまえはジョン・ヘンダーソンと会う決意を固めている。いまの時点では、その理由はまだわかっていない。イーヴィーへのあつかいをジョンに謝罪するためか? ジョンの結婚を祝福するためか? それとも、彼に手をひかせようとしていたのか? なんのかんのいって、やっぱりイーヴィーを自分のものにしたくなったから? 生まれてからこのかた、おまえはずっと自分の欲しいものを手にいれてきた。理由はどうあれ、おまえは仕事場にいるジョンに電話をかける。ジョー・シンクレアの証言から、ジョン・ヘンダーソンが電話を受けたのはわかっている。おまえなら、ジョンとどこで会うことにする?」

「ここと か?」サンディはいった。それが期待されている返事だという気がした。ペレスがかつてのように鋭敏で集中しているのを見て、サンディは嬉しかった。

「それだと筋がとおる、だろ?」ペレスは海のほうをみつめたまま、しゃべりつづけた。「ここなら人目につかない。車はときどき見かける——ここは子供たちが車の運転を練習しにくるところだ。両親から路上を走る許可がでるまえに。だから、車が二台あったところで、とくに注意をひきはしないだろう」

「おれの車なら、話はべつかもしれない」サンディはいった。「ほら、おれがまだジェリー・マーカムだとして」

「赤のアルファ・ロメオか。たしかに、そうだな」そういってペレスが笑みを浮かべたので、サンディは自分がなにかの試験に合格したような気分になった。

ペレスは小道をぶらぶらと歩いていき、滑走路と空港の建物があるほうへとむかった。SF映画から抜けだしてきたような、あたらしい航空交通管制塔があった。蜘蛛を思わせる長い鋼鉄製の脚に、ガラス張りの本体。空港のロビーでは、男たちの一団がポリスチレンのカップからコーヒーを飲んでいた。みんなげっそりとした顔をしていた。掘削装置でのあらたな勤務がはじまるまえに、最後の自由な夜を満喫するために飲み明かしてきたような感じだった。搭乗手続きのカウンターのうしろには、制服姿の黒髪の男がいた。板ガラスの窓越しに、幹線道路へとつうじる小道が見えていた。

ペレスが自己紹介をした。油田労働者たちは全員がまだ半分寝ぼけており、椅子のなかでぐったりとしていた。ペレスたちに注意をはらうものは、ひとりもいなかった。

「先週の金曜日」ペレスがいった。「アイスで死体が発見された日だ。きみはここで勤務についていたのかな？」

「悪夢だったよ」男がいった。「午後遅くに霧が発生して、何時間も空港が閉鎖されたんだ」

「霧がでる直前」ペレスがたずねた。「あの駐屯地のあった場所に車がいるのに気がつかなかったかな？」

「あの赤いアルファ・ロメオのことかい？　ニュースでやってた？」男がコンピュータの画面から顔をあげた。「女房にそのことを話したんだ。警察に通報すべきか迷って。そしたら女房のやつ、車は小農場博物館でもう見つかったんだから、大して意味があるとは思えない、っていいやがった」

ペレスはサンディのほうをむき、信じられないというように目をまわしてみせた。まるで昔に戻ったみたいだ、とふたたびサンディは思った。

「あそこにいたのは、その車だけだった？」

「いや」男は依然として仕事に気をとられており、キーボードを操作していた。「ジョン・ヘンダーソンもいた。知ってるだろ？　水先案内人の？　やつが車で通りすぎたとき、おれは手をふったが、むこうは気づいていないようだった」男は両手を机の上に置くと、顔をあげてサンディとペレスのほうを見た。その顔は、ショックで灰色になっていた。いまはじめて、自分の言葉の意味するところを理解したのだ。「そして、いまじゃふたりとも死んでる!」間があく。「偶然にしちゃ、できすぎだよな?」

37

ウィローが訪ねていくと、ローナ・レインは自分のオフィスにいた。地方検察官のオフィスへいくのは簡単だった。裁判所と警察署はおなじ建物にはいっていたからだ。とはいえ、そのオフィスは警察が使用しているどの部屋よりも立派だった。ローナ・レインは大きな机の奥にすわって、書類の山に目をとおしていた。部屋は茶色で統一されており――茶色の木材、茶色の絨毯、茶色の革張りの肘掛け椅子――壁のひとつには月明かりの海を描いた巨大な絵が掛かっていた。油絵だ。

「警部。なにかご用かしら?」ウィローの姿を目にすると、ローナ・レインは驚いたような声をだした。もっとも、受付からはすでに間違いなく、刑事がむかっているとの警告が届いていたはずだが。

「ご協力いただけないかと思って」

「もちろん、できることがあれば協力しますよ」そういうと、ローナ・レインは高価なデザイナーブランドの眼鏡をはずした。すごく疲れていて、神経が張りつめているように見えた。自分を制御しているものの、その努力があまりにも大きすぎて、一瞬たりとも気が抜けない、といった感じだ。ふたたびウィローは、ローナ・レインがこの事件に関与しているのは間違いないと思った。たまたま死体に遭遇しただけの目撃者にしては、緊張しすぎている。ペレスとサンディは地方検察官を正直で尊敬すべき女性と評していたが、ウィローは彼女の恐怖や必死さをはっきりと嗅ぎとることができた。とはいえ、いまはまだプレッシャーをあまり強くかけるべきではなかった。この女性には闘志が残っており、そんなことをすれば、逃げだしてしまうかもしれない。金があるから、好きなときに飛行機に飛び乗って本土へいくことができるし、いったんシェトランドを離れてしまえば、彼女はいくらでも高い地位にいる友人たちに守ってもらえるだろう。

「あなたに捜査の最新状況をお知らせしておきたい、というのもありますし」ウィローは礼儀正しい口調でいったが、卑屈にはならないようにした。そんな口調を使えば、ローナ・レインに疑念を抱かせるだけだ。

「それにはおよびませんよ、警部。わたしは公式にはこの件にかかわっていないのですから」

ウィローは、地方検察官がなにもいわなかったかのようにつづけた。「それに、どうやらあなたがご存じの人物が捜査とすこしばかりつながりがあるようなんです。あなたのご意見をうかがいたくて」

「というと？」ローナ・レインは、いまや餌に食いついてきていた。書類から顔をあげ、ウィローがあらわれてからはじめて、すべての注意を来訪者にむけているように見えた。

ウィローは笑みを浮かべると、部屋のなかを見まわして、その素晴らしさに見惚れているふりをした。木の羽目板。どっしりとした扉。「コーヒーをごちそうさせてもらえないかと思ったんです。一日じゅう机のまえにすわっているのは、慣れていなくて。あなたも苦手なんじゃありませんか？　聞くところによると、すごく船のあつかいがお上手だとか」ここで言葉をきり、壁の絵にちらりと目をやる。「きっと、この部屋は監獄みたいに感じられるはずです」

「コーヒー？　いいですね」ローナ・レインは、自分がそう簡単に怖じ気づいたりしない女性であることをはっきりとさせていった。そして、立ちあがると、隅にあるスタンドからコートをとり、ウィローのあとにつづいて建物を出た。

ウィローは行き先を慎重にえらんであった。地方検察官のオフィスから歩いてすぐの建物のなかにある、アイルバラ・コミュニティセンターだ。その周辺は、すべての通りにノルウェーの王や王妃の名前がつけられていて、アバディーンの裕福な郊外にあっても見劣りのしない灰色の花崗岩の家屋からは、よく手入れされた公園を見晴らすことができた。だが、アイルバラ・コミュニティセンターそのものは、もっと庶民的だった。さまざまな青年会や地域団体の活動拠点となっているほか、若い母親のための集会がひらかれたり、十代の若者たちが玉突きに興じたりしていた。ある日、昼食のときにウィローをここへ連れてきてくれたのは、サンディだった。「ここはいいですよ」サンディはいった。「安くて明るい店は嫌いっていうんでなければ」

ここのカフェはセルフサービス方式で、店内にはチップスの匂いがたちこめていた。よちよち歩きの幼児たちが、専用の狭いエリアでけたたましく遊んでいた。ここならローナ・レインを落ちつかない気分にさせられるだろう、というのがウィローの目論見だった。と同時に、このカフェは人目につきにくかった。コーヒーメーカーの湯気がたちこめ、まわりでおしゃべりの声がしているなか、ふたりの女性がほかのみんなから離れた隅の席にすわっていたところで、誰も気にとめたりはしない。ほかの客たちはローナとウィローのことを、ソーシャルワーカーと考えているのかもしれなかった。担当している利用者について話しあうため、プライバシーを必要としているふたり連れだ。

ウィローはローナ・レインをテーブルにすわらせ、自分はカウンターの列にならんだ。コーヒーを手にして戻ってみると、地方検察官は紙ナプキンを使ってテーブルのパンくずをきれいにかたづけているところだった。ウィローは内心にやりとしたが、なにもいわなかった。

「それで、なにがどうなっているんですか、警部？」ローナ・レインの声はぎすぎすしていた。

「こちらも、そう暇ではないんですけど」

「二日前、われわれのもとに興味深い電話がかかってきました。若い女性からです。オックスフォード大学の学生で、自分はジェリー・マーカムの恋人だと主張しました。実際、彼の婚約者だったと」

「それで？」地方検察官はブラック・コーヒーをすすって、興味のないふりをしてみせた。だが、ウィローは相手が話のつづきを聞きたがるだろうと踏んでいた。誰だって、恋物語には惹きつけられるものだ。実際に、これがそういう話だったとして。

「その若い女性の名前は、アナベル・グレイといいます」

「それで？」まるでその返事しかできないかのように、ローナ・レインがくり返した。それ以外の返事をするのは手間がかかりすぎるとでもいうように。それから、〝名前に聞き覚えはあるけれど、はっきりとは思いだせない〟といった感じで、地方検察官の顔がしかめられた。

「アナベルの父親をご存じではないですか。リチャード・グレイです」

驚きがさっと顔にあらわれた。本物か？　ウィローはそう思ったが、完全に納得したわけではなかった。それでは、ローナ・レインを過小評価することになる。

「ああ、リチャード・グレイね。もう何年も連絡をとっていないわ」ローナ・レインは、まだ半分残っているコーヒーのマグカップを押しのけた。却下のしぐさだ。それは、この店が自分には物足りないことを示すしぐさでもあったが、ウィローはすでに、ここのコーヒーにはなんの問題もないという結論にたっしていた。

「彼はあきらかに、あなたの経歴をおいかけていたようです」ウィローはいった。「あなたがここで働いていることを知っていて、よろしく伝えてくれと伝言を頼まれました」

ローナ・レインは黙ってすわっていた。この最後の部分を聞いて、まんざらでもなさそうだった。彼女は忘れられてはいなかったのだ。部屋の反対端では母親が子供にむかって、べつの子におもちゃを返してあげなさいと大声で諭していた。

「リチャード・グレイの背景情報について聞かせてもらえると、助かるんですけど」ウィローはようやくいった。

「ディッキーが容疑者のはずがないわ」ローナ・レインは笑った。「彼はいつだって、自分の望むものを手にいれていた。ただし、殺人という手段に訴えることなくね」

「大まかでかまいません」ウィローはいった。「ご承知のとおり、そういった情報は重要な意味をもつことがありますから」

「そうですね。わかりました。グレイ一家の背景情報ね」どうやら、その話をするのは地方検察官にとって苦痛ではないらしく、好ましい思い出として、よろこんでふり返ろうとしているように見えた。それでほかの心配事から気がまぎれる、というのもあるのかもしれなかった。

ウィローはうなずき、相手が先をつづけるのを待った。

「リチャード・グレイは、同世代の金の卵でした」ローナ・レインはいった。「彼の一族は、そこそこ裕福だった。でも、どこの馬の骨とも知れないにわか成り金ではなかった。おぞましいシティの投機家とか田舎の土地の開発業者ではなかった。そうではなくて、いい家柄だった。作家とか学者の一族で、自由主義《リベラル》で機知に富んでいた。リチャードは頭が良かった。それに、魅力があった。ふつうの男性よりもずっと。そのせいで、深みがないと思われがちだったけれど、わたしにいわせれば、それは誤った印象だった」

ウィローは、この話をどう受けとめていいのかわからずにいた。だが、なにもいわなかった。相手にこのまましゃべらせておいたほうがいい。自由に話をさせておけば、重要なことを口にする可能性がより高まるだろう。

ローナ・レインはマグカップを手前にひき戻すと、コーヒーに口をつけた。「やがて、彼はジェーンと結婚した。彼女は無鉄砲で美しく、ドラッグと酒を好んだ。彼に毅然と立ちむかうことをした最初の女性だった。彼の魅力や財力に屈するのを拒んだのよ。リチャードは彼女にぞっこんだった。それは間違いないわ。彼女の歩いた地面を崇めていた。でも、だからといって、彼は奥さんを大切にしていたわけではなかった」

「彼のことを、ずいぶんよくご存じだったみたいですね」ウィローはいった。

「いっしょに働いていたから。というより、彼の下でね。あれは、法廷弁護士になってはじめてついた正式な仕事だった。そして、わたしは彼に恋をした。彼の一連の情事のお相手のひとりとなったわけ」ローナ・レインは暗い目で、テーブルのむこうにいるウィローを見た。「そこからなにも生まれないことくらい、わかっているべきだった。彼の浮気については、たくさんのうわさを耳にしていた。でも、人はみんな、自分はちがうと思うものよ、でしょ？　みんな、自分なら愛する男を変えられると思う」

アナベルのように、とウィローは思った。彼女は自分がジェリー・マーカムを変えられると信じていた。

まるでウィローの心を読んだかのように、ローナがつづけた。「当時、アナベルはまだすごく幼かった。五歳だったかしら？　学校にかよいはじめたころだったと思う。ディッキーから写真を見せられたのを覚えているわ。制服姿で、とても可愛らしかった。ブレザーに帽子をかぶって。わたしは、うしろめたさをおぼえて当然だった。彼の家庭を壊すかもしれないことをしていたんだから。でも、もちろん、そんなふうに感じてはいなかった。恋をしていると、人はひどく自分本位になるものよ。完全に自分のことしか考えられなくなる。それに、実際にはそんなことになる可能性はまったくなかった。ディッキーは決してジェーンのもとを離れなかったでしょう。彼女の行状がひどくなればなるほど、彼は奥さんに夢中になっていたから」

この会話を録音しておけばよかった、とウィローは思った。地方検察官がこんなふうにしゃべることがあるなんて、サンディとペレスは決して信じようとしないだろう。

「最後には、わたしも目がさめたわ」ローナ・レインは小さく悲しげな笑みを浮かべてみせた。「そもそも自分は〝しあわせな家族〟を演じるタイプの女性ではない、とあきらめがついたの。だから、エディンバラに戻ってきた。そして、スコットランドの法曹界で活躍できるように勉強しなおした」

「当時、グレイ一家は真面目に教会にかよっていたんですか?」いまの話に出てくるリチャード・グレイと本人が作りあげている尊敬すべき家庭人のイメージが、ウィローの頭のなかではなかなかひとつにまとまらなかった。

「たしか、ジェーンは教会にかよっていたはずよ」ローナ・レインの口もとに、こわばった笑みがちらりと浮かんだ。「もしかすると、それを保険みたいに考えていたのかもしれない。パーティやはでなふるまいの埋め合わせをしてくれるものみたいに。教会へかよっておけば、なにをしても救われる。あるいは、それを一種の安全ネットととらえていたのかもしれないわね」

そのそっけない口調は、ローナ・レインがそういう支えを必要としない女性であることを示唆していた。

「それから、彼女は家を出た」ウィローは地方検察官がどういう反応を示すかと、じっと相手の顔を観察していた。

「そう」ローナはいった。「誰も予想していなかった。薬物の過剰摂取による死だったら、みんな納得していたかもしれない。でも、突然姿を消してしまうなんて、理解を超えていた。彼女はディッキーがあたえてくれる生活を気にいっている、と誰もが考えていたの。彼は決して奥さんを束縛しようとはしなかったし……。いろいろ聞くところによると、ディッキーは奥さんが駆け落ちしたのを境に、別人になったそうよ。そして、娘に献身的に尽くした。若い美人弁護士との一夜かぎりの火遊びや情事はなくなった。ロンドンの友人たちからは、そう聞いているわ。わたしは納得していないけれど。もしかすると、彼は秘密を守るのがまえよりも上手くなったというだけのことかもしれない」

「彼はこちらに滞在中に、あなたに連絡してこなかったんですか?」この会話がはたして役にたつのかどうか、ウィローは自分でもよくわからなかった。地方検察官の過去にかんするじつに興味深い一面をのぞき見ることができたものの、それは現在の捜査とはなんの関係もなかった。リチャード・グレイが信用できない男だというのは有益な情報かもしれないが、そのことならウィローはすでに自分で見抜いていた。

「ええ」だが、このときはじめて、ローナ・レインはあまり確信がなさそうに見えた。

「たしかですか?」グレイ親子には、自由になる時間がまるひと晩あった。リチャード・グレイがタクシーを拾ってアイスへいき、地方検察官の家の玄関にあらわれて、慰めを求めたり若き日の興奮を再現しようと考えたとしても、それを妨げるものはなにもなかった。

「彼と会うことはなかったわ、警部」ローナ・レインは悲しげな笑みを浮かべてみせた。「それが実現していたなら、よかったんだけど」

38

ペレスは昼食の席でウィローと会うことにした。ジェン・ベルショーと空港の搭乗係から得た情報を彼女に伝えたかったが、捜査班が全員聞いているまえで正式に報告したくなかった。彼はまだ手さぐりの状態で捜査を進めていて、仮説の断片がいくつも頭のなかをただよっていた。それらは陽光に浮かびあがる細かい埃のようなもので、言葉にしようとすれば、あっという間に消えてしまうだろう。だが、穏やかに議論していけば、考えをまとめる助けになるかもしれなかった。

ふたりはボンホガ画廊で落ちあい、小川を見晴らすサンルームのテーブルにすわった。昼食にはやや遅い時間で、あたりは静かだった。

「それで、ジミー」ウィローがいった。「なにがわかったのかしら?」ウィローは笑みを浮かべており、少女のようだった。彼女のほうも報告することがあるにちがいない、とペレスは思った。だが、しばらくはそれを自分だけの胸にしまって、秘密にしておきたいのだ。

ペレスは鮭の燻製とクレソンをはさんだバノックを食べていて、それがあまりにも美味しかったので、一瞬、そちらに完全に気をとられた。ウィローは光を背にしてすわっており、もじゃもじゃの髪の毛が赤にちかく見えていた。スープを飲むという作業に没頭していて、匂いを嗅ぎ、味わってから、ふたたび笑みを浮かべた。

「すごい！　絶品だわ。ここの料理人は腕利きね」

ウィローが美味しいレンズマメのスープのような簡単なものでこれほどしあわせになれるのを見て、ペレスは嬉しくなった。彼女の腕はテーブルの上に置かれており、袖がすこしまくりあげてあったので、産毛があるのがわかった。午後の光のなかで、そちらの毛もまた赤っぽく見えていた。きょうはだぶだぶのスウェットシャツという恰好で、ペレスは気がつくと、その下の肢体はどんなだろうと考え、全裸の姿を想像していた。こぶりな胸。ひらべったい腹。すこし不均衡な大きな腰。そのイメージはどこからともなくあらわれ、ペレスにショックをあたえると同時に、わくわくするような興奮をもたらした。その身体に手をはわせたら、どんな感触がするのだろう？　ペレスはぎょっとして、頭からそのイメージを消し去った。自分の作りだした画像のもつ力の大きさに、怯えていた。それは芸術ではなかった。フランが木炭で描くような裸体画のスケッチとはちがっていた。本物の肌、本物の肉、本物の毛だった。ペレスは、自分の想像力と肉体が制御できなくなっているのを感じた。

ウィローが顔をあげて、ペレスのほうを見た。彼が動揺していることにはまったく気づかず、先ほどの質問をくり返す。

「それで、なにがわかったのかしら?」

「金曜日の晩、イーヴィーは動揺していたようだ」ペレスはいった。「それも、ひどく。ジェン・ベルショーはイーヴィーの友だちだが、そんな彼女を見たのははじめてだった。イーヴィーはがぶ飲みしていた。本人の独身さよなら女子会とはいえ、彼女がそんなふうに酔っぱらうとは、誰も予想していなかった。そういう女性ではないんだ」

「ごめんなさい、ジミー」ウィローがテーブル越しに彼のほうに身をのりだした。「でも、イーヴィー・ワットがわれわれのおっている殺人犯だとは、どうしても思えないわ。それに、よしんば彼女が怒りのあまりジェリーを殺したのだとしても、彼女がさらにジョン・ヘンダーソンまで殺すなんてありえない。そんなのは無理よ。フェトラー島に訪ねていったときに、その目で彼女を見たでしょ。彼女の世界は完全に崩壊してしまっていた」

ペレスはウィローに目をむけたが、捜査にかんすること以外は一切考えないようにした。

「イーヴィーが殺人犯だといっているわけじゃない。もっとも、その可能性を排除すべきではないと思うが」メロドラマっぽい要素はあるものの、彼は依然として、今回の事件が内輪の殺人ではないかと考えていた。「いまいっているのは、彼女とジェリー・マーカムのあいだに接触があったということだ。電話に残されたまま放置されていたメッセージ以上の接触が」

「どうかしら。それなら、イーヴィーがわたしに話してくれていたと思うんだけど。わたしたちのあいだは上手くいっていた。秘密にしておく理由はないんじゃない?」

その質問は、ふたりのあいだにぶらさがっていた。ペレスは返事をせずに、食事に戻った。

ウィローの判断には私情がはさまっているのではないか、と考えていた。

「イーヴィー・ワットは嘘つきじゃないわ」ウィローは話をそのまま終わらせることができずにつづけた。「どうしても納得がいかない。彼女はきちんとした女性で、たまたま自分の独身さよなら女子会で酔っぱらった。それだけのことだわ」

「そうかもしれない」ペレスは肩をすくめてみせた。「だが、思い込みは禁物だ」

「ほかには?」ウィローはひらいたドアのむこうにあるケーキのほうに目をやり、品定めをしていた。仕事のやり方を指南してもらう必要はない、という意思表示だ。

「ジェリー・マーカムとジョン・ヘンダーソンが問題の金曜日の午後に会っていたという、確かな証拠がある」

「どういう証拠なの?」ウィローの注意は、いまや完全にペレスにむけられていた。

ペレスはスカッツタ空港の従業員とのやりとりを説明した。

「時刻は?」

「二時半ごろだ。霧のせいで飛行機がすべて欠航となる直前」

「金曜日の晩のイーヴィーの行動がひどくおかしかったことは、それで説明がつくんじゃない?」ウィローがいった。スープのお椀をパン切れで拭ってから、それを口にいれる。「ジェリーと会ったことを、ジョン・ヘンダーソンが彼女に話していたとすれば……。ジェリーが戻ってきて自分の人生にちょっかいをだしていると知ったら、彼女は怒るはずよ。でしょ? どちらの男性に対しても、腹をたてる。ふたりでいっしょになって、陰でこそこそやっていたんだから。それって、男たちが彼女に対して手を組むようなものだわ。本人に相談せずに、彼女の将来を決めてしまうの。まるで、彼女が幼い女の子であるかのように」

ペレスは、それについて考えた。

「どんなことを決めるというのかな？」ペレスはいった。「ジョンとイーヴィーは結婚しようとしていた。それは既定の事実だ。ジェリー・マーカムはイーヴィーと何年も会っていなかった。彼がジョン・ヘンダーソンに話したいことといったら、なにがある？　土壇場になってジョンにイーヴィーとの婚約を破棄させるようなこととか？　きみがいっているのは、そういうことか？　だとすれば、独身さよなら女子会でイーヴィーの言動がおかしかったのも、じゅうぶん説明がつく」

「お手上げだわ！」ウィローは芝居がかったしぐさで頭を抱えこんでから、顔にかかった髪の毛をかきやった。「すごくストレスが溜まる。全体像の一部はちらちらと見えているのに、実際になにがあったのかまではわからない」口をとざして、言葉をさがす。「割れた鏡に映ったものを見ているような感じだわ」

「通話記録が助けになるかもしれない」ペレスはいった。「ジョン・ヘンダーソンがジェリー・マーカムと会ったあとでイーヴィーと話をしていたとわかれば、役にたつだろう。独身さよなら女子会のまえにふたりが話をしていたとわかれば」

「そう、そうなのよ！　でも、通話記録がまだ届いていなくて。プロバイダーのコンピュータがダウンしたとかで。けさ、もう一度確認してみるつもりだったの」顔をあげて、ペレスを見る。「スカッツタ空港のそばの空き地で男たちが会ったことが、わかりきった結末へとつながったのだと思う？　ジョン・ヘンダーソンがジェリー・マーカムを殺した？」

その可能性について、ペレスはすでに検討していた。「そういうことだったとは、どうしても思えないんだ。もしも死体があの英国空軍の施設の跡地で見つかっていたなら、その説を受けいれていただろう。喧嘩が殺人へと発展した例だ。だが、シンクレアによると、ジョン・ヘンダーソンがオフィスを留守にしていたのは一時間だけだった。それで南のほうまで車を走らせて待ち伏せをする時間があったとは、とても思えない。アイスのマリーナでいろいろなお膳立てをするのはもちろんのこと。それに、ジョン・ヘンダーソンは抑圧されているといってもいいくらい冷静な男で、怒りを爆発させる可能性がなくもないとはいえ、そういう計画をたてるというのは、まったく彼らしくない。そんなことをするには、道義心がありすぎた」

「そこが地方検察官とはちがうところね」ウィローがにやりと笑った。これから秘密を明かそうとしている女子学生のような感じだった。

「というと？」

「けさはオフィスで通話記録について問い合わせるはずだったんだけど、結局、わたしは地方検察官をコーヒーに誘いだしていたの」

「そうだったのか」ペレスは、ウィローに対する自分の応対がじょじょに自然になってきているのを感じた。

「彼女をアイルバラ・コミュニティセンターへ連れていったわ」ウィローが笑みを浮かべた。

「ぜいたくでしょ」

「ローナ・レインがふだんいく店ではないな」ペレスはいった。

「彼女は文句をいってなかったわ」ウィローがいった。「世界が広がってよかったんじゃないかしら」

「それで？」

「ローナ・レインとリチャード・グレイは——彼女にとっては、〝ディッキー〟だけど——遠い過去に恋人どうしだったの。本人の言葉を引用させてもらうと、彼女はディッキーの数ある情事のお相手のひとりだった。彼の奥さんが秘密の恋人と駆け落ちするまえの話よ。つまり、われらがローナ・レインは道義心などまったくもちあわせていなかったというわけ」

ペレスはこの情報を消化しようとした。「今回の殺人事件と、なにか関係があるのかな？」

「それを見つけようとしたんだけれど、なにも思いつかなくて」ウィローは誘惑に負けてカウンターへいくと、レモン・ケーキを注文した。手をふって、ペレスもなにか欲しいかとたずねてくる。彼は首を横にふった。戻ってくると、ウィローは中断などなかったかのようにつづけた。「ジェリー・マーカムがその情事のことを嗅ぎつけたとは、考えられないかしら？　アナベルかリチャードが、ローナ・レインの淫らな過去をジェリーに暴露したというわけ。でも、どうしてそんなことをするのかしら？　そもそも、アナベルはそのことを知らなかったはずよ。当時、まだ五歳だったんだもの。それに、よしんばジェリーが十五年前の情事のことを突きとめたのだとしても、その情報でなにができたというの？　それをネタにローナ・レインを強請《ゆす》れるとは、とても思えない」

「たしかに」ペレスは、そのことが頭のなかで渦巻いているさまざまな仮説とどう結びついてくるのかを考えていた。「その件がおおやけになることで傷つく人物といえば、アナベルしかいないだろう。彼女は間違いなく父親にべったりだし、慈善活動に熱心な尊敬すべき家庭人という父親の表向きのイメージを信じている」

「そして、リチャード・グレイも傷つくかもしれない」ウィローがいった。「アナベルが彼を尊敬しているのはあきらかよ。彼女が父親の不潔な過去を知ったら、ふたりの関係はかなりの打撃を受けるんじゃないかしら」

「そもそも、リチャード・グレイはジェリーを嫌っていて、彼を義理の息子にしたくないと考えていた」ペレスは、ウィローが伸びをした拍子にシャツのゆるい袖が肩まで落ちてきたのを目にして、一瞬、顔をそむけた。

「彼は情け容赦のない男という気がするけれど、わざわざシェトランドまできて殺人を犯すとは思えないわ。彼ならジェリーを追いはらうのに、もっとさりげない手を使うでしょう」

「ローナ・レインは、どんな様子だった?」ペレスは、留守番電話に残されていたメッセージのことを思いだしていた。

「ふつうだったわ。はじめは、すこしぴりぴりしていた。でも、リチャード・グレイのことは、よろこんで話してくれた。若かりしころの情熱をもう一度感じていたのかもしれないわね」ウィローは立ちあがろうとしていた。「どうして?」

「彼女から話がしたいと連絡があったんだが、なかなかつかまえられなくて。どうやら、急を要することではなさそうだ。それだったら、いまごろむこうからなにかいってきているだろう」

財布をさがしてバッグのなかをかきまわしているウィローにむかって、ペレスはここは自分が支払うといった。「どうせ、ブライアンとちょっと話がしたいし」

立ち去りかけていたウィローが、途中で足を止めてペレスのほうにむきなおった。「なんなの、ジミー？　また抜け駆けしようっていうんじゃないでしょうね」冗談だったが、同時に警告でもあった。

「なにかわかったら」ペレスはいった。「まっ先に知らせるよ」

ウィローはうなずくと、髪の毛をうしろになびかせながら階段を駆けあがっていった。

ブライアンがいれてくれた紅茶をもって、ふたりは外にすわった。煙草を吸えるようにするためだった。突風が吹いており、ブライアンは手で煙草のまわりを囲って火をつけた。

「きょうはなんだい、ジミー？　こう何度もこられたら、うわさになっちまう。シェトランドがどんなとこだか、知ってるだろ。みんな、なかなか忘れないんだ。過去から逃れることはできない。たとえ、そう望んだとしても」

ペレスは谷沿いにワイズデイル湾のほうへ目をむけた。

「またジェリー・マーカムのことを訊きたいんだ。彼が亡くなった日に、ここで誰と会っていたのか。あれから、もっとよく考えてくれたかと思って。たとえば、誰が支払いをしたのか、覚えてないかな？」

ブライアンはちらりと店内に目をやり、遅くきた客がいないことを確認した。「誰が支払ったかなんて、おれにわかるわけがない。こっちは勘定書きを渡すだけで、支払いは上の階の店でするんだ」

「カウンターに勘定書きをとりにきたのは、誰だった？　そのときなら、相手の顔がよく見えるだろ」

「忙しい日におれがここで一日に何人の客を相手にしているのか、知ってるのか？」ブライアンは煙草を深ぶかと吸いこんだ。

「けど、相手はジェリー・マーカムだ。ちょっとした地元の有名人だ。目をつけてたんじゃないか？　チップを期待して？」

「いつだって期待してるさ」ブライアンはその巨体にジャケットをきつくまきつけると、椅子のなかでそっくり返って目を閉じた。「そうだ。勘定書きをとりにきたのは、ジェリー・マーカムだった」

「彼の様子はどんなだった？」

ブライアンはペレスを見た。「さあな。すこしなにかに気をとられていた。レジは上の階だって、二度もいわなきゃならなかった。やつがシェトランドに住んでたころは、階下のここで支払いをしてたんだ。それに、悲しそうだった。そう、悲しそうに見えた」

ペレスはなんの反応も示さなかった。集中しているブライアンの邪魔をしたくなかったのだ。

「それで、相手の女性は？　そのとき、彼女もいっしょにいたのか？」

ブライアンは目を閉じて、ふたたび眠っているような姿になった。「女は立ち去った。ジェリーを待ってはいなかった。きっと自分の車があったんだろう。さもなきゃ、トイレにいこうとしてたのか」目をあける。「なあ、ジミー、いまのはどれも憶測だ。法廷で証拠として認めてもらうのは無理だろう」

「こっちも、あんたを証人として呼ぶつもりはない」ペレスはいった。「ほんとうだ」ブライアンはずっとそれを心配していたのだろうか？　自分がまた裁判のときのストレスに耐えなくてはならないことを？　あのみじめな過去をもう一度体験しなくてはならないことを？　それに気づかずにいたおのれの鈍さに、ペレスは腹がたった。「それで、相手の女性だが」ペレスはつづけた。「もう一度、彼女の外見を説明してもらえないか？　ある目撃者は、彼女を中年女性と説明していた。あんたが覚えている女性も、そんな感じだったか？」

「かんべんしてくれよ、ジミー！　もしかするとな。もしかすると、もっと若かったかもしれない。二十歳から五十歳までのどの年齢でもおかしくないって女性が、ときどきいるだろ？　それに、おれはあまり注意をはらってなかった。さっきもいったとおり、ここは忙しかったんだ」

「そして、彼女は年齢をあてるのがむずかしい女性のひとりだった？」

ブライアンはうなずいた。ペレスは茶封筒から一枚の写真をとりだし、ブライアンの膝の上に置いた。なにもいわずに、相手の反応を待つ。ブライアンは注意深く端をつまんで、写真をもちあげた。

「確信はない」ようやくいう。「だが、ああ、彼女だったかもしれない」

ブライアンは、イーヴィー・ワットの写真をペレスに返した。

39

ペレスは警察署に戻りたくなかった。署に着いたら、ブライアンの証言をウィローに報告しなくてはならない――〝殺された日の朝にジェリー・マーカムがボンホガ画廊で会っていた女性は、イーヴィー・ワットかもしれない〟。ウィローは、ペレスの正気を疑うだろう。自分の心にある疑念を口にすれば、捜査班のメンバーからどう思われるのかもわかった。ジミー・ペレスもかわいそうに。ストレスで、何カ月も病欠していた。それがいま、またべつの殺人事件の捜査にたずさわることで、フェア島でのおぞましい出来事が頭に甦ってきたのだ。おかしな考えをいろいろ思いつくのも、無理はない。

そこでペレスは、北へむかって車を走らせた。まずビクスターまでいき、そこから丘陵地帯を横断して、アイスへむかった。独身さよなら女子会のバスとおなじ経路だ。とくに目的地があるわけではなかった。このひらけた空間と誰もいない道路、そして水の上にひろがる景色を楽しみ、シャクシギの鳴き声を耳にしながら、思いをめぐらせていた。あまり遅くならないうちに帰って、いつもの就寝時間よりもまえにキャシーを近所の家に迎えにいきたかったが、それ以外はなにも気にかけることなく、自由に心をさまよわせて、さまざまな可能性を検討していた。それをやるにはシェトランドを車で走りまわるのがいい、と彼はつねづね感じていた。このひらけた空間やどこまでもつづく水平線が関係しているのだろう。だが、サンディにそんな話をすれば、外国語を聞かされたような表情が返ってくるのがおちだった。

アイスまでくると、ペレスはマリーナに立ち寄った。車から降りて、ベルショー夫妻の家を見あげる。土手のてっぺんにある夫妻の家からだと、集落全体を見おろせるだけでなく、反対側の土手のてっぺんまで視界にはいるだろう。地方検察官の家が見えるはずだ。それにどういう意味があるのかを考えてから、ペレスは歩いて車のところへ戻った。

学校はすでに終わっており、ペレスは車で土手をのぼって、ジェン・ベルショーを訪ねていきたくなった。だが、ベルショー家は子供たちで騒々しく、ばたばたしていることだろう。それに、彼のほうも、まだ準備ができているとはいえなかった。なにを質問すべきか、わかっていなかった。ヴォーでは、パブのまえを通過した。独身さよなら女子会のバスの立ち寄り先のひとつだ。それから、幹線道路との合流地点で南に目をやり、ジェリー・マーカムの車が待ち伏せされた地点を見やった。今回の殺人事件では、すべてがかなり限定された地域で起きていた。シェトランド本島の北側だ。シェトランドの人口のほとんどはラーウィックおよび本島の南側に集中しており、そのこともまた重要な意味をもつと思われた。外からきたウィローにとっては、盲点だろう。事件の重要な関係者で本島の北側以外の土地に住んでいるのは、〈レイヴンズウィック・ホテル〉にいるピーターとマリアのマーカム夫妻だけだった。そういえば、ペレスはそのふたりをホテル以外の場所で一度も見かけたことがなかった。もちろん、だからといって夫妻は隔絶した地に足止めされているわけではなく、いつでも北側へと足をのばすことができた。

ペレスは自宅のある南へむかうかわりに左に折れ、そのままジョー・シンクレアが家族と暮らすブレイへいった。グラウンドで子供たちのサッカーの試合がおこなわれていたが、アンディ・ベルショーの姿はなかった。どうやら学校のチームどうしの対戦らしく、明るい色のトラックスーツを着てレフェリーをつとめている女性は教師にちがいなかった。いまごろ、アンディ・ベルショーは石油ターミナルの自分のオフィスにいて、プレスリリースを用意したり記事の売りこみをしたりしているのだろう。親友の死を悼んで、まだ集中できずにいるのかもしれなかった。

イーヴィー・ワットの家につうじる小道の入口にあった案山子《かかし》のような人形は、すでに撤去されていた。かわりに、門のそばには花が山積みになっていた。庭で摘んできたラッパズイセンや早咲きのチューリップ。ラーウィックのスーパーマーケットで買ってきた、透明のフィルムに包まれたままの大きな花束。ペレスは道路わきに車を寄せると、献花の山を見にいった。花には写真やメッセージが添えられており、ほとんどがイーヴィーに宛てられていた。お悔やみ申しあげます。ほんとうに素晴らしい男性だったのに、残念でなりません。

フランがフェア島で亡くなったことに、ペレスは救いをおぼえた。わずかばかりの慰めだ。

彼女の知りあいや生徒たち、そしてそれ以外の、生と死のドラマでちょい役を演じることに喜びをおぼえていたであろうものたちは、誰も現場を訪れることができなかった。そのため、霜でしなびた花も風に散る花びらも見ずにすんだ。

島の外から入荷するバラの花束に隠れて、隅のほうだけが見えている絵葉書があった。だが、ペレスにはそれだけで絵柄がわかった。ポケットから手袋をとりだし、絵葉書をつまみあげる。三人のフィドル奏者を描いた絵がモノクロで印刷されていた。例の〈フィドラーズ・ビド〉というバンドだ。裏には、なんのメッセージも書かれていなかった。ペレスは絵葉書を注意深く車までもっていき、証拠品袋にすべりこませた。すぐにそれをラーウィックに持ち帰ってウィローに見せるべきだとわかっていたが、そのまま先に進みつづけた。

事件に関係のある場所をつぎつぎに通過していく。スカッツタ空港。港湾局。ジョー・シンクレアの帝国であり、ジョン・ヘンダーソンの第二の家だ。厳重な警備で守られた石油ターミナル。そのとなりの大がかりな建設現場は、天然ガスの陸揚げをおこなう施設のものだ。すでに日が暮れかけており、風景からは色が消えはじめていた。キャシーは友だちといっしょにキッチンのテーブルにすわって、夕食を食べようとしているころだろう。ほんとうに、もう南へひき返さなくてはならなかった。だが、それでもペレスは車を走らせつづけ、狭い一車線の道路をとおって、ヴィダフスへとむかった。そして、そのときはじめて、自分がずっと目指していたのはそこだということに気がついた。

ヴィダフスの集落は静まりかえっていた。小さな桟橋を見おろすと、夏をまえにして何隻かの船が舫《もや》ってあるのが見えた。最初の客の到着を待っているマーク・ウォルシュの大きな白い家。依然として無人の休暇用の小さな貸家。聞こえてくるのは、ジョン・ヘンダーソンの家の外にある風力タービンのぶーんという穏やかな音だけだ。いざこうしてきてみると、ペレスは自分がとんだ間抜けに思われた。ジョン・ヘンダーソンの家は封鎖されており、彼は鍵をもっていなかったからだ。だが、それでもそこにとどまりつづけた。この家は、ヘンダーソン自身によって建てられた。彼はここで最初の妻と暮らし、彼女を看病した。そして、ここへ若くて美しいあたらしい妻を連れてこようとしていた。

まだアバディーンの若き刑事だったころに、ペレスは変わった上司についていた。やけに思慮深くて、もっと荒っぽい同僚たちからはひどく馬鹿にされていた男だった。その彼が、一度こういったことがあった。「刑事の仕事では、ときとして役者のようなことをする必要がある。犯人の頭のなかにはいりこんで、自分をその立場に置くんだ。そいつの目をとおして世界を見る。そして、なにがやつを突き動かしているのかを理解する」

そして、いまペレスがおこなっているのも、それだった。彼は自分がジョン・ヘンダーソンになったつもりで考えていた。手順や秩序に重きをおく慎重な男。雷に打たれたように、突然イーヴィー・ワットという若い女性への情熱を燃えあがらせた男。愛する人にすべてをあたえ、そのすべてを受けいれようとしていた男。そういったことを手がかりに、ペレスはすでにわかっている事実をかきまぜて組み替えていった。そのドラマの登場人物たちにすっかり気をとられていたので、レイヴンズウィックへ戻る道中のことは、あとでなにも思いだせそうになかった。ご近所さんの家がちかづいてきたとき、ペレスはキャシーの姿を目にした。家の窓から〈レイヴンズウィック・ホテル〉のほうをながめている少女。彼は車をとめ、キャシーの視線の先をおった。そして、その瞬間、二件の殺人がどのようにして起きたのかを知った。ウィローのいっていた割れた鏡に映る断片が、ひとつにまとまったのだ。

40

ウィローは夢も見ずにぐっすりと眠り、カモメの鳴き声と霧笛の音で目をさました。どちらも子供のころによく耳にしていた音で、心が落ちついた。外は灰色の光に包まれており、窓からはなにも——ブレッサー島のぼやけた輪郭でさえ——見えなかった。霧ですべてが隠されていた。

警察署に着くと、ジミー・ペレスがすでにきていた。捜査本部の不透明な窓ガラス越しに透けて見える黒髪で、彼だとわかった。ウィローはドアをあけ、部屋にはいっていった。ペレスは、長いテーブルの端の部分を自分の机にしていた。オフィスをウィローに明け渡している件にかんしては、なにもいっていなかった。

「眠れなかったの、ジミー?」

ペレスが顔をあげた。いくつもの平面と影からなる顔。硬材に無造作に刻みこまれた顔といってもいい。

「ああ」ペレスがいった。「あまりね。それに、キャシーはいつも早起きだから、あの子を友だちの家に送り届けたあとで、ここへきた。あの子は今夜、父親のところに泊まる」

ペレスがつねにキャシーのことを考え、それを最優先にしているのが、ウィローにはわかった。

「ブライアンと話をして、なにかわかった?」

ペレスがためらい、ウィローはふたたびあの怒りが戻ってくるのを感じた。どうして彼は、こんなにも単独行動をとりたがるのだろう? ボンホガ画廊でブライアンから情報を入手したのなら、すぐに彼女に電話で知らせるべきなのだ。なんの権利があって、それを自分だけの胸にしまっておくのか? そうすることで、彼は誰かを守ろうとしているのか? 昔なじみとか? 地方検察官とか? だが、ペレスが腐敗した警官であるという考えがあまりにも馬鹿げていたので、ウィローは思わず笑みを浮かべた。

「コーヒーをいれてくるわ」ウィローはいった。「そのあとで、聞かせてちょうだい」

コーヒーをペレスのまえに置いたとき、ウィローは突然、自分が心理療法士かカウンセラーになった気がした。さあ、つづけて、ジミー。それについて、なにもかも話してちょうだい。そして、ペレスが口をひらいたとき、彼もまたその幻想を受けいれているように見えた。

「いまこの頭のなかにある考えを聞いたら、きみはわたしのことを狂っていると思うだろう」ペレスがいった。「完全にいかれていると。わたしを監禁して、扉の鍵を投げ捨ててしまうはずだ」

これもまた自分を締めだすための口実にすぎない、とウィローは考えた。これ以上ペレスのご機嫌をとるのは、彼女のプライドが許さなかった。

「それじゃ、事実だけを検討していきましょう。それでどう、ジミー？」ウィローは冷たい声でいった。「仮説をたてるのは、それからでいいわ」

そう口にした瞬間、ウィローは自分が過ちを犯したのを悟った。もしも心理療法士の役に徹して穏やかにはじめていれば、ペレスは胸の内を打ち明けてくれていたかもしれない。だが、いまや彼女はふたたび、たんなる上司になっていた。ペレスは自分が馬鹿みたいに見えることを恐れるだろう。

ペレスが彼女のまえにイーヴィー・ワットの写真を置いた。捜査本部のボードに貼ってある写真とはべつのもので、ペレスがそれをどこで手にいれたのかは、謎だった。その写真はシェトランド諸島評議会の会合で撮られており、イーヴィーはスカートにジャケットという恰好で、ぴしっと決めていた。妙に大人っぽく見えた。ウィローは、ジーンズ姿のイーヴィーしか見たことがなかった。

「ブライアンはこの写真を見て、ジェリー・マーカムが殺される日の朝に会っていたのは彼女かもしれない、といっていた」

「彼には確信があるの？」ウィローは、フェトラー島の浜辺をいっしょに歩いた若い女性のことを思い返していた。その女性には、怒りと悲しみがあった。自分がそこまで判断を誤っていたとは、とても思えなかった。イーヴィー・ワットは殺人者ではない。

ペレスが肩をすくめてみせた。「ブライアンは更生した麻薬常用者だ。確信とは縁がない」

いったん言葉をきる。彼がつづけようとしたとき、ウィローが口をはさんだ。

「それじゃ、あまりいい証人とはいえないわね。もっと強力な証拠が必要だわ、ジミー」ウィローはペレスが反論してくるのを待ったが、彼はふたたび肩をすくめてみせただけだった。彼は、ウィローがシェトランドにきてはじめて会ったときとおなじ、むっつりとふさぎこんだ男になっていた。彼女はこの男のためにコーヒーをいれ、できるだけのことをして喜ばせようとしてきた。それなのに、いま彼は無作法で打ち解けない十代の少年のような態度をとっていた。

「ほかには?」

「きのうの午後、イーヴィーの家につうじる小道のまえをとおった。きみがジョン・ヘンダーソンの死体を見つけたところだ。そこは祭壇のようになっていた。花やら蠟燭やらで。わかるだろ」

ウィローはうなずいた。

「そこで、これを見つけた」

それは最初からずっとテーブルの上にのっていたが、ウィローはイーヴィーの写真に気をとられるあまり、いままで気づいていなかった。透明なビニールの証拠品袋にはいった絵葉書。ペレスがそれを彼女のほうにすべらせて寄越した。ウィローがひっくり返すと、裏にはなにも書かれていなかった。

「ジェリー・マーカムがアナベルに送ったのとおなじ絵葉書ね」ウィローはいった。「ジェリーの死体のそばにあった彼のブリーフケースにも、何枚かはいっていた」

「シェトランドには、おなじものが何百枚とでまわっているだろう」ペレスがいった。「ボンホガ画廊では、無料で配布されていた。なんの意味もないのかもしれない」

だがウィローには、ペレスが絵葉書にもっと重要な意味があると考えているのがわかった。

「もしもそれが花束や供え物から落ちたものなら、メッセージが書いてあるはずよね」ウィローはいった。

「同感だな」

「それじゃ、ジミー、あなたはどういう結論にたっしたのかしら？　この絵葉書は、なんのためにそこに置かれていたのか？」

「殺人犯がジェリー・マーカムのブリーフケースから頂戴したものかもしれない」ペレスの声は小さく、ためらいがちだった。自分の考えがウィローに馬鹿にされるのではないかと、心配しているのだろうか？　彼女がそんな人間でないことくらい、もうわかっていてもいいはずなのに。

「戦利品として持ち去ったということ？」ウィローは顔をしかめた。

「さもなければ、記念の品として」

「そのあとで、犯人はジョン・ヘンダーソンの死体があった場所にそれを残していった。どうして、そんなことをするの？」ウィローは理解しようと努力していた。

「わからない。ふたつの殺人を結びつけるためとか。署名がわり？　メッセージ？」

「誰にむけてのメッセージだというの？」ペレスはほんとうに頭がいかれているのかもしれない、とウィローは思った。本人が懸念していたとおり、そうだと考えてしまってもいいのかも。

「そうだな」ペレスはテーブルの上に身をのりだした。「そこが重要な点だ、だろ？」

「イーヴィー・ワットにむけられたものだと思う？」ウィローは気がつくと、ある仮説へむかって手さぐりで進んでいた。「もしかすると、ボンホガ画廊でジェリー・マーカムと会っていたのは、やっぱりイーヴィーだったのかもしれない。彼はそこでイーヴィーに情報を渡したのかも。取材の過程で発見した情報を」突然、ウィローは興奮していた。この捜査のばらばらだった糸をひとつにまとめられる可能性が見えてきたのだ。「彼は記事を書こうとしていた。そもそも、その取材でシェトランドへやってきた。イーヴィーの仕事に関係のある記事だったとか？　再生エネルギーに関係した？　地方検察官は、潮汐《ちょうせき》エネルギー計画を推進する調査委員会のメンバーよ。そう、〈水の力〉の。ジェリー・マーカムの死体がアイスの水面に浮かべられていたのは、それでかもしれない。それもまたメッセージだったのよ。犯人のねじれた心にとっては。そして、ジェリーはジョン・ヘンダーソンとも会っていた。もっと情報を得るためか、情報を渡すために。そして、その絵葉書はイーヴィーに対して口をとざしておけと警告するためのものだった。どう思う、ジミー？」

　ペレスがその仮説を検討し、さまざまな事実を頭のなかで整理しているのが、ウィローにはわかった。「ありうるな」ペレスがいった。「ああ、そういうことだったのかもしれない」ペレスはなんだかほっとしているようにも見えた。彼がいったいどんな奇抜でおぞましい筋書きを頭のなかで組み立てていたのか、ウィローはたずねてみたかった。どうしてわたしの仮説のほうが、あなたにとってはずっと魅力的なの？　だが、彼女は刑事であって、精神科医ではなかった。それに、ばらばらだった事実がついにひとつにまとまりかけているので、気分が浮きたっていた。そこで、ペレスを問いただすかわりに、その日の行動に集中した。

「ジョー・シンクレアから話を聞きたいわね」ウィローはペレスを見た。「彼はローナ・レインやイーヴィーとともに調査委員会のメンバーをつとめているけれど、どう見ても容疑者ではない。公平な証人よ。それに、潮汐エネルギー計画の予定地も見ておきたいわ。彼にいろいろと説明してもらえるんじゃないかしら？　技術的なこととか？」

ペレスは一瞬ためらってから、うなずいた。

「サンディを連れていこうと思うの」ウィローはつづけた。「彼をしばらくオフィスから解放してあげないと」それに、きょうはあなたの不機嫌につきあうのは、絶対に無理。

ペレスはふたたびうなずいた。ウィローは相手の沈黙にいらだちながら立ちあがった。

「ローナ・レインと話をしてもかまわないかな？」ペレスがたずねた。ウィローは出ていくところだったが、ふり返ってペレスを見た。「きみがきのう彼女と会ったのは知っているが、彼女はそのまえの晩にうちの留守番電話にメッセージを残していた。わたしと話をしたがっていた。かまわないだろう？」

ウィローはドアに手をかけたまま、立ちつくしていた。かつての疑念に、ふたたび苛《さいな》まれていた――ローナ・レインとジミー・ペレスは、この捜査のどこかで共謀しているのではないか？　だが、もしもそうなら、ペレスは地方検察官と話をするまえに彼女の許可を求める必要などなかった。ただ電話をかけるだけでよかった。すくなくともいま彼は、ウィローにきちんと報告していた。

「もちろんよ、ジミー。でも、彼女に細かいことは話さないで。絵葉書のことも、いまさっきの仮説のことも。いうまでもないだろうけど」

ペレスがふたたびうなずき、ウィローは部屋を出た。


ウィローとサンディは、ヴィダフス岬の灯台でジョー・シンクレアと落ちあった。サンディは元気いっぱいで、ひと晩じゅう閉じこめられていた犬のように、いまにも走りだしそうに見えた。現場に出向いて計画についてくわしく説明してもらいたいという要請を、ジョー・シンクレアは面倒に思っていないようだった。このあたりの霧はそれほど濃くなかったが、あいかわらずじめっとした薄暗い日で、視界が限られていた。そのため、霧のなかに暗く沈みこんでいる海面を見おろすと、崖がどこまでもつづいているように感じられた。ノース・ウイスト島には崖がほとんどなく、ウィローは昔から高いところが苦手だった。崖っぷちのむこうに吸いこまれそうな気がするのだ。飛び降りたいという抗いがたい誘惑に駆られて、そちらにひき寄せられていきそうな気さえした。ひとえに、落ちていくという感覚を味わいたくて。急降下するシロカツオドリのように水面に突進していく感覚を味わいたくて。

ウィローはジョー・シンクレアの年齢を六十代と踏んだが、刈りこまれた草地を歩いていく彼の足どりは、とてもそうは思えないくらい軽やかだった。あたらしいエネルギー計画について、彼は自分の知っていることをよろこんで話してくれた。生まれながらの話し上手で、その説明は簡にして要を得ていた。「水を利用した再生可能エネルギーとしては、ふたつの形態が考えられる」ジョー・シンクレアはいった。「ひとつは波力発電で、水面に浮かべた機械装置の動きによってエネルギーを発生させる。もうひとつの潮汐発電は、まったくちがう。こちらは、水中にタービンを設置するんだ。われわれが慣れ親しんでいる風力タービンを想像してもらえればいい――ラーウィックのすぐそばの丘にある風力発電基地みたいなものだな。唯一の違いは、タービンを動かすのが風ではなくて潮の流れだという点だ」ジョー・シンクレアはひと息いれ、早足でついてくるサンディを無視して、ウィローがいまの話を理解しているかどうかを確認した。

「それで、ここではどちらがおこなわれる予定なんですか?」ウィローはたずねた。

「最終的には、どちらともだ」かれらはジョー・シンクレアを先頭にして急な土手をおりてきており、いまでは海面にちかい高さのところにいた。「忘れずにいてもらいたいのは、ここがあくまでも実験の場になるということだ。だが、まずは潮汐発電に集中することになるだろう。ここことサムフリー島のあいだでは、熾烈な誘致合戦がおこなわれている。この地点の海流の強さにかんしては、地元でいろいろなことがいわれていてね。それによると、干潮で潮がよどむ時間は二十分しかないそうだ。サロム湾にパイプを設置したとき、デルタ・マリーン社は救出訓練をおこなった——海にマネキンを投げこんで、船から落ちた人間をひきあげる訓練をしたんだ。その人形はあっという間に潮の流れにのみこまれて、二度とふたたび発見されることはなかった」

「計画はいま、どういう段階にあるんですか?」これが事件とどう関係してくるのか、ウィロー自身にもまだよくわかっていなかった。

「試験計画にとりかかるところで、地元の企業に構成部分の建造やタービンの設置を発注することになっている。桟橋を強化し、そのちかくの古い孵化場を改築し、道幅をすこし広げる必要があるが、それほど時間はかからないだろう」ジョー・シンクレアは、のんきな楽観主義をうかがわせる口調でいった。

「地元では、計画に反対する声がいくつかあがっているとか」

「外からきた連中だよ」ジョー・シンクレアがいった。「われわれが生計を立てられるようにすることよりも、景観を守ることのほうに興味があるんだ。あとは、フランシス・ワットだな。やつはおれたちみんなに、いまだに大鎌で作物を刈り取ったり、手で牛の乳搾りをやらせたがったりしている。そういった愚にもつかない持論を、『シェトランド・タイムズ』に書き散らしているんだ」

「では、この計画はシェトランドの人たちに仕事をもたらすんですね?」

「その予定だ。計画は、アバディーンのロバート・ゴードン大学の科学者の評価を受けることになっている。そいつは、つい先日こっちにきてたよ」

「それで、地方検察官は?」ウィローはたずねた。「この調査委員会における彼女の役割は、どういうものなんですか?」

「ああ」ジョー・シンクレアがいった。「ローナ・レインは、野心にあふれた女性だ。狙いをつけたら、それをやすやすとすばやく手にいれる。とりあえずはシェトランドで満足しているが、ちかい将来に彼女がもっと上を目指したとしても、おれは驚かないね。彼女にしてみれば、ここは権力の中枢からあまりにも遠く離れすぎている。彼女が将来にむけての戦略をもっているとしたら、その戦略には当然、ちかく重要性を増すであろう分野にかんする知識と影響力を手にいれておくことがふくまれているだろう。一方で、調査委員会にしてみれば、メンバーに弁護士がいるというのは、いつだって心強いものだ」

霧は小糠雨に変わっていた。

「孵化場を見ることはできるかな?」サンディだった。屋内にはいって、雨から逃れたいのだ。

「もちろんだ」ジョー・シンクレアはふたりの先に立って小道を進んでいき、桟橋を通りすぎて、平屋の小屋へとむかった。小屋は砂利の土手によって水から守られていた。

「資金はどこから出ているのかしら?」その疑問は、小屋へちかづいていくあいだにウィローの頭に浮かんできていた。小屋の屋根は石の瓦が欠けており、壁はあちこちが崩れていた。これを風雨に耐えられる状態にするためには、かなりのお金が必要になるだろう。

「こいつは共同事業計画なんだ」ジョー・シンクレアがいった。「シェトランド諸島評議会と大勢の個人出資者から成り立っている」返事はすぐにかえってきたし、言葉はすらすらと出てきていたが、ウィローはそこにかすかな不安を感じとった。それに、孵化場のドアのかんぬきをはずして押しあけるときの彼の動作はやけにせわしなくて、まるでウィローたちの気をそらしたがっているかのようだった。

「それで、大口の出資者は誰なんですか?」ウィローは戸口に立ち、なかをのぞきこんだ。湿気となにやら化学薬品っぽい匂いがした。敷石にはカビが生えており、雨漏りしている屋根の下には油の膜の張った水溜まりができていた。

ジョー・シンクレアはなにもいわなかった。

「ご存じのはずですよね」ウィローは食いさがった。「調査委員会のメンバーなんだから」

「われわれは共同事業体を立ちあげた」ジョー・シンクレアはいった。「地元の人間で。水力を未来の技術と見越して、それに参加したいと望んでいる有志だ」

「つまり、あなたはこの計画にご自身のお金をつぎこんでいるんですね? 調査委員会のメンバーとして、それが利害の抵触になるとは考えなかった?」こういうものの仕組みや規定がどうなっているのか、ウィローはもっとよく知りたかった。

「ほかのみんなも出資している」いまやシンクレアは弁解口調になっていた。「おれ、イーヴィー・ワット、ローナ・レイン。有言実行——われわれはそう考えたんだ。とはいえ、そんなに大きな額じゃない。出資者は大勢いてね。すべては、きわめて公明正大におこなわれた。『シェトランド・タイムズ』に記事が掲載されて、そこでなるべく多くの人の参加を呼びかけたんだ」

「その記事を書いたのは、ジェリー・マーカムだったとか？」その質問をするとき、ウィローは意図したよりも鋭い口調になっていた。

「いや、ちがう。やつはこの計画がはじまるよりずっとまえに島を出ていた」

ウィローは孵化場のドアから離れた。「関係者全員のリストが必要になりそうね」という。いまや雨はまえよりも激しくなっており、彼女は車のほうへと戻っていった。地面がぬかるんでいて、彼女の足はすでにぐしょ濡れだった。

ジョー・シンクレアが早足で彼女においついてきた。「ジョン・ヘンダーソンも出資者のひとりだった」それは罪の告白のように聞こえた。「それをきっかけに、ジョンとイーヴィーはつきあいはじめたんだ。最初の会合のときだった。ジョンは、もしもその計画が自宅から目と鼻の先のところでおこなわれるのなら、その進め方について発言権をもっておきたい、といっていた」

ウィローは突然立ちどまり、ジョー・シンクレアのほうにむきなおった。ウィローのすぐうしろを歩いていたサンディが、もうすこしで彼女にぶつかりそうになった。「ほかにも、こちらが知っておくべきことはありますか？」

「ピーターとマリアのマーカム夫妻」ジョー・シンクレアがいった。「あのふたりも共同事業体のメンバーだ」

41

ペレスは、ウィローとサンディが署を離れるまで捜査本部にとどまっていた。ふたりは出がけに、受付にいる警官に大きな声をかけていった。そのあとで、建物のなかは不自然なくらい静まりかえった。ペレスは休憩室へいき、コーヒーのおかわりをして、ローナ・レインとの会見にそなえた。彼女とはじかに会って話をしようと決めていたが、そのためには正式なルートをつうじて約束をとる必要があった。

まずは彼女のオフィスに電話をかけた。いまは午前九時で、ローナ・レインはもうきているはずだった。はやくくることで有名なのだ。電話にでたのは受付で働いているヘザーという地元の女性で、彼女は地方検察官のオフィスの秘書のような役割をはたしていた。

「申しわけありませんが、ミズ・レインはまだきていません。あとで、こちらからお電話をさしあげましょうか?」

「つまり、きょう彼女は仕事にくることになっている?」

沈黙。それから、慎重にえらんだ言葉が返ってきた。「ミズ・レインからは、きょう休むという連絡ははいってきていません」

「けれども、ふだんなら、この時間にはもうオフィスにいる?」

「はい」ヘザーがいった。「そうです。さもなければ、遅れるという電話があります」

ペレスは考えこんだ。電話線のむこうから、ヘザーの不安が伝わってきた。「そして、最近の地方検察官は、いつもの彼女らしくなかった？」

「ええ」ふたたびヘザーはためらい、そのあとで言葉がいっきにあふれだしてきた。「あの死体を発見してからというもの、ずっとそうなんです。でも、地方検察官はまえにも死体を見たことがあります。それで大きな影響を受けることは、ないですよね」

ふたたび沈黙がながれた。

「ふだん、ミズ・レインの飛行機のチケットを買ったり旅行の手配をしたりするのは、あなたが？」ペレスはたずねた。

「仕事関係の場合だけです。個人的な旅行のときは、ちがいます」

「彼女が本土へいくようなことを口にしていたとかは？」

「ありません。でも、そのつもりでいたとしても、わたしにはいわないでしょう」ヘザーが言葉をきった。「オフィスの外での生活については、あまり話さない方なので」

「きっと、もうそこまできているんでしょう」ペレスは急に強い不安をおぼえながら、受話器を戻した。またしても、自分の世界がぐらりと揺れるのを感じていた。彼はもともとローナ・レインが好きではなかった。あまりにもはでで、つかみどころがなく、確信がありすぎる。だが、彼女のことは尊敬していた。いまなにが起きているのか、はっきりとしたことが知りたかった。まえの日にもっと熱心に彼女をつかまえようとしなかったことが、悔やまれた。彼女がウィロー・リーヴズに秘密を打ち明けようとしないことくらい――そして、彼に助けを求めるからには、それが重要な話にちがいないことくらい――わかっていたはずなのに。

ペレスは、ローナ・レインの自宅に電話をかけてみた。だが、ダイアルしながらも、まず誰もでないだろうと考えていた。それから、捜査本部のテーブルのまえにすわった。部屋は人でいっぱいになっていたが、ほとんどそれには気づいていなかった。まわりの話し声や動きは、彼の思考のうしろに存在するぼんやりとした影にしかすぎなかった。

ローナ・レインが本土へむかう切符を予約したのかどうか、空港とフェリーのターミナルに問い合わせる必要があった。だが、そんなことをすれば、うわさになるだろう。警察が地方検察官を調べていることが知れ渡ってしまう。新聞社のレグ・ギルバートは空港とフェリー会社の双方にスパイを抱えているのではないか、とペレスはにらんでいた。そして、いまもっとも必要ないのは、『シェトランド・タイムズ』の悪意とほのめかしに満ちた社説だった。

そこで、ペレスはいきなり立ちあがると、コートを手にとってドアへとむかった。廊下を半分ほどきたところで、ようやくいまの行動が同僚たちの目にはすこし奇異に映ったかもしれないということに気がついた。ひと言もはっさずに、部屋を飛びだしてきたのだ。だが、いまさらひき返してみたところで、もはや手遅れだった。

自分の車にむかって警察署のすぐ外の舗道を歩いているとき、ペレスはピーター・マーカムと鉢合わせした。考えるのに夢中でまわりが目にはいっていなかったため、もうすこしでピーターの足もとにあったブリーフケースにつまずきそうになった。一瞬、ペレスは相手が誰だかわからなかった。〈レイヴンズウィック・ホテル〉以外の場所でピーターを目にすることに、慣れていなかったからだ。ここでの彼は、いつもよりもか弱く、ややしょぼくれて不安そうに見えた。老人っぽいといってもいい。見本品の詰まったかばんを手にした、昔ながらの旅回りのセールスマンだ。

「ジミー！」ピーター・マーカムは、ペレスと会えてほっとしたようにいった。「ちょうど警察署へいくところだったんだ」

「手がかりとなるようなことを、なにか思いだしたのかな？」ペレスはまだ混乱していて、ぎごちなさを感じていた。こうして春というよりは十一月のように感じられる灰色の霧のなかに立っていると、方向感覚が失われていくような気がした。

ピーター・マーカムがブリーフケースをもちあげた。「切り抜きをもってきたんだ。ジェリーが本土に移ってから書いた、すべての記事の切り抜きを。マリアが保存していた。それがどれだけ役にたつのかはわからないが……」声がしだいに小さくなっていった。「なにかあたらしい情報でもあるかと思ったんだが。アナベルと父親が捜査に光明を投げかけたのではないかと。あのふたりがうちに訪ねてきたときには、そのあたりのことがよくわからなかった。なにぶん、気まずい状況だったから」ピーター・マーカムは防水ジャケットの襟を立てた。「なあ、コーヒーでも飲まないか？　まだマリアのもとへは戻れない。手ぶらのままでは」

そしてペレスは、そそくさとピーターのもとを立ち去るわけにはいかなかった。相手の必死な気持ちが、痛いほど理解できたから。

かれらは〈ピーリ・ショップ・カフェ〉の上階の席にすわった。階下には、よちよち歩きの幼児を乳母車にのせたふたりの若い女性がいた。天候のせいで、ほかに客はいなかった。

「あらたにわかったことは、なにもないんだ」ペレスはいった。一刻もはやくアイスへむかいたかったので、邪魔がはいったのを苦々しく思っていた。ペレスの最初の妻は、よく〝感情の垂れ流し〟という表現を使って、彼が助けを求めてきた人をおい返せない理由を説明していた。ペレスは自分がまえよりも厳しくて容赦のない男になったと考えていたが、なかなか抜けない習癖もあった。

「だが、犯人を捕まえてくれるんだよな、ジミー？　息子を殺したやつを？」

「ああ」ペレスはいった。「捕まえるよ」言葉をきってから、つづける。「最近、絵葉書を受けとったかな？　絵が印刷されている。三人のフィドル奏者を描いた絵だ」

ピーター・マーカムは、頭でもおかしいのかという目でペレスを見た。「いや。郵便物はすべてオフィスのバーバラが開封しているが、私信ならば、こちらへまわしてくるだろう」

「それには裏になにもメッセージが書かれていないかもしれないんだ」ペレスはいった。「片側に絵、反対側に住所があるだけで。ホテルに戻ったら、確かめてもらえないか？　そういった絵葉書を目にしなかったか、バーバラに訊いてみてもらいたい」

そのあとで、ピーター・マーカムはやることができたのを喜び、町まで出てきたのはまったくの無駄ではなかったと感じながら、帰っていった。ペレスは、ブリーフケースとともに取り残された。切り抜きは警察署に届けるようにピーターを説得しようとしたが、聞きいれてもらえなかったのだ。「きみがもっててくれ、ジミー。ブリーフケースは返さなくていいから。それに、きみならそれを上手く活用してくれると信じている」

ペレスはいま狭い路地をのぼって、自分の車に戻ろうとしていた。急なのぼり坂で、はやくもバテ気味だった。身体がなまっているのを感じた。おまえには、もうこの仕事は無理なんじゃないのか。ペレスがいちばん落ちこんでいた時期、彼が健康上の理由から早期退職するのではないかといううわさが流れたことがあった。だが、彼はキャシーによぼよぼの老人と思われたくなかった。たとえ、いまはその選択肢をもうすこし真剣に検討しておくべきだったと感じているにしても。

彼がアイスに着くころには、雨は本降りになっていた。もう一度ヘザーに電話をいれて、地方検察官がオフィスにきているかを確認したくなった。だが、そんなことをすれば、パニックをひき起こすだけかもしれなかった。視界がひどく悪く、ローナ・レインの家のすぐまえに車をとめたとき、ペレスは自分の姿を見られる心配をまったくせずにすんだ。地方検察官の家の庭がどこまでつづいているのかもわからず、ベルショー夫妻の家がある丘の斜面も見えなかった。灌木《かんぼく》や背の低い木から、水滴が滴り落ちてきていた。地方検察官の車は、門の内側の私道にとめてあった。ということは、彼女が仕事にいっている可能性は低かった。だが、それならどうして電話にでなかったのか？　ローナ・レインは自分の船で湾に出ているのかもしれない、という考えがペレスの頭に浮かんだ。その船には、間違いなくレーダーが搭載されているはずだった。彼女は長距離を帆走するのだ。霧がでていようと、関係ないだろう。

ペレスはドアを叩いた。返事はなかった。ノブをまわして、押してみる。鍵はかかっておらず、ペレスは驚いた。ローナ・レインは出かけるときに必ず家の鍵をかけていきそうな気がした。ペレスは家のなかにはいると、彼女の名前を大きな声で呼んだ。

戸口の上がり段のところに郵便物が残されており、ペレスはそれをまたぎ越すと、もう一度大きな声で呼びかけた。返事はなし。居間にはいっていくときに、濡れた靴を脱ぐべきかどうかで迷った。淡い色の絨毯に足跡を残したら、ローナ・レインは激怒しそうだった。すべてがきちんとかたづいていた。彼女が客をもてなしていた形跡はなかった。ペレスはヴィダフスにあるジョン・ヘンダーソンの家を思いだした。ぴかぴかの表面。すっきりとした線。どこもかしこも機能的だ。ただし、ジョン・ヘンダーソンの家には屋根裏部屋があった。最初の妻に捧げた祭壇だ。キッチンへいくと、そこもやはり整理整頓されていた。それを乱しているのは、水切り台の上の汚れたコーヒーのマグカップだけだった。

ペレスは玄関に立ち、二階にむかって声をかけた。階段をのぼるあいだ、自分はなにをいちばん恐れているのだろうかと考えていた。ローナ・レインの死体を発見することか。それとも、生きている彼女と出くわすことか。彼女はタオルを身体に巻いた恰好で、ちょうどシャワーから出てくるところかもしれなかった。プライバシーを侵害されたといって、怒り狂うことだろう。だが、いちばん手前の浴室に湯気はたちこめておらず、シャワーの床は乾燥していた。ペレスはひどく緊張しており、気が遠くなりそうだった。フランが亡くなるまえは、こんなふうにストレスが肉体に影響をおよぼすことはなかった。それが、いまは動悸がして、耳のなかで轟音が鳴り響いていた。この場から逃げだしたかった。それでも、彼は先に進みつづけた。客用の寝室。黄色と白でまとめられていて、床に白い羊皮の敷物が置かれている。彼女はここに、エディンバラからきた洗練された友人たちを泊めているのだろうか？　それとも、友人などいないのか？　ほんとうの友人は？　そう、おそらく彼女にいるのは知りあいだけなのだろう。いつの日か、彼女にとって役にたつかもしれない人びとだ。この部屋は、一度も使われたことがないように見えた。

おつぎはローナ・レインの寝室で、しばしのあいだ好奇心が恐怖を上まわった。壁に一枚の大きな絵が掛かっていた。海の絵だ。モノトーンで、どこもかしこも黒と灰色。嵐の情景で、雲と海と水しぶきからなっている。フランが描いていたような絵とはまったくちがうが、それでもペレスには、彼女がこの絵をすごく気にいっていただろうということがわかった。彼女がこう話しかけてくるのが聞こえるような気がした。ほら、見て、ジミー。あなたが出てきそうな絵じゃない？

絵から注意をそらすと、ダブルベッドが目に飛びこんできた。使用されなかったのか、もしくはローナ・レインがけさ起きてすぐに整えたのかだ。羽毛の上掛けと枕には、厚手の木綿でできた白いカバーがかかっていた。大きな洋服だんすがふたつと、整理だんすがひとつ。洋服だんすには服がいっぱい収納されていて、なくなっているものがあるのだとしても、ペレスにはわからなかった。彼は先へ進んだ。

これで、まだ調べていない部屋はひとつだけとなった。仕事部屋だ。ドアがすこしあいており、ペレスは一瞬、足を止めて、廊下からなかをのぞきこんだ。死体はない。彼はほっとし、それからすぐにいらだちをおぼえた。それでは、彼女はどこにいるのか？　部下や同僚たちが気を揉むのもかまわずに、本土へ逃げだしたのか？　それは、あまりにもローナ・レインらしくない行動だった。堂々と撤退することはあっても、夜行フェリーであたふたと逃げだしたりはしない女性だ。ペレスは仕事部屋にはいっていった。そこからは庭を一望できた。外では、あいかわらず雨がしとしとと降りつづいていた。

ペレスはコンピュータを調べてみた。スタンドバイの状態になっていたので、パスワードを入力する必要はなかった。では、ここで作業をしているときに、ローナ・レインの身になにか思いがけないことが起きたのか？　訪問者がくるか電話がかかってくるかして、彼女は急いでこの場を離れなくてはならなかった。そして、仕事部屋には戻ってこなかった。ふだんなら、彼女は出かけるときにコンピュータのスイッチを切っていくだろう。だが、最近の彼女は思い悩んでいた。もしかすると、鍵のかかっていない玄関とかスイッチをいれたままのコンピュータというのは、その不安のあらわれにすぎないのかもしれなかった。地方検察官のEメールをのぞくのは、さすがに気がひけた。いまはまだ無理だった。彼女がほんとうに危険な状態にある、もしくは今回の殺人事件にどこかでかかわっている、という証拠が出てくるまでは。

つぎにどうすべきかよくわからないまま、ペレスはその場に立っていた。スカッツタ空港へむかう飛行機が頭上を通過していった。すごく低いところを飛んでいるような感じで、エンジンの音がやけに大きく聞こえた。飛行機が飛んでいるということは、視界が良くなってきているにちがいなかった。ペレスはマリーナへいき、地方検察官の船がまだそこにあるかどうかを確認することにした。彼女が安心と幸福をおぼえるのは水の上だ、とわかっていたからだ。

机からむきなおろうとしたとき、ペレスははっと動きを止めた。未決書類入れのいちばん上に、見覚えのある絵葉書がのっていた。ペレスは鉛筆でそれをひっくり返した。裏にはなにも書かれていなかった。住所さえなかった。ふたつの可能性が考えられた。地方検察官がジェリー・マーカムの死体を発見したときに彼のブリーフケースからそれを頂戴してきた。もしくは、殺人犯が彼女にそれを届けた――ジョン・ヘンダーソンの死を悼む道端の祭壇に残されていた絵葉書とおなじく、メッセージとして。

42

ウィローが署に戻ってみると、そこにはすでにペレスの姿があった。捜査本部から一歩も出ていないような感じで会議用のテーブルの端にすわり、新聞の切り抜きの山に目をとおしていた。

「なかなかつかまらないミズ・レインとは、もう会えたの?」

ペレスの首が横にふられた。

「なにかあったのかしら？」ウィローは、ときどきジミー・ペレスの肩をつかんで揺さぶりたくなった。彼の愛した女性が殺されたことなど、どうでもいい。おなじ人間として、自分と意志をつうじあってほしかった。

「どうかな。よくわからない」ようやくペレスは切り抜きから顔をあげると、眉をひそめた。

「それに、つぎになにをすべきかも。彼女の家のドアには鍵がかかっていなかった」

ウィローは、ウイスト島での自分の子供時代のことを考えた。「それって、騒ぐほどのことでもないいんじゃない？　こういった土地では」

「まあ、たしかに」間があく。「彼女は海に出ているのかもしれない。もしも悩みごとがあるなら、彼女はそうするだろう。それに、あの立派な船がマリーナになかった」

「それなら、大丈夫よ。おなかが空くか暗くなるかすれば、彼女はおとなしく家に帰ってくるわ。仕事をさぼっているのよ。でも、それって誰でも一度や二度はすることでしょ」

「ああ、かもしれない。けど、彼女と話ができれば、もっと安心できるんだが」

「彼女の携帯にかけてみたの？」どうしてこんな会話にまきこまれてしまったのか、ウィローは自分でも不思議だった。水力発電の共同事業体への出資者を部下たちに調べさせなくてはならないときに、すべてのエネルギーをペレスに吸いとられているような気がした。

「地方検察官のオフィスで働いているヘザーから、ローナ・レインの私用の番号を聞きだした。だが、そちらも応答がなかった」ペレスがふたたび言葉をきった。「彼女の机の上に、例の絵葉書があった。裏には、なにも書かれていなかった」

ウィローは不意をつかれた。「あなたはどうしたいの、ジミー？」

「なにも」ペレスがいった。「まだ、いまのところは。きみのいうとおり、暗くなるまで待とう。そのころには、彼女も家に戻っているだろう」

ウィローの頭にべつの考えが浮かんできた。「その彼女の船だけど、長距離を航行できるのかしら？」

ペレスが顔をあげて、彼女を見た。「ああ。コンテッサ26というヨットは、八〇年代に世界一周を達成した。十代の女性による単独航海で」

「ということは、地方検察官は逃走したのだと思う、ジミー？　沿岸警備隊に警告すべき？」

「まだ、その必要はないだろう」

だが、その口調はあまり確信があるようには聞こえなかった。

ウィローはホワイトボードのとなりに立ち、潮汐《ちょうせき》エネルギー計画の予定地を訪れたときの模様を捜査員たちに説明した。「ジョー・シンクレアに同行して彼のオフィスまでいき、出資者のリストをもらってきたわ」

ウィローは部屋の全員にいきわたるくらいのコピーを用意してきており、それを配った。「シェトランドでは、二百名以上がこの計画に出資している。各自二百ポンドから二千ポンドといったところね。それで分担所有権を手にいれるの。出資者のなかには、イーヴィー・ワットとジョン・ヘンダーソンとローナ・レインもふくまれている。ピーターとマリアのマーカム夫妻の名前もリストにあるから、ジェリーはこの件を熟知していたとみて、まず間違いないわ。これは地域共同体の事業とすべきである、というのが根本にある考え方よ。計画を支持していて懐《ふところ》に余裕のある人はすべからく参加すべし、というのが」

ウィローは言葉をきり、部屋のなかを見まわした。「もちろん、これは偶然にすぎないのかもしれない。でも、ここから説得力のある仮説を組み立てられると思うの。もしもジェリーがこの計画の財務上の不正行為に気づいていたとしたら、彼がシェトランドへきた理由としてあげていた取材の内容がどういうものだったのかが、ついにあきらかになったのかもしれない。彼が〈ヴィダフスを救う行動委員会〉の集会に出席することにした理由も、それで説明がつく。彼はその集会で、もっと情報を仕入れたかったのよ。どんな見出しになるのか、想像がつくでしょ——〝再生可能エネルギーは汚れている〟。そうなったら、関係者の面子は丸潰れだわ。かれらはこの計画を〈水の力〉と名づけて、再生可能エネルギーの計画全体の要《かなめ》と位置づけている。すでに、捜査会計士のチームに調べてもらっているところよ。それでまとまった額の出資金が誰かのポケットに流れこんでいることが判明したら、それが殺人の動機になるわ」ウィローは言葉をきって、ひと息いれた。「ジェリーが反対派の集会に出席することにしたのは、この仮説とぴったりあう」

サンディが、テーブルのむかいで眉をひそめながら手をあげた。

「なにかしら、サンディ？」

「それじゃ、そういった記事が載らないようにするためにジェリー・マーカムは殺された、というんですね？」

「その可能性はある、でしょ？　彼は集会へむかう途中で殺された。その集会で、彼は自分の手にいれた情報をしゃべっていたかもしれない」ウィローは業を煮やしはじめていた。みんなが自分とおなじくらいこの仮説に興奮するものと考えていたのだ。ペレスにいたっては、ほとんど聞いていないように見えた。彼の注意は、あいかわらず目のまえのテーブルにひろげられた新聞の切り抜きに集中していた。「ジミー、あなたはどう思う？」

ペレスは、ゆっくりと顔をあげた。「そのリストには、フランの名前もあるだろう」という。「フラン・ハンター。彼女は〈水の力〉に五百ポンドを出資した。地球を救うことに貢献するためだ、といっていたよ」ペレスは、いったん口をとじた。注意深く言葉をえらんでいるように見えた。「この事件の関係者や容疑者が全員この計画に出資しているというだけで、それが殺人の動機になったと仮定するわけにはいかない。これだけ人口の少ない土地で、それだけ大勢の出資者がいるとなると、シェトランドの住民の大半が計画に関係していることになるだろう」

貴重なご意見、どうもありがとう、ペレス警部。ほんとうに、助かるわ。

「とはいえ」ウィローは明るくいった。「追及してみる価値があるとは思わない？」

「ああ、そうだな」ペレスがいった。「追及してみる価値はある」だが、彼の注意はすでに目のまえの新聞記事へと戻っていた。

ほかの捜査員たちがいなくなると、ウィローはペレスのうしろに立った。「これはなんなのかしら？」ペレスが新聞の切り抜きを熟読している姿には、どこかとりつかれたようなところがあった。彼の指がインクで灰色になっていることに、ウィローは気がついた。

「けさ、ピーター・マーカムがもってきてくれたんだ」ペレスは視線をテーブルにむけたままでいった。「マリアが保存していた切り抜きだ。ジェリーの記事すべて。これが役にたつかもしれない、とピーターは考えていた」

「それで、役にたってる？」

ペレスがこたえるまえに、彼の携帯電話が鳴った。番号に目をやり、「ピーター・マーカムからだ」という。

「それじゃ、とったら！」ウィローは、ふたたびじれったさをおぼえていた。彼を怒鳴りつけたくなった。

ペレスはうなずくと、ボタンを押した。ウィローには会話のこちら側しか聞こえず、ピーター・マーカムが捜査に役立つ情報を提供してくれているのかどうか、ペレスの表情からはまったく読みとれなかった。

「ああ、わかった。ありがとう、ピーター、連絡をくれて」ペレスは電話を切ると、しばらく黙ってすわっていた。

「それで？」

「彼に頼んでおいたんだ。例のフィドル奏者の絵をあしらった絵葉書が〈レイヴンズウィック・ホテル〉にも届いていないかどうか、調べてくれと」ペレスが顔をしかめた。

「それで、届いていたの?」

「いや」ペレスは一瞬、言葉をきり、それから突然、輝くような笑みを浮かべてウィローのほうを見た。「でも、だからといって意味がないわけではないのかもしれない、だろ? 夜中に起きた奇妙な犬の事件とおなじだ。犬が吠えなかったという、あのシャーロック・ホームズの事件と」

「つまり、マーカム夫妻が絵葉書を受けとっていないのは、その送り手が〈レイヴンズウィック・ホテル〉の関係者だからかもしれない、ということ?」ウィローはペレスにむかって、なぞなぞみたいなしゃべり方はよしてくれと怒鳴りたくなった。と同時に、彼がふたたび自分と話をしてくれていることにほっとしていたし、その笑みにすごく魅了されていたので、その衝動をぐっとこらえた。

「まあね」ペレスはいった。「それもひとつの解釈だろう」

「それで、べつの解釈というのは?」

ペレスは、ウィローが自分とおなじ思考回路をたどってきていないことに驚いているように見えた。「マーカム夫妻がこの件とはまったく関係がない、という解釈だよ。嘆き悲しむ両親という以外にはなんの関係もないという」

「あなたはそう信じているの?」ウィローは返事を待った。そして、自分がどれほどペレスの意見に重きを置いているのかを悟った。

ふたたび長い間があいた。「よくわからない」ようやく、ペレスがいった。「ローナ・レインと話をする必要がある。彼女の船がアイスのマリーナに戻ってきたときに、そうするつもりだ」

戻ってきたらよ、とウィローはいいたかった。彼女の船が戻ってきたら。だが、それを口にする必要はなかった。ペレスもおなじことを考えていたからだ。

ウィローは、ふたたび新聞の切り抜きのほうにうなずいてみせた。「これのどこがそれほど興味深いのか、まだ聞かせてもらっていないけど」

「どうやら、ジェリー・マーカムは長めの記事も書いていたようだ」ペレスはテーブルの上の切り抜きをかきまわした。「この記事では、養護施設での生活をとりあげている——児童虐待事件のあとで書かれた。こちらの記事は、河川の汚染について調査したものだ。こうしてみると、彼が〈水の力〉の件に興味をもったとしても、なんの不思議もない。とりわけ、再生可能エネルギーへの関心がこれほど高まっていることを考えれば。だが、どうしてジェリーはそれを秘密にしていたんだろう？　すくなくとも、自分の上司である編集長には記事を売りこんでもよかったんじゃないかな？　シェトランドへの旅費をださせるために？　そこが理解できないんだ」

ウィローは、河川の汚染にかんする記事を手にとった。よく書けているような気がした。最後まで読ませるだけの筆力があった。

「それから、この切り抜きがある」ペレスがいった。「マリア・マーカムは、どうしてこれを保存しておこうと思ったのか？」ペレスは小さな切り抜きをウィローのほうへすべらせて寄越した。

その体裁と内容からみて、あきらかにジェリー・マーカムが勤務していた高級紙からの切り抜きではなかった。地方紙の個人広告欄だ。

「どこにも記載はないが」ペレスがいった。「それは『シェトランド・タイムズ』のものだ。イーヴィー・ワットとジョン・ヘンダーソンの婚約を告知した記事」

ウィローは目をとおした。ひじょうに形式ばっていて古風な書き方がされていた。「フランシスとジェシカのワット夫妻は、ここに娘イヴリン・ジーンの婚約を発表できることを喜ばしく思います。お相手は、ノース・メインランドのヴィダフス在住ジョン・ウィリアム・ヘンダーソン氏」ウィローは日付を見た。「わずか三カ月前の記事だわ」という。「こうしたことにはくわしくないんだけど、これって、婚約期間としてはすごくみじかいんじゃない？　どうして、そんなに急いでいたのかしら？」

ペレスはウィローの質問にはこたえなかった。「どうしてマリアは、わざわざこれを『シェトランド・タイムズ』から切り抜こうと考えたんだろう？　どうしてこれが彼女にとって、それほど重要だったのか？」

「もしかすると、重要ではなかったのかもしれない」ウィローはいった。「マリアは息子が興味をもつだろうと考えただけなのかも。イーヴィー・ワットがらみの記事だから。それで彼女は、ジェリーに伝えるのを忘れないようにと切り抜いておいた」

ペレスが呆然とした表情で顔をあげた。「もちろんだ！　そうに決まってる」彼は立ちあがった。「アイスにいってくる」すでに、ジャケットを着ようと格闘しながら、ポケットのなかの車の鍵を手でさぐっていた。

「地方検察官の帰りを待つつもりなの？」

「それだけじゃない。ほかにも確認しなくてはならないことがあるんだ」

そういうと、ペレスはウィローがその意味をたずねるまえに部屋からいなくなっていた。

43

午後遅くのアイスは、依然として上空にかかっている灰色の雨雲のせいで、すでに完全に日が暮れているような雰囲気をただよわせていた。家々の窓には明かりがともり、ペレスが車を走らせていると、なかの情景がちらちらと目に飛びこんできた。キッチンのテーブルで宿題をしている子供たち。夕食を用意している若い男性。編み物をしている老女。だが、旧校長宿舎の窓はあいかわらず暗いままで、マリーナまでいってみると、ローナ・レインの船はまだ係留場所に戻っていなかった。

ペレスが丘にある北欧風の洒落た家を訪ねていくと、驚いたことに、家の主のアンディ・ベルショーが戸口にあらわれた。どうしてこの男は、きょうも自宅にいるのだろう？　まだ職場から帰宅するような時間ではないのに？　その疑問は、アンディ・ベルショーが口をひらくと同時に解消された。かすれた苦しげな声。彼は手をふってペレスを家に招きいれると、こう説明した。「申しわけない。喉の感染症です。きっと娘からうつされたんでしょう。疫病の巣窟へ、ようこそ」

キッチンへいくと、天井の紐からは洗濯物がぶらさがり、調理用こんろではジェン・ベルショーが料理中だった。そのため、窓には結露した水滴がびっしりとついており、外はまったく見えなかった。ペレスは炒めたタマネギの匂いを嗅いで、自分が朝食以来なにも食べていないことに気がついた。遠くの部屋で、コンピュータ・ゲームの音と話し声がしていた。キッチンの片隅には、手編みのセーターがぴんとひろげて木枠にかけてあった。腕が両側にのびており、頭のない子供のように見えた。

「警部さん」ジェン・ベルショーが調理用こんろからむきなおった。「今度はなにかしら?」礼儀正しい口調だったが、ペレスは自分が歓迎されていないのを感じとった。

「ジョン・ヘンダーソンのことです」ペレスはテーブルの椅子にすわった。「そろそろ真実を話してください。おふたりとも」

「なんの話かわからないわ」そういうと、ジェンは刻んだ子羊のレバーを平鍋にくわえた。肉片には小麦粉がまぶしてあり、その作業で彼女の指には赤い血と白い粉がこびりついていた。そのふたつがまざりあった部分は、ピンク色の練り粉になっている。ジェンは蛇口の下で手を洗うと、火力を弱めた。

「そうですか?」ペレスは彼女の夫のほうにむきなおった。「でも、あなたは知っていた。でしょう？　あなたはジョン・ヘンダーソンの親友だった」

アンディ・ベルショーは妻のほうにちらりと目をやったが、ジェンはまだ彼に背中をむけたままだった。

「ローナ・レインが行方不明です」ペレスはいった。「昨夜かきょう、彼女は姿を消した。それについて、なにか知りませんか？　彼女が急いでアイスを離れるような理由について？」

「いいえ、なにも知りません！」甲高くて鋭い声だった。アンディ・ベルショーの顔は熱で紅潮しており、ほんとうに具合が悪くて仕事にいけないのだということがわかった。ペレスはテーブルの上に身をのりだした。「いまわたしは、また殺人が起きるのを防ごうとしています。知っていることを、すべて話してください。おふたりとも」

「ジョンを責めるわけにはいかないわ」ジェン・ベルショーが布巾で手を拭きながら、調理用こんろのまえを離れた。「彼はアグネスを心の底から愛していた。でも、彼女は重い病気だった。ジョンは彼女が死につつあることを――そして、自分がなにをしようと彼女に安らぎをあたえられないことを――知っていた。そのストレスを想像してみて」

一瞬、ペレスは自分が完全に思い違いをしていたのではないかと疑った。頭のなかで思い描いていたのとはまったくちがう筋書きを、これから聞かされるのではないか。病気の妻が眠りにつくのを助けるという幇助自殺の話を聞かされるのではないか。だが、ジェンはすぐにつづけた。「彼が手近なところで慰めを得ていたとしても、責められない」

「彼には愛人がいたんですね？」ペレスは確認を求めてふたりを見た。「奥さんがまだ生きていたときに？」愛した女性がゆっくりと死んでいくところを見守らなくてはならないというのは、いったいどういうものなのだろう？　フェア島の丘でフランを腕に抱いていたのでさえ、ペレスにとってはひどくつらかった。それはたった数分間のことだった。ナイフがふりおろされ、月の光のなかで刃がきらめき、そしてつぎの瞬間には、すべてが終わっていた。何年もそれをつづける強さが自分にあるとは、とても思えなかった。愛する人が日に日に衰弱していくのを見守る強さがあるとは。とりあえず、やれないことはないだろう――実用的なこと、日常の決まりきったこと、にこやかなふりをすることくらいはできる。だが、ひとりでは無理だ。一日の終わりに逃避するものが必要だ。穏やかで温かくてやさしい誰か。ときおり笑わせてくれる誰か。

「彼が浮気をしていたと、妻もわたしも断言はしません」アンディ・ベルショーがいった。「確実なことは、結局わからなかった。そして、それはジョン・ヘンダーソンのような男にむかって訊けるようなことではなかった。彼はすごく私生活を大切にする男だったんです」

「だが、うわさになったのでは？」

「うわさね！」ジェン・ベルショーが吐き捨てるようにいった。「こういうところでは、しょっちゅううわさが流れている。でも、たいていはがせよ」

「でも、あなたたちは推測した。ちがいますか？　それか、たまたま見かけた？」

三人は、おたがいの顔を見やりながらすわっていた。ペレスの携帯電話が鳴った。彼は目もくれずにスイッチを切った。きっとウィロー・リーヴズだろう。またペレスに腹をたてているのだ。彼がなにを企んでいるのか、どうして行き先も告げずに許可も求めずに署を出ていったのか、知りたがっている。説明を求めている。

「ジョン・ヘンダーソンはもう死んでるんです！」ペレスはいった。「いまさら彼を傷つけることはできない」

「だが、彼の評判は損なわれる」喉の痛みにもかかわらず、アンディ・ベルショーは叫ぶようにいった。「死体が道路わきで人形の恰好をさせられ、顔にあの馬鹿げたお面をかぶせられていただけでも、じゅうぶんひどいのに、そのうえ女房が病気のときになにをしていたのかで酒場の笑いものになるなんて、絶対に許せない。本人も嫌がったはずだ」

「彼のことを大切に思っていたんですね」ペレスはいった。

「いったでしょう。彼は兄弟同然だった」

おまえもかつては、ダンカン・ハンターのことをそう考えていた。そして、彼に裏切られた。

「警部さんに話すべきよ」急に決心がついたとでもいうように、ジェン・ベルショーがいった。「この人なら、できるだけおおやけにしないでいてくれるわ」そういって、挑むような目でペレスを見る。「でしょ、ジミー？　ほんとうに、いまの状況は最悪だもの。殺人者が外をうろついてるから、子供たちを家から出すこともできない。それに、ひとりで仕事場から帰ってくるときには、絶えず肩越しにうしろをふり返っている。この状況もまた、癌みたいなものだわ」

具合が悪くなければ、アンディ・ベルショーの抵抗はつづいていたかもしれない。だが、彼は熱っぽくて弱っており、すぐに降参した。その場にがくりとすわりこんだ姿は、まえよりも小さくなったように見えた。彼の声はざらざらにかすれており、黒板を爪でひっかく音のように、それだけで部屋のなかの空気をよりいっそう張りつめさせる効果があった。彼が話をはじめるまえに、ジェン・ベルショーが夫のために水のはいったグラスをもってきた。

「それがいつはじまったのかは、知りません」アンディ・ベルショーがいった。「どれくらいつづいていたのかも。たぶん、アグネスが亡くなった直後に終わったんでしょう。ジョンは罪の意識を感じていたのかもしれない。もしくは、相手の女性のほうが終わらせたのかも。彼女がちょっとしたお楽しみを求めていただけならば、彼が独身に戻ったことで、怖じ気づいた可能性がある」アンディ・ベルショーは水をすすった。「いまとおなじで、サッカーの練習は金曜日の晩におこなわれていました。ジョンとわたしは一時間ほど子供たちに練習をさせてから、ふたりでよくビールを飲みにいっていた。たいていは〈ミッド・プレイ・イン〉へ。飲むというよりは、クールダウンみたいなものです。わたしにとっては週末のはじまりであり、ジョンにとっては息抜きだった。子供じみていて馬鹿みたいに聞こえるでしょうが、わたしは毎週金曜日がくるのを楽しみにしていました。つるむ相手も、おしゃべりも、最高だった」

アンディ・ベルショーは言葉をきった。コンピュータ・ゲームが最高潮にたっしようとしている音が、かすかに聞こえてきた。

「やがて、ジョンはこなくなりました。サッカーの練習にではなく、パブに。アグネスをあまり長いことひとりにしておきたくない、と彼はいっていました。わたしはがっかりしましたが、理解もしていた」アンディ・ベルショーは顔をあげて、ペレスを見た。「あるとき、わたしはアグネスを訪ねていきました。季節は夏で、近所の人からラズベリーをたくさんもらったんです。それをもっていったら彼女は喜ぶだろう、とわたしは考えました。ジョンは仕事で留守でした。アグネスは、ジョンが彼女のために用意した二階の部屋にいました。自分が長いこと留守にするとわかっている日には、ジョンは朝方に手を貸して、アグネスをその部屋へ連れていっていたんです。彼女はそこの色彩と窓からの眺めが大好きでした。わたしは勝手に家のなかへはいっていきました。いつも鍵はかかっていなかったんです。その日のアグネスは調子が良かった。彼女と会ったのは、ほぼそれが最後でした。わたしたちはいっしょにラズベリーを食べ、彼女はジョンのことでわたしをからかった。〝うちの人をどうするつもりなの？〟。アグネスはいいました。〝酒飲みにするつもり？　先週の金曜日なんて、午前様だったじゃない〟。そして、わたしが謝ると――それ以外に、なにができます？――彼女はわたしの手を軽く叩いて、ただの冗談だといいました。ジョンにわたしのような友人がいて、外でリラックスできる晩があるのは、いいことだと」

アンディ・ベルショーは激しく咳きこんでから、ハンカチで口もとを拭った。

「それで、あなたは疑いをもつようになった？」ペレスはいった。

「好奇心が湧いたんです」アンディ・ベルショーはそういってから、言葉をきった。「それに、正直なところ、すこし嫉妬も感じていた。馬鹿なことだとわかっていますが、ジョンにほかにも親しい友人がいるというのが、気に食わなかったんです。そのときでさえ、彼に女がいるかもしれないとは、思ってもいませんでした。彼は職場の仲間と会っているのだろう、と考えていました。わたしに気をつかって、週に一度の外出の夜をかれらとすごすほうがいいとはいえなかったのだろうと」

ペレスは窓のほうに目をやった。手をのばして、結露した水滴を拭きとりたかった。そうすれば、マリーナにローナ・レインの船が戻ってきているかどうかを確認できる。だが、いまはこちらの会話のほうが重要であり、ふたたび注意を部屋のなかへと戻した。

「あなたはどうしたんですか？」

「ある金曜日の晩、彼を尾行しました」それを口にするとき、アンディ・ベルショーは気まずそうな顔になった。「べつに計画していたわけじゃありません。ひとりならわざわざビールを飲みにいくまでもないから、はやく家に帰ろうと思ったんです。いつもなら、わたしがかたづけを終えてスポーツセンターを出るころには、ジョンはとっくの昔にいなくなっています。ところが、その晩はかたづけを手早くすませたので、わたしが帰ろうとすると、ちょうど彼の車が駐車場を出ていくところでした」

「それで、彼はどこへいったんですか？」ペレスは淡々とした口調でたずねた。その質問に、あまり重要性をもたせたくなかった。アンディ・ベルショーが決心を変えて、口をとざしてしまっては困るからだ。それに、ペレスはすでにその答えを知っていた。

「ジョンはここへきました」アンディ・ベルショーがいった。「アイスへ。学校のそばに車をとめたので、幹線道路からは見えませんでした。彼はしばらく車内にすわっていましたが、それから徒歩で、いまきた道をひき返していきました」

「地方検察官の家まで」それは質問ではなかった。

「そうです。地方検察官の家まで」アンディ・ベルショーはしばらく口をつぐんでから、つづけた。「ふたりは話をしているのだ、とわたしは考えました。仕事の話を。もう何年もあれこれ議論されてきた水力発電計画にかんする話を。当時は、まだ準備段階だったんです」

「あなたは再生可能エネルギーを支持していない？」一瞬、ペレスの関心はわき道へそれた。

アンディ・ベルショーは、いらだたしげに肩をすくめてみせた。「それだけでは、エネルギーは足りなくなるでしょう。この国全体では不足する！　シェトランドにとってはじゅうぶんかもしれませんが、われわれはここで孤立して暮らすわけにはいかない。現実世界では、まだ石油とガスが必要なんです」悲しげに、にやりと笑ってみせる。「失礼――この件にかんしては、ジョンともよく議論をしたので」

「それであなたは、ジョンとローナ・レインが水力発電計画について議論するために会っているのだと考えた？」

アンディ・ベルショーは、すこし考えていた。「いいえ」という。「そう信じたかったんでしょう。けれども実際には、それが真実ではないとわかっていました。なぜなら、もしもそういう理由で地方検察官の家にいたのなら、ジョンは嘘をつかなかったでしょうから。それに、彼は地方検察官の家のすぐまえに車をとめていたはずだ」

「それはいつのことですか？」ペレスはたずねた。「それが起きたのは？」

「何年もまえです。ニールはまだ赤ん坊でした。すくなくとも、サッカーをする年齢にはなっていなかった。そして、アグネスが亡くなったのは、いまから五年前のことです」ペレスは頭のなかで計算していた。そのころなら、ジェリー・マーカムはまだシェトランドにいただろう。そして、イーヴィー・ワットは〈レイヴンズウィック・ホテル〉でメイドとして働いていたかもしれない。あるいは、まだ学校にかよっていた。これがなにを意味し、全体とどう結びついてくるのかをペレスが考えていると、ジェン・ベルショーが口をひらいた。

「ときどき、彼を見かけたわ」ジェン・ベルショーがいった。「ほら、真夏のあいだは、ひと晩じゅう明るいでしょ。それで、幼い子供は寝つきが悪くなるの。だから、わたしは二階の表側に面した寝室にいって、よく子供をあやしていた。そんなとき、ジョンがあの家からこっそり抜けだして、通りを車のところまで駆けていくのが見えたの。一刻もはやくアグネスのところへ戻りたかったのね。長いこと彼女をひとりにしていたのがうしろめたくて」ジェンが顔をあげて、ペレスを見た。「わたしが見かけたということは、ほかの人もそうだったのかもしれない。うわさはまったく耳にはいってこなかったけれど、みんなジョンとわたしたちが友だちだと知っていたから」

「あなたは地方検察官とおなじボートチームに属している」ペレスはいった。「彼女は一度も口を滑らせたりしなかったんですか？」

その晩はじめて、ジェン・ベルショーの表情が明るくなり、本来の自分に戻ったように見えた。「ローナが？　いっしょに漕ぐには最高の女性だけど、裁判所命令がないかぎり、彼女は朝食になにを食べたのかさえ教えてくれないでしょうね。ええ、彼女はなにも漏らさなかったわ」

ペレスは家を出たところで、海を見おろす幅広のテラスにしばらくたたずんでいた。日はすっかり暮れており、マリーナに停泊している船を見分けることはできなかった。携帯電話のスイッチをいれると、ウィロー・リーヴズからの着信履歴がいくつも残っていた。それと、サンディからのボイスメールが一件。彼は必死な声をだしていた。頼むから連絡ください、ジミー。地方検察官が見つかったみたいなんです。

44

ローナ・レインの船は、〈マリー・ルイーズ〉号といった。サンディはウィロー・リーヴズの指示で複数の友人に電話をかけ、その船に目を光らせておいてくれと頼んでいた。「べつに緊急事態ってわけじゃないんだ。ただ、地方検察官の署名がすぐに必要なのに、いま彼女がどこにいるのかよくわからなくてね」サンディは軽い口調を保つように努めた。心の内をそう簡単にあかさずにいられるジミー・ペレスから学びとった技術だ。ローナ・レインを殺人犯あつかいしたうわさがシェトランドじゅうに広まるのだけは、なんとしても避けなくては！　結局、ヴィダフスの桟橋で〈マリー・ルイーズ〉号を見つけたのは、ジョー・シンクレアだった。

ジョーは警察署に電話をしてきて、サンディにこういった。「デルタ・マリーン社のやつが

〈水の力〉の予定地を視察したがったんで、そいつと現地で会ったんだ。ヴィダフスで〈マリー・ルイーズ〉号を目にしたのは、それがはじめてだった。ローナは船にいなかった。たぶんなんでもないいんだろうが、彼女がそこに船を残していったのが、すこしひっかかってね」ジョー・シンクレアの話では、地方検察官の携帯電話にかけてみたものの——なにか船で問題が発生して、助けが必要かと考えたのだ——返事はなかったという。日が暮れはじめると、いよいよ彼も心配になって、こうしてサンディに連絡してきたのだった。

「このところ、おかしなことがいろいろと起きてるだろ」ジョー・シンクレアはいった。「知らせておくべきだと思ったんだ」いったん言葉をきってから、つづける。「今夜は、大潮だ。ローナも知ってるだろう。それなのに、〈マリー・ルイーズ〉号をただ桟橋につないでおくとは思えない。そんなことをすれば、船が損傷を受けるかもしれない」

サンディは、とっさにジミー・ペレスに電話をかけていた。だが、返事がなかったので、かわりにウィロー・リーヴズに報告した。自分で決断を下すのは、得意でないのだ。だが、ウィローはその問題を彼に投げ返してきた。「どう思う、サンディ？　あなたなら、そこへいく？　わたしは〈水の力〉の共同事業体の件で、まだ捜査会計士からの連絡を待っているところなのよ」

サンディは相手の口調から、ウィローが彼に確認にいってもらいたがっているのを感じた。そういえば、アイスの旧校長宿舎のまえを通りすぎるたびに、ペレスは車のスピードを落として、地方検察官のことを気にかけていた……。「そうですね」ようやく、彼はいった。「調べてみる価値はあると思います」ブレイには美味しいフィッシュ・アンド・チップスの店があるので、帰りにそこへ立ち寄ってもいい、と彼は考えていた。もう何週間も、まともな温かい食事にありついていないような気がした。

サンディが残しておいたボイスメールをペレスは聞いたにちがいなく、ふたりは同時にヴィダフスに到着した。車で土手を下って水辺へむかっているときに、サンディはまえをいく車がペレスのものだと気づいて、めまいのするような安堵感をおぼえた。たとえ本調子ではなく、すこし頭がいかれていようと、ジミー・ペレスがいるといないとでは大違いだった。ウォルシュ夫妻の所有する白い大きな家の窓には、カーテンがひかれていた。

いまや自然光はすっかりなくなり、桟橋にある街灯のまわりの光輪に灰色の霧雨が浮かびあがっていた。ペレスは車のトランクをあけて懐中電灯をとりだすと、サンディのほうへ歩いてきた。ジョー・シンクレアの姿は、どこにもなかった。いまごろ港長は、ビールを片手に奥さんといっしょにテレビを観ながら、腹くちてぬくぬくとしているのだろう。

「それで、これはどういうことだと思う、サンディ？」ペレスはすでに船にむかって石造りの桟橋を足早に歩いていた。サンディはペレスからそれを聞かされることを望んでいたのだが、こうなると自分で考えなくてはならなかった。急ぎ足でペレスのあとをおう。

「地方検察官は逃げだしたとか？　自分の車は警察に手配されると考えて、ここまで船できた。タクシーに拾ってもらえるようにしておいたのかもしれない。それから、空港のある南へむかった。ジョー・シンクレアがここへきあわせたのは、たんなる偶然だった」

ペレスは〈マリー・ルイーズ〉号の係留されている地点に到達しており、いきなり足を止めた。「ウィロー・リーヴズは、そう考えているのか？」

「彼女は最初から、ローナ・レインがこの事件に関係していると考えてました」桟橋は濡れており、サンディはゆっくりと歩いていった。足を滑らせて凍えるような水に落ちるのだけは、避けたかった。

「たしかに、そうだな」ペレスはいった。「そして、どうやら彼女はずっと正しかったようだ」まるでひとりごとをしゃべっているような感じで、サンディはその意味をたずねるのを差し控えた。

ペレスは懐中電灯で船を照らしてから、舳先部分の狭い甲板に乗りこんだ。サンディは桟橋にとどまった。たしかに立派なヨットかもしれないが、それでも甲板にはあまり余裕がなかったからだ。それに、船が犯罪に用いられたとわかれば、鑑識がいちばん望まないのは、彼がそこいらじゅうを歩きまわることだろう。ペレスはしばらく甲板に立っていた。耳を澄ましているように見えた。懐中電灯の光を受けて、浅黒い顔のあちこちに影ができていた。それから、なにもいわずに下へ姿を消した。しばらくのあいだ、サンディの耳にはいるのは、桟橋を打つ波の音とワイヤーをうならせる風の音だけとなった。昇降口から懐中電灯の光が漏れだしてきていた。サンディはペレスに大声でたずねたかった。それで？　なにか見つかりましたか？　だが、ペレスはサンディがじれるのをいつでも嫌がっていた。そこで、サンディはおとなしく桟橋に立ち、身体の芯まで雨が沁みこんでくるのを感じていた。白状すると、緊張もしていた。

待つのは不得手だった。

ようやく、ペレスが下からあらわれた。頭と肩だけをのぞかせたところで、立ちどまる。

「異状なしだ」ペレスはいった。「見るかぎりでは」

「地方検察官は？」いまでは、サンディはすこしばかり滑稽に感じていた。そこに死体があるのではないか、と自分が恐れていたことに気がついたからだ。ローナ・レインはジョン・ヘンダーソンのように刺されているのではないか。船室じゅうに血と腸《はらわた》が飛び散っているのではないか。サンディは小農場育ちで、父親が家畜を処分するのを手伝ってきたにもかかわらず、昔からずっと血が苦手だった。彼はほっとしたことを隠すために、小さくくすくすと笑った。

「どこにもいない」ペレスがそのことをどう考えているのかは、よくわからなかった。

「それじゃ、サンバラ空港とノースリンク社のフェリーのターミナルに問い合わせるよう、ウイロー・リーヴズに連絡したほうがいいですよね？」サンディは、ペレスもフィッシュ・アンド・チップスに誘おうかと考えていた。キャシーは今夜は父親のところに泊まるので、ペレスは急いで帰る必要がない。ふたりでゆっくりと席について夕食をとるのは、楽しいだろう。

「まず手始めは、そうだな」ペレスが昇降口から出てきて、桟橋に飛び降りた。その顔ははっきりとは見えなかったが、声の調子から、サンディにはペレスが顔をしかめているのがわかった。「ある点にかんして、ウィロー・リーヴズは正しかった」ペレスはつづけた。「ローナ・レインはわれわれに真実を話していなかった」ペレスは大またで自分の車のほうへと歩いていった。

「どこへいくんですか?」

ペレスは一瞬、立ちどまった。車のドアはすでにあいていた。「彼女を捜しにいく」この世でもっとも間抜けな質問をされたとでもいうような口調でこたえる。「ジョン・ヘンダーソンの家へ」

サンディは助手席へとむかった。ヘンダーソンの家は車で土手をのぼってすぐのところなので、自分の車はあとでとりに戻ればいい。

「おまえはこっちじゃない」ペレスがいった。

サンディは平手打ちを食らったように感じた。「おれにどうしろっていうんですか?」

「イーヴィー・ワットの状態を確認するよう、ウィローに伝えてもらいたい。彼女はいまどこにいるのか? 無事なのか?」間があく。「それから、〈レイヴンズウィック・ホテル〉へいってくれ。マリアと話をするんだ。おまえに訊いてもらいたいことがある」そういうと、ペレスはサンディに三つの質問を教え、それをサンディがきちんと覚えたと納得するまで、何度もくり返させた。


サンディはウィローから、レイヴンズウィックへむかう途中で警察署に立ち寄るようにといわれた。ヴィダフスからウィローにかけた電話が要領を得ないものであったことは、サンディ自身も自覚していた。こんなのずるいのではないか、とサンディは思った。ジミー・ペレスはひとりでジョン・ヘンダーソンの家へ急行し、自分はウィロー・リーヴズになにが起きているのかを説明しなくてはならない……。サンディは、できるだけ車を飛ばして島を南下していった。制限速度は、ずっと無視していた。

ウィローが激怒していることは、オフィスのドアを叩いた瞬間にわかった。最初に飛んできた言葉が、すべてを物語っていた。「いったい、なにがどうなってるわけ、サンディ？ ジミーは完全に頭がいかれちゃったの？ 白衣を着た連中を呼ぶべき？」

「彼は地方検察官を捜しにいくといってました」すくなくとも、それだけは自信をもっていうことができた。本人の言葉どおりだからだ。

「それで、どこで彼女を見つけようとしているの？」

サンディは肩をすくめてみせた。「彼はジョン・ヘンダーソンの家を調べにいきました」

「どうして、そこなの？」

ふたたび肩をすくめる。「ちかくで彼女の船が見つかったからとか？」

「そういわれて、あなたは黙ってペレスをひとりでいかせたわけ？」ウィローの顔は紅潮しており、そばかすがインクをはね散らかしたように黒く浮かびあがって見えていた。「彼をここへ連れてきて、あのすこしねじのゆるんだ頭でなにを考えているのか、説明させたほうがいいとは思わなかった？」

「あなたへの伝言を預かってきました」サンディは、相手が先をつづけるまえに口をはさんだ。ウィローがわめき散らす気満々なのがわかったし、自分はまだレイヴンズウィックへいかなくてはならないのだ。

「その伝言って、サンディ? どのような賢人のお言葉をいただけるのかしら?」ウィローは椅子の背にもたれかかると、胸のまえで腕を組んだ。おそらく彼女は皮肉をいっているのだろうが、それでもサンディはその質問にこたえることにした。彼が子供のころに親友の両親が離婚したことがあったが、対立する大人のあいだで板ばさみになるのがどういうものかを、いまはじめて理解していた。

「イーヴィー・ワットに連絡をとるようにと、ジミーはいってました。彼女の無事を確かめたほうがいいと」

「ローナ・レインが今度はイーヴィーを狙うとでも、彼は考えているのかしら?」ウィローの声は、ヒステリーといっていいくらい甲高くなっていた。

「わかりません」サンディはいった。「こっちは、ただいわれたことを伝えているだけなんで」

「イーヴィーは両親といっしょにフェトラー島にいるわ」はじめて、ウィローの怒りが不安ですこし弱まった。「そうでしょ?」

「だと思います。でも、そう伝えるようにと、ジミーに頼まれたんです」

しばらく沈黙がつづいた。警部が考えているのが、サンディにはわかった。彼女は、ほとんど隠しごとのできない顔をしているのだ。目の奥をつぎつぎと考えが通過していくのが、見えるような気がした。それは、風の強い日に空を横切る雲を観察するのに似ていた。

「ほかには、ジミー・ペレスからなにを頼まれたの?」ウィローの声は、これまでよりも穏やかで落ちついていた。

「〈レイヴンズウィック・ホテル〉へいって、マリアと話をしてこいと。彼女に三つの質問をするようにといわれました」

その質問がどういうものか、ウィローはたずねてくるだろう――そう考えて、サンディは頭のなかでそれをくり返しはじめた。だが、ウィローは例のブルーの鋭い目で彼を見ただけだった。

「それじゃ、もういったほうがいいわ、サンディ。そのときの様子を、あとで知らせてちょうだい」

〈レイヴンズウィック・ホテル〉は活況を呈していた。レストランで大がかりな誕生日パーティがひらかれており、その客がやかましくなりつつあった。はた迷惑な酔っぱらいこそいなかったものの、みんな声が大きく、いつまでもコーヒーや酒で長っ尻を決めこんでいた。しぼみかけたヘリウムの風船。ピンクの糖衣のついた食べかけのケーキ。夕食をとりにきていたほかの客たちは、すでに社交室やバーに移動していた。これほどたくさんの客がいるせいか、マリアは現場に出て手伝いをしていた。ピーターの姿は見えなかったが、やはりそこいらへんにいるのだろう、とサンディは推測した。

マリアは社交室の隅にある古い革張りの椅子のところにいて、年配の観光客たちからコーヒーの注文を受けていた。黒いドレスに黒いタイツ、光沢のある尖ったヒールの靴。すごくお洒落に見えた。すこし痩せたみたいで、ドレスは二、三週間前よりもいまのほうが似合っていいそうだった。

サンディはドアのところに立ち、マリアが注文を書き終えるのを待っていた。彼女はキッチンのほうへ戻ってくるまでサンディに気づいておらず、そこでいきなり足を止めた。

「サンディ。なにかわかったのね？」そのとき、サンディはすべてが見せかけであることを悟った——ドレスも、てきぱきと注文をとる姿も、観光客に浮かべてみせている笑みも。マリアの顔は青白く、やつれていた。彼女は返事を待たずに、そのまま歩きつづけた。レストランの笑い声やバーの喧騒、それに社交室に控えめな音量で流されているクラシック音楽さえ、急に耐えられなくなったかのようだった。サンディは彼女のあとから自在扉を抜け、キッチンへはいっていった。マリアは注文書をスタッフのひとりに渡すと、サンディを連れて流しと冷蔵庫のまえをとおり、狭い貯蔵室にはいった。植物油の巨大なドラム缶のとなりに立ち、壁にもたれかかる。「それで？」

「あたらしくわかったことは、なにもないんだ」サンディはいった。「今夜のところは。でも、あともうすこしのところまできている。あしたには、きっとなにか報告できるだろう」そういいながらも、サンディは自分がはやまったことを口にしているのではないかと考えていた。ジミー・ペレスに信頼を置きすぎているのではないかと。

「それじゃ、なにしにきたの、サンディ？　どういうことなの？」

「邪魔して悪いんだけど」サンディはいった。「質問がいくつかあるんだ。重要な質問が」

「だったら、訊いてちょうだい、サンディ」マリアの声はいらだたしげだった。「今度はなんなの？」

一瞬、サンディは頭のなかが真っ白になった。ジミーにいわれたことを思いだせないような気がして、パニックに見舞われた。それから、記憶が甦ってきた。「『シェトランド・タイムズ』に載ったイーヴィーとジョン・ヘンダーソンの婚約の記事を切り抜いただろ。そのことをジェリーには？」

「あの子には切り抜きをそのまま送ったわ」マリアがいった。「ホテルでは宿泊客のために新聞を一ダースとっているから。冗談みたいなものよ。余白に、こんなふうなことを書きこんでおいた――これが彼女のお相手よ！」マリアはじっとサンディをみつめた。「それがジェリーの死と、どう関係があるの？」

「わからない」ほんとうのことだった。「ペレス警部は、それが重要なことかもしれないと考えていた」

「ほかには、サンディ？　わかるでしょ。いま忙しいのよ」

「ジェリーの車だけど」サンディはいった。「例のアルファ・ロメオ。あの車は、ピーターとあなたが買いあたえたのかな？　ロンドンで就職できたことへのプレゼントとして」

マリアはもうくたくたで、どうしてそんなことを知りたがるのか、サンディにたずねさえしなかった。「いいえ。あの子には、最初の半年分の家賃をあげたの。あの車は、ジェリーが自分で買ったものよ」

サンディの最後の質問に対する返事は、もっと長くかかった。それにこたえるうちに、マリアはしだいに興奮して、腕をふりまわすようになっていた。しばらくすると、サンディのほうから口実をもうけて、その場を去らなくてはならなかった。

45

結局、ペレスは車を栈橋に残して、ジョン・ヘンダーソンの家まで歩いていった。不審な物音がしないかとずっと耳を澄ましながら、ゆっくりと坂をのぼっていく。水面には、一隻の船が浮かんでいた。漁師たちが筌《うけ》を回収しているのかもしれなかった。シーズン最初の漁で、天候の変化と視界不良に見舞われたのだ。気持ちのうえでは真夜中のように感じられたが、実際にはヴィダフスはいま午後七時だった。ダンカン・ハンターは、いまごろお屋敷でキャシーを寝かしつけているところだろう。おそらくは、娘にお話を読んでやるのを忘れたままで。ジョン・ヘンダーソンの家に着くと、ペレスはふたたび足を止めて耳を澄ました。不審な物音は聞こえなかった。携帯電話に目をやると、電波が届いているのがわかったので、電話を一本かけた。

ペレスは頭のなかで、〈マリー・ルイーズ〉号を捜索したときのことをもう一度おさらいした。甲板にはなにもなかった。ヴィッキー・ヒューイットを興奮させるような足跡はなし。すべてがきちんとしていた。綱はきれいに巻かれており、係留はしっかりとしていた。ローナ・

レインは、そういう船乗りだろう。パニックにおちいっているときでさえ、きちんと手順を守る。甲板の下も同様だった。船室は汚れひとつなかった。寝台は寝る準備がされておらず、寝袋もなかった。ということは、ローナは家を離れて一夜をすごすつもりがなかったのだ。狭い調理室でも、ペレスはやはり秩序だっているという印象を受けた。その几帳面さが、ジョン・ヘンダーソンを惹きつけたのだろうか？　地方検察官のかたづけずにはいられないところに、彼は自分とおなじ資質を認めたのか？　妻とは——芸術家らしい鷹揚さと活気にあふれているアグネスとは——正反対の女性。調理室で、ペレスはキャラー社製のガスこんろにのっているやかんに手をあてた。冷たかった。

船室の床をぐるりと懐中電灯で照らしてみたが、興味をひかれるものはなにもなかった。甲板へあがってサンディのところへ戻ろうとしたとき、はじめてそのごみがちらりと目にはいった。木の箱のなかの置き時計のうしろに押しこまれた紙切れだ。そこはごみが偶然はいりこむような場所ではなかったが、置き時計がぐらつかないように押しこまれただけなのかもしれなかった。ペレスは紙切れをひっぱりだし、懐中電灯の光をあてた。ラーウィックにある羊毛店〈ジェイミソン〉のショップカードだった。なにを期待していたのだろう？　三人のフィドル奏者の絵葉書か？

ヴィッキー・ヒューイットによる鑑識作業はすでに終了しており、ジョン・ヘンダーソンの家の戸口には鍵がかかっていた。カーテンのかかっていない窓は、どれも真っ暗だった。ペレスは車庫の扉をあけ、その奥にあるキッチンにつうじるドアを見つけた。なにもかもが沈黙していた。明かりのスイッチを手でさぐりあてる。突然の明るさに、ペレスは目をしばたたいた。完全な静寂。完璧な整頓。地方検察官はここへきているのではないか、とペレスは期待していた。最後にもう一度、かつての秘密の恋人の死を悼むために。彼の想像のなかでは、ローナ・レインはウイスキーのたっぷりはいったグラスを手にして、感慨にふけっていた。だが、どうやら思い違いをしていたようだった。不安がペレスの心をむしばみはじめていた。心臓の鼓動がはやくなるのがわかった。ペレスは地上階にある部屋のドアをかたっぱしからあけていった。家は冷え冷えとしていて、生気がまったく感じられなかった。つい数日前までジョン・ヘンダーソンがここで暮らしていたなんて、とても信じられなかった。

ペレスは駆けあがるようにして、屋根裏につうじる木製の急な階段をのぼっていった。傾斜した壁にあるはずのスイッチを見つけられず、かわりにフロアスタンドをつける。その光によって、部屋のあちこちに奇妙な影ができ、色がすこし変わった感じで鮮やかに浮かびあがった。やはりここにも地方検察官の姿はなかった。壁にアグネスの絵が何枚か立てかけられていた。闘病生活の最後のころにとりかかっていた絵だろう。壁のひとつに、ペレスが前回きたときには気づかなかった下絵が飾られていた。いまそれが目についたのは、ひとえにランプの光が直接あたっていたからだった。その絵がローナ・レインの家の寝室にあった油絵の下絵であることは、すぐにわかった。巨大な海の風景画だ。アグネスが亡くなったあとで、ジョン・ヘンダーソンが完成作をローナにあげたのだろうか？　別れるにあたっての贈り物として？　ペレスはジョン・ヘンダーソンという男を理解するようになったと感じていたが、それはあまりにも彼らしくない行動に思えた。この事件は自分が気づいている以上に複雑だということを、あらためて思い知らされていた。だが、いまはそれについてじっくり考えている時間がなかった。

外へ出ると、霧雨は本降りへと変わっていた。髪の毛が頭にへばりつき、水滴が襟もとを流れ落ちていく。だが、ペレスはほとんどそれに気づいていなかった。数マイル先ではいつもどおりの生活がつづいていると考えると、不思議な気がした。人びとは居間やキッチンにすわり、退屈したりコーヒーを飲んだりしながら、天気やきのうの晩のテレビ番組の話をしている。だが、ここでは――そして、ジミー・ペレスの頭のなかでは――なんであれ、ふたたびいつもどおりに戻るものがあるとは思えなかった。彼の頭のなかには、イーヴィー・ワットがいた。若く、愛らしく、笑みを浮かべて。それから、かりそめのウェディングドレスを着た案山子《かかし》のイーヴィー・ワットがあらわれた。携帯電話が鳴った。電波の状態が悪くて、ペレスはなかなか相手の言葉を聞きとれなかった。丘をひき返して、通信状態がもっとよくなる地点を見つけ、数分間しゃべる。それから電話を切ると、駆けるようにして坂道を下り、桟橋へとむかった。

依然として、そこにはペレスの車しかなかった。聞こえてくるのは水音だけ。石造りの桟橋を叩く雨の音と、桟橋の壁に打ちつける波の音。波はひじょうに高く、いまにも壁を越えてきそうだった。先ほど目にした漁船でさえ、もう姿を消してしまったようだった。いまごろ漁師たちは家にいて、みんなでいっしょにビールでも飲んでいるのかもしれなかった。ペレスは小道をとおって、かつての鮭の孵化場へと歩いていった。イーヴィーの壮大な計画が実現したあかつきには、変電所となるはずの建物だ。地面はすでにぬかるみと化しており、ペレスは途中で足を滑らせてよろけた。懐中電灯の光を地面にむけると、すくなくともふた組の足跡があるのが見えた。だが、わだちの跡はなかった。たとえこういう天気でも、四輪駆動車ならここまで乗りつけることができるだろう。だが、それがおこなわれた形跡はなかった。

孵化場へちかづいていくあいだ、ペレスは自分がひとりではないのを感じていた。話し声がしていた。建物のなかから聞こえてきているような気がした。いつの間にか孵化場のすぐそばまできており、ペレスは急いで懐中電灯を消した。ドアやぼろぼろの石壁の隙間をとおして、光がなかに漏れていなかったことを願った。言葉は聞きとれなかった。建物の壁が厚いせいだ。それから沈黙が訪れたので、ペレスは声が自分の想像の産物だったのではないかと考えた。鬱のせいで声が聞こえたのではないか。それは頭のなかでしていただけで、実際には存在していなかったのではないか。

ペレスは、その場に立ちつくしていた。動くことも決断することもできずにいた。そうやって雨のなかでじっと立っている姿は、さぞかし滑稽にちがいなかった。無能状態だ。それから突然、彼は強烈な怒りをおぼえた。フランが殺されたときに感じたような怒りだ。誰かに――誰でもいい――償いをさせたかった。理性を超越した支離滅裂な怒り。

「ここでなにをしているんだ、ジミー？」その声は、ペレスの頭のなかの声のこだまのように感じられた。おなじように支離滅裂で、おなじように狂気が宿っている。一瞬、ペレスは返事をしなかった。いまの問いかけは自分の想像したものだ、と考えたからだ。ちょうど、小屋のなかでしていた話し声がそうであったように。

あの船、とペレスは思った。あれは漁師たちが筌《うけ》を回収していたんじゃない。犯人がここへくるために乗っていた船だ。急に彼は正気に戻っていた。

声は執拗につづいた。「このまま黙って立ち去ったらどうだ、ジミー？　車に乗って、現実の世界に戻るんだ。正義をなす必要性については、よくわかっているだろう」ペレスは現実から切り離されているような奇妙な感覚をおぼえると同時に、勝利の味を嚙みしめていた。なぜなら、彼にはその声が誰のものかわかったし、それによって、殺人犯の正体にかんする自分の考えが正しかったことが証明されたからだ。まだ仕事の腕はなまっていなかった。彼の頭脳は正常に働いていた。

声がどちらの方角から聞こえてきているのか、正確な位置まではわからなかった。そして一瞬、ペレスは心を惹かれた。結局のところ、これが自分とどう関係があるというのか？　このまま車に乗り、直線距離にしてほんの数マイル先にあるダンカン・ハンターの屋敷までいけばいい。キャシーをさっと抱えて家に連れ帰り、朝いちばんの飛行機でふたりいっしょに本土へむかう。どこへいくのかまで計画しはじめていた。もちろん、フランの両親に会いにいくのだ。ふたりとも素敵な人たちだし、いつでも孫娘に会いたがっている。そこで受けるであろう温かい歓迎のことを、ペレスは想像した。キャシーにはホットチョコレート。ペレスには紅茶。そして、トーストと蜂蜜。

そのとき、ちがう音が聞こえてきた。天候によってもみ消されかけているうめき声。孵化場のなかでしているような気がしたが、はっきりとはわからなかった。ペレスは大声でいった。「どこにいるんです？」自分の声があたりに響きわたり、雨によって洗い流されていくのを感じた。

「これは殺人には見えないだろう」殺人犯は理路整然といった。「海での事故としてかたづけられる。どれだけ多くの船がランブル岩礁で失われているか、知っているだろう。あのあたりの潮の流れで、死体がどうなるのかを」

そのとき突然、ペレスの心は澄みわたり、そこへつぎつぎと明晰な考えが浮かんできた。アドレナリンのせいかもしれない。生きのびなければという使命感のせいかも。彼自身のためではない。彼にはフランの子供に対する責務があるのだ。殺人犯はすでに孵化場を離れて、ペレスと彼の車のあいだに先まわりしているのだろう。なにもせずに立ち去ってはどうかという提案は、罠だ。もちろん、ペレスはこの場を生きて立ち去ることなど許されない。犯人の正体を知ったいまとなっては。

「ローナ・レインは腕のいい船乗りだ」ペレスはいった。「誰も事故だとは信じないだろう。きょうみたいな穏やかな天候のときには」

「それじゃ、自殺だ」殺人犯はそっけなくいった。「不思議はないだろう？　そのほうがいいくらいだ。なぜなら、みんな彼女がジェリー・マーカムとジョン・ヘンダーソンを殺したと考えるだろうから」

ふたたび沈黙がつづいた。ペレスは耳を澄まして、どんな小さな音でもいいから聞きとろうとした。殺人犯のいる位置を知らせてくれるような、足音とか、咳ばらいとか。これは恐怖満点の目隠し遊びといってもよかった。だが、地面がすごくやわらかいので、ブーツはなんの音もたてないだろう。ペレスはできるだけじっとしていた。いまは潮の変わり目にちがいなく、波は桟橋にあたるだけで、もはやそれを越えてはこなかった。音がまったくちがっていた。浜の砂利にからみつくような音だ。

そのとき、ペレスはまたしても悲鳴を耳にした。まえよりも大きかった。女性の声だ。ペレスはふたたび、フェア島の溜池のへりに横たわるフランのことを考えた。すぐそばで、防水ジャケットのこすれあうかすかな音がした。ペレスは息を殺した。いまや理性的な思考など、どこかへ吹っ飛んでいた。また音がする。殺人犯はペレスの姿が見えておらず、彼がすぐちかくにいることを知らなかった。ぜいぜいという息づかい。ペレスはその音めがけて突進し、殺人犯を地面にひきずり倒すと、相手の首に腕をまわした。髪の毛が顔に押しつけられ、皮膚とそのむこうの骨と歯が頰にあたるのが感じられた。そのままぐいぐい締めあげていくと、相手が弱っていくのがわかった。

ふいに、あたり一面が光に包まれた。まぶしさのあまり、ペレスは目を閉じずにはいられなかった。懐中電灯がふたつあるだけだったが、それでも真っ暗闇のあとの白色光にはぎょっとさせられた。そして、そのとき彼はウィローの声を耳にした。

「もうじゅうぶんよ、ジミー。ここからはわたしたちがひき継ぐわ」そして、ペレスが男の首を絞める手をゆるめずにいると、こうつづけた。「放してあげて、ジミー。もうじゅうぶんよ」

46

「それで」サンディがいった。「イーヴィーの父親がジェリー・マーカムとジョン・ヘンダーソンを殺した犯人だと、どうしてわかったんですか？」

逮捕から丸一日がたったあとで、かれらはレイヴンズウィックにあるペレスの家にいた。暖炉には火がともり、テーブルにはウィロー・リーヴズの持参したヘブリディーズ諸島のウイスキーの二本目のボトルがのっていた。

「わかってはいなかった」ペレスはいった。「ヴィダフスの栈橋のそばで、実際に彼の声を聞くまでは」だが、おまえは最初から彼を信用していなかった。確信している人間は、いつでもおまえを不安にさせてきた。「娘をしあわせにするためなら彼はなんでもやるだろう、と思ったんだ」いったん言葉をきる。自分の秘めたる感情を語って聞かせるのは彼の流儀ではなかったが、このふたりには説明を受ける権利があると考えていたので、彼はそうした。「ある晩、車でレイヴンズウィックへはいっていったときに、キャシーがご近所さんの家の窓から外をながめているのが目にはいった。あの娘はわたしの姿をさがしていた。その瞬間、彼女を守るためなら自分は人殺しさえ厭わないだろう、という考えがふと頭に浮かんできたんだ」ペレスは気まずさのあまり顔をそむけてから、つづけた。「フランシス・ワットは、娘のイーヴィーを愛していた。彼にとっては、シェトランドに戻ってくるつもりのない息子よりも、イーヴィーのほうが大切だった。父親の目には、彼女はシェトランドの未来をあらわしていたんだ。いつの日か、イーヴィーは彼の事業をひき継ぎ、フェトラー島の彼の家に住む。彼はイーヴィーに執着するようになっていたといってもいい。親がおちいりがちな罠だ。ときとして親は、自分の子供にかれら自身の人生を歩ませなくてはならない。傷つくかもしれない危険に、かれらをさらさなくてはならない。だが、フランシスなら娘を苦痛から守るために人を殺すことに誇りをおぼえるかもしれない、という気がした」

部屋のなかに沈黙がたれこめた。

「それに、彼は大変なかんしゃく持ちだった」ペレスはつづけた。「マリアがそれを裏づけてくれた。だよな、サンディ？ フランシス・ワットが娘の妊娠を知ってホテルに怒鳴りこんできたときのことを、おまえからマリアに質問してもらった。彼女はわたしに、フランシスが〝口から泡を吹いて怒っていた〟といっていた。だが、人はよくそういう表現を使うものだ。実際にそうだったのかを知る必要があった」

「それが、あなたから訊くように頼まれた三つ目の質問だった」サンディがいった。「マリアの話では、フランシスは荒れ狂ってわめきたてていた。ピーターを殴って、目のまわりに黒痣をこしらえた。マリアは正式に警察沙汰にしたがったが、ピーターが承知しなかった」

「フランシスは、ジョン・ヘンダーソンと地方検察官の情事がおおやけになるかもしれないと考えると、耐えられなかった」ペレスはいった。「だが、みんなのまえで恥をかくことよりも、ずっと大きな問題があった。ジェリー・マーカムがその件をイーヴィーに話せば、彼女の結婚式は台無しになるだろう。フランシスから見れば、ジェリーはすでに娘の人生を一度めちゃくちゃにしていた。その男がいま、イーヴィーにすべてを話そうとしていた。ジェリーは、それが正しい行動だと考えていたんだ。イーヴィーには、ジョン・ヘンダーソンが彼女が思っているほど完璧な男でないことを知る権利があると。その考えが、フランシスを激怒させた。彼は、イーヴィーがジョン・ヘンダーソンと——誰もが知っているつもりでいるジョン・ヘンダーソンと——結婚するのを喜んでいた。信心深く、シェトランドでもっとも聖人にちかい人物。死にゆく妻を看病しつづけた男。その彼が毎週金曜日の晩にお高くとまった本土人とセックスを楽しむために家をこっそり抜けだしていたと人びとが知ったら、どんなスキャンダルになることか。それに、イーヴィーはどう感じるか？ フランシスは、娘がショックを受けて結婚式を中止すると考えた。そして、ジョン・ヘンダーソンのあと押しがなければ、彼女がフェトラー島に戻ってきて家業を継ぐことはないだろう。それは、彼の世界の終わりを意味していた」

暖炉の泥炭がずれて、煙があがった。

「ローナ・レインに秘密の恋人がいるといううわさは、昔からいくつもあった」ペレスはつづけた。「船でやってきて、夜明けの光とともに姿を消す謎の男だ。まったくそのとおりというわけではなかったが、話をこしらえた連中はあながち間違ってはいなかった。それに、ミズ・レインは不倫に尻込みするような女性ではなかった。なんのかんのいって、リチャード・グレイと関係をもっていたのだから。やがてアグネスが亡くなり、ジョン・ヘンダーソンとの情事も終わり、ジェリー・マーカムはロンドンへと去っていった。これですべてが終わって忘れ去られる、と地方検察官は考えたにちがいない」

「そもそも、ジェリー・マーカムがその件のどこにかかわっていたのかがわからないわ」ウィローは手をのばすと、ウイスキーをごくりと飲んだ。

「ジェリー・マーカムは知っていたんだ」そして、シェトランドでふたりの関係を推察したのは彼だけではなかった、とペレスは頭のなかでつづけた。もっとも、その知識を活用しようとしたのは彼だけだったが。「彼がまだ『シェトランド・タイムズ』で働いていた当時のことにちがいない。彼はジョン・ヘンダーソンとローナ・レインを脅迫した。そのころの彼は、ひどい男だったんだ。金を払ったのは、おそらく地方検察官のほうだろう。それで、ジェリーはあの洒落た赤い車を手にいれることができた。誰もが、その車は両親からの贈り物だと考えていた」

「でも、それって、もう何年もまえの話です」サンディはウイスキーではなく、ビールを飲んでいた。今夜は最後に、ウィロー・リーヴズをホテルまで車で送り届けることになっていたからだ。「どうして、みんなただそっとしておくことができなかったんでしょう?」

「なぜなら、ジェリー・マーカムは生まれ変わっていたからよ」ウィローがいった。「そうでしょ、ジミー? 彼は恋に落ち、それと同時にすっかり信心深くなった。頭がくらくらするような組み合わせだわ」

ジェリー・マーカムの回心が——善人になろうという決意が——ふたつの殺人へとつながっ

たのだ、とペレスは思った。

「思うに、彼の変化は本物だったのだろう。もしくは、本人はそうだと信じていた。マリアは息子に、『シェトランド・タイムズ』から切り抜いた記事を送った。イーヴィーとジョン・ヘンダーソンの婚約を告知する記事だ」この記事がジェリーの目にふれていなければ、どうなっていただろう、とペレスは考えた。ジェリーはハムステッドにある洒落た教会の洗礼盤のところに立ち、頭に聖水をかけてもらっていたかもしれない。それから、アナベル・グレイと結婚して、末永くしあわせに暮らしていたかも。

ペレスは暖炉の横にあるバケツから泥炭を手にとると、火のなかに投げこんだ。「もしかすると、ジェリーは地方検察官から金を脅しとったことで、ずっと罪の意識を感じていたのかもしれない。それと、自分のイーヴィーへのあつかいについても。だからこそ、死にゆく妻を裏切っていた男によってイーヴィーがふたたび傷つくのを見たくないと考えた。実際、ジェリーはアナベルに対して、裏切りについて話していたことがわかっている。とにかく、ジェリーは事態を整理するために、シェトランドへ戻ってきた。誠実な人間になるために。おそらく、アナベルのことを両親に報告するつもりでもいたんだろう。それは、彼が殺された日の晩におこなわれる予定だった。だがおもな目的は、自分の過去と折り合いをつけ、自分の気持ちをすっきりとさせることだった」

三人は、しばらく黙ってすわっていた。排気装置のいかれた車が桟橋にむかって道路を走っていくのが聞こえた。ペレスはその音を知っていた——ご近所さんの車の音だ。暖炉の火から煙がすこしあがった。

「それって、ひどく自己中心的な行動に思えるわ」ウィローがいった。「それが関係者にあたえる影響について、彼は考えなかったのかしら?」

ペレスは顔をあげて、ウィローを見た。「たぶん、考えなかったんだろう」という。「もしかすると、ジェリーはまえと変わらず自己中心的な男だったのかもしれない。そして、人はみんなすこしばかり、そういうところがあるんじゃないのかな?」

ふたたび心地よい沈黙がおりた。それから、ペレスはつづけた。

「家に帰って最初の晩に、ジェリーは母親に、これからはもう金の無心をする必要がなくなると宣言した。それは、脅迫を計画していたからでも、金持ちの娘と結婚しようとしていたからでもなかった。ジェリーは母親に対して、自分が変わったことを示そうとしていたんだ。ようやく彼は、大人になろうとしていた。ジェリーにとって、マーク・ウォルシュから〈ヴィダフスを救う行動委員会〉の集会に招待されたのは、誰の疑念もかきたてずに帰省するためのいい口実になった。それに、あたらしいエネルギーをめぐる対立は、ほんとうにいい記事になるかもしれなかった。ジェリーは父親に頼んで、サロム湾のターミナルでアンディ・ベルショーと会えるように手配してもらった。ヴィッキー・ヒューイットがフランシス・ワットの仕事部屋でジェリーのカメラを発見したが、そこにはサロム湾のあたらしいガス・ターミナルを撮った写真があった」ペレスは言葉をきった。「マーク・ウォルシュは、あのジェリー・マーカムが自分たちの集会にくることをフランシス・ワットに話した。フランシスは潮汐《ちょうせき》エネルギー計画に反対するこのグループをずっと支持していたが、ジェリーがそれにくわわるのは嫌でたまらなかった。計画をめぐって、彼は私生活で娘のイーヴィーと対立していた。だが、おおやけの場でジェリーに計画を非難されるのだけは、なんとしても避けたかった。そんなことをされたら、またしても自分の娘を傷つけられたように感じていただろう」

「計画に、非難されるような点はなかったわ」ウィローがいった。「捜査会計士たちが〈水の力〉の帳簿を徹底的に調べたけれど、不適切な金の動きは一ペニーも見つからなかった」

「だがフランシスは、この計画が芯の部分で腐っていると確信していた」ペレスはいった。「フェトラー島へ訪ねていったときに、本人がそういっていたんだ。シェトランドの開発では、その中心部に腐敗のないものなどひとつもない、とね。この計画の大もとには評議会の不正があるはずで、イーヴィーは大きなスキャンダルにまきこまれてつらい思いをすることになる、とほんとうに信じていた。フランシスの妄想がそれほど強くなく、娘の判断をもっと信用できていたなら、ふたりの男はまだ生きていたかもしれない。それが、この事件のもっとも悲しい点のひとつだ」

「その一方で、ジェリーはイーヴィーと連絡をとろうとしていた」ウィローは羊皮の敷物の上というういつもの場所に陣取り、猫のように心地よさげに身体をのばして、眠そうにしていた。「彼はイーヴィーに電話をかけ、留守電にメッセージを残した」ペレスはいった。「そのときに、話の内容がイーヴィーにも推察できるくらいのことをテープに吹きこんでいたのかもしれない。その晩にひらかれた独身さよなら女子会で、イーヴィーは間違いなくなにかで頭を悩ませていた」

「ジェリーはボンホガ画廊で誰と会っていたんですか?」サンディがたずねた。すでにビールを飲み終えており、もう一本頼みたいのだが切りだせずにいるのが、ペレスにはわかった。

「ジェシー・ワットだよ。コーヒーショップを切り盛りしているブライアンは、それがイーヴィーだったかもしれない、と考えていた。だが、あの母娘はよく似ている。ジェリーが会っていたのは、お洒落をしていた母親のほうだったんだ。ジェリーはそのまえに、ジョン・ヘンダーソンの情事の件でイーヴィーの両親にも電話をかけていた。イーヴィーの母親はジェリーと会って、その件を黙っておいてくれ、と説得するつもりだった。だが、彼はそれを拒否し、イーヴィーは自分の結婚相手がどういう男かを知っておくべきだ、といった」

「なら、ジェシー・ワットは夫が人殺しだと知っていたんですか?」

ペレスは肩をすくめてみせた。「それに加担していたはずだ――すくなくとも、ジェリー・マーカム殺しのほうでは。ワット夫妻は、いっしょにフェトラー島を出た。フェリーの連中は事件当日にワット夫妻が島を離れるのを見なかったといっていたが、フランシスは自分の船を出したんだ。彼は工具や木材の運搬用に、シェトランド本島のヴィドリンに古いヴァンを置いていた。その車で妻をボンホガ画廊に送り届け、そこで彼女は最後の説得をジェリーに試みた。本土へ戻って、みんなを放っておいてくれと。そのあとで、夫妻はジェリーをサロム湾まで尾けていった。そのときに、ふたりは決心したにちがいない。そのまま車で走り去り、フェリーに乗ってフェトラー島のわが家へ帰ることもできた。だが、フランシスは黙ってジェリーの好きにさせるような男ではなかった。そのころにはすっかり頭に血がのぼっていて、なんとかしてジェリーがヘンダーソンの情事のことを娘に話すのをやめさせようと——そして、〈水の力〉のことを記事にするのをやめさせようと——必死になっていた」

「ジェシー・ワットによると、彼女は夫を説得しようとしたそうよ」ウィローがそういって、伸びをした。「愚かで弱い女性だから、そう強く説得できたとは思えないけれど」

ジェシー・ワットは夫の正しさを信じて生きてきた、とペレスは思った。この件で夫に立ちむかうのは、むずかしかっただろう。

「そこで、ふたりは幹線道路とルンナ方面への小道が合流する地点に戻って、ジェリー・マーカムがあらわれるのを待った。彼が帰宅する際にそこを通過するのを、知っていたんだ。だが、ジェリーがそのまえにスカッツタ空港のそばでジョン・ヘンダーソンと会う手はずを整えていたとは、知るよしもなかった」

夫妻がみすぼらしい白いヴァンのなかで待っているところを、ペレスは想像した。あそこの合流地点には、いつでも数台の車がとまっている。町へむかう人たちが、車を相乗りするときに待ち合わせ場所として利用するからだ。誰もかれらに注意をむけはしないだろう。もしかすると、ジェシー・ワットは食事の用意もしてきていたのかもしれない。もちろん、中身はシェトランドの伝統にきちんとのっとったものだ。羊肉の燻製をはさんだバノック。手作りのビスケット。計画では、ジェリー・マーカムをただ脅かすことになっていたのだろうか？　脅かして追いはらうことに？　おまえはすでに一度われわれの娘の心をずたずたにした。いままたそれをくり返そうというのか。あの娘にはしあわせになる機会が訪れようとしている。善人とあたらしい人生を歩む機会が。それとも、手のこんだやり方でフェトラー島から本島へ渡ってきていたところをみると、フランシス・ワットは最初からジェリーを殺すつもりでいたのか？

待つあいだに、夫妻はジェリー・マーカムのことを話しあっていたのだろう。おたがいを煽りたて、ジェリー・マーカムの邪悪さをおたがいに納得させていた。明るさが薄れ、視界がしだいに悪化していくあいだ、ふたりとも耐えがたいまでの緊張感を味わっていたにちがいない。

「夫妻には、やってくるのがジェリーの車だとどうやってわかったんです？」サンディがペレスの思考に割りこんできた。「そのころには霧がすごく濃くなっていて、ちかづいてくる車は見えなかっただろうに」

「でも、音は聞こえたはずよ。でしょ？」ウィローは片肘をついて横向きに寝そべっており、炉火の光のなかで髪の毛の色がいつもとはちがって見えた。「シェトランドで、ああいうエンジンを搭載した車はほかにないでしょう。それがなくても、一か八かでヴァンをスタートさせ、飛びだしていく価値はあった。そうやって、やってきた車を待避所においこむの。もしも違う車だったら、事故のふりをすればいい」

ペレスはうなずいた。そして、ふたたび頭のなかでそのときの光景を思い浮かべてみた。ジェリー・マーカムはショックを受けただろう。そして、たとえあたらしく生まれ変わったジェリーでも、きっと怒ったはずだ。怒鳴って悪態をつきながら、車から降りてくる。誰でも、そうするような場面だ。そして、フランシス・ワットは——霧によって現実の世界から切り離され、待つあいだに妻のだらだらとつづくおしゃべりを聞かされて神経が張りつめていたフランシス・ワットは——すごい勢いで襲いかかった。トラックの後部から持ち出しておいた手鋤《てすき》で殴りかかった。

ペレスは、フランシス・ワットの取り調べに立ち会わなかった。冷静にプロらしくしていられる自信がなかったからだ。だが、犯行時にフランシスがどう感じていたのかを訊いてみたかった。彼は自分が力をもっているという感覚を楽しんでいたのか？　それで、ふたたび人を殺すことにしたのか？

「それから、なにがあったんです？」またしてもサンディだった。話を先に進めたがっている。もしかすると、町で約束があるのかもしれなかった。女性と待ちあわせている。もしくは、事件の解決を祝おうと友人たちが酒場で待っている。ペレスは立ちあがって、冷蔵庫からサンディのためにビールをもってきた。

「ワット夫妻は、ジェリーの死体をそのまま現場に残していきたくなかったのよ」ウィローの口調は、いまや陽気になっていた。捜査にはけりがつき、彼女はへまをしなかった。「いつラーウィックから仕事帰りの人たちを乗せた車が戻ってきて、各人が自分の車を拾っていくかわからなかったから。それで、死体をヴァンの後部に押しこんだ。もちろん、それをアイスへはこぶというのは、フランシスの案だった。そこは地方検察官の地元よ。淫らな女に対する間接的なメッセージになる。取り調べのなかでフランシスは、ジェリー・マーカムをあそこの水に浮かべるのは適切なことに思えた、といっていたわ。だから、夫妻は死体を鎧張《ヨール》りの船に積みこんだ。フランシスはジェリーのブリーフケースの中身を調べてから、船をマリーナのほうへ押しだした。もちろん、ブリーフケースには大したものはなかった。その時点では、記事にするようなことはほとんどなかったんだから。その日の朝にジェリーがボンホガ画廊で手にいれた絵葉書の束があるだけだった。そのうちの一枚を、ジェリーは昼食でブレイに立ち寄ったときにアナベル・グレイへ送ったのね。フランシスは数枚を持ち去った。記念の品として」

フランシスが殺しを楽しんでいたことを示すもうひとつの証拠だ、とペレスは思った。彼はそのときの記憶を甦らせてくれるものが欲しかったのだ。

「その晩遅く、夫妻はジェリーの車をヴァトナガースへ移動させ、それから急いでフェトラー島に戻った」ウィローがつづけた。「船を作り、セーターを編み、娘の結婚式の計画を仕上げるために。まるで、なにごともなかったかのように」

「だが、ジェリーは殺されるまえにジョン・ヘンダーソンと会っていた」ペレスはいった。

「そしてジョンは、そのときのジェリーの話が彼の死と関係あるのではないかと考えた。自分と地方検察官の過去の情事が事件と関係あるのではないかと。たぶん彼は、すべてをイーヴィーに打ち明けなくてはならないと決心したんだろう」

「でも、彼女はすでに一部を推察していたんでしょうね。すくなくとも、ジェリーがシェトランドにいるのは、ジョン・ヘンダーソンがらみのうわさを自分に聞かせるためだということくらいは。そして、イーヴィーがそれを気にしていたとは思えない。彼女は独身さよなら女子会で酔っぱらったあとで、そんなのはどうでもいいことだという結論にたっしたのよ。だから翌日には、まったくふだんどおりにふるまっていた。彼女はジョン・ヘンダーソンを愛していて、なにがあろうと結婚するつもりでいたんだわ」ウィローは男たちを見あげた。「なんて無駄だったのかしら！　いったいジェリーは、なにを達成するつもりでいたの？」

「ジョン・ヘンダーソンは、ここで大きな過ちを犯した。イーヴィーに打ち明けるまえに、まずフランシスに電話をしたんだ」ペレスはいった。「イーヴィーが動揺して結婚をとりやめるかもしれないことを、父親のフランシスに警告した。そうするのが正しいことだと考えたんだろう。フランシスとジョンは古い友人だった。そして、その電話に対するフランシスの反応から、ジョンは彼がジェリー殺しの犯人ではないかという疑いを抱くようになった」

「だから、ジョン・ヘンダーソンも死ななくてはならなかったのね」

「そのとおりだ。そして、そのころには、フランシスは自分のことを復讐の天使のように考えていたのかもしれない。きっと、これが最善の策だと考えて——やはり、ジョン・ヘンダーソンのような姦通者は自分の娘にはふさわしくないと考えて——自分を納得させていたんだろう。今回は、さらに手のこんだ犯罪現場を用意していた。ジョン・ヘンダーソンの顔にマスクをかぶせて、未来の花嫁のとなりに置いて」

ウイスキーのおかわりを注ぎながら、ウィローがいった。「犯罪心理学者が大喜びで分析しそうね！」暖炉をのぞきこむ。「ジェシー・ワットは、そちらの殺人にはまったく関与していなかったわ。フランシス・ワットは朝早くに家を出た。そして、ジミー、あなたがその日の午後に訪ねていった直前に帰宅していたの。奥さんは一日じゅう、畑仕事をしていた。夫が自分の船でどこへいっていたのかをたずねなかった。知りたくなかったのね」

三人は、しばらく黙ってすわっていた。

「最後には、フランシスはすべてをローナ・レインの責任にしていたんだろう」ペレスはつづけた。「彼女は、相手に死にゆく妻がいることもかえりみずに、ジョン・ヘンダーソンを誘惑した。彼女がすべての発端だった。フランシスの頭のなかでは、彼女が自分を殺人者にまで変えていたんだ」

ペレスは椅子の背にもたれた。「きょうの午後、イーヴィーに会ってきた」という。「彼女はいま、ベルショー夫妻のところに滞在している」彼はイーヴィーの怒り、燃えるような瞳、強烈な言葉を思い返していた。両親への憎しみが現在の悲しみをのりきる助けにはなっていたが、それも長くはつづかないだろう。

ペレスは、もう客たちに帰ってもらいたかった。疲れていたし、ひとりで自分だけの考えや思い出にひたる必要があった。ほかのふたりはそれを察したにちがいなく、突然、席を立った。ドアがあけられ、冷たい夜気が部屋に流れこんできた。

サンディは先に出ていくと、土手を駆けおりるようにして車へとむかった。間違いなく約束の相手は女性だな、とペレスは思った。ウィローは、いったん足を止めた。「あす、こちらを発つの」という。「父の誕生日よ。朝いちばんの飛行機だから、これであなたとはお別れね」

「だが、戻ってくるんだろう?」一瞬、ペレスはパニックに見舞われた。自分がどれほど彼女の不在を寂しく思うかがわかった。

「ええ。たぶんね。こういう事件がどういうものか、知ってるでしょ。いつだって、残務処理がある」

あの晩ホテルでしたように、彼女はまたキスしてくるのではないか、とペレスは考えた。頬へのそっけないキス。だが、ウィローは小さく手をふると、サンディのあとについて丘を下っていった。ペレスはあけたままの戸口に立ち、だまされたような気分を味わっていた。

47

翌日は天気が良く、穏やかに晴れていた。驚くほど暖かく、まだ五月にもなっていないというのに、まるで夏のようだった。ローナ・レインは、屋外でお茶をだしてくれた。木製の丸テーブルは灌木《かんぼく》に囲まれて人目にふれないようになっており、子供の隠れ家といった趣があった。秘密の花園だ。彼女はここでジョン・ヘンダーソンとすわり、ご近所の穿鑿《せんさく》好きな目を逃れて、いっしょにワインやコーヒーを飲んでいたのだろうか？　ペレスは電話で呼び出されたのだった。

「ジミー、あなたには説明を受ける権利があると思うの」

紅茶はアールグレイだった。フランも好きだった紅茶だ。

「わたしはジョンを愛していた」ローナ・レインがいった。「あれは火遊びではなかった」

それは自分がとやかくいう筋合いのことではない、とペレスはいった。

「あなたは命の恩人よ、ジミー。先ほどもいったとおり、説明を受ける権利があるわ」

「あなたの電話に応える努力を、もっとすべきだった」ペレスは紅茶を注ぎ足した。

「そして、わたしは覚悟を決めて、あなたに秘密を打ち明けるべきだった」ローナ・レインは、テーブルのむこうから落ちつきはらってペレスを見た。「昔から、男性を信頼するのが苦手だったの」

こういうことがあったあとでは、なおさらだろう、とペレスは思った。

ローナ・レインがつづけた。「わたしはみすみすジェリー・マーカムに脅迫を許してしまった」という。「浅はかだった！　おかげで、なにがあったのかを人に話すのがむずかしくなってしまった。自分を犯罪行為の共犯者にしてしまった。あれが情事というだけのことだったら……」声が尻すぼみになっていった。「でも、アグネスの存命中にジョンのことが人びとの口の端《は》にのぼるような事態だけは、避けなくてはならなかった。ジェリー・マーカムはロンドンへ出ていこうとしていた。金を払えば、それでおしまいになると考えたのよ」

「フランシス・ワットに誘拐された日は、いったいなにがあったんですか？」ペレスはローナ・レインの供述書に目をとおしていたが、それは無味乾燥な事実の羅列にすぎなかった。それが彼女にとってどんな経験だったのかは、わからなかった。彼女は一日じゅう拘束されていたのだ。そして、そのときの痕がまだ身体に残っていた。

「わたしはちょうど仕事にむかおうとするところで、出るまえに仕事部屋でメールを確認していました。そのとき、誰かが家のなかにいる音が聞こえた。おそらく、彼はまえにも侵入したことがあるのでしょう。週のはじめに、感じたのです——自分の空間が犯された、自分のものが動かされたと。そのときは、自分の頭がおかしくなりかけているのだと思いました。けれども、彼はどうにかして侵入経路を見つけていたのね。シェトランドでは、防犯対策は優先順位のリストの上位にはありませんから。それはあなたも知っているでしょう、ジミー」ペレスは、ローナ・レインの髪の毛がすっかり灰色になっていることに気がついた。おそらく、ジェリー・マーカムの死体を発見して以来、ずっと悪夢のなかを生きてきたのだろう。

「はじめのうち、彼はものすごく礼儀正しくふるまっていました」ローナ・レインがいった。「こんなに朝早く邪魔したことを詫びたりして。それから、まるでスイッチがはいったかのように豹変した。彼はわめきはじめました。どのようにして、わたしが彼の娘の人生をめちゃくちゃにしたのかを。彼が問題視していたのは、わたしがジョンと関係をもっていたことではなく、それをジェリー・マーカムに知られたことでした——〝もっと控えめにやることはできなかったのか？〟。まるで、わたしが会う人ごとに彼との関係を吹聴していたかのように。それから彼は、わたしのせいで自分は殺人者になったといいました。そのときまで、わたしは彼をいかれた中年男としか考えていませんでした」ローナ・レインが顔をあげて、ペレスを見た。

「わたしは電話に手をのばしました。けれども、彼のほうがすばやかった。それに、ものすごく力が強かった。おそらく、鎧張り《ヨール》の船を作るのは肉体的にきつい作業なのでしょうね」ローナ・レインは自分の茶碗に手をのばしかけたが、途中でやめた。その手をテーブルの上に置く。

「あれほど美しいものを作る人が、どうしてあんな怪物になれるのかしら?」

「彼は自分の娘を守りたかったんです」ペレスはいった。「すくなくとも、最初はそうだった。そして、自分は正しいと確信していた。ある意味では、ジェリー・マーカムを殺すのは正しいことだと。彼から見れば、ジェリー・マーカムは邪悪な男でしたから」

「でも、ジョンにかんしては、そう考えることはできなかったはずですよ」ローナ・レインはいった。「ジョン・ヘンダーソンが心の広い親切な人間であることは、誰もが認めるところでしたから」

ペレスは、それについて考えた。そのころには、おそらく生存本能がフランシス・ワットを支配していたのだろう。彼はジョン・ヘンダーソンを殺したとき、娘のことを考えてはいなかった。自分を守っていた。と同時に、そんなことをしている自分を憎んでいた。だからこそ、ローナ・レインを襲ったのだ。誰か自分以外に責める相手が必要だったから。

ローナ・レインは話をつづけていた。「彼は防水シートでわたしをくるんで、ヴァンに押しこみました。そして、車でマリーナまではこんでいった。あたりには誰もいませんでした。どうせ、くたびれた白いヴァンが人目をひくことはなかったでしょうけれど。ヴァンから降ろされたとき、わたしは抵抗したんですよ、ジミー。でも、彼の力は強すぎた」恥じているような口調だった。「彼はわたしを赤ん坊みたいにもちあげると、〈マリー・ルイーズ〉号の船室へはこんで、船をヴィダフスへまわしました。時間のかかる航海です。いまはともかく、そのときはなにもわからなかったので、これから自分は湾内で溺死させられるのだと考えていました」

ローナ・レインは、しばらく黙ってすわっていた。遠くのほうの丘で、シャクシギの鳴く声がした。「彼は船室で、わたしをすこし小突きまわしました。きっと、それで気絶したんでしょう。ヴィダフスまでの航海は、まったく記憶にありません」

ペレスは彼女の腕と頬骨のあたりに残る痣にショックを受けていたが、それについてはひと言もふれていなかった。ローナ・レインは同情を求めるような女性ではないだろう。「気がつくと、すでにヴィダフスの桟橋に到着していました。わたしは彼にせっつかれて、孵化場まで歩かされた。背中にナイフを突きつけられながら」

「あなたは〈ジェイミソン〉の領収書を時計のうしろに押しこんでいった」ペレスはいった。彼女があの状況のなかで完全に無力だったわけではないことを、知っておいてもらいたかった。

「彼の上着のポケットにはいっていたものです。最悪の事態が起きた場合、それが手がかりになるかもしれないと考えました。指紋とか。わかりませんけど……」声がしだいに小さくなっていった。

「手がかりになりましたよ！　それがあなたのものではないことが、わたしにはぴんときた。あなたは編み物をするタイプではない」

ローナ・レインがふいに笑みを浮かべ、頬の痛みにたじろいだ。

「それに対して、ジェシー・ワットのほうは……」ペレスはいった。

ローナ・レインは、先ほどよりも力強い口調でつづけた。「フランシス・ワットは、わたしを孵化場に放りこみました。そして、外側から南京錠をかけると、どこかへ姿を消した。おそらく、自分になんらかのアリバイを作るためでしょう。きっと奥さんがアイスへいってヴァンを回収し、それで夫を拾ったのね。エンジン音が聞こえました。従順な妻というわけです。それから、わたしはふたたび意識を失いました。気がつくと、あたりは暗くなっていた」ローナ・レインは椅子のなかで姿勢を変えた。「そして、フランシス・ワットが小屋のなかにいた。彼の匂いがしたし、動く音が聞こえました。そのとき、あなたがあらわれた」まっすぐにペレスを見る。「彼はわたしを溺れさせるつもりでした。わたしは船を操るのも水も大好きですが、昔からずっと溺れることを恐れていたんです」

間があいた。かれらの背後にある灌木で、小鳥がやけに大きな声で鳴いていた。このまま黙って立ち去るべきだとわかっていたが、ペレスは好奇心を抑えきれなかった。

「アグネスは、あなたとジョンの関係を知っていたんですね？」

ふたたび沈黙がつづき、ペレスは自分が一線を越えてしまったのだと思った。ローナ・レインはこたえないだろう。

「ジョンが話したのです」ローナ・レインがいった。「嘘のつけない人でしたから。最後には、イーヴィーに対しても打ち明けていたでしょう」ペレスを見る。「アグネスは祝福してくれました。ジョンにはこの事態を切り抜けるのに力を貸してくれる人が必要だ、といって。彼をしあわせにしてくれるわたしに感謝する、ともいっていた。わたしは彼女に会いにいったのです。素晴らしい女性でした」

「そして、あなたの部屋に飾ってある絵は？」ペレスは家のほうにうなずいてみせた。

「そのとおりです」地方検察官がいった。「アグネスは祝福するだけでなく、あの絵もくれました」ふたたび沈黙がつづく。「彼女は、ジョンとわたしがいっしょになるものと考えていました。でも、アグネスが亡くなると、彼にはそんなことはできなかった。罪の意識ですね。それが、わたしの姿を目にするたびに彼を苛《さいな》んでいた。もしもフランシス・ワットがその様子を目にしていたら、ジョンがじゅうぶんに苦しんでいたことがわかったでしょう」

「これから、どうするんですか？」ペレスはたずねた。「このままシェトランドに？」

「まさか。それはないと思いますよ、ジミー。そろそろ先へ進む頃合です。過去をあとに残して」ローナ・レインは顔をあげてペレスを見ると、彼の腕に手をかけ、より強い口調でいった。「そうは思わない、ジミー？　そろそろ、あなたも先へ進んでは？」

ペレスは立ちあがって、海を見おろした――自分にとっては、それはそう簡単にはいかないことなのだ、と思いながら。

解説

若林　踏

お待たせしました！　アン・クリーヴスの〈ジミー・ペレス警部〉シリーズ、新たなステージの幕開けです。

ロンドンから北に九六〇キロ、イギリス最北の北緯六〇度に位置する大小一〇〇以上の島島からなるシェトランド諸島。この最果ての地に生きる人々の複雑な心理を描きつつ、巧妙な犯人当てを構築した、ＣＷＡ最優秀長編賞受賞の傑作『大鴉の啼く冬』が刊行されたのは二〇〇六年のこと。以降クリーヴスは島の四季をテーマにした〈シェトランド四重奏《カルテット》〉の構想を明かし、『白夜に惑う夏』（〇八年）、『野兎を悼む春』（〇九年）、『青雷の光る秋』（一〇年）と宣言通りに四部作を完成させました。

この四作でシェトランドの物語はおしまい――かと思いきや、クリーヴスは続編である本書『水の葬送』を一三年に発表したのです。毎回謎解き小説としての確かなクオリティで満足させてくれたシリーズだけに、継続するのは嬉しい限り。その半面、これまで〈シェトランド四重奏〉を読んできた方のなかには不安を抱いている人もいるでしょう。何せ前作『青雷の光る秋』で「あんなこと」があったわけですから。

でも心配はご無用。『水の葬送』は小さなコミュニティにおける緻密な謎解きという四部作のチャームポイントはそのままに、これまでの四作にはなかった新たな趣向を取り入れシェトランドを語ろうとする気概に溢れた作品です。本書でアン・クリーヴスはシェトランドの物語を再起動させることに挑み、見事に成功させたといってよいでしょう。

　新ステージ開幕を告げる事件は前作から半年後、春が訪れたシェトランドの湾で起きます。地方検察官のローナ・レインは、仕事を終えた後のひとときを自宅で外の景色を眺めながら過ごしていました。すると彼女は湾に鎧張り《ヨール》の船が浮かんでいるのを発見します。本来なら土手の上にあるはずの競漕用の船が、なぜ海に浮かんでいるのか。船を戻そうと思ったローナは自分のボートを漕いで、潮に流される鎧張りの船に追い付きます。なかを覗くと、そこには男の死体がありました。しかも外傷の状態からして明らかに他殺とわかるものが。

　これまでの〈シェトランド四重奏〉なら、ここで主役であるシェトランド署のジミー・ペレス警部が登場して捜査の指揮をとるところです。ところがペレスは病気療養中で、すぐ捜査に参加できる状態ではありませんでした。仕切り役を務めることになったのは、本土から派遣されたウィロー・リーヴズ警部。この女性警部のもと、事件の捜査は進められることになります。

　やがて捜査員の一人、サンディ刑事によって被害者の身元が判明しました。名前はジェリー・マーカム。シェトランドの地方新聞社に勤めた後、本土に渡りロンドンの大手新聞社の記者となって成功を収めた地元出身の若者でした。ホテルを経営する両親の話によれば、どうやらジェリーは島の石油ターミナルに関する取材を行おうとしていたようです。折しもシェトランドでは石油代替エネルギーの開発を巡る議論が活発化し、住民運動も起こっていました。ジェリーの死はそれらに関係があるのか。次第にペレスも捜査に参加し始め、ジェリー殺しの犯人を追うことになります。

〈ジミー・ペレス警部〉シリーズの特徴は小さな共同体の濃密な人間関係を、複数の視点から描き出す点にあります。シェトランドの人口はわずか二万人程度。石を投げれば必ず知り合いに当たるような親密さゆえに、逆に複雑でやっかいな感情も渦巻きやすい。本書でもペレスとリーヴズに加え、お馴染の脇役サンディ刑事、検察官のローナといった登場人物たちの視点を巧みに切り替え、被害者ジェリーを巡る人物相関を迷宮的に描いていきます。そしてクリーヴスは絡み合う人間模様のなかに、あらゆるミスリードを仕掛けて読者を惑わすのです。重層化した人間ドラマを、真相を隠すための目くらましとして機能させる。奇抜なトリックやアクロバティックな論理に頼らずとも、魅力的な犯人当て小説を書けることをアン・クリーヴスは立派に証明しているのです。

と、ここまでは前四作と共通した読みどころのお話。新ステージを開始するにあたって、クリーヴスはさらに二つの新たな要素を本書に加えています。

一つはエネルギー産業という、英国が抱える現代的な社会問題を取り入れたこと。これまで〈シェトランド四重奏〉は白夜といった気象現象やバードウォッチングなど、シェトランド特有の美しい自然にフォーカスしながら作品世界を構築していました。

ところが本書ではどうでしょう。小説冒頭をはじめ作中には巨大な石油ターミナルがそびえ立つ場面が何度も登場し、シェトランドを支えてきたものが石油産業であることが繰り返し強調されます。天然ガスが発見され、石油に代わる新たな資源として期待されると企業が目を付け、島は採掘工事のため本土の労働者でいっぱいに。あらたに潮汐《ちょうせき》エネルギー計画がもちあがれば、環境問題を巡って反対運動が起こり、住民同士が衝突をはじめる始末です。四部作を通して風光明媚な描写に慣れ親しんだ人が読めば「果たしてこれは同じ島なのだろうか」と首を傾げたくなるほど既刊のシェトランドと印象が異なります。

こうした自然描写から近代産業の描写への傾斜には、これまでのシリーズ作品には希薄だったジャーナリステックな精神の萌芽を感じます。英国のエネルギー供給は石油と天然ガスの生産量が減少しはじめた二〇〇〇年頃から問題視されていました。本書が発表された一三年、石油製品についても純輸入国となったイギリスは国産エネルギー資源の枯渇に対処すべく、再生可能エネルギーへの多大な投資などの政策を打ち出します。クリーヴスはそうした国策の方向転換に敏感に反応し、シェトランドという共同体に生じた変化を英国社会の縮図として描こうとしたのでしょう。辺境の地から英国社会全体を捉えようという、今までにないダイナミックな意図がこの作品には込められています。

もう一つの新要素はペレスと並ぶもう一人の捜査官、ウィロー・リーヴズ警部の存在。リーヴズはスコットランド本土北西の沖合に浮かぶ、ごつごつした岩に覆われ荒涼としたへブリディーズ諸島の出身者です。手つかずの自然と豊かなケルト文化が脈々と息づき、日常的にゲール語（ケルト語派に属する言語）が話されているこの地域は、ヨーロッパ最後の辺境とも呼ばれる地。そう、リーヴズもまたシェトランドの住民と同じく本土の人間から異質とみなされる存在なのです。しかも彼女の両親はヒッピーであり、リーヴズは独自のルールと価値観が存在するヒッピー共同体《コミューン》で島民からの差別的な視線を受けながら育った、二重の意味での異端者だったのです。

こうした複雑なアイデンティティを背負った人物造形だけでも楽しめますが、作者はさらにリーヴズとペレス、二人の好対照な捜査官に活発な議論を行わせることで推理ドラマとしての側面も盛り上げます。部外者としてのスタンスを崩さず、事件関係者の怒りを買うのをいとわず強気に捜査するリーヴズ。島の仲間として関係者に接し、じっくりと事件解決の糸口を掴もうとするペレス。〝外側〟と〝内側〟、それぞれの立場の人間が時に反目しつつ、お互いの意見に刺激されながら推理を練っていく過程は、ディスカッションによる謎解きを好む読者にとってはたまらないものでしょう。

また、リーヴズが傷ついたペレスの再生を見守る役割を担っていることも忘れてはいけません。ある出来事をきっかけに精神に大きなダメージを受けた本シリーズの主人公、ペレス。もう元の自分には戻れない、と心を閉ざしていた彼ですが、リーヴズとの捜査を通して徐々に前を向き始めます。このペレスの再生譚もまた、本書の大きな柱の一つなのです。

社会全体を覆う問題への眼差しと、独創的なもう一人の捜査官の登場。この二つの要素によって『水の葬送』は謎解きミステリとして、同時にひとつのコミュニティの変遷を綴った小説として、〈シェトランド四重奏〉よりもさらに厚みの増した物語になりました。
〈ジミー・ペレス警部〉シリーズですが、本国では一四年に第六作 ***Thin Air*** がすでに刊行されています。もしシリーズを一作も読んでない方がいたら、ぜひこの本を読んだことを機に『大鴉の啼く冬』から順番に辿ってみてください。そして本書『水の葬送』で変化の時を迎えたシェトランド、そしてペレスの行く末を今後も見守っていこうではありませんか。

〈ジミー・ペレス警部〉シリーズ長編リスト　※1－4が〈シェトランド四重奏〉

1 Raven Black（2006）『大鴉の啼く冬』創元推理文庫
2 White Nights（2008）『白夜に惑う夏』創元推理文庫
3 Red Bones（2009）『野兎を悼む春』創元推理文庫
4 Blue Lightning（2010）『青雷の光る秋』創元推理文庫
5 Dead Water（2013）『水の葬送』創元推理文庫　**本書**
6 Thin Air（2014）

訳者紹介　1962年東京都生まれ。慶應大学経済学部卒。英米文学翻訳家。主な訳書にクリーヴス「大鴉の啼く冬」「白夜に惑う夏」、ケリー「水時計」、サンソム「蔵書まるごと消失事件」、マン「フランクを始末するには」などがある。

検印
廃止

水の葬送

2015年7月24日　初版
2023年8月10日　4版

著者　アン・クリーヴス

訳者　玉《たま》木《き》亨《とおる》

発行所　(株)東京創元社
代表者　渋谷健太郎

162-0814/東京都新宿区新小川町1-5
電話　03・3268・8231-営業部
03・3268・8204-編集部
URL　http://www.tsogen.co.jp
晩印刷・本間製本

ISBN978-4-488-24509-2　C0197